KNAUR

Über die Autorin:
Mitte der Achtziger strandete die Saarländerin Jutta Maria Herrmann in Berlin, studierte Germanistik und Filmwissenschaften, sympathisierte mit der Hausbesetzerszene und stürzte sich ins Nachtleben. Sie war u. a. als Buchhändlerin, Putzfrau, Sekretärin, Synchrondrehbuch-Autorin und Veranstalterin von Punkkonzerten tätig. Heute arbeitet sie für eine Tageszeitung und lebt vor den Toren Berlins. »Hotline« ist ihr erster Psychothriller.

JUTTA MARIA HERRMANN

HOT LINE

PSYCHOTHRILLER

KNAUR

Der Abdruck des Vierzeilers »*Zeit*« auf Seite 18
erfolgt mit freundlicher Genehmigung von Thomas Nommensen.

Besuchen Sie uns im Internet:
www.knaur.de

FSC
www.fsc.org
MIX
Papier aus verantwortungsvollen Quellen
FSC® C083411

Vollständige Taschenbuchausgabe November 2014
Knaur Taschenbuch

Ein Unternehmen der Droemerschen Verlagsanstalt
Th. Knaur Nachf. GmbH & Co. KG, München

Redaktion: Johannes Engelke
Umschlaggestaltung: ZERO Werbeagentur, München
Umschlagabbildung: FinePic®, München
Satz: Adobe InDesign im Verlag
Druck und Bindung: CPI books GmbH, Leck
ISBN 978-3-426-51456-6

2 4 5 3 1

Für Thomas

1

Davor

Er riecht sie, bevor er sie sieht.
Wie ein unsichtbarer Nebel wabert ihm der Duft ihres Parfums entgegen, als er die Stufen zu seiner Wohnung hochstapft. Ein langer anstrengender Tag liegt hinter ihm. Er ist müde, will nur noch eins: bei einem kühlen Bier auf der Dachterrasse in die Sterne gucken und dann ab ins Bett. Auf dem letzten Absatz verlangsamt er seine Schritte, als wolle er die unvermeidliche Begegnung so lange wie möglich hinauszögern.
Sie kauert vor der Wohnungstür. Mit angezogenen Knien, die Hände baumeln zwischen den Oberschenkeln, der Kopf ist nach vorne auf die Brust gesackt. Sie scheint eingeschlafen zu sein. Ihre Zerbrechlichkeit rührt ihn jedes Mal aufs Neue. Er muss sich zwingen, sein Herz zu verschließen gegen das Gefühl der Zärtlichkeit, das ihr Anblick in ihm hervorruft. Der Beschützerinstinkt. Dagegen ist wohl kaum ein Mann gefeit. Er jedenfalls nicht.
Noch während er überlegt, ob er nicht einfach über sie hinwegsteigen und in seine Wohnung verschwinden soll, schlägt sie die Augen auf. Sieht ihn mit diesem unergründlichen Blick an, von dem er einmal gedacht hat, er würde bis auf den Grund seiner Seele hinabtauchen können.
»Guten Abend, Stefan«, sagt sie mit rauher Stimme. »Ich habe auf dich gewartet.«
»Was willst du?«, fragt er und nestelt in seiner Jacke nach dem Schlüsselbund.
Sie streckt ihm ihre feingliedrige Hand entgegen. »Bist du so lieb und hilfst mir hoch?«

Widerwillig ergreift er ihre Hand. Sie fühlt sich kalt an, schlaff. Wie ein Zombie, schießt es ihm durch den Kopf. Mit einem graziösen Schwung ist sie auf den Beinen. Sie steht so nah vor ihm, dass ihre Gesichtszüge vor seinen Augen zu einem undeutlichen Fleck verschwimmen. Ihr Duft, den er früher so gemocht hat, steigt ihm unangenehm beißend in die Nase. Er schluckt, weicht instinktiv einen Schritt zurück.

Sie lacht leise auf.

»Hast du etwa Angst vor mir?«, fragt sie spöttisch.

»Geh«, sagt er. »Bitte.«

»Wir müssen reden«, sagt sie.

Er schüttelt den Kopf, fühlt die Müdigkeit in seinen Knochen, die so schwer ist wie ein nasser Mantel. »Wir haben über alles geredet.«

Ihre Gesichtszüge versteinern im Bruchteil einer Sekunde. Die Augen werden zu schmalen Sicheln. Inzwischen fürchtet er diesen abrupten Stimmungswandel. Sein Körper versteift sich, er ahnt, was jetzt kommt.

»Sag mir endlich die Wahrheit«, fordert sie ihn auf. Ihre Stimme bebt.

»Was für eine Wahrheit?«

»Warum du mich verlassen hast.«

Er schließt resigniert die Augen, stöhnt innerlich auf. »Wie oft willst du es denn noch hören?«, sagt er schließlich. »Ich liebe dich nicht mehr.«

Ihr Lachen klingt höhnisch und verzweifelt zugleich. »Das ist nicht wahr. Der Grund ist ein anderer. Gib es endlich zu!«

»Es gibt keine andere. Wie oft muss ich dir das noch sagen?«

Das Licht erlischt mit einem leisen Klacken und taucht das Treppenhaus in undurchdringliches Dunkel. Obwohl sie nur wenige Schritte von ihm entfernt ist, kann er sie nicht mehr sehen. Er hört ihren Atem, riecht ihr Parfum, unter das sich ein leichter Geruch nach Schweiß gemischt hat. Der Lichtschalter neben dem Treppengeländer sticht wie ein rotglühendes Auge durch die Dunkelheit. Schnell bewegt er sich darauf zu und drückt den Knopf. Das Licht flammt auf. Als er sich umdreht, steht sie direkt vor ihm. Tränen strömen über ihr Gesicht. Die Wimperntusche hinterlässt schwarze Spuren auf ihren Wangen.

»Sag es«, zischt sie. Speicheltröpfchen treffen sein Gesicht. Er wischt sie mit einer fahrigen Bewegung weg. »Sag die Wahrheit.«

Das Mitleid mit ihr, das kurz in ihm hochgewallt ist, weicht in Sekundenschnelle einem unbändigen Zorn. Er hat es satt. Seit Wochen lauert sie ihm an den unterschiedlichsten Orten auf, stellt ihm immer wieder die Frage nach einer Wahrheit, die er nicht kennt. Die er nicht kennen will.

»Die Wahrheit ist: ICH LIEBE DICH NICHT MEHR!« Er spuckt ihr jedes Wort einzeln entgegen, hält ihrem bohrenden Blick stand. »Kapier das endlich.«

»Das ist nicht die Wahrheit«, flüstert sie. »Warum sagst du mir nicht die Wahrheit?«

Er verdreht die Augen, schüttelt fassungslos den Kopf. »Weißt du was?«, fragt er. »Du bist vollkommen durchgeknallt. Krank im Kopf.« Er bewegt die Hand vor seinen Augen hin und her, beugt sich zu ihr runter. Sein Gesicht ist jetzt dicht vor ihrem. »Du gehörst in die Geschlossene. Das ist die Wahrheit.«

Den heftigen Stoß gegen seine Brust nimmt er erst wahr, als er bereits im Fallen ist. Er rudert hilflos mit den Armen, schlägt hart mit der Schulter auf, sein Hinterkopf knallt auf die Marmorkante einer Treppenstufe. In seinem Kopf explodiert der Schmerz. Für einen Moment bleibt ihm die Luft weg, seine Sinne schwinden.

Als er wieder zu sich kommt, strömt der Schmerz durch seinen Körper. Ein Gewicht, schwer wie Beton, auf seiner Brust, erschwert ihm das Atmen. Mühsam öffnet er die Augen. Sie beugt sich über ihn. In ihrer Hand blitzt etwas metallisch auf. Ein Skalpell. Die Erkenntnis durchzuckt ihn wie ein heißer Strahl. Er spürt den leichten Druck der Klinge an seinem Kehlkopf. Panik schnürt ihm die Kehle zu.
»Sag es«, fordert sie ihn auf. In ihren Augen glitzert der Wahnsinn. »Sag die Wahrheit.«
»Bitte. Hör auf damit«, fleht er. »Lass uns in Ruhe darüber reden, ja?«
»Die Wahrheit!«
»Ich weiß nicht, was du hören willst«, krächzt er und hebt die Arme, um sie von sich zu stoßen. Flüchtig nimmt er eine schnelle Bewegung ihrer Hand wahr. Dann spürt er den Schnitt in seinen Hals, hört das gurgelnde Geräusch, als das Blut wie eine Fontäne aus der Wunde schießt.
Sie steht jetzt breitbeinig über ihm. Er sieht ihren Mund, ihre Lippen, die sich bewegen, Worte formen. Der Sinn erreicht ihn nicht mehr. In jede Faser seines Körpers kriecht Kälte. Eine eisige Kälte, die den gleißenden Schmerz überrollt. Er schließt die Augen, lässt sich gleiten in das helle Licht, das ihn von allen Seiten wie ein schützender Kokon umfängt, und stirbt.

Danach

Erst als Blut auf das Zeitungspapier tropft, mitten hinein in das Gesicht der Frau, und ihr Lachen ertränkt, erreicht dich der Schmerz. Du lässt das Messer sinken, legst die halb geschälte Kartoffel beiseite und steckst den blutenden Daumen

in den Mund. Deine Augen fixieren das grobkörnige Schwarzweißfoto. Saugen sich daran fest. Nur flüchtig nimmst du den metallischen, leicht süßlichen Blutgeschmack wahr.
Bilder stürmen auf dich ein. Erinnerungsfetzen. Das vertraute Gesicht ist so nah, so lebendig, dass du fast der Versuchung erliegst, die Hand danach auszustrecken, um mit den Fingerspitzen die sanft geschwungene Linie der Oberlippe nachzuzeichnen. Du hörst das Lachen, die Stimme, die zärtlich deinen Namen flüstert, spürst die Hand, die dir sacht über die Wange streicht. Eine Gänsehaut kriecht über deinen Körper wie eine prickelnde Woge. Die Ahnung von purem Glück, für den winzigen Bruchteil einer Sekunde.
Nur mühsam löst du dich aus der Erinnerung, öffnest die Augen. Blickst auf das Foto. Siehst nur das eine Gesicht. Die lächelnden Augen scheinen dich direkt anzusehen. Spöttisch. Wissend. Dir wird heiß, dann kalt.
In den metallischen Geschmack des Blutes mischt sich ein anderer, ein erdiger. Du nimmst den Daumen aus dem Mund und betrachtest die Hand wie einen fremden Gegenstand. Deine Finger sind schmutzig, klebrig von den Kartoffeln. Du gehst zur Spüle, wäschst dir über dem Becken die Hände und trocknest sie sorgfältig ab. Hinter deinem Rücken zerhackt das laute Ticken der Uhr die Stille in Stücke.
Aus der Schublade des Küchenschrankes nimmst du einen Streifen Pflaster und klebst ihn über den tiefen Schnitt auf der Kuppe des Daumens. Dann sammelst du die wenigen Kartoffelschalen von der Zeitung und wirfst sie in den Mülleimer. Vorsichtig streichst du mit einer Hand das Papier glatt. Das Datum der Zeitung liegt mehr als zwei Monate zurück.
Lautlos formen deine Lippen die fünf Namen, die unter dem Foto vermerkt sind. Die Nachnamen sind mit dem Anfangsbuchstaben abgekürzt.

Sie sehen so glücklich aus. Unbekümmert. Unbeschwert.
Es schnürt dir die Kehle zu. Tränen schießen dir in die Augen. Deine Hand greift nach dem Messer und rammt es in einer blitzschnellen Bewegung in das Foto. Die Spitze der Klinge bleibt stecken. Ein kurzes Zittern, dann kippt das Messer zur Seite und reißt ein winziges Stück aus dem Papier. Ein Loch klafft dort, wo dir gerade noch ein Gesicht entgegengelacht hat. Jetzt sieht es aus wie eine Wunde in einem intakten Körper.
Dein Atem geht stoßweise. Die Heftigkeit deiner Reaktion überrascht dich mehr als das Gefühl des unbändigen Hasses, das kurz und heftig in dir auflodert. Du hast gelernt – lernen müssen –, dich zu beherrschen, deine Gefühle tief in dir zu verschließen. Mit der Hand wischst du dir über die Augen.
Ein klirrendes Geräusch an der Wohnungstür lässt dich zusammenzucken. Hastig faltest du die Zeitungsseite zusammen, steckst sie in die Gesäßtasche deiner Jeans. Du hörst sie in der Diele miteinander reden. Ihre Stimme ist hart, zänkisch. Seine quengelnd, weinerlich.
Als die beiden Minuten später die Küche betreten, bist du wieder mit dem Schälen der Kartoffeln fürs Mittagessen beschäftigt. Du erwiderst murmelnd ihren Gruß, drehst dich nicht zu ihnen um. Du hast Angst, dass der Ausdruck in deinem Gesicht den Aufruhr verrät, der in deinem Inneren tobt.
Später sitzt ihr zu dritt um den Tisch in der Küche, mit gesenkten Häuptern, die Hände zum Gebet gefaltet.
»Komm, Herr Jesu, sei unser Gast und segne, was du uns bescheret hast«, leiern die beiden in lang geübter Synchronität herunter.
Du bewegst tonlos deine Lippen, starrst auf das verblasste Gelb der Sonnenblumen des Wachstuches, das, seit du denken kannst, auf dem Küchentisch liegt und im Laufe der Zeit

brüchig geworden ist. Mechanisch schiebst du dir Kartoffeln und Blumenkohl in den Mund, kaust, schluckst, ohne wirklich etwas zu schmecken.

Du denkst an die eine Nacht, die dein Leben aus den Angeln gehoben hat. An die Zeit danach, die Stunden, die nicht vergehen wollten, die Tage und Wochen, die sich ins Endlose dehnten. Und du, zerrissen zwischen Hoffnung und Verzweiflung, nicht glauben wolltest, was so offensichtlich war.

Doch jetzt ist es nicht der Schmerz des Verrates, der in dir brennt, dir die Tränen in die Augen treibt. Es ist unbändige Wut, die in dir aufflammt. Du spürst die Flammen des Hasses, die tief in deinem Innern lodern.

Von dir wird nichts bleiben außer der Erinnerung an mich.

Der Satz ist ganz unerwartet in deinem Kopf. Du bewegst die Worte hin und her, wiederholst sie immer wieder stumm für dich.

Von dir wird nichts bleiben außer der Erinnerung an mich.

Du weißt nicht, wo diese Worte herkommen, kannst kaum ihre Bedeutung erfassen. Aber sie fühlen sich gut an. Gut und richtig. Weil es deine Worte sind.

Von dir wird nichts bleiben außer der Erinnerung an mich.

2

Rick lehnt sich im Schreibtischstuhl zurück, hebt die Beine auf den Tisch und verschränkt die Hände hinterm Kopf. Im Hintergrund läuft leise Musik. Stuart A. Staples singt mit tiefer rauher Stimme, die immer ein bisschen klingt, als wären seine Stimmbänder mit Metallspänen gespickt, von verlorener Liebe und neuer Hoffnung. *Can we start again?*

Es ist ruhig heute. Ungewöhnlich ruhig. Lisa und Nikki hat er schon vor einer Stunde nach Hause geschickt. Wenn das so mau weitergeht, werden sie ihre gerade erst eingestellten Aushilfen bald wieder auf die Straße setzen müssen. Dabei hatte es so erfolgversprechend begonnen, nachdem die Beicht-Hotline mit großem Brimborium zur innovativsten Geschäftsidee des Jahres gekürt worden war. Berlins Bürgermeister Wowereit höchstpersönlich hat ihnen den Preis überreicht: das Brandenburger Tor als Hologramm in einem durchsichtigen Kunststoff-Quader. Die Presseleute stürzten sich auf sie wie ausgehungerte Geier auf ihre Beute. Sogar in der Berliner Abendschau wurde die Hotline vorgestellt, und Chris durfte ein Dreiminuteninterview geben. Sie fühlten sich großartig, überzeugt davon, auf der Leiter zum Erfolg ein paar Sprossen auf einmal erklommen zu haben. Der Run auf die Hotline gab ihnen erst mal recht. Wochenlang standen die Telefone nicht mehr still. Sie kamen mit der Bearbeitung kaum hinterher. Chris war völlig von der Rolle, hielt schon Ausschau nach einer repräsentativen Büroetage in Mitte und plante großspurig die personelle Erweiterung. Dann – schlagartig – war's vorbei mit dem Ansturm. Die Zahl der Anrufe pendelte sich fast wieder auf Anfangs-Niveau ein. Der Traum vom schicken Büro und der schnellen Kohle erst mal ausgeträumt. Sie sitzen immer noch in der zugigen Altbauwohnung, die sie zu einer Art Großraumbüro umgebaut haben, in dem lediglich ein knappes Dutzend Schreibtische Platz finden. Es gibt ein Klo und eine winzige Küche, in der man schon Platzangst bekommt, wenn sich drei Leute gleichzeitig darin aufhalten. Und ein kleiner Balkon, auf den gerade mal ein Stuhl passt, gehört auch dazu. Er ist so baufällig, dass Paula sich weigert, auch nur einen Schritt darauf zu setzen.

Rick schließt die Augen und summt die Musik leise mit. Werbung, sagt Chris, Werbung ist das A und O. Wir müssen uns Werbekampagnen ausdenken, ungewöhnliche, innovative Wege einschlagen. Wer etwas erreichen will, muss erst mal investieren. Dann kommt der Erfolg. Rick hofft, dass Chris recht behält, aber insgeheim befürchtet er, dass sie mit ihrer Geschäftsidee nach einem kurzen Höhenflug ganz gewaltig auf die Schnauze fallen werden. Aber noch ist es nicht so weit. Positiv denken ist angesagt. Wer Angst hat, zu scheitern, der wird auch scheitern. Selbsterfüllende Prophezeiung. Auch eins von Chris' Lieblingsthemen.

Rick gähnt ausgiebig, überlegt, ob er sich kurz ausklinken soll. Auf dem Balkon einen Joint rauchen. Er zieht das zerknautschte Päckchen mit dem Tabak aus der Hosentasche. Bis auf ein paar Krümel und ein einsames Blättchen ist es leer. Scheiße. Er hat in der Hektik die falsche Packung gegriffen. Er holt aus, zielt auf den Papierkorb, verfehlt ihn aber um Haaresbreite. Die Packung landet auf dem Boden.

Rick wirft einen Blick auf die Uhr. Es ist kurz nach vier. Noch eine Stunde. Dann übernehmen Nasti und Robert für den Rest der Nacht, und er kann endlich Feierabend machen. Rick schwingt die Beine vom Schreibtisch, stellt die Telefonanlage auf laut und schlendert, die Hände in die Taschen der Cargohose gesteckt, quer durch den Raum. Die Holzdielen

knarzen leise unter seinen Schritten. Die Scheiben der Balkontür sind beschlagen. Rick malt mit dem Zeigefinger ein schiefes Herz, das von einem Pfeil durchbohrt ist, in die Feuchtigkeit, betrachtet es kurz und verwischt es mit der Hand wieder. Dann öffnet er beide Flügel der Tür, tritt hinaus ans Geländer und streckt sich. Mit tiefen Zügen atmet er die kalte Nachtluft ein. Es ist still. In die kleine Straße direkt am Kanal verirrt sich nachts selten jemand. Um die Ecke, in der Schlesischen, tobt dagegen das Leben. Die Touris haben das legendäre SO36 in Kreuzberg neu für sich entdeckt und fallen in Scharen hier ein. Rick hat gehört, dass sich die Anwohner in einer Bürgerinitiative zusammengeschlossen haben und über Maßnahmen nachdenken, wie sie die Touri-Ströme wieder eindämmen können.
Drei Stockwerke unter Rick spiegeln sich die Lichter der Straßenlaternen im sanft plätschernden Wasser des Landwehrkanals. Ein Schatten löst sich aus dem Gebüsch, huscht quer über die Straße. Eine fette Kanalratte. Es wimmelt hier davon. Erst letztens ist er unten bei den Briefkästen über ein besonders prächtiges Exemplar gestolpert.
Das Klingeln des Telefons hinter seinem Rücken unterbricht seine Überlegungen, in welchen Club er heute nach getaner Arbeit auf einen Absacker einkehren soll. Rick seufzt und eilt zurück an den Schreibtisch.
Er setzt das Headset auf und rückt es zurecht. Dann nimmt er das Gespräch an. »Guten Abend!«, sagt er. »Sie sind mit der Beicht-Hotline verbunden. Mein Name ist Rick.«
Chris hat, bevor sie loslegten, auf einem Sprechtraining bestanden. In Berlin gibt es mehr Schauspieler als Sand am Meer. Fast alle sind sie arbeitslos und schlagen sich mit diversen Nebenjobs durchs Leben. Einen davon hat Chris angeschleppt. Rick hat sich erst gesträubt, aber mittlerweile

muss er zugeben, dass das Training tatsächlich etwas gebracht hat. Es gibt einfache Techniken, mit deren Hilfe man die Klangfarbe seiner Stimme verändern kann. Legt man den Ton etwas dunkler, sonorer an, klingt man gleich viel vertrauenerweckender. Ein warmer Unterton zeugt von Mitgefühl. Mit ein bisschen Übung geht einem das schnell in Fleisch und Blut über. Rick hätte nie gedacht, dass man so etwas tatsächlich lernen kann.

Rick lehnt sich mit verschränkten Armen zurück und wartet. Die meisten Leute brauchen ein bisschen Zeit, bis sie anfangen zu reden. Aber er hat es auch schon mehrfach erlebt, dass jemand minutenlang nichts weiter gemacht hat, als kurzatmig in den Hörer zu röcheln, um dann ohne ein Wort einfach wieder aufzulegen.

Rick hört ein leises Räuspern. »Lassen Sie sich Zeit«, sagt er.

»Zeit?«, wiederholt die Stimme zögernd und lässt das Wort wie eine Frage klingen.

Obwohl die Stimme merkwürdig dumpf klingt, identifiziert Rick sie als die einer Frau. Die meisten Frauen reden erst mal um den heißen Brei herum. Philosophieren über Liebe, Treue, Werte, Moral, über alles Mögliche, bis sie dann endlich zum Kern kommen. Gestern hatte er eine – nach der Stimme zu urteilen – recht junge Frau in der Leitung, mit der er sich fast eine Stunde über Fragen der Loyalität und der Moral unterhalten hat. Erst dann rückte sie damit heraus, dass sie auf den Verlobten ihrer Schwester scharf war und der auch auf sie. Sie konnten die Finger einfach nicht voneinander lassen. Aber sie wollten ihr, der Schwester, auch nicht weh tun. Ein unlösbares Dilemma.

Rick stellt sich auf einen längeren Diskurs über *Zeit* mit unbestimmtem Ausgang ein und hebt die Beine auf den Schreibtisch. Es dauert eine Weile, bis die Frau weiterspricht. Ihre Stimme weht wie aus weiter Ferne an sein Ohr. Ein gedämpftes und doch seltsam klares Flüstern.

»Zeit verreist du heut mit mir
und nimmst dem Sehnen diese Dimension,
dann wär ich zeitlos nah bei dir.
Doch Sehnsucht wär so Illusion.«

Einen Augenblick herrscht Stille. Rick hört die Frau am anderen Ende der Leitung atmen. Überrascht stellt er fest, wie tief ihn diese poetischen Zeilen berührt haben. Er räuspert sich, sagt: »Schön, das ist …«, er ringt um die richtigen Worte, findet sie nicht, »einfach schön. Ist das von Ihnen?«

»Nein.« Die Frau lacht leise. »Ich kann so was nicht.«

»Ich hab für so etwas auch kein Talent«, erwidert Rick.

»Das hat jemand geschrieben, der mir einmal sehr, sehr nahe war«, erklärt die Frau. »Damals habe ich mir tatsächlich eingebildet, es wäre für mich geschrieben worden.« Sie lacht wieder, kurz und gepresst. Verfällt in Schweigen.

Rick betrachtet sein gespiegeltes Ich in dem dunklen Rechteck des Fensters gegenüber und wartet geduldig darauf, dass die Frau weiterspricht. Er hört ihr leises, gleichmäßiges Atmen, und als er schon befürchtet, sie sei eingeschlafen oder weggetreten, sagt sie mit so eisiger Stimme, dass Rick ein Schauder über den Rücken läuft: »Er war in seine Worte verliebt, nicht in mich.«

Rick nickt, er will sagen *Verstehe,* aber im letzten Moment schluckt er es runter. Es erscheint ihm unpassend.

»Glauben Sie, dass man solche Gefühle wirklich empfinden muss, um sie in Worte fassen zu können? In Worte, die andere Menschen berühren?«

Rick denkt kurz nach und sagt dann: »Ehrlich gesagt, habe ich mir darüber noch nie Gedanken gemacht.«

»Ist auch egal«, sagt die Frau schnell. »Wir waren ja bei einem ganz anderen Thema.«
»Zeit«, sagt Rick.
»Wissen Sie«, fährt die Frau nach einer kleinen Pause fort. »Irgendwann habe ich tatsächlich geglaubt, dass die Zeit alle Wunden heilen kann. Und dass Liebe – wahre Liebe – die Zeit überdauert. Ohne Schaden zu nehmen.«
Die Stimme der Frau klingt jetzt rauh, als würde sie nur mit Mühe die Tränen zurückhalten können. Rick fragt sich, wie alt sie wohl sein mag. Sie klingt jung, aber daraus lässt sich nicht immer auf das Alter einer Person schließen. Es gibt Sechzigjährige, die sich am Telefon wie Teenies anhören.
»Aber das stimmt nicht. Im Gegenteil. Die Zeit –« Die Frau bricht ab.
Rick hört sie atmen. »Ja?«, fragt er mit sanfter Stimme.
»Zeit macht alles schlimmer. Reißt jede Wunde tiefer auf. Immer wieder aufs Neue. Bis man den Schmerz nicht mehr erträgt. An ihm erstickt.«
Rick nimmt die Beine vom Schreibtisch und setzt sich gerade hin. Sein Gefühl sagt ihm, dass die Frau langsam auf den Grund ihres Anrufes zusteuert.
»Und dann – ohne dass man es will – verwandelt sich der Schmerz in Hass.«
Rick lässt sie reden. Alles, was er jetzt sagen könnte, würde sie nur irritieren.
»Aber das macht es nicht erträglicher. Im Gegenteil. Der Hass brennt wie eine Flamme in dir, die dich quälend langsam verzehrt. Und dazu kommen die Träume ...« Die Frau verstummt.
Rick fragt sich, worauf sie hinauswill. Erst dachte er, es gehe um eine unglückliche Liebe, aber mittlerweile ist er sich nicht mehr sicher. Es geht um einen Verlust. So viel steht fest. Zu

seiner eigenen Überraschung ist er gespannt darauf, welche Geschichte sie erzählen wird.
»Aber ich will Sie nicht länger langweilen«, hört er die jetzt erstaunlich feste Stimme der Frau in seinem Ohr.
»Sie langweilen mich ganz und gar nicht«, widerspricht Rick hastig. Fast hätte er noch *im Gegenteil* hinzugefügt, aber das schluckt er runter. Er will nicht neugierig erscheinen. Interessiert, mitfühlend, aber niemals neugierig. Eine weitere Präambel von Chris.
Die Frau lacht leise auf. »Ich glaube Ihnen kein Wort.«
Rick weiß nicht, was er erwidern könnte, also schweigt er. Fast erwartet er, dass sie auflegt, ohne ihm den wahren Grund ihres Anrufes zu verraten.
Aber sie spricht weiter. »Um es zu Ende zu bringen, muss ich zum Anfang zurück.«
Rick runzelt die Stirn, wartet mit Spannung darauf, was jetzt kommen wird. Als sie nach einer Weile wieder etwas sagt, glaubt Rick im ersten Moment, er habe sich verhört.
»Ich fürchte, ich habe Sie nicht ganz verstanden. Können Sie den Satz noch mal wiederholen?«, sagt er und fügt hastig ein »Bitte« hinzu.
»Aber selbstverständlich«, antwortet sie ihm in einem so liebenswürdigen Ton, als habe sie eine Einladung zum Essen ausgesprochen und nicht gerade einen Mord angekündigt.
»Ich werde ein neugeborenes Kind vergraben. Lebendig vergraben. Auf dem Friedhof am Friedrichshain.«
Rick schluckt. Ihn überläuft es heiß und kalt. Chris hat sie gebrieft, ihnen immer wieder eingeschärft, wie sie in Situationen wie dieser reagieren sollen, aber Ricks Kopf ist wie leer gefegt. Ihm fehlen die Worte.
»Jetzt fragen Sie sich sicher, warum ich so etwas Furchtbares tun will.«

Rick krächzt ein: »Ja.«
»Nun«, sagt die Frau und lacht leise. In Ricks Ohren klingt ihr Lachen jetzt eindeutig irre. »Es ist eine Art Ritual: ein Abschied und gleichzeitig ein Neubeginn. Ich zerschneide ein Band und knüpfe es wieder neu.«
»Wieso laden Sie das ausgerechnet bei mir ab?« Rick ist so angespannt, dass sein Nacken zu schmerzen beginnt.
»Ist das nicht Sinn und Zweck einer Beicht-Hotline? Seine Sünden zu gestehen?« Die Stimme der Frau klingt amüsiert.
»Ja, schon«, antwortet Rick. »Aber ...« Ihm fällt nichts ein, was er erwidern könnte. Professionell ist etwas anderes. Chris wird mir den Kopf abreißen, denkt er.
»Ich will Sie nicht länger auf die Folter spannen«, hört Rick sie sagen, und er hält automatisch die Luft an. »Jemand von Ihnen hat Schuld auf sich geladen. Schwere Schuld. Und dafür müssen Sie jetzt alle büßen.«
Es klickt in der Leitung. Rick springt auf, brüllt in das Mikrofon des Headsets: »Hey, hallo, nicht auflegen. Sie können doch jetzt nicht einfach auflegen.« Aber die Frau ist nicht mehr in der Leitung.
»Fuck!« Rick lässt seine Faust auf den Schreibtisch krachen und reißt sich das Headset vom Kopf. Chris hat gut reden: *Zuhören lautet unsere Devise. Nur zuhören, niemals moralisch werten.*
Nur das hier ist etwas anderes. Die Frau hat einen Mord angekündigt. Da hört der Spaß auf. Soll Chris doch entscheiden, was zu tun ist. Rick zieht sein Handy aus der Hosentasche. Er wählt die Nummer aus der Liste und läuft mit dem Handy am Ohr im Büro auf und ab. Das Echo seiner Schritte hallt von den Wänden. Die Mailbox springt an. Rick wartet ungeduldig, bis Chris' Tonbandstimme den üblichen *bin-im-Moment-nicht-erreichbar-hinterlasse-mir-eine-Nachricht-nach-*

dem-Piepton-Sermon abgelassen hat, um dann doch nicht auf die Mailbox zu sprechen.
Was gibt's da groß zu überlegen? In so einer Situation kann man nur eins tun. Die eindringliche Mahnung von Chris im Ohr, *Auf gar keinen Fall informieren wir die Polizei. Never ever! Ist das klar? Egal, was wir von den Leuten zu hören bekommen,* wählt Rick die Notrufnummer der Berliner Bereitschaftspolizei.

3

Den kleinen Körper eng an mich gepresst, hetze ich über die Lichtung. Die Sonne brennt von einem wolkenlos blauen Himmel unbarmherzig auf mich herunter. Der Schweiß läuft mir in Strömen über den nackten Körper. Unter meinen bloßen Füßen knistert das vertrocknete Gras. Mein Herzschlag setzt für den Bruchteil einer Sekunde aus, als eine Hummel mit einem lauten Brummen vor mir hochsteigt und durch die Luft trudelnd davonschwirrt. Dann ist es wieder still. Totenstill. Nicht einmal das Zwitschern eines Vogels ist zu hören. Der Schweiß brennt in meinen Augen. Halb blind stolpere ich weiter. Mit einer Hand versuche ich, das Köpfchen vor den Sonnenstrahlen zu schützen, mit der anderen halte ich das Kind eng an mich gepresst. Mein Atem geht keuchend. Das Echo des Herzschlags hämmert gegen meine Schädeldecke. Hoffentlich halte ich dieses Tempo durch, bis ich den schützenden Wald erreicht habe. Dort kann ich mich verstecken.

Da! Was ist das? Schritte! Schnelle, schwere Schritte. Sie kommen immer näher. Sind jetzt dicht hinter mir. Ich umfasse das Kind fester und renne weiter. Nur noch wenige Schritte trennen mich vom Saum des Waldes.

Eine Hand legt sich schwer auf meine Schulter, reißt mich herum. Ich stolpere, verliere das Gleichgewicht. Falle rückwärts zu Boden. Das Kind! Ich halte es fest. Mit dem Hinterkopf schlage ich hart auf dem vertrockneten Boden auf. Ein stechender Schmerz durchfährt mich. Mir wird schwarz vor Augen.

Als ich wieder zu mir komme, steht er breitbeinig über mir. Die Sonne blendet mich. Ich blinzele, kann sein Gesicht nicht

erkennen. Er streckt die Arme aus, greift nach dem Kind. Ich winkele ein Bein an und trete zu – mit aller Kraft, die ich aufbringen kann. Er brüllt vor Schmerz, fasst sich mit beiden Händen in den Schritt, taumelt zurück.
Auf dem Hintern robbe ich von ihm weg, schaffe es, mich aufzurappeln. Kaum habe ich mich umgedreht, da ist er wieder hinter mir. Ich zwinge mich zu warten, bis ich seinen Atem im Nacken spüre, dann ramme ich ihm meinen Ellbogen in den Bauch. Er gibt einen erstickten Laut von sich. Ich hole tief Luft und renne, so schnell ich kann. Die ersten Bäume des Waldes scheinen zum Greifen nah.
Da schlingt sich etwas um meine Fußknöchel, bremst abrupt meinen Lauf. Ich komme aus dem Gleichgewicht und schlage wie ein gefällter Baum auf den Boden auf. Begrabe das Kind unter mir. Ein leises Knacken dringt an mein Ohr. Eine Blutlache breitet sich unter meinen Händen aus.

Mit einem Schrei auf den Lippen erwachst du. Dein Herz rast, das dünne Nachthemd klebt nass an deinem Körper. Durch die geschlossenen Jalousien sickert diffuses Licht ins Zimmer. Du setzt dich auf, dein Blick irrt umher. Bleibt an den verschwommenen Umrissen des Kleiderschrankes gegenüber hängen. Du bist in deinem Zimmer. In Sicherheit. Du atmest auf und sinkst in das Kissen zurück.
Ein Keuchen durchbricht die Stille. Du schreckst hoch, kannst nicht orten, woher das Geräusch kommt. Hinter dir? Über dir? Da oben ist nichts. Dein Blick irrt durch den halbdunklen Raum. Bewegt sich da etwas in der dunklen Ecke zwischen Tür und Schrank? Du ziehst die Bettdecke hoch bis zum Kinn, zitterst am ganzen Körper.
Dann, nach Sekunden atemloser Stille, hörst du die Stimme. Sie sagt: »Das Kind ist tot!«

Das Entsetzen schnürt dir die Kehle zu. Die Stimme ist in dir. In deinem Kopf. Du lässt die Bettdecke los, hältst dir mit beiden Händen die Ohren zu und verbirgst das Gesicht zwischen den hochgezogenen Knien. Doch du kannst der Stimme nicht entkommen. Sie klingt fast zärtlich, weich wie Samt, als sie flüstert: »Du hast das Kind getötet! Es ist allein deine Schuld.«

Du öffnest den Mund. *Nein, das ist nicht wahr,* willst du schreien. *Es ist nicht meine Schuld. Ich wollte es nicht.*

Aber über deine Lippen kommt nur ein gurgelnder Laut.

4

Erster Tag

Du hast was?« Chris knallt die Kaffeetasse so heftig auf den Küchentisch, dass die hellbraune Brühe überschwappt. Ein paar Spritzer landen vorne auf dem weißen Hemd, das er trägt. »Shit!« Chris springt auf und schnappt sich das fleckige Geschirrtuch vom Haken neben der Spüle. Er dreht den Wasserhahn auf, befeuchtet eine Ecke des Tuches und reibt damit über die Kaffeeflecke auf seinem Hemd.

Rick bemerkt erst jetzt, dass Chris sich in Schale geworfen hat. Er trägt eine schwarze Stoffhose zu dem weißen Hemd. Das passende Jackett hängt über der Stuhllehne. Chris war während der Schulzeit Gothic-Fan, die schwarze Kleidung ist ein Überbleibsel davon. Die dunklen Haare, die ihm sonst wirr in die Stirn hängen, sind glatt zurückgegelt und liegen glänzend am Kopf an. Er sieht ein bisschen aus wie ein italienischer Gigolo, fehlt nur noch der bleistiftdünne Oberlippenbart. Aber das behält Rick lieber für sich. Er will Chris nicht noch mehr verärgern.

Rick überlegt, ob Chris irgendetwas von einem wichtigen Termin erwähnt hat. Ihm fällt nichts ein. Gerade, als er Chris danach fragen will, feuert dieser das Geschirrtuch genervt in die Spüle und dreht sich wieder um. Auf seinem Hemd prangt ein großer feuchter Fleck. Chris lehnt sich gegen das Spülbecken, verschränkt die Arme und sieht Rick direkt an, zwischen den Augenbrauen eine steile Falte, die nichts Gutes verspricht.

»Ich warte noch immer auf eine Antwort von dir«, sagt er. In seiner Stimme klirrt Eis.

»Mann, Chris. Was hätte ich denn tun sollen?« Rick versucht vergeblich, ein Gähnen zu unterdrücken. Er ist todmüde, obwohl er sich gestern, nach dem wirren Anruf der Frau, den Absacker in der Space-Bar verkniffen hat. Irgendwie war ihm nicht mehr danach. Schlafen konnte er allerdings auch nicht. Er hat sich hin und her gewälzt, im Ohr die Stimme dieser Irren. Nach einer Stunde ist er dann vollkommen entnervt wieder aus dem Bett geklettert. Und jetzt sitzt er hier, fühlt sich wie durch den Fleischwolf gedreht und muss Chris' schlechte Laune ertragen.

»Keine Polizei, egal was für eine Horrorstory sie dir auftischen. So lautet die Abmachung.« Chris' schneidende Stimme holt ihn in die Gegenwart zurück.

Rick senkt schuldbewusst den Kopf. »Ich weiß, ich weiß«, sagt er und umfasst den vor ihm stehenden Kaffeebecher mit beiden Händen. »Aber –«

»Kein Aber!«, fährt Chris ihn an. »Die Beicht-Hotline sieht sich nicht als eine moralische Instanz. Wir urteilen nicht, wir werten nicht, und vor allem: Wir *ver*urteilen nicht.«

»Ja, schon. Aber –«

»Kein Aber!« Chris schreit jetzt.

Rick sieht erschrocken von seiner Tasse auf. Chris hat die Hände auf den Küchentisch gestützt und beugt sich zu ihm herunter. Sein Gesicht schwebt so nah vor ihm, als wolle Chris die Sommersprossen zählen, die sich auf Ricks blasser Gesichtshaut dicht an dicht tummeln. Und nicht nur dort. Ricks gesamter Körper ist übersät mit diesen hellbraunen Pünktchen. *Der liebe Gott hatte wohl Durchfall, als er dich erschaffen hat.* Rick hat keine Ahnung, warum ihm gerade jetzt der Spruch seiner kleinen Schwester in den Sinn kommt. Er schluckt und schiebt den Gedanken an Marie schnell wieder beiseite.

»Kein Aber! Kapier das endlich!«, zischt Chris und versprüht Speicheltröpfchen.

»Jetzt mach mal halblang«, erwidert Rick und wischt sich fahrig über die Stelle an seiner Wange, wo ihn die Spucke getroffen hat. »Du tust ja gerade so, als hätte ich gegen irgendeinen hochheiligen, unumstößlichen Kodex wie das Beichtgeheimnis bei den Katholiken verstoßen.«

»Genau das hast du auch! Du hast gegen unseren Kodex der absoluten Verschwiegenheit verstoßen. Nenn es meinetwegen Beichtgeheimnis. Im Prinzip ist es das Gleiche. Und wenn es sich herumspricht, dass wir mit der Polizei kooperieren, dann können wir den Laden gleich dichtmachen.«

»Jetzt komm wieder runter!« Rick wird langsam sauer. »Ich kann nichts dafür, wenn nicht alles so läuft, wie du es dir vorgestellt hast.«

»Verdammt! Darum geht es nicht.« Chris richtet sich auf und fährt sich mit beiden Händen durchs Haar. Er atmet schwer. Er sieht fertig aus, denkt Rick und fühlt so etwas wie Mitleid für seinen Freund.

»Was ist denn hier los?« Paula streckt vorsichtig den Kopf zur Tür herein. »Dicke Luft?«

Rick nickt und verdreht die Augen. Chris wendet sich halb zu Paula um. Bei ihrem Anblick glätten sich seine Gesichtszüge ein wenig. Er bekommt sogar ein vages Lächeln zustande.

»Darf ich trotzdem reinkommen?«, fragt Paula. »Ich muss gleich los und hätte vorher gerne noch einen Kakao.«

»Ja, klar«, sagt Chris. Er setzt sich und legt die Unterarme auf den Tisch.

Rick sieht Paula zu, wie sie breitbeinig zum Küchenschrank watschelt. Sie gleicht immer mehr einem übergewichtigen Pinguin. Ihr Outfit – schwarze Hose, weißes Sweatshirt, unter dem sich ihr immenser schwangerer Bauch deutlich abzeichnet – tut ein Übriges dazu. Rick kann sich ein Grinsen nicht verkneifen.

»Morgen, Paula«, sagt er. »Wie geht es unserem Untermieter heute?«

Paula grinst ihn an. »Danke der Nachfrage. Im Moment verhält er sich ruhig, nachdem er – oder sie – mich die halbe Nacht mit Tritten malträtiert hat.« Sie nimmt einen Becher aus dem Küchenschrank, füllt ihn mit Milch und gibt Kakaopulver dazu. Während sie an der braunen Flüssigkeit nippt, wandern ihre Augen zwischen Chris und Rick hin und her. »Darf man fragen, worum es bei eurem Streit geht?«

»Rick hat gestern Nacht die Polizei wegen des Anrufs irgend so einer durchgeknallten Tusse verständigt«, sagt Chris.

Paula hebt eine Augenbraue und sieht Rick fragend an. »Das hättest du vorher mit uns absprechen müssen, meinst du nicht?«

»Ich habe versucht, Chris auf dem Handy zu erreichen. Sprang aber nur die Mailbox an«, verteidigt sich Rick.

»Was war das denn für ein Anruf?« Paula mustert ihn über den Rand der Kaffeetasse.

»Sie hat gedroht, ihr Baby zu vergraben. Lebendig«, antwortet Chris an Ricks Stelle.

Paula wird bleich im Gesicht, instinktiv legt sie die rechte Hand auf ihren Bauch und streichelt sanft darüber.

»Sie hat sogar gesagt, wo. Nur nicht, wann.« Rick hebt herausfordernd das Kinn. »Was hättet ihr denn an meiner Stelle getan?«

»Wie hat die Polizei eigentlich reagiert?«, fragt Chris, ohne auf Ricks Frage einzugehen.

»Das war voll die Härte.« Rick schüttelt entrüstet den Kopf. »Der Typ hat sich angehört, was ich zu sagen hatte, und meinte dann, dass die Zuständigkeit der Polizei erst beginnt, wenn tatsächlich ein Verbrechen vorliegt. Wovon man in diesem Fall ja nicht ausgehen könne. Außerdem sähe sich die Berliner Polizei aufgrund des akuten Personalmangels nicht in der Lage, auf einen vagen Verdacht hin, einen Friedhof rund um die Uhr zu bewachen.« Rick schnaubt verächtlich. »Die Polizei, dein Freund und Helfer.«

»Wieso Friedhof?«, fragt Paula, noch immer ganz blass um die Nase.

»Die Frau sagte, sie werde das Kind auf dem Friedhof am Friedrichshain vergraben. Ich habe im Internet nachgeschaut. Das ist der große Friedhof in der Nähe vom Volkspark.«

»Die Tusse hat sich einen blöden Scherz mit uns erlaubt«, sagt Chris. »Da bin ich mir sicher.«

Rick zieht die Unterlippe über die Oberlippe und wiegt den Kopf hin und her. »Das meinte der Typ von der Bereitschaft auch.«

»Ein ziemlich makabrer Scherz«, sagt Paula. Sie steht vom Tisch auf und stellt den Becher in die Spüle. »Ich kann verstehen, dass Rick die Polizei verständigt hat.«

»Und was hat es gebracht?« Rick hebt in gespielter Verzweiflung die Hände. »Nichts!«

Paula zupft ein Gummiband vom Handgelenk und bindet ihre Haare zu einem lockeren Zopf zusammen. »Ich muss los, Leute«, sagt sie. »Aber ich glaube, wir sollten noch mal darüber reden, wie wir uns in solchen Fällen verhalten. Es kann nicht angehen, dass wir nichts unternehmen, wenn uns jemand einen Mord oder ein ähnlich schweres Verbrechen ankündigt.«

»Was macht dann die Beicht-Hotline noch für einen Sinn?« Chris wirft Paula einen düsteren Blick zu. »Das war doch gerade der Grundgedanke. Jeder kann alles bei uns abladen, ohne Angst haben zu müssen, dafür zur Rechenschaft gezogen zu werden.«

»Die Idee an sich ist ja auch nicht schlecht«, fällt Rick ihm ins Wort. »In den allermeisten Fällen habe ich damit auch keine Probleme. Wenn mir jemand einen Banküberfall ankündigt, bitte. Soll er doch machen. Oder wenn jemand einen Mord gesteht, den er schon begangen hat, ist das auch im grünen Bereich. Es ist eh schon passiert, sollen die Bullen den Täter schnappen. Ist nicht mein Bier. Aber – Leute – die Frau hat angekündigt, ein neugeborenes Baby lebendig zu begraben. Das muss man sich mal reinziehen. Da leg ich doch nicht einfach auf, sag ›Ja, mach‹ und geh in die nächste Kneipe, mich volllaufen lassen.« Rick hat sich so in Rage geredet, dass sich rote Flecken auf seinen Wangen gebildet haben.

»Und was hat es gebracht, die Polizei zu verständigen?«, fragt Chris und gibt sich die Antwort gleich selbst. »Nichts.«

Rick sieht Chris mit schmalen Augen an. »Ich habe es wenigstens versucht.«

»Was ist, wenn in den nächsten Tagen tatsächlich die Leiche eines Babys gefunden wird? Wirst du dich dann schuldig –«

»Hört auf«, ruft Paula dazwischen. »Das hat doch jetzt wenig Sinn. Lasst uns einen Termin finden, wo wir alle Zeit haben, und dann reden wir in Ruhe über das Thema. Okay?«

»Okay«, murmelt Rick. Er trinkt einen großen Schluck aus seiner Tasse und spuckt ihn gleich wieder aus. »Igitt. Es gibt nix Scheußlicheres als kalten Kaffee.« Er steht auf und kippt den Inhalt des Bechers in die Spüle.

»Wo steckt eigentlich Konrad? Den habe ich seit Tagen nicht mehr zu Gesicht bekommen.« Chris schaut Paula fragend an.

»Mit seiner Band auf Tour«, sagt Paula. »Aber das weißt du doch.«

»Muss ich verdrängt haben«, brummt Chris. »Darüber müs-

sen wir übrigens auch noch mal reden. Es kann nicht angehen, dass wir drei hier den Hauptanteil der Arbeit stemmen, und Konrad tourt mit seiner Band ständig durch die Weltgeschichte.«
Rick und Paula tauschen einen Blick. Das Verhältnis von Chris und Konrad ist ein Thema für sich. Paula schürzt die Lippen und sagt, zu Chris gewandt: »Er wollte heute im Laufe des Tages zurückkommen. Ich rede noch mal mit ihm.«
»Mach das«, sagt Chris und springt nach einem Blick auf die Küchenuhr von seinem Stuhl auf. »Ich muss los. Ich treffe mich mit einem Typen von TV Berlin live. Die wollen eventuell was über die Hotline bringen. Soll ich dich mitnehmen, Paula?«
Paula schüttelt den Kopf. »Nein, lass mal. Ich gehe zu Fuß. Ein bisschen Bewegung an der frischen Luft wird uns beiden«, sie tätschelt mit beiden Händen ihren Bauch, »ganz guttun. Aber danke für das Angebot.«
»Okay«, sagt Chris, schnappt sich die Anzugjacke und eilt mit großen Schritten aus der Küche. Wenig später hört Rick die Wohnungstür ins Schloss fallen.
»Chris steht mächtig unter Strom«, sagt er. »Die Hotline ist sein Baby. Er hat Schiss, dass sie floppt.«
»Ich weiß«, antwortet Paula und schneidet eine Grimasse. »Der erste Run scheint auch tatsächlich vorbei zu sein. Aber vielleicht pendelt es sich ja wieder auf einem gewissen Niveau ein. Und wenn nicht, ist das auch kein Weltuntergang. Dann machen wir eben etwas anderes.«
Rick geht grinsend auf Paula zu und legt ihr beide Hände auf die Schultern. »Weißt du, was ich am meisten an dir mag?«
Paula sieht zu ihm hoch und legt die Stirn in Falten, als müsse sie angestrengt nachdenken. »Meinen Apfelkuchen«, sagt sie schließlich.

»Den auch«, sagt Rick. Er beugt sich zu ihr hinunter und streicht ihr eine Haarsträhne aus der Stirn. »Aber vor allem schätze ich deinen unverwüstlichen Optimismus.«

Paula lacht Rick an und boxt ihm spielerisch in die Rippen. »Kindskopf«, sagt sie, dreht sich um und spaziert breitbeinig aus der Küche.

Rick sieht ihr hinterher und überlegt, wie das wohl werden wird, mit einem plärrenden Balg an Bord. Es ist nicht das erste Mal, dass er sich diese Frage stellt. In drei oder vier Wochen müsste es so weit sein. Eigentlich ist das auch ein Thema für die WG-Agenda. Er wüsste schon ganz gern, wie Konrad und Paula sich das Zusammenleben nach dem Tag X vorstellen.

Erst als Rick in seinem Zimmer am offenen Fenster steht und kleine Rauchwolken in die kalte Luft bläst, fällt ihm ein, dass er etwas Wichtiges vergessen hat zu erwähnen.

Jemand von Ihnen hat schwere Schuld auf sich geladen, hat die Anruferin gesagt. *Und das müssen Sie jetzt alle büßen.*

Rick betrachtet die graue Fassade des Hinterhauses gegenüber. Chris hat unrecht, überlegt er. Das war nicht der Anruf einer durchgeknallten Irren. Die Frau wusste ganz genau, wovon sie sprach.

5

»Merhaba.«

Paula betritt die türkische Bäckerei gegenüber der U-Bahn-Station *Schlesisches Tor.* Das Läuten der Türglocke klingt durch den kleinen Raum. Sie ist die einzige Kundin. Es duftet nach frisch gebackenem Brot und ganz leicht, kaum wahrnehmbar, nach Oregano. Paula liebt diesen Geruch. Sie verbindet ihn mit einer glücklichen, wohlbehüteten Kindheit. Einer Kindheit, die sie selbst nie hatte.

Mit begehrlichen Augen betrachtet Paula die Backwaren in der Auslage. Vor ihrer Schwangerschaft hätte man sie mit diesem klebrigen, viel zu süßen Zeug jagen können. Aber zurzeit könnte sie sich ausschließlich von dem Süßkram ernähren. Dabei muss sie aufpassen, dass sie nicht noch mehr zunimmt. Sie hat jetzt schon einige Kilo zu viel auf den Rippen. Paula seufzt. Warum kann sie nicht auf saure Gurken abfahren? Die sind nicht halb so kalorienlastig.

Die junge Türkin mit einem schwarzen Kopftuch, das, wie Paula weiß, Hidschab heißt, sieht sie aus schwarz umrandeten Augen ungeduldig an. Paula lächelt entschuldigend und zeigt auf die Blätterteigteilchen mit Quarkfüllung. »Davon bitte zwei«, sagt sie, und nach kurzem Zögern fügt sie hinzu: »Und einen von den Sesamkringeln bitte noch.«

Sie bezahlt, nimmt die Tüte mit den Backwaren und das Wechselgeld entgegen und verabschiedet sich mit einem freundlichen »Güle, güle«.

Ein kalter Wind bläst ihr entgegen, als sie aus dem Laden auf die Straße tritt. Vereinzelte Schneeflocken wirbeln durch die Luft. Paula schlingt ihren Schal enger um den Hals und biegt nach links in die Wrangelstraße ein. Sie fühlt sich wohl in

Klein-Istanbul, wie dieser Teil von Kreuzberg gerne genannt wird. Ihr gefällt das bunte, laute Treiben, das Gemisch aus türkischen und deutschen Läden. Sie schlendert an dem *Kaisers* an der Ecke vorbei, vor dem sich trotz der frühen Stunde schon einige Obdachlose versammelt haben. Sie stehen eng beisammen, als wollten sie sich gegenseitig wärmen, und lassen eine Flasche mit einer durchsichtigen Flüssigkeit kreisen.
»Was wird's denn?«, fragt einer der Männer und deutet auf Paulas Bauch. »Junge oder Mädchen?«
»Weiß ich nicht«, antwortet Paula. »Ich lass mich überraschen.«
»Hoho«, macht der Mann und schenkt ihr ein zahnloses Lächeln. Sie lacht und winkt ihm zu. Dann setzt sie ihren Weg fort. Der türkische Obsthändler auf der anderen Straßenseite hievt gerade die schweren Gemüsekisten auf den Stand vor seinem Laden. In der Tür des Weinladens hängt bereits seit Tagen ein Schild aus brauner Pappe: *Vorübergehend geschlossen* hat jemand mit krakeligen Buchstaben draufgeschrieben. Der Besitzer soll wohl selbst sein bester Kunde und schon am frühen Nachmittag sturzbetrunken gewesen sein. Hat Paula sich sagen lassen.
Der Anruf dieser Frau geht Paula nicht mehr aus dem Kopf. Ob es tatsächlich nur ein makabrer Scherz war? Es übersteigt ihre Vorstellung, dass eine Mutter es über sich bringen könnte, ihr neugeborenes Baby bei lebendigem Leib zu vergraben. Aber sie hat einige Semester Psychologie studiert und weiß, zumindest theoretisch, welche Abgründe sich in der menschlichen Seele auftun können, und zu welch unfassbaren Grausamkeiten traumatisierte Menschen fähig sind. Und dass Mutterliebe kein Naturgesetz ist, diese Erfahrung hat sie als Kind selbst machen müssen.
Paula schiebt die unerfreulichen Erinnerungen schnell wieder

von sich, als sie die Bewegung des Kindes in ihrem Bauch wahrnimmt. Sie wird ihr Kind lieben. Sie ist jetzt schon ganz erfüllt von Liebe zu diesem Winzling, den sie da mit sich rumschleppt. Sicher wird es ein Junge, so fest, wie das Baby zutreten kann. Ein kleiner Fußballer. Paula lächelt in sich hinein. Vor ihrem inneren Auge erscheint ein kleiner Konrad mit blonden zerzausten Haaren, verdrecktem T-Shirt, in der Armbeuge den viel zu großen Fußball.

Paula ist vor dem Haus, in dem sich das Büro befindet, angekommen. Sie stemmt sich gegen die schwere Haustür und drückt sie auf. Im Treppenhaus riecht es muffig. Nach modriger Feuchtigkeit und kalter Asche. Obwohl alle Wohnungen inzwischen modernisiert sind und über Gasheizungen verfügen, ziehen es einige der überwiegend älteren Mieter vor, weiterhin mit den Kachelöfen einzuheizen. Aus Gewohnheit oder aus Sparsamkeit. Paula weiß es nicht. Wahrscheinlich ist es eine Mischung aus beidem. Eine Hand am Geländer, schleppt sie sich die abgetretenen Holzstufen zum dritten Stock hoch. Allmählich wird es Zeit, dass das Kind auf die Welt kommt. Es wird immer beschwerlicher, hier hochzusteigen. Paula ist nur froh, dass es nicht Sommer ist. Von einer Freundin weiß sie, dass Hitze eine Schwangerschaft im Endstadium zur Qual werden lassen kann.

Paula hat es nach einer gefühlten Ewigkeit in den dritten Stock geschafft. Es ist noch gar nicht so lange her, da ist sie, zwei Stufen auf einmal nehmend, in drei Minuten die Treppe hochgestürmt. Kommt alles wieder, tröstet sie sich und kramt in ihrer Handtasche nach dem Schlüssel. Die Tüte mit den Backwaren fällt ihr aus der Hand. Schwerfällig geht sie in die Knie und richtet sich stöhnend wieder auf. Sie steckt den Schlüssel ins Schloss und schließt die Tür auf. Der enge Flur ist hell erleuchtet. Es riecht nach frischem Kaffee. Paula hängt ihren Mantel an einen der Haken an der Wand und wirft einen Blick in den großen, weißgetünchten Raum, der rechts von der Diele abgeht. Robert, Lisa und Nasti sitzen an ihren Schreibtischen. Und zwei neue Aushilfen, deren Namen Paula schon wieder vergessen hat. Sie nimmt sich vor, gleich in der Liste nachzusehen, wie die beiden Frauen heißen.

Nasti bemerkt sie, hebt die Hand und deutet an, dass sie gerade jemanden in der Leitung hat. Paula nickt, formt die Lippen zu einem lautlosen »Hallo« und geht in die Küche. Sie legt die Papiertüte und die Handtasche auf dem Tisch ab und ist schon fast wieder zur Tür hinaus, da hört sie das Klingeln ihres Handys. Sie fischt es aus der Handtasche. *Konrad* steht im Display. Paulas Herz macht einen kleinen freudigen Hüpfer.

»Sie sind verbunden mit der Beicht-Hotline. Mein Name ist Paula. Ich bin für Sie da. Wann immer Sie wollen. Tag und Nacht.« Sie legt ihre Stimme zwei Nuancen tiefer und eine Spur rauchiger an.

Konrad lacht am anderen Ende der Leitung. »Hi, Süße. Ich will hoffen, dass du so nicht jeden Anrufer empfängst.«

»Was wäre, wenn?«, fragt Paula kokett. Sie schlendert zu dem kleinen Küchenfenster, das den Blick auf einen trostlosen Hinterhof freigibt, und lehnt sich gegen die Fensterbank.

»Dann würde ich sagen, dass du deinen Job verfehlt hast.«

»Ach, und das ist alles?«, schmollt Paula.

»Wie geht es Nummer drei?«, fragt Konrad, noch immer ein Lachen in der Stimme.

»Nummer drei ist heute etwas unruhig«, sagt Paula. »Strampelt wie wild und tritt um sich wie ein Pferd. Das Kind vermisst dich wahrscheinlich ebenso sehr wie ich.«

»Ich vermisse euch auch«, sagt Konrad, und Paula kann schon dem Ton seiner Stimme entnehmen, dass er eine unangenehme Nachricht in petto hat.

»Was ist?«, fragt sie. »Raus mit der Sprache.«
»Vor dir kann ich auch nichts verheimlichen«, stöhnt Konrad in gespielter Verzweiflung. »Ich warte auf den Tag, an dem du meine Gedanken lesen kannst.«
»Das kann ich bereits«, behauptet Paula frech. »Ich habe es bisher nur für mich behalten. Also, was ist?«
»Ich schaffe es heute nicht mehr. Der Kühler vom Bus ist geplatzt. Jetzt sitzen wir in diesem Kaff – ich kann mir nicht mal den Namen merken – im tiefsten Brandenburg erst mal fest.«
»Warum steigst du nicht in einen Zug?«
»Süße, das geht nicht. Wir sind ein Team. Das weißt du doch.«
Paula seufzt. »Ja, schon gut. Was glaubst du, wie lange es dauert, bis die blöde Karre wieder flott ist?«
»Der Typ von der Kfz-Werkstatt meinte, er kann nicht garantieren, dass er es bis morgen schafft. Aber er versucht es.«
»Noch eine Nacht ohne dich.« Paula seufzt. »Das überstehen Nummer drei und ich nicht. Jedenfalls nicht, ohne bleibenden Schaden zu nehmen. Gerade jetzt brauchen wir den direkten Körperkontakt nötiger denn je.«
»Ich mache es wieder gut«, verspricht Konrad.
Nasti erscheint in der Küchentür, Anorak und Mütze in der Hand. Sie sieht Paula fragend an.
»Konrad, ich muss Schluss machen. Die Arbeit ruft«, sagt Paula. Mit der freien Hand gibt sie Nasti ein Zeichen, dass sie verschwinden kann.
»Tschüs«, flüstert Nasti. »Bis morgen.«
Paula nickt, lächelt und formt ein lautloses »Bis morgen« mit den Lippen. »Rufst du mich heute Abend noch mal an?«
»Hatte ich vor. Ciao, Süße!«
»Dann bis heute Abend«, sagt Paula und haucht einen Kuss in das Handy.
Kaum sitzt Paula an ihrem Schreibtisch, da kommt auch

schon ein Anruf rein. Hastig stülpt sie sich das Headset über den Kopf. Während sie sich auf ihrem Stuhl zurechtrückt, sagt sie ihren Spruch auf. »Guten Morgen, Sie sind mit der Beicht-Hotline verbunden. Mein Name ist Paula. Was kann ich für Sie tun?«

»Paula?« In der Frage schwingt ein überraschter Ton mit. Als hätte die Frau sie an ihrer Stimme erkannt.

»Ja«, antwortet Paula gedehnt. Die Gefahr, jemanden am Telefon zu haben, den man tatsächlich kennt, ist äußerst gering. Aber es kann natürlich vorkommen. Paula kramt in ihrem Gedächtnis nach den Verhaltensregeln, die ihnen Chris für diesen Fall mitgegeben hat.

»Ein schöner Name«, sagt die Frau in Paulas Überlegungen hinein.

»Danke«, sagt Paula und atmet erleichtert aus.

»Heute Nacht habe ich mit«, sie zögert, als wäre ihr der Name entfallen, »Rick gesprochen. Wäre es möglich, mich mit ihm zu verbinden?«

»Tut mir leid«, sagt Paula. »Rick ist nicht da. Aber Sie können auch mit mir reden.«

Im Telefon macht es *Klick.* Die Frau hat ohne ein weiteres Wort aufgelegt. Paula schüttelt verärgert den Kopf. Das blinkende Signal kündigt den nächsten Anruf an. Dieses Mal ist ein älterer Mann dran, der mehrere Anläufe braucht, bis er auf seine Probleme zu sprechen kommt. Ein Anruf folgt dem nächsten. Paula hat plötzlich alle Hände voll zu tun. Als gegen Mittag Lisa und kurze Zeit später Rick auftauchen, um sie abzulösen, hat sie die unhöfliche Frau, die nach Rick gefragt hat, schon wieder vergessen.

6

Für Chris geht der Tag so unerfreulich weiter, wie er begonnen hat. Die Bedienung, eine nicht mehr ganz junge Frau mit einem verbitterten Zug um den rot geschminkten Mund, stellt gerade den dritten Cappuccino vor ihm auf dem Tisch ab. Er zwingt sich zu einem Lächeln und bedankt sich. Mit dem Zeigefinger schiebt er den Ärmel seines Jacketts zurück und wirft einen Blick auf seine Armbanduhr. Seit einer Dreiviertelstunde ist der Typ vom Berlin TV überfällig. Medien- und Presseleute stehen mit der Einhaltung von Terminen auf Kriegsfuß. Die Erfahrung hat er in den letzten Monaten mehr als einmal gemacht. Chris rührt geistesabwesend mit dem Löffel in der Kaffeetasse. Dummerweise ist er auf die Presse angewiesen. Er braucht dringend Werbung für die Hotline. Eine Weile sah es richtig gut aus, aber nach dem Boom der letzten Wochen ist es wieder merklich ruhiger geworden. Im Moment arbeiten sie mit Ach und Krach gerade mal kostendeckend. Chris trinkt seinen Kaffee aus und winkt der Kellnerin, die gelangweilt am Tresen lehnt und ihre Fingernägel begutachtet.

»Zahlen«, ruft er ihr zu, als sie kurz in seine Richtung blickt. Er hat keine Lust mehr zu warten. Lohnt sich eh nicht, was mit diesem Sender zu machen. Wer schaut sich schon Berlin TV live an? Er muss größer, globaler denken. Think big! Das ist es. Chris zückt sein Portemonnaie, drückt der Bedienung geistesabwesend einen Zwanziger in die Hand, sagt: »Stimmt so!«, und erhebt sich.

»Oh, danke!«, sagt die Frau verdutzt. Den Schein lässt sie blitzschnell in ihrer Geldbörse verschwinden. »Beehren Sie uns wieder«, sagt sie dann noch. Aber das hört Chris nicht mehr. Er hat sich seinen Mantel geschnappt und ist bereits auf dem Weg zur Tür.

Chris überquert den Winterfeldtplatz. Er hat seinen Wagen am Ende der Goltzstraße geparkt. Die Hände tief in den Manteltaschen vergraben, überlegt er, wie er es schaffen könnte, in eine dieser großen Talkshows zu kommen. Das müsste doch machbar sein. Chris ist ehrgeizig. Verbissen nennt Rick es. Aber er hat schließlich nicht Psychologie studiert, um sich die eingebildeten oder tatsächlichen Nöte und Ängste von gelangweilten Hausfrauen und übersättigten Wohlstandsbürgern anzuhören und sich das teuer bezahlen zu lassen. Er wird nicht in die Fußstapfen seines Vaters treten und in dessen gutgehende Praxis am Ku'damm einsteigen. Er wird sein eigenes Ding durchziehen.

Chris will etwas bewirken. Er will aufrütteln. Den Menschen einen Spiegel vorhalten. Die Beicht-Hotline ist erst der Anfang. Wir leben in einer Zeit, in der moralische Werte immer mehr zu einer Floskel verkommen, in der die Gewaltbereitschaft, insbesondere von jungen Menschen, immer brutalere Auswüchse annimmt, in der das Recht des Stärkeren die gesellschaftlichen Strukturen bestimmt. Chris will ein Bewusstsein für Recht und Unrecht schaffen. Er glaubt, so blöd das auch klingt, an das Gute im Menschen. An eine Art Urinstinkt, die in jedem von uns schlummert. Die Art von Instinkt, die dir unmissverständlich sagt, jetzt hast du eine riesengroße Scheiße gebaut. Er glaubt fest daran, dass jeder Mensch das tiefe Bedürfnis in sich trägt, sich seine Sünden und Verfehlungen von der Seele zu reden. Es geht Chris dabei nicht um Absolution. Verzeihen kann sowieso nur jeder sich selbst. Er will ein Forum bieten für Menschen, die sich etwas von der Seele reden wollen.

Die Beicht-Hotline wird sich in nicht allzu ferner Zukunft als

eine feste Institution in unserer Gesellschaft etablieren. Davon geht Chris aus. Ohne Wenn und Aber.
Auch eine Art von Größenwahn, lautete Ricks Kommentar, als Chris ihm von seinen Plänen und Visionen erzählte. Rick ist sein bester Freund. Sie kennen sich seit der Grundschule, haben einige Kämpfe gemeinsam ausgefochten. Rick ist der Einzige, der so etwas zu ihm sagen darf. Chris weiß, dass der Freund seine Begeisterung nicht teilt. Er ist nicht wirklich überzeugt von Chris' Visionen. Auch Paula und Konrad sind das nicht. Sie sagen es nicht, aber Chris ist ja nicht blöd. Die beiden machen mit, weil sie das Geld brauchen und insgeheim hoffen, dass daraus wirklich die ganz große Sache werden wird. Chris stört das nicht. Er sieht sich als Einzelkämpfer. Und – das ist das Wichtigste – er ist überzeugt von der Großartigkeit seiner Idee. Er schließt sein Auto auf und steigt ein. Er wird nach Hause fahren und das Internet checken. Da gibt es Dutzende von Netzwerken, über die er die Hotline bekannt machen kann. Chris ärgert sich, dass er darauf nicht schon viel früher gekommen ist. Er schert aus der Parklücke und reiht sich in den Verkehr ein. Bald wird es in jedem Land in Europa die Beicht-Hotline geben. *Und ich bin der Gründer.* Der Gedanke erfüllt ihn mit unbändigem Stolz.

7

Du ziehst den Reißverschluss der Stiefel hoch, richtest dich auf und schlüpfst in den Mantel. Aus dem Wohnzimmer dringen die Geräusche des Fernsehers, untermalt von einem gleichförmigen Schnarchen, an dein Ohr. Du gehst ohne ein Wort. Es ist gleichgültig, ob du da bist oder nicht. Es macht keinen Unterschied. Für dich nicht. Für sie nicht. Für niemanden.

Die Luft ist heute erstaunlich mild. Schon nach ein paar Schritten beginnst du, in dem dicken Wollmantel zu schwitzen. Du knöpfst ihn mit einer Hand auf, hastest weiter. Du hast ein Ziel. Nach langer Zeit endlich wieder ein Ziel. Du bist überrascht, wie gut sich das anfühlt.

In der S-Bahn setzt du dich nach hinten. Auf eine Zweierbank. Du schiebst deine Hände in die Manteltaschen, lehnst dich zurück und schaust aus dem Fenster. In die schmutzigen Scheiben ist das Wort *HASS* eingeritzt. Die beiden S sehen aus wie das Emblem der Waffen-SS

Irgendwann weichen die hohen Häuserfassaden Schrebergarten-Anlagen und Einfamilienhäusern mit winzigen Gärten. Als eine Lautsprecherstimme den Namen der Station nennt, an der du aussteigen musst, stehst du auf und stellst dich an die Tür. Eine Frau, blondgesträhnter Kurzhaarschnitt, in jeder Hand eine prall gefüllte Plastiktüte, steigt mit dir aus. Mit energischen Schritten bewegt sie sich auf den Ausgang zu. Auf dem gegenüberliegenden Bahngleis steht eine S-Bahn zur Fahrt zurück in die Stadt bereit. Für den Bruchteil einer Sekunde bist du versucht, einzusteigen und unverrichteter Dinge zurückzufahren. Du widerstehst der Versuchung und folgst der Frau die Stufen zur Straße hinunter. Dort trennen sich eure Wege. Sie biegt nach rechts ab, du nach links.

Nur fünf Minuten später stehst du vor dem Haus. Es macht einen verwahrlosten Eindruck. Der Vorgarten ist mit Unkraut überwuchert, braune, abgeknickte Stengel ragen aus der Erde, das dunkle Holz des Gartenzauns ist fleckig vom Grünspan. Zum ersten Mal fragst du dich, was du hier eigentlich willst. Klingeln, ja und dann? Noch während du darüber nachdenkst, öffnet sich die Haustür, und ein Mann kommt heraus. Im Gehen zieht er sich den Mantel über. Du bückst dich, gibst vor, deine Schnürsenkel zu binden. Er hastet mit schwerem Schritt an dir vorbei. Du hebst den Kopf, ein flüchtiger Blick in sein Gesicht. Tränen strömen über seine Wangen. Er scheint dich nicht wahrzunehmen. Du hörst ihn Worte murmeln. »Marie« und: »Nicht mehr zum Aushalten.«

Du richtest dich auf, siehst ihm nach, bis er um die Ecke verschwunden ist. Wenige Minuten später tritt eine rothaarige Frau aus dem Haus. Sie ist schrecklich dünn. Ein Windstoß, denkst du, und sie wird weggeweht wie die Feder eines kleinen Vogels. Sie sieht dich kurz an, ihr Blick geht durch dich hindurch, als seist du aus Glas. Sie wendet sich von dir ab und geht mit gesenktem Kopf, die Hände in den Ärmeln einer ausgeleierten Wollweste vergraben, die Straße hinunter. Du überlegst nicht lange und eilst ihr hinterher.

8

Zweiter Tag

Paula steht mit einer Tasse Tee am Fenster in der Büroküche und schaut nachdenklich auf den tristen Hinterhof, der von einer trüben Funzel an der Hauswand über der Tür und einer über den Mülltonnen beleuchtet wird. Am Tag bilden die blaue und die gelbe Mülltonne die einzigen Farbkleckse in dem grauen Viereck. Ein Mann in Unterhemd erscheint in einem der Fenster des Hinterhauses, winkt ihr zu. Paula hebt zerstreut die Hand zum Gruß. Aus dem Raum nebenan dringen leise Stimmen an ihr Ohr. Fast alle Schreibtische sind besetzt. Von 20.00 Uhr bis Mitternacht gehen erfahrungsgemäß die meisten Anrufe ein. Als würde sich gerade in diesem Zeitraum das Bedürfnis, mit jemandem zu sprechen, das sich den Tag über angestaut hat, ein Ventil suchen. Viele rufen an, weil sie einsam sind. Niemanden haben, mit dem sie reden können, der ihnen zuhört.

Und dann gibt es die Anrufer, die keinen persönlichen Ansprechpartner wollen. Deshalb haben sie die Option *auf Band sprechen* hinzugenommen. Sie wird hauptsächlich von den Leuten genutzt, die sich tatsächlich etwas zuschulden haben kommen lassen und diese Last einfach nur loswerden wollen. Wenn man ein Vergehen in Worte fasst, verliert es ein bisschen von seiner Ungeheuerlichkeit. Für eine Tat, oder, wie Chris es ausdrückt, eine Untat, nach Formulierungen zu suchen, sie mit eigenen Worten zu beschreiben, ihr auf den Grund zu gehen, ist der erste Schritt zu einem Läuterungsprozess, an dessen Ende die Einsicht steht. Behauptet zumindest Chris.

Paula seufzt und trinkt einen Schluck von ihrem Tee. Sie muss auch reden. Und zwar mit Konrad. Schon seit Wochen schiebt sie dieses Gespräch immer wieder vor sich her. Sie hat keine Ahnung, wie er reagieren wird, wenn sie ihm ihre Zukunftspläne offenbart. Er wohnt schon lange mit Chris und Rick zusammen. Sie sind ein eingeschworenes Team. Sie, Paula, ist da quasi der Eindringling. Nicht, dass sie sich je so gefühlt hätte. Na gut, anfangs vielleicht schon. Aber mittlerweile fühlt sie sich richtig wohl. Es hat ja auch was, als einzige Frau in einem Männerclan. Paula streicht sich lächelnd eine Haarsträhne hinters Ohr. Seit ihre Schwangerschaft sichtbar ist, tragen ihre drei Männer sie richtiggehend auf Händen. Wenn es nach ihnen ginge, dürfte sie nicht mal mehr den Müll runtertragen. Sie ist sogar vom Einkaufen freigestellt. Und Rick raucht nicht mehr in der Wohnung, ohne dass sie das von ihm gefordert hätte. Der Auszug wird ihr nicht leichtfallen. Besonders Rick hat sie richtig ins Herz geschlossen. Er ist für sie wie ein Bruder. Der Bruder, den sie sich als kleines Mädchen immer gewünscht hat. Jemand, der auf sie achtgibt, sie beschützt. Ihr Verhältnis zu Chris ist distanzierter. Aber das liegt an ihm, nicht an ihr. Chris ist ein sehr verschlossener, versponnener Mensch, der niemanden wirklich nah an sich heranlässt. Bis auf Rick vielleicht. Die beiden haben, soweit Paula weiß, schon im Sandkasten Freundschaft geschlossen. Das schweißt zusammen.

Aber WG hin, WG her. Sie und Konrad werden bald eine kleine Familie sein. Rick und Chris passen da einfach nicht mehr so richtig ins Bild. Paula atmet tief ein und aus. Konrad hat heute Morgen angerufen und Bescheid gesagt, dass er im Laufe der Nacht zurückkommen wird. Die Reparatur hat doch nicht so lange gedauert wie anfangs befürchtet. Gleich morgen wird sie sich ihn greifen und fragen, wie er dazu steht. Sie wundert sich selbst, wieso sie bei dem Gedanken an dieses Gespräch ein mulmiges Gefühl in der Magengegend verspürt. Paula stellt die leere Teetasse in die Spüle und geht zu den anderen. Rick hat die Beine auf dem Schreibtisch und lauscht konzentriert einem Anrufer. Nasti nimmt das Headset ab und streckt sich ausgiebig. Sie bemerkt Paula, steht auf und kommt mit wiegenden Schritten auf sie zu. Mit ihrem durchscheinenden Teint und den kurzgeschorenen Haaren sieht Nasti ein bisschen aus wie eine Kopie von Sinead O'Connor. Aber hinter der zierlichen, fast ätherisch wirkenden Frau verbirgt sich eine Persönlichkeit mit eisernem Willen. Nasti weiß mit ihren zwanzig Jahren schon sehr genau, was sie will. Paula hat wenig Zweifel, dass sie ihre gesetzten Ziele auch erreichen wird. Nasti singt in einer Band und studiert nebenbei Psychologie. Wie fast alle, die hier arbeiten. Das Singen sei ihre eigentliche Berufung, sagt sie. Aber da das Musik-Business unberechenbar ist und der Erfolg einer Band eher auf Glück als auf Können basiert, studiert sie etwas Handfestes. Psychologen werden immer gebraucht. In Zukunft noch häufiger als jetzt schon. Deutschland ist nämlich auf dem besten Weg zu einem Volk von Neurotikern und Burn-Outlern zu werden. Sagt Nasti. Und die Statistiken dazu geben ihr offensichtlich recht.

»Ich mache dann Schluss für heute«, verkündet Nasti.

»Mach das«, sagt Paula und geht zu ihrem Platz.

Sie greift nach dem Headset und fängt einen Blick von Rick auf, der ihr direkt gegenübersitzt. Er verdreht in gespielter Verzweiflung die Augen. »Irre gibt's«, raunt er ihr zu. »Du glaubst es nicht.«

Nasti erscheint in der Tür. Sie zieht sich die Kapuze ihres Anoraks über den Kopf, schultert umständlich ihren Rucksack und hebt die Hand: »Tschüs, bis morgen!«

»Tschüs«, erwidert Paula, ohne aufzublicken. Sie hat ein Gespräch in der Leitung. »Sie sind verbunden mit der Beicht-Hotline. Mein Name ist Paula.«

»Ich habe Sie gleich an der Stimme erkannt«, sagt eine Frau.

Paula runzelt irritiert die Stirn. »Haben wir schon mal miteinander gesprochen«, fragt sie, um einen verbindlich freundlichen Ton bemüht.

»Gestern«, antwortet die Frau.

»Tut mir leid«, sagt Paula gleichbleibend freundlich. »Sie müssen mir auf die Sprünge helfen.«

»Ich wollte mit Rick sprechen. Ist er jetzt da?«

»Ja«, sagt Paula gedehnt und sieht zu Rick hinüber. »Aber er telefoniert gerade. Wollen Sie vielleicht so lange warten? Oder noch mal anrufen? Selbstverständlich können Sie auch mit mir reden.« Paula hört die Frau atmen.

Nach einem kurzen Augenblick sagt sie zögernd: »Könnten Sie ihm vielleicht etwas ausrichten?«

»Gerne«, sagt Paula.

Die Frau räuspert sich, bevor sie weiterspricht: »Heute Nacht ist es so weit.«

Das Herz klopft Paula plötzlich bis zum Hals. Sie will etwas sagen, bringt aber keinen Ton heraus. Das Kind in ihrem Bauch scheint ihre Aufregung zu spüren. Es bewegt sich unruhig, beginnt, sie mit Tritten zu traktieren.

»Ich bin bereits auf dem Weg zum Friedhof«, sagt die Frau, und Paula hört an dem leisen Klicken in der Leitung, dass sie aufgelegt hat.

Paula legt die Hände schützend über ihren Bauch, spürt an ihren Handflächen die Bewegungen des Kindes und fühlt sich für den Bruchteil einer Sekunde wie erstarrt. Dann reißt sie sich mit einer schnellen Handbewegung das Headset vom Kopf und schreit: »Rick!«

Der schaut erschrocken hoch, sieht ihr Gesicht und sagt zu dem Anrufer: »Tut mir leid, ein Notfall. Ich muss unser Gespräch beenden.« Er springt auf und ist mit zwei Schritten an Paulas Seite. »Was ist? Ist es so weit? Musst du ins Krankenhaus? Soll ich ein Taxi rufen?« Er zückt sein Handy.
Paula schüttelt heftig den Kopf, schnappt nach Luft. Ihr Herzschlag beruhigt sich nur langsam. Rick geht neben dem Stuhl in die Knie und nimmt ihre Hand. »Was ist? Sag doch was? Geht es dir nicht gut?«
»Die Frau«, keucht Paula. »Sie hat wieder angerufen.«
»Welche Frau?«, fragt Rick, und im selben Moment fällt der Groschen. »Scheiße! Was hat sie gesagt?«
»Dass sie bereits auf dem Weg zum Friedhof ist! Rick, sie will es heute tun. Sie will ihr Kind begraben. Wir müssen sofort die Polizei verständigen.« Paula greift zum Telefon.
»Nein«, sagt Rick und hält ihre Hand fest. »Den Fehler mache ich nicht noch mal.«

9

Konrad schließt die Wohnungstür auf. »Jemand zu Hause?«, ruft er und lässt die Reisetasche in der Diele auf den Boden fallen. Er hängt seine Jacke an die Garderobe und wirft einen Blick in die Küche. Leer. Auch im Wohnzimmer ist keiner. Unter der Tür von Chris' Zimmer sieht Konrad einen schwachen Lichtstreifen schimmern. Er klopft und betritt das Zimmer, ohne eine Aufforderung abzuwarten. Chris dreht ihm den Rücken zu. Im schwachen Schein der Schreibtischlampe sitzt er mit riesigen Kopfhörern auf den Ohren vor dem PC und schaut sich einen Video-Clip an. Zu einer tonlosen Musik zappeln halbnackte Frauen in einem offenen Cabrio, das von einem asiatisch aussehenden Mann mit einer Hand gesteuert wird, während er mit der anderen ausholende Gesten beschreibt und dazu die Lippen bewegt.

Konrad schiebt die Zungenspitze zwischen die Lippen, schleicht sich von hinten an Chris ran und tippt ihm sacht auf die Schulter. Chris stößt einen heiseren Schrei aus, fährt von seinem Stuhl hoch und starrt den Freund mit so entsetzten Augen an, dass Konrad in lautes Gelächter ausbricht. Chris reißt sich die Kopfhörer von den Ohren.

»Mann«, schimpft er. »Was soll der Scheiß? Ich hätte einen Herzinfarkt bekommen können.«

»In deinem Alter? Und als Nichtraucher? Höchst unwahrscheinlich.« Konrad klopft ihm auf die Schulter. »Sorry, ich konnte ja nicht ahnen, dass du so schreckhaft bist.«

Chris zeigt Konrad einen Vogel. »Werd endlich erwachsen«, sagt er. »Schließlich musst du bald für eine Familie sorgen.«

Konrads Gesicht umwölkt sich. Er verzieht den Mund. »Nicht gerade mein Lieblingsthema zurzeit.«

Chris zieht die Augenbrauen hoch. »Ärger im Paradies?«
»Kann man so nicht sagen. Zwischen Paula und mir läuft es bestens. Nur …« Konrad zuckt mit den Schultern.
»Lust auf ein Bier?«, fragt Chris.
»Gute Idee«, antwortet Konrad. Er folgt Chris in die Küche, schnappt sich einen Stuhl, dreht die Lehne zu sich und setzt sich. Chris nimmt zwei Flaschen Bier aus dem Kühlschrank.
»Irgendwelche besonderen Vorkommnisse?«, fragt Konrad.
»Nö, alles wie gehabt.« Chris setzt sich Konrad gegenüber an den Tisch. Es zischt, als er die Flaschen öffnet. Er schiebt eine zu Konrad rüber und prostet ihm zu. Schweigend trinken sie. Konrad rülpst laut und dreht die Flasche in den Händen.
»Wie war die Tour?«, fragt Chris.
»Genial.« Konrad leert die Flasche in einem Zug. »Wir sollen die *Subtones* auf ihrer Tour durch Europa als Vorband begleiten«, sagt er unvermittelt.
»Wow«, sagt Chris.
»Ja. Wow«, bestätigt Konrad gedehnt. Er steckt einen Finger in den Hals der leeren Bierflasche und lässt sie am ausgestreckten Arm über der Stuhllehne baumeln. Als die Flasche fällt, fängt er sie mit der anderen Hand auf und stellt sie schwungvoll auf den Tisch zurück.
»Du wirkst nicht gerade euphorisch vor Begeisterung«, stellt Chris fest. »Noch ein Bier?«
Konrad nickt, ohne vom Küchentisch aufzusehen. Er zeichnet mit dem Zeigefinger die Holzmaserung der Tischplatte nach. »Falscher Zeitpunkt«, sagt er und greift nach der Bierflasche, die Chris ihm hinhält.
»Wegen Paula und dem Baby?« Chris trinkt einen großen Schluck aus der Flasche und sieht Konrad fragend an.
»Genau. Ich habe Paula versprochen, bei der Band erst mal auszusteigen, sobald das Baby da ist.«

»Verstehe«, sagt Chris.
»Nichts verstehst du.« Konrad wirft ihm einen bösen Blick zu.
»Dann erklär es mir«, sagt Chris.
»Ich will beides. Ich will die Band, und ich will Paula und unser Baby.«
»Hast du denn schon mit Paula darüber geredet?«
Konrad schüttelt den Kopf, lacht leise auf. »Verrate es bloß keinem, ich habe mich noch nicht getraut.«
»Dann wird es aber höchste Zeit«, sagt Chris.
»Ich weiß, ich weiß«, sagt Konrad. »Wenn das mal so einfach wäre.«
»Es ist einfach«, sagt Chris. »Du machst es dir nur schwer.«
»Jetzt komm mir bloß nicht mit deinem Therapeutengelaber. Gib mir lieber noch ein Bier«, knurrt Konrad.
»Alkohol ist auch keine Lösung«, sagt Chris und grinst breit. Konrad hebt die leere Bierflasche hoch und macht eine ausholende Bewegung. Chris duckt sich.
»Noch so ein blöder Spruch von dir«, sagt Konrad, »und ich werfe sie wirklich.«
Chris lacht und wird gleich darauf wieder ernst. »Du musst mit Paula reden, Konrad. Schieb es nicht länger vor dir her. Dadurch wird es nicht leichter.«
»Schon gut, Doktor Psycho«, sagt Konrad. »Sobald sich die Gelegenheit dazu ergibt, werde ich mit ihr reden. Großes Ehrenwort.«
»Du sollst das nicht mir zuliebe tun.« Aus den Augenwinkeln nimmt Chris wahr, dass Konrad eine ausholende Bewegung macht, und duckt sich schnell. Die Bierflasche segelt haarscharf über seinen Kopf hinweg und poltert hinter ihm auf den Boden. »Sag mal, spinnst du?«, fährt er Konrad an und streicht sich mit einer fahrigen Bewegung über den Kopf.

»Ich habe dich gewarnt«, sagt Konrad ungerührt. »Du wolltest ja nicht hören.«
Chris bückt sich und hebt die Flasche vom Boden auf. »Hast du mich absichtlich verfehlt, oder war es ein Versehen?«, fragt er misstrauisch.
Konrad grinst. »Sag du's mir! Du bist doch hier der Psychologe.«

10

Wo bleibt denn das Taxi?« Paula stapft ungeduldig von einem Fuß auf den anderen und bläst kleine Atemwolken in die Hände.

»Willst du nicht doch lieber wieder nach oben gehen?«, fragt Rick, während er gleichzeitig Ausschau nach dem Wagen hält.

»Kommt überhaupt nicht in Frage.« Paula hakt sich bei ihm unter. »Ich komme mit. Basta!«

Rick nickt ergeben. »Bei einem so stichhaltigen Argument wie *basta* kann ich natürlich nur kapitulieren.«

Paula grinst ihn von der Seite an. »Eben.«

Ein Mercedes biegt um die Ecke und kommt im Schritttempo auf sie zu. Sie lösen sich aus dem Schatten der Hauswand. Paula hebt die Arme und winkt den Taxifahrer herbei. Rick öffnet die Tür, und Paula klettert umständlich auf den Rücksitz. Er selbst nimmt auf dem Beifahrersitz Platz. Aus dem Radio klingt gedämpft türkische Musik.

»Wo soll es hingehen?« Der Mann wendet sich Rick zu. Ein älterer Türke mit vom Wetter gegerbtem Gesicht, der Mund von einem schwarzen Schnauzer verdeckt. Die dunklen Augen blicken freundlich.

»Wir müssen so schnell wie möglich nach Friedrichshain. Zu diesem großen Friedhof.«

Der Taxifahrer nickt. »Kenne ich«, sagt er und fährt los. Falls es ihn wundern sollte, was seine beiden Fahrgäste zu so später Stunde auf einem Friedhof wollen, lässt er sich das nicht anmerken. Seine Miene bleibt unbewegt. Wahrscheinlich ist es ihm egal, wohin er sie fährt. Hauptsache, sie sind nüchtern, kotzen ihm nicht den Wagen voll und können die Fahrt bezahlen. Rick ist selbst lange genug Taxi gefahren, um das wissen.

Schweigend fahren sie über die hellerleuchtete Oberbaumbrücke. Auf der rechten Seite blinkt an der Fassade eines Fabrikgebäudes in großen blauen Leuchtbuchstaben der Name von UNIVERSAL. Die dunkle Wasserfläche der Spree reflektiert die bunten Lichter, mit denen die Brücke nachts beleuchtet wird. Es wirkt, als würde der Fluss hier aus der Tiefe mit Tausenden von Strahlern ausgeleuchtet.

Schön ist anders, denkt Rick und dreht sich zu Paula um. Sie hat sich im Sitz zurückgelehnt und schaut konzentriert aus dem Seitenfenster. Für einen Augenblick glaubt er, ihre Anspannung spüren zu können. Er steht selber total unter Strom, auch wenn er Paula gegenüber den Coolen gibt. Ihm schwirren tausend Gedanken auf einmal durch den Kopf. Was tun sie hier eigentlich? Wie wollen sie auf dem riesigen Friedhofsgelände diese Frau finden? Wenn sie überhaupt da ist. Was für eine Schwachsinnsaktion. Er hätte auf Paula hören und die Polizei verständigen sollen.

»Wo genau wollen Sie denn hin?«, fragt ihn in diesem Moment der Taxifahrer und wirft ihm einen Blick von der Seite zu. »Der Friedhof ist groß.«

»Zum Haupteingang«, sagt Rick wie selbstverständlich. Er kennt den Friedhof nur aus dem Internet und hat keinen Schimmer, wo sich der Haupteingang befindet.

Wieder mustert ihn der Taxifahrer kurz von der Seite, bevor er weiterspricht. »Es gibt Eingänge in der Greifswalder und in der Heinrich-Roller-Straße. Am Prenzlauer Berg gibt es, soweit ich weiß, auch einen. Aber fragen Sie mich jetzt nicht, welcher davon der Haupteingang ist.«

»Lassen Sie uns einfach da vorne an der Ecke raus. Wir finden den Weg dann schon«, sagt Rick.

»Gut.« Der Mann stoppt den Wagen nach wenigen Metern am Straßenrand und schaltet den Zähler aus. »Vierzehn Euro zehn«, sagt er, zu Rick gewandt, und nimmt die Geldtasche aus dem Fach in der Fahrertür.

Rick dreht sich zu Paula um. »Hast du Geld dabei?«, fragt er mit einem schiefen Grinsen.

Paula nimmt die Geldbörse aus ihrer Umhängetasche und reicht einen Zwanzigeuroschein nach vorne. »Fünfzehn«, sagt sie. Der Taxifahrer bedankt sich, sucht mit spitzen Fingern das Wechselgeld zusammen und drückt es ihr in die Hand. Paula und Rick klettern aus dem Wagen. Der Taxifahrer setzt den Blinker und fährt davon.

»Und was jetzt?«, fragt Paula und schaut fragend zu Rick hoch.

Rick sieht sich im schwachen Schein der Straßenlaternen um. Auf der rechten Seite der Straße parken Autos vor einer mit Graffiti verzierten, gut zwei Meter hohen Mauer aus roten Backsteinen. Dahinter recken Bäume ihre kahlen Äste in die Luft. Der Friedhof.

»Komm«, sagt Rick. Er greift Paulas Arm und zieht sie mit sich.

Schon nach wenigen Schritten entdeckt er hinter einem grünen Glascontainer den Eingang zum Friedhof. Ein zweiflügeliges Gittertor. An zwei Stäben in der Mitte ist ein Schild mit dem Hinweis befestigt, dass geparkte Fahrzeuge abgeschleppt werden. Rick drückt vorsichtig die Klinke herunter. Es ist nicht abgeschlossen. Das Tor schwingt mit einem lauten Quietschen auf. Paula tritt neben ihn.

Der Weg in den Friedhof wird nur auf den ersten Metern durch das Licht der Straßenlaternen erhellt. Dahinter verliert sich Ricks Blick in der schwarzen Dunkelheit.

»Ohne Taschenlampe können wir das komplett vergessen«, sagt er. »Auf dem Friedhof ist es stockdunkel.«

Paula kramt in den Tiefen ihrer riesigen Tasche. »Et voilà.«

Mit einem verlegenen Lächeln fördert sie eine kleine Stabtaschenlampe zutage.
»Das glaube ich jetzt nicht«, sagt Rick. »Ist das Zufall, oder schleppst du die immer mit dir rum?«
»Ich trage noch ganz andere Dinge mit mir spazieren. Du würdest dich wundern«, sagt Paula. »Aber lass uns jetzt da reingehen, bevor ich es mir doch noch anders überlege.«
Rick zieht das Gittertor hinter ihnen zu, als könne er so verhindern, dass ihnen jemand folgt. Das Tor fällt scheppernd ins Schloss. Paula greift nach Ricks Hand und hält sie fest. Ihr Blick ist auf den Weg vor ihnen gerichtet, den das Licht der kleinen Taschenlampe nur spärlich beleuchtet. Hand in Hand setzen sie vorsichtig einen Schritt vor den anderen. Die Luft ist schwer und feucht. Es riecht intensiv nach Erde, nach vermodertem Laub. Rick glaubt, den Geruch von Pilzen wahrzunehmen, obwohl jetzt gar nicht die Zeit dafür ist.
Es fühlt sich gut an, Paulas Hand zu halten. Sie ist so klein, sie verschwindet fast vollständig in meiner Pranke, denkt Rick und registriert irritiert das warme Gefühl, das seinen Körper bei dem Gedanken durchströmt. Ein spitzer Schrei von Paula katapultiert ihn zurück in die Realität.
»Da war eine Ratte.« Paula zeigt auf den Weg vor ihnen und lacht nervös auf.
Rick drückt kurz ihre Hand. »Keine Angst. Ich beschütze dich vor jeglichem Ungetier, das uns hier über den Weg kriecht.«
Paula grinst ihn von der Seite an und sagt spöttisch: »Mein Held!«
Scheiße, denkt Rick. Ich bin auf dem besten Weg, mich in sie zu verlieben.
Schon bald geht der gepflasterte Weg in einen unbefestigten Pfad über. Dicke Baumwurzeln, die in der Dunkelheit wie in

sich verschlungene Schlangen erscheinen, winden sich kreuz und quer über den Boden. Vorsichtig setzen Rick und Paula einen Schritt vor den nächsten. Sie folgen dem Weg bis zur bröckeligen Friedhofsmauer, biegen dann in stillschweigendem Einvernehmen nach rechts ab. Der Lichtkegel der Taschenlampe trifft unvermittelt auf eine gesichtslose Marienstatue, die auf einem mit grünem Moos überwucherten Steinsockel thront.

Rick hört, wie Paula neben ihm scharf einatmet. »Huch«, keucht sie und lässt die Taschenlampe kurz sinken. »Jetzt habe ich mich aber echt erschreckt.«

Sie laufen weiter, vorbei an efeuüberwucherten Gräbern, mit Gittern eingefassten, zu Ruinen zerfallenen Grabmälern und an verrotteten Holzkreuzen. Hier und da flackern rote Grablichter auf, die bizarr zuckende Schatten auf den Weg werfen. Die ruhelosen Seelen der Toten, denkt Rick und wundert sich, wie der Gedanke in seinen Kopf gekommen ist.

»Wie sollen wir die Frau denn hier finden? Der Friedhof ist ja riesig«, flüstert Paula neben ihm.

»Keine Ahnung«, sagt Rick, ebenfalls flüsternd.

»Es ist unheimlich hier, findest du nicht?«, raunt Paula. »Ich habe ständig das Gefühl, ich müsste mich umsehen, weil uns jemand verfolgt.«

»Ich glaube, das Ganze ist eine Schwachsinnsaktion. Lass uns wieder abhauen.«

»Warum flüstern wir eigentlich«, flüstert Paula und kichert.

Plötzlich nimmt Rick eine flüchtige Bewegung wahr. Eine schemenhafte Silhouette in dem schmalen Lichtstreifen, den die Straßenlaterne wie einen Keil in die Dunkelheit schneidet. Er reißt Paula die Taschenlampe aus der Hand.

»Bleib hier«, ruft er ihr zu und rennt los. »Rühr dich nicht von der Stelle!«

»Aber was …« Paulas Worte gehen im klatschenden Geräusch seiner Schuhe auf dem nassen Boden unter.
Am Ende des Pfades verzweigt sich der Weg. Rick stoppt. Er schwenkt die Taschenlampe nach rechts – nichts. Dann nach links. Der Lichtkegel erfasst eine schmale, dunkle Gestalt, die über den Boden zu fliegen scheint, so schnell bewegt sie sich auf dem Pfad von ihm fort. Rick holt tief Luft und rennt hinterher. Paulas aufgeregte Stimme dringt an sein Ohr. Er versteht kein Wort von dem, was sie ihm nachruft. Sie ist zu weit weg. Rick zögert kurz, dann beschleunigt er seine Schritte. Paula wird schon nichts passieren.
Die Frau trägt einen fast bodenlangen Mantel. Er weht wie ein Umhang hinter ihr her. Rick zweifelt keine Sekunde daran, dass es sich bei der flüchtenden Person um die mysteriöse Anruferin handelt. Ohne ihre Schritte zu verlangsamen, greift sie nach der Kapuze und zieht sie sich über den Kopf. Rick bemerkt, dass sie ihm über die Schulter einen schnellen Blick zuwirft. Über ihrem Gesicht liegt ein Schatten. Er kann nichts erkennen. Sie kommt ins Stolpern, fängt sich wieder, rennt weiter. Rick holt auf. Mit jedem Schritt kommt er ihr näher. Er hört schon das laute Keuchen ihres Atems. Jetzt ist er dicht hinter ihr. Rick hebt die Hand, will sie am Arm packen. Doch da schlägt sie plötzlich einen Haken, springt über den zerfallenen Grabstein auf der rechten Seite. Rick spurtet ihr hinterher. Er stolpert über ein Hindernis am Boden, verliert das Gleichgewicht und stürzt der Länge nach hin. Der Geruch nach vermodertem Laub steigt ihm in die Nase. Etwas bohrt sich schmerzhaft in seine rechte Kniescheibe. Er tastet auf dem Boden vor ihm nach der Taschenlampe, die ihm aus der Hand gefallen ist, und richtet sich stöhnend wieder auf.
Wo ist sie?
Der Lichtstrahl gleitet über eine mit Grünspan überzogene

Steinplatte auf dem Boden, verliert sich schließlich zwischen einer Gruppe hoher Bäume. Die Frau ist wie vom Erdboden verschluckt.

»Shit«, flucht Rick. Er beugt sich vor und massiert mit der Handfläche das schmerzende Knie. Als er hochkommt, sieht er, nur einen Steinwurf entfernt, in den Nebelschwaden ein weißes Licht aufblitzen. Er verbirgt die Taschenlampe in der hohlen Hand, damit ihr Schein ihn nicht verrät, und schleicht in geduckter Haltung darauf zu. Aus dem Grau der Dunkelheit schälen sich die Umrisse einer Statue. Ein überlebensgroßer Engel, das steinerne Gewand in kunstvolle Falten gelegt, die riesigen Flügel auf dem Rücken weit ausgebreitet, als wolle er jeden Moment losfliegen. Den Kopf demütig gesenkt, die Hände im Schoß, wie zum Gebet gefaltet, sitzt er halb auf einem Sockel, aus dessen Mitte sich ein steinernes Kreuz in den nachtschwarzen Himmel erhebt. Eine niedrige Mauer, überwuchert von Efeu und Unkraut, umfasst die Grabstätte, grenzt sie von den anderen kleineren Gräbern ab.

Eine dunkle Gestalt balanciert mit ausgebreiteten Armen, als müsse sie um ihr Gleichgewicht kämpfen, auf dem schmalen Mauergrat. Im Schatten eines Busches, der seine kahlen Zweige wie dürre Skelettfinger in die Höhe reckt, macht Rick eine zweite Gestalt aus.

Das ist sie.

Rick spürt, wie sein Herzschlag sich beschleunigt. Vorsichtig schleicht er noch näher ran. Ein Zweig zerbricht mit einem leisen Knacken unter seinem Tritt. Er erstarrt mitten in der Bewegung. Die beiden kehren ihm den Rücken, reagieren nicht auf das Geräusch. Offensichtlich haben sie ihn nicht bemerkt.

»Komm, lass uns verschwinden!« Eine Gestalt bewegt sich aus dem Schatten, bleibt neben der Mauer stehen. Rick hört den drängenden Ton in der Stimme. Sie klingt wie die eines jungen Mädchens, fast kindlich.

»Ich denke, du hast ihn abgehängt?« Die Stimme ist um einige Nuancen tiefer.

Die tänzelnde Gestalt hat das Ende der Mauer erreicht. Sie dreht sich, die Arme immer noch ausgebreitet, langsam um die eigene Achse. In diesem Moment reißt die Wolkendecke auf. Mondlicht sickert durch den schmalen Spalt, taucht die Umgebung in ein silbernes Licht.

Das ist alles unwirklich, schießt es Rick durch den Kopf. Das Gefühl verstärkt sich, als die Gestalt auf der Mauer sich ihm ganz unvermittelt zuwendet, ihn aus Augen fixiert, die im hellen Weiß des Gesichtes wie dunkle Löcher wirken. Der kahlrasierte Schädel ist mit roten Zeichen bemalt, deren Bedeutung sich Rick nicht erschließt, die ihn aber vage an Runen erinnern. Der Fotoapparat, der ihm an einem langen Lederband um den Hals baumelt, wirkt seltsam fehl am Platz.

»Was wollen Sie von uns?« Der Junge, Rick schätzt ihn auf höchstens sechzehn, springt von der Mauer und kreuzt die Arme vor seinem Gesicht. »Ich kann Taekwondo. Kommen Sie keinen Schritt näher.« Wie zur Bestätigung tritt er mit ausgestrecktem Bein mehrmals in die Luft. Der Fotoapparat um seinen Hals schwingt rhythmisch mit.

Rick verkneift sich das Lachen, hebt beschwichtigend die Hände. »Nur die Ruhe«, sagt er.

Das Mädchen, das jetzt an die Seite des Jungen tritt, starrt ihn aus großen, kajalumrandeten Augen mehr interessiert als ängstlich an. Ihre schwarz geschminkten Lippen zieren mehrere Piercing-Ringe. »Das ist der Typ«, sagt sie und zeigt auf ihn. »Der hat mich verfolgt.«

»Eine Verwechslung«, sagt Rick und hebt bedauernd die

Schultern. »Tut mir leid. Ich wollte dich –«, er verbessert sich hastig, »Sie nicht erschrecken.«
»Eine Verwechslung«, wiederholt sie. Skepsis in der Stimme.
»Ja«, bestätigt Rick. »Ehrlich.«
»Mit wem haben Sie mich denn verwechselt?«, erkundigt sich das Mädchen neugierig. Ihr Freund beäugt ihn weiterhin misstrauisch, die Arme nach wie vor in Verteidigungsposition.
»Das ist eine lange und komplizierte Geschichte«, sagt Rick. »Entschuldigt, dass ich euch erschreckt habe. War nicht meine Absicht.«
»Okay.« Sie winkelt einen Arm an und stößt ihren Freund mit dem Ellbogen an. »Entspann dich. Der Typ ist harmlos.«
Ohne Rick aus den Augen zu lassen, lässt er die Arme sinken. »Sicher?«
»Sicher«, bestätigt sie genervt.
»Sagt mal.« Rick zögert. Er überlegt, ob es klug ist, die beiden direkt nach der Frau zu fragen. »Ist euch irgendwas aufgefallen? Seid ihr jemandem begegnet hier auf dem Friedhof?«
»Nein«, antwortet das Mädchen und schüttelt den Kopf. »So spät treibt sich niemand mehr hier rum. Außer uns.« Sie verzieht die Lippen zu einem Lächeln. »Und dir.«
Rick nickt und lacht. Der Junge wirft ihm einen finsteren Blick zu. »Komm jetzt«, sagt er zu dem Mädchen und greift nach ihrem Arm. »Wir verschwinden.«

Rick schaut ihnen nach, bis ihre Silhouetten mit der Dunkelheit verschmelzen. Dann macht er sich auf den Rückweg. Der Mond hat sich wieder hinter schwarzen Wolken verkrochen, die in raschem Wechsel vom Wind getrieben über den Himmel jagen. Rick zieht fröstelnd die Schultern hoch. Nach dem schnellen Spurt spürt er die Kälte jetzt umso mehr. Sein

T-Shirt klebt schweißnass am Rücken. Er beschließt, die Suche nach der Frau abzubrechen, während er im Licht der Taschenlampe zurück auf den Weg stapft. Es ist wie die Suche nach der Stecknadel im Heuhaufen. Es war eine blödsinnige Idee hierherzukommen. Und dann auch noch Paula mitzuschleppen! Je mehr er drüber nachdenkt, desto überzeugter ist er, dass sich die Anruferin einen makabren Scherz mit ihnen erlaubt hat. Mit einem Mal ärgert er sich, dass er auf so einen Schwachsinn hereinfallen konnte.

Ein Schrei zerreißt die Stille. Rick fährt der Schreck wie ein Messer in die Magengrube. *Paula!* Er rennt los. Stolpert, hastet mit rudernden Armen weiter. An der Weggabelung stoppt er, richtet die Taschenlampe auf die Stelle, an der er Paula zurückgelassen hat. Sie ist weg.

»Paula?« Mit großen Schritten eilt Rick an den Gräbern vorbei, lässt den Lichtstrahl nach rechts und links wandern.

»Paula«, ruft er noch mal, so laut er kann. Der Wind trägt seine Stimme weit über den Friedhof. Aber niemand antwortet ihm.

Paula hat den Versuch, Rick hinterherzurennen, nachdem er ihr so unvermittelt die Taschenlampe entrissen hat und davongestürmt ist, schon nach wenigen Schritten aufgegeben. Mit Ricks Tempo kann sie einfach nicht mithalten. Nicht in ihrem Zustand. An der Weggabelung bleibt sie stehen und sieht sich nach allen Seiten um. Zwischen den Gräbern wabern Nebelschwaden. Nirgendwo eine Spur von Rick. Sie nimmt an, dass er jemanden gesehen hat – vermutlich diese Frau – und sie jetzt stellen will. Bevor sie das Baby vergraben kann. Allein bei dem Gedanken schüttelt es Paula vor Entsetzen. Sie beschließt, sich an Ricks Anweisung zu halten und hier auf ihn zu warten. Ihre Augen haben sich mittlerweile auf die Dunkelheit eingestellt. Sie findet sich auch ohne Taschenlampe ganz gut zurecht. Allerdings wäre eine Sitzgelegenheit nicht schlecht. Paula tun die Füße weh. Vielleicht sollte sie schon mal die Polizei verständigen? Besser nicht, entscheidet sie im selben Atemzug. Was Konkretes haben sie schließlich immer noch nicht in der Hand.

Erst jetzt, wo sie den Weg allein entlanggeht, bemerkt sie, wie still es hier ist. Kaum zu glauben, dass man sich hier mitten in Berlin befindet. Sogar in einem der lebhaftesten Bezirke. Kein Laut dringt von den nahen Straßen, die den Friedhof von allen Seiten umschließen, zu ihr durch. Die großen Bäume, die sicher schon mehrere Jahrzehnte über den Gräbern wachen, schlucken den Lärm wie ein lebendiger Schallschutz.

Das Geräusch ihrer Schritte kommt Paula mit einem Mal unnatürlich laut vor. Der Widerhall der Absätze auf dem festgetretenen Erdboden dröhnt in ihren Ohren. *Du wirst noch die Toten aufwecken,* schießt es ihr durch den Kopf. Sie wirft verstohlene Blicke nach rechts und links. Dort hinten, kurz bevor das Grau der Dunkelheit sich in einem undurchdringlichen Schwarz verliert, scheinen wilde Schatten zu tanzen. Paula wendet den Blick ab, heftet die Augen fest auf den Boden. Jetzt nur keine Panik bekommen. Sie atmet tief ein und wieder aus. Ein – und aus.

Wie lange ist Rick schon weg? Sie hat keine Ahnung. Eine ganze Weile, ihrem Gefühl nach zu urteilen. Und wenn ihm was passiert ist? Vielleicht ist die Frau bewaffnet? Das ungute Gefühl in ihrem Magen verstärkt sich. Sie muss ihn suchen. Vielleicht braucht er ihre Hilfe. Paula macht abrupt kehrt. Entschlossen marschiert sie den Weg wieder zurück. An der Weggabelung will sie ihre Schritte nach links wenden, in die Richtung, in die Rick verschwunden ist, da nimmt sie aus den Augenwinkeln eine Bewegung zwischen den Gräbern wahr.

Das Licht einer Grableuchte wirft zuckende Gebilde auf den Weg. Ein schwarzer Schatten legt sich darüber, wie ein riesiges konturenloses Wesen breitet er sich auf dem Boden und über den angrenzenden Gräbern aus. Schluckt jedes Licht.
Paula überlegt keine Sekunde. Sie huscht vom Weg runter und duckt sich hinter den nächstgelegenen größeren Grabstein. Das Herz klopft ihr bis zum Hals. Sind das Schritte? Sie lauscht. Die Stille senkt sich wie ein schwerer Mantel auf sie herab, nimmt ihr die Luft zum Atmen. Ihr wird schwindelig vor Angst. Ihre Beine geben nach. Mit einer Hand krallt sie sich an dem mit Moos überzogenen Grabstein fest. Er fühlt sich unangenehm glitschig an. Angewidert zieht sie ihre Hand wieder zurück. Im Unkraut auf dem Boden vor sich erspäht sie ein Stück Holz. Ein abgebrochener Ast, armdick. Sie beugt sich vor, greift danach. Umklammert das Holzstück, das sich klamm und rissig in ihre Handfläche presst.
Alles ist still. Nur ihr eigener Atem ist zu hören. Und ganz leise, hoch über ihr in den Baumwipfeln, das sanfte Rascheln des Windes in den Zweigen. Zögernd wagt Paula sich hinter dem schützenden Grabstein hervor. Den Holzknüppel hält sie mit beiden Händen umklammert wie einen Schild vor ihren Körper. Sie blickt nach rechts, nach links. Da ist niemand. Sie hat sich das alles nur eingebildet. Allmählich beruhigt sich ihr Herzschlag wieder. Mit einem Seufzer der Erleichterung lässt sie die Hände sinken. Sie dreht sich zur Seite, will den Holzknüppel wegwerfen und erstarrt mitten in der Bewegung. Ein funkelndes Augenpaar taxiert sie aus der Dunkelheit. Paula stößt einen Schrei aus, weicht einen Schritt zurück. Ein Fauchen! So kurz, dass Paula nicht sicher ist, ob sie es sich nicht eingebildet hat. Dann sieht sie einen grauen Schatten davonhuschen und zwischen den Gräbern verschwinden. Es dauert einige Sekunden, bis bei Paula der Groschen

fällt und sie begreift, dass sie keine Begegnung der dritten Art hatte. Einen Augenblick lang schwankt sie zwischen Lachen und Weinen. Nummer drei scheint die ganze Aufregung nicht sonderlich zu interessieren. Im Gegenteil. Das Kind in ihrem Bauch gibt keinen Mucks von sich. Wahrscheinlich schläft es tief und fest. Mitten in ihren Seufzer hinein hört sie jemanden ihren Namen rufen. Rick! Endlich.

»Paula!« Rick eilt ihr mit großen Schritten entgegen. »Ist alles in Ordnung mit dir?«, ruft er ihr schon von weitem zu. Der Lichtkegel der Taschenlampe wirft unruhige Pirouetten auf den Weg. Schwer atmend kommt Rick vor ihr zum Stehen.

»Ja«, antwortet Paula. »Wenn man davon absieht, dass mich gerade eine Katze fast zu Tode erschreckt hat.« Sie streicht sich eine feuchte Haarsträhne aus der Stirn und wirft den Ast, den sie noch immer in der Hand hält, in einem weiten Bogen von sich.

»Eine Katze?«, wiederholt Rick erstaunt.

»Vergiss es«, sagt Paula und winkt ab. »Nicht der Rede wert. Und du?«

Rick kratzt sich verlegen am Kopf und grinst. »Ich habe ein Grufti-Pärchen aufgeschreckt.«

»Wir sind schon zwei Helden.« Paula verdreht die Augen. »Und was jetzt?«

»Ich habe überlegt, ob wir die Aktion nicht besser abbrechen sollten«, gibt Rick nach kurzem Zögern zu.

Paula wiegt unschlüssig den Kopf hin und her. »Und was ist, wenn wir morgen oder übermorgen in der Zeitung lesen, dass –« Sie bricht ab, starrt mit zusammengekniffenen Augen über Ricks Schulter.

»Was ist?« Rick wendet sich um.

»Da ist jemand.« Paula krallt sich an Ricks Arm fest. Mit der anderen Hand zeigt sie auf eine dunkle Gestalt auf dem Weg vor ihnen, etwa fünfzig Meter entfernt. Rick lenkt den Strahl der Taschenlampe in die Richtung. Die Gestalt hebt die Hände vors Gesicht.

»Siehst du das?« Paula klingt atemlos. »Sie winkt uns zu sich.«

Rick greift nach Paulas Hand. Sie laufen los. Rick versucht, seine Schritte den langsameren Paulas anzupassen. Noch mal wird er sie nicht allein zurücklassen. Gleichzeitig setzt sich auch die schattenhafte Gestalt vor ihnen in Bewegung. Sie gleitet schnell, scheinbar körperlos, über den Boden, löst sich dann in der Dunkelheit auf.

»Wo ist sie hin?«, fragt Paula und bleibt stehen. Sie lässt Ricks Hand los und sieht sich suchend um.

»Sie muss hier irgendwo in einen der Seitenpfade abgebogen sein«, sagt Rick und lässt den Lichtkegel der Taschenlampe über die eng stehenden Grabreihen gleiten.

»Da«, sagt Paula plötzlich und deutet mit dem Zeigefinger in die Dunkelheit. Rick richtet die Taschenlampe aus und nimmt eine flüchtige Bewegung zwischen den Gräbern wahr.

»Komm«, sagt er und zieht Paula mit sich in einen schmalen Pfad. Auf beiden Seiten ragen dicht an dicht Kreuze aus dem Boden, so verwittert, dass nicht mal mehr die Namensgravur der Verstorbenen auf dem Holz zu erkennen ist. Der Weg scheint sich endlos zu ziehen, bis er sich allmählich verbreitert und schließlich in einer von hohen Bäumen umrandeten Freifläche endet. Sie ist übersät mit flackernden Lichtern, die sich wie ein Feuer ins Schwarz der Dunkelheit brennen und die Umgebung in einen glutroten Schein tauchen. Die Bäume dahinter wirken wie Scherenschnitte, ihre kahlen Äste heben sich tiefschwarz vor dem dunklen Hintergrund ab.

Rick fühlt, wie sein Herzschlag sich beschleunigt. Paula neben ihm gibt einen erstickten Laut von sich. In stillschweigendem Einverständnis setzen sie sich in Bewegung und eilen auf die Lichter zu. Ein Meer von brennenden, roten Grablichtern in mehreren Reihen zu einem großen, etwas schief geratenen Kreis arrangiert.

»Ich habe Angst«, flüstert Paula.

»Ich auch«, sagt Rick. Sein Mund fühlt sich wie ausgetrocknet an.

Ein Geräusch hinter seinem Rücken lässt ihn zusammenzucken. Paula stößt einen kleinen Schrei aus. Sie wirbeln herum. Rick reißt die Taschenlampe hoch. Eine Krähe erhebt sich mit schwerem Flügelschlag in die Lüfte und krächzt einen heiseren Gruß, bevor sie in die Dunkelheit verschwindet. Rick lässt die Taschenlampe sinken, lacht nervös.

»Ich bin definitiv zu alt für diese Art von Aufregung«, witzelt er und wendet sich wieder dem Lichtkreis zu. Erst jetzt bemerkt er das Gebilde in der Mitte. Zwei dünne Äste mit einem weiß glänzenden Band zu einem Kreuz zusammengebunden. Die Erde davor ist bröckelig, lose, als hätte sie gerade erst jemand umgegraben. Eine weiße Rose liegt da, wie zufällig hingeworfen.

Rick lässt die Taschenlampe fallen, springt über die brennenden Grablichter in den Kreis hinein. Er fällt auf die Knie, reißt mit einer schnellen Bewegung das Kreuz aus dem Boden und beginnt mit bloßen Händen zu graben. Wie verbissen schaufelt er die lose feuchte Erde vom Boden, bis seine Finger auf einen Widerstand stoßen.

»Da ist was«, ruft er und blickt kurz zu Paula hin, die außerhalb des Lichtkreises stehen geblieben ist. Sie hat beide Hände vor den Mund geschlagen und sieht mit angstvoll aufgerissenen Augen zu ihm hinüber.

Mit beiden Händen fegt Rick die Erdklumpen beiseite und

legt einen Pappdeckel frei, der sich unter der Last der feuchten, schweren Erde bereits nach innen gedellt hat. Rick läuft der Schweiß in die Augen, er blinzelt und gräbt weiter. Es kommt ihm wie eine Ewigkeit vor, bis er die Pappschachtel so weit freigelegt hat, dass er den Deckel abnehmen kann. Er holt tief Luft, wappnet sich innerlich gegen das, was er vielleicht gleich zu sehen bekommt, und reißt ihn mit einem einzigen Ruck herunter. Er greift hinein, schiebt eine Hand vorsichtig unter das Köpfchen und hebt den kleinen, nackten Körper heraus.

»Um Gottes willen, Rick!« Paulas aufgeregte Stimme dringt wie aus weiter Ferne an sein Ohr. »Sag doch was! Lebt das Kind?«

Rick dreht sich langsam zu ihr um, den kleinen Körper in den mit Erde verkrusteten Händen. Er öffnet den Mund, bringt keinen Ton über die Lippen.

* * *

Sie können dich nicht sehen. Du stehst nur wenige Meter von ihnen entfernt, ganz in Schwarz gekleidet, verschmilzt du mit der Dunkelheit.

»Lass uns verschwinden«, wispert er dir ins Ohr. Er steht dicht hinter dir. Sein Atem streift deine Wange wie eine unangenehme Berührung. »Bevor sie uns entdecken.«

Du schüttelst unwillig den Kopf, bedeutest ihm zu schweigen. Er wird noch alles verderben. Aber du brauchst ihn. Noch. Also reißt du dich zusammen, lehnst dich an ihn.

»Gleich«, flüsterst du. »Nur noch eine Sekunde.«

Er umschlingt dich von hinten mit beiden Armen und drückt sich an dich. Du spürst seine Erregung, unterdrückst den Impuls, dich gewaltsam aus der Umklammerung zu befreien.

Stattdessen richtest du dein Augenmerk wieder auf die Szene im rot schimmernden Licht vor dir.
Sie haben das Kind entdeckt.
Du atmest lautlos aus.
Das andere wird sich jetzt von selbst ergeben.
Du windest dich aus seiner Umarmung, legst den Zeigefinger auf die Lippen und eilst ihm mit schnellen Schritten voraus. Der Boden hier ist abschüssig, mit Moos und Gras überwachsen, er ist so weich, dass er jedes Geräusch deiner Schritte schluckt. Den Ausgang findest du mittlerweile blind, so oft bist du den Weg gegangen. Du trittst vom Friedhof auf die Straße und wendest dich ihm zu.
»Danke«, sagst du. »Ohne dich hätte ich das nicht geschafft.« Das entspricht sogar der Wahrheit. Du stellst dich auf die Zehenspitzen und hauchst ihm einen Kuss auf die Wange. »Ich ruf dich an.«
Du merkst ihm seine Enttäuschung an. Er hat sich etwas anderes erwartet nach dieser gemeinsamen Aktion auf dem Friedhof. Sein Problem. Du hast ihm nichts versprochen. Kurz fliegt die Angst dich an, er könne dich verraten. Aber das wird er nicht tun. Er kann es auch nicht. Er kennt ja nicht mal deinen Namen.
Du schenkst ihm ein Lächeln und gehst. Ohne dich noch mal nach ihm umzudrehen.

11

Es ist tot«, wispert Paula mit tonloser Stimme. Sie kann ihren Blick nicht von dem reglosen kleinen Körper in Ricks Händen wenden. Tränen schießen ihr unvermittelt in die Augen, laufen ihr die Wangen hinunter. Mit einer Hand wischt sie sie weg.
Rick kniet inmitten der rot flackernden Lichter auf dem Boden und starrt auf das Kind. Er gibt ein merkwürdiges, erstickt klingendes Geräusch von sich.
Paulas Kehle schnürt sich vor Mitleid zusammen. Sie nimmt die Taschenlampe vom Boden auf und geht zu ihm in den Lichtkreis. »Du kannst nichts dafür«, sagt sie leise und legt ihm eine Hand auf die Schulter. Jetzt, wo sie so nah ist, vermeidet sie es, das Kind in Ricks Händen anzuschauen. »Mach dir keine Vorwürfe.«
Ganz unvermittelt bricht Rick in schallendes Gelächter aus. Jetzt dreht er durch, denkt Paula. Die Anspannung. Das war zu viel für ihn. Bevor sie etwas sagen kann, hebt Rick ihr das Kind entgegen. Paula zuckt zurück.
»Sieh dir das an«, keucht er. Paula weicht erschrocken einen weiteren Schritt zurück, stolpert über die Grablichter. Einige kippen um, flüssiges Wachs fließt auf die Erde, die Dochte erlöschen zischend. Für einen Augenblick erfüllt beißender Brandgeruch die Luft.
»Ich will es mir nicht ansehen, Rick«, flüstert Paula mit abgewandtem Gesicht. Sie hebt abwehrend die Hände. »Nimm es weg. Bitte.«
Rick stemmt sich vom Boden hoch und dreht sich zu Paula um. »Du brauchst keine Angst zu haben, Paula. Das ist eine Puppe. Eine Puppe aus Plastik. Komm her, sieh sie dir an.«

»Eine Puppe?« Paula schaut zögernd auf. Rick streckt ihr den kleinen Körper entgegen. Im flackernden Lichtschein kann Paula nicht viel erkennen. Sie hebt die Taschenlampe und richtet sie auf Rick. Auf den ersten Blick sieht es tatsächlich aus, als halte er ein nacktes Baby in den Händen. Doch wenn man genauer hinschaut, kann man den starren Blick der Augen erkennen und sehen, dass der leblose Körper aus Plastik gegossen ist.
»Gott sei Dank.« Paula atmet erleichtert aus. Doch in derselben Sekunde mischt sich in das Gefühl der Erleichterung eine andere Empfindung: eine diffuse Angst.
»Warum macht jemand so etwas? Das ist doch krank.« Rick spricht aus, was Paula denkt.
Eine Weile sagen beide kein Wort. Im Licht der Taschenlampe betrachten sie die Puppe in Ricks ausgestreckten Armen. Ihre geschlechtslose Nacktheit kommt Paula fast obszön vor.
»Ich weiß nicht, was das soll«, sagt sie schließlich und lässt die Taschenlampe sinken. Am liebsten würde sie sich umdrehen und einfach weggehen. So tun, als sei das alles nicht passiert. Aber das kann sie nicht bringen. Sie kann Rick nicht einfach hier auf dem Friedhof stehenlassen.
Paula neigt dazu, in schwierigen Situationen das Feld zu räumen. Sie weiß selbst, dass es eine ihrer größten Schwächen ist. Ihre Fähigkeit, sich mit Problemen auseinanderzusetzen, ist nicht sonderlich ausgeprägt. Manchmal fragt sie sich, von wem sie das hat. Von ihrem Vater oder ihrer Mutter? Wahrscheinlich sind es die Gene von beiden. Und bei ihr haben sie sich irgendwie potenziert. Ihr Vater hat sich schon vor ihrer Geburt aus dem Staub gemacht, ihre Mutter ein paar Jahre später. Sie hat die damals vierjährige Paula auf eine Parkbank gesetzt, sich umgedreht und ist weggegangen. Einfach so. Wenigstens hat sie nicht versprochen wiederzukommen.
Warum kommt ihr das alles ausgerechnet jetzt, in dieser Situa-

tion, in den Sinn? Paula schiebt die schmerzlichen Erinnerungen schnell wieder von sich.

»Was machen wir damit?« Rick klopft sich mit einer Hand die Erde von der Hose, mit der anderen hält er die Puppe an einem der dünnen Ärmchen hoch.

»Wir nehmen sie mit«, sagt Paula mit fester Stimme.

Rick wirft ihr einen verwunderten Blick zu.

»Ich weiß, es klingt albern, aber ich hätte einfach ein schlechtes Gefühl, wenn wir sie hierlassen. Oder«, Paula zögert kurz, bevor sie weiterspricht, »meinst du, wir sollten die Polizei verständigen?«

»Vergiss es«, winkt Rick ab. »Es ist vermutlich nicht strafbar, eine Puppe auf dem Friedhof zu vergraben. Das können wir uns schenken.«

»Wahrscheinlich hast du recht.« Paula zieht fröstelnd die Schultern hoch. »Lass uns gehen, ja? Ich will nach Hause.«

»Okay«, sagt Rick. »Die Schachtel nehmen wir auch mit. Ich käme mir schon etwas merkwürdig vor, mit einer nackten Puppe unterm Arm herumzuspazieren.« Er beugt sich hinunter und stutzt. »Was haben wir denn da?« Er legt die Puppe in die Schachtel und richtet sich wieder auf. In der Hand hält er ein Blatt Papier.

»Was ist das?«, fragt Paula und kommt neugierig näher. Sie richtet den Kegel der Taschenlampe auf das Papier in Ricks Hand. Die Schrift auf dem Zettel ist klein, schwer lesbar. Die Buchstaben sind mit Tinte geschrieben, einige sind zerflossen, als wären Tränen auf das Geschriebene getropft.

Judas reute seine Tat, als der sah, dass Jesus zum Tod verurteilt war. Und er ging weg und erhängte sich.

Nun ist die Zeit der Sühne für dich gekommen. Nichts wird bleiben von dir. Außer der Erinnerung an mich.

Paula wiederholt die Worte laut. Eine Gänsehaut kriecht ihr den Rücken hinauf. Sie legt die Arme um den Oberkörper und sieht fragend zu Rick hoch. »Kannst du damit was anfangen?«

Rick schüttelt langsam den Kopf. »Nein«, sagt er nach einer Weile. »Das hört sich nach einem Spruch aus der Bibel an. Aber sagen tut mir das nichts.«

Paula fühlt sich plötzlich hundemüde. Sie macht ein Hohlkreuz und stützt mit einer Hand ihren Rücken. »Ich kann mich kaum noch auf den Beinen halten«, sagt sie und sieht mit einem kläglichen Lächeln zu Rick hoch. »Außerdem muss ich mal. Das Kind drückt mir schon eine ganze Weile ziemlich auf die Blase.«

Eine Welle von Zärtlichkeit überrollt ihn mit einer solchen Intensität, dass er erschrickt. Er räuspert sich, murmelt: »Dann lass uns verschwinden«, und wendet sich schnell ab, als fürchte er, Paula könne ihm seine Gefühle im Gesicht ablesen. Er faltet das Papier zusammen und verstaut es in seiner Hosentasche. Dann bückt er sich, verschließt die Schachtel mit dem Deckel, befreit sie vom gröbsten Schmutz und klemmt sie sich unter den Arm. »Ich hoffe, dein Orientierungssinn ist besser als meiner«, sagt er zu Paula. »Ich habe nämlich keinen blassen Schimmer, aus welcher Richtung wir gekommen sind.«

»Ich auch nicht«, sagt Paula mit müder Stimme. »Aber ich glaube, hier wieder rauszufinden, ist im Moment unser geringstes Problem.«

12

Konrads lautes Lachen ist das Erste, was Paula hört, als sie die Wohnungstür aufschließt. Sie lächelt vor Freude und drückt die Tür sachte ins Schloss. Die Pappschachtel mit der Puppe legt sie auf der Kommode in der Diele ab. Sie hängt ihre Jacke an die Garderobe und huscht auf leisen Sohlen durch den Flur zur Küche. Vorsichtig späht sie um die Ecke. Konrad kehrt ihr den Rücken zu. Chris sitzt ihm gegenüber und führt eine Bierflasche zum Mund. Paula legt den Zeigefinger auf die Lippen. Chris zwinkert ihr kurz über den Rand des Flaschenhalses zu und trinkt dann einen großen Schluck von dem Bier.

Konrad erzählt gerade wild gestikulierend von seinem Trommelsolo beim letzten Auftritt mit seiner Band vor fast ausverkauftem Haus. Er klingt aufgekratzt und euphorisch. Paula schleicht sich von hinten an ihn ran und hält ihm mit beiden Händen die Augen zu. Sie beugt sich vor und haucht in sein Ohr: »Wenn du rätst, wer ich bin, hast du einen Wunsch frei.«

Konrads Redefluss stockt, über sein Gesicht huscht kurz ein Schatten. So schnell, dass Chris nicht sicher ist, ob er sich das nicht nur eingebildet hat.

»Mhm?« Konrad hebt die Nase und schnuppert. »Du riechst auf jeden Fall gut.«

Paula lächelt und küsst Konrad auf die Wange. »Du hast mir gefehlt«, sagt sie und lässt sich neben ihm auf den Stuhl plumpsen.

Konrad streckt die Hand aus und streicht ihr eine Haarsträhne hinters Ohr. »Ihr mir auch«, sagt er. »Und wie.«

»Dann lass ich euch zwei Turteltäubchen mal allein.« Chris macht Anstalten aufzustehen.

»Nein, warte«, sagt Paula. »Ich muss euch noch was erzählen.«
»Okay.« Chris setzt sich wieder und schaut Paula fragend an.
»Diese Verrückte hat wieder angerufen«, sagt sie.
»Du meinst, die das Kind auf dem Friedhof vergraben wollte?«
Paula nickt. »Genau die.«
»Und was wollte sie dieses Mal?«
»Worüber zum Teufel redet ihr?« Konrads Blick pendelt fragend zwischen den beiden hin und her. »Kann mich mal jemand auf den neusten Stand bringen?«
»Mach du das, Chris«, sagt Paula, stützt sich mit beiden Händen auf den Tisch und erhebt sich schwerfällig.
Während Chris Konrad von dem Anruf der Frau erzählt, holt Paula die Pappschachtel aus der Diele und stellt sie auf den Küchentisch. Im hellen Licht der Lampe sieht man deutlich die feuchten Stellen und die dunklen Dreckschlieren, die die Friedhofserde auf der hellen Pappe hinterlassen hat.
»Was ist das?«, fragt Konrad.
Paula holt tief Luft und erzählt den beiden von ihrem Erlebnis auf dem Friedhof. »Und in dieser Schachtel da«, sie weist mit dem Finger auf den Tisch, »haben wir es dann gefunden.«
»Ein totes Kind?« Chris reißt entsetzt die Augen auf und hebt abwehrend die Hände.
»Nein, nein«, beruhigt ihn Paula. »Es ist nur eine Puppe.« Sie zieht die Schachtel zu sich, nimmt den Deckel ab und die Puppe heraus.
Konrad runzelt die Stirn. »Und was soll der Scheiß?«, fragt er.
Chris zuckt mit den Schultern. »Frag mich nicht.«
Paula zieht die Unterlippe zwischen die Zähne. »Rick war am Telefon, als die Frau angerufen und ihr Vorhaben ange-

kündigt hat, aber das heißt nicht, dass es etwas mit ihm zu tun haben muss«, überlegt sie laut. »Die Frau konnte ja nicht wissen, dass Rick am Telefon ist. Jeder von uns hätte den Anruf entgegennehmen können. Oder eine von den Aushilfen.«

»Es wäre allerdings auch denkbar, dass die Frau schon mehrmals angerufen und jedes Mal wieder aufgelegt hat, wenn nicht Rick, sondern jemand anderes dran war.«

Konrad nickt Zustimmung zu dem Einwand von Chris. Paula wiegt den Kopf hin und her. »Das würde aber bedeuten, dass die Frau Rick so gut kennt, dass sie ihn anhand seiner Stimme identifizieren kann.«

»Wo steckt Rick eigentlich?«, fragt Konrad.

»Er hat mich hier abgesetzt und ist dann mit dem Taxi weiter zum Büro gefahren. Lisa ablösen, die für ihn eingesprungen ist.«

»Wieso seid ihr überhaupt zu dem Friedhof gefahren?« Chris dreht die leere Bierflasche in den Händen, tiefe Missmutsfalten auf der Stirn.

»Was hättest du denn an unserer Stelle getan?«, fragt Paula. Ihre Stimme hat einen scharfen Unterton. »Die Polizei verständigt? Dass das nicht in deinem Sinne ist, hast du ja gestern schon unmissverständlich klargemacht.«

Chris verzieht den Mund und zuckt mit den Schultern. »Nichts! Ich hätte einfach nichts gemacht. Ich meine, was habt ihr denn erreicht? Außer dass wir jetzt alle hier sitzen und uns fragen, was es mit dieser irrwitzigen Aktion dieser Bekloppten auf sich haben könnte.«

»Wir wollten das Schlimmste verhindern. Mann, Chris. Stell dir doch einfach mal vor, wir hätten am nächsten oder übernächsten Tag in der Zeitung gelesen, dass ein lebendig begrabenes Baby auf dem Friedhof tot aufgefunden worden ist. Ich hätte mir jedenfalls bis an mein Lebensende Vorwürfe gemacht.« Paulas dunkle Augen sprühen Funken vor Zorn.

Chris hebt abwehrend die Hände. »Schon gut, schon gut«, sagt er. »Du hast ja recht.«

Paula steht auf und holt sich aus dem Kasten, der neben dem Kühlschrank auf dem Boden steht, eine Flasche Wasser. »In der Schachtel war übrigens noch eine Botschaft«, sagt sie und nimmt ein Glas aus dem Hängeschrank über dem Herd.

»Was für eine Botschaft?«, fragt Konrad und unterdrückt mit Mühe ein Gähnen.

Paula lehnt sich mit dem Glas in der Hand gegen den Herd. »Die hat Rick eingesteckt. Wartet mal kurz. Vielleicht krieg ich den Wortlaut zusammen.« Ihr Blick wird leer, während sie angestrengt nachdenkt. »Sie lautet ungefähr so: ›Judas hat seine Tat bereut und erhängte sich.‹ Dann kommt irgendwas mit Sühne.« Paula sieht Konrad an und lächelt. »Den Rest habe ich mir gemerkt, weil ich ihn so poetisch finde.«

»Aha.« Konrad grinst. »Dann schieß mal los.«

»›Nichts wird bleiben von dir. Außer der Erinnerung an mich‹«, deklamiert Paula mit weicher Stimme.

»Das wird ja immer mysteriöser«, sagt Konrad mit hochgezogenen Augenbrauen.

Paula nippt an ihrem Wasser. »Das finde ich auch«, sagt sie dann.

Chris schüttelt unwillig den Kopf. »Mir fällt dazu beim besten Willen nichts ein. Ich glaube nach wie vor, dass sich die Frau einen makabren Scherz mit uns oder Rick erlaubt. Vielleicht hat Rick einen seiner One-Night-Stands abserviert, und die rächt sich jetzt an ihm.«

»Das könnte gut sein.« Konrad grinst. »Bei dem Verschleiß, den Rick hat, würde mich das nicht wundern.«

Paula verdreht die Augen und wirft Konrad einen missbilligenden Blick zu.
»Leute, wir können uns darüber die Köpfe heiß diskutieren, ohne zu einem brauchbaren Ergebnis zu kommen«, sagt Chris. »Ich glaube sowieso nicht, dass die sich noch mal bei uns melden wird.«
Paula zieht die Nase kraus. »Da wäre ich mir an deiner Stelle nicht so sicher.«
Chris reckt sich, gähnt laut und steht auf. »Ich weiß nicht, was ihr jetzt macht, aber ich geh ins Bett. Gute Nacht.« Er hebt die Hand und schlurft aus der Küche. Kurze Zeit später geht die Klospülung, und gleich darauf fällt eine Tür ins Schloss.
»Willst du mich nicht endlich angemessen begrüßen?«, unterbricht Konrad das Schweigen und breitet die Arme aus.
Paula stellt das Glas auf dem Küchentisch ab und geht lächelnd auf ihn zu. Konrad zieht sie auf seinen Schoß, nimmt ihr Gesicht in beide Hände und küsst ihre Nasenspitze.
»Du stinkst nach Bier«, sagt Paula und rümpft angewidert die Nase. »Das macht keinen guten Eindruck auf unser Kind.«
Konrad zuckt zurück. »Meinst du, Nummer drei riecht meine Bierfahne auch?«, fragt er in gespieltem Entsetzen.
»Klar«, behauptet Paula. »Babys im Bauch riechen genau das, was auch die Mutter riecht.«
»Das wusste ich nicht«, sagt Konrad und hebt die rechte Hand zum Schwur. »Ich gelobe Besserung.«
»Wie war die Tour?«, fragt Paula und wischt eine weiße Haarschuppe von Konrads Schulter.
»Super«, sagt Konrad mit leuchtenden Augen. »Es war einfach nur genial.«
»Hast du es ihnen denn schon gesagt?«

Konrad zögert kurz, schüttelt dann den Kopf. »Nein, noch nicht.«
»Wann willst du es tun?«
»Mann, Paula. Das ist nicht so einfach. Ich muss den richtigen Zeitpunkt erwischen.«
»Schon gut«, sagt Paula. Sie kann nicht verhindern, dass ihre Stimme eingeschnappt klingt. »Ich wollte dich nicht unter Druck setzen. Entschuldige bitte.«
Konrad weicht ihrem Blick aus. »Sorry«, sagt er nach einem Augenblick des Schweigens. »Ich bin hundemüde. Lass uns morgen darüber reden, ja?«
»Okay.« Paula rutscht von Konrads Schoß herunter und steht auf. »Ich geh dann mal Zähne putzen.«
Als sie einige Minuten später in ihr gemeinsames Zimmer kommt, liegt Konrad, bis auf die Boxershorts nackt, mit ausgebreiteten Armen auf dem riesigen Futonbett, das fast den gesamten Raum einnimmt, und schnarcht leise. Im matten Schein der Nachttischlampe sieht er unglaublich jung und sehr verletzlich aus.
Musik ist ein wichtiger Teil seines Lebens, denkt Paula und deckt ihn vorsichtig zu. Vielleicht verlange ich zu viel von ihm. Vielleicht nehmen wir beide, sie fährt sacht über ihren Bauch, nicht den Stellenwert in seinem Leben ein, den wir gerne hätten. Konrad gibt einen schmatzenden Laut von sich und dreht sich zur Seite. Paula schlüpft unter die Bettdecke und löscht das Licht. Gerade noch hatte sie das Gefühl, vor Müdigkeit nicht mehr richtig denken zu können, doch davon spürt sie jetzt nichts mehr. Sie ist plötzlich hellwach. Ein Gedanke hat sich in ihrem Kopf eingenistet und lässt sich nicht mehr daraus vertreiben.
Was ist, wenn die Anruferin nicht Rick im Visier hat, sondern sie? Sie und ihr Baby. Plötzlich friert sie unter der Bettdecke.

Konrad hat ihr den Rücken zugekehrt. Wie gerne würde sie sich jetzt an ihn kuscheln, leider ist der dicke Bauch dabei im Weg. Paula seufzt leise und schließt die Augen. Sofort sieht sie die nackte Puppe vor sich. Wie Rick sie ihr im rötlichen Schein der Grablichter entgegenstreckt. Sie erschaudert.
Was will diese Frau bloß, denkt sie. Sie legt die Hände auf ihren Bauch und streichelt sanft über die Wölbung. Als hätte das Baby nur auf diese Berührung gewartet, beginnt es, sich zu bewegen und sie mit kräftigen Tritten zu malträtieren. In dieser Nacht dauert es lange, bis Paula endlich einschlafen kann.

13

Dritter Tag

Rick ergeht es ähnlich wie Paula. Auch er bekommt die Irre, wie er die Frau in Gedanken nennt, nicht mehr aus dem Kopf. Ständig hat er die nackte Puppe vor Augen, denkt über die Worte der Botschaft nach, versucht, eine Bedeutung darin zu finden. Als er gegen vier Uhr morgens nach Hause kommt, schlüpft er in seine Jogging-Klamotten und rennt los: die Schlesische Straße runter über den Landwehrkanal zum Treptower Park.

Die Schlesische Straße ist wie leer gefegt. Keine Autos, keine Fußgänger, keine Radfahrer. Nur ein struppiger Köter überquert humpelnd, mit eingekniffenem Schwanz, vor ihm die Straße und versenkt seine Schnauze schnüffelnd in der Bordsteinrinne. Rick genießt die Stille, das Gefühl, allein auf der Welt zu sein. In Höhe des S-Bahnhofes läuft er in den Park hinein. Über dem dunklen Wasser der Spree schwebt der Nebel in dünnen Schleiern. Die Gaslaternen tauchen den Park in ein farbloses Licht, das Rick an die Unterwasseraufnahmen erinnert, die er bei einem Tauchgang letzten Sommer in einem Brandenburger See gemacht hat. Der schrille Schrei einer Möwe durchschneidet jäh die Stille.

Rick saugt die kühle Luft tief in die Lungen ein, seine Füße bewegen sich im perfekten Einklang über den Boden. Er umrundet das sowjetische Ehrendenkmal. Der Soldat mit dem Kind im Arm ragt wie ein einsamer Monolith aus der Dunkelheit. Nach einer Stunde im Park fühlt Rick sich wieder in Einklang mit sich und seinem Körper. Er ist ausgepowert. Total verschwitzt, aber angenehm müde, sein Kopf frei von quälenden Gedanken.

Plötzlich klingelt sein Handy.

»Ja?«, fragt er mit atemloser Stimme und verlangsamt seinen Lauf, kommt unter einer Gaslaterne trippelnd zum Stehen.

»Hallo?«, ruft Rick ins Telefon, als keiner antwortet, und wischt sich den Schweiß von der Stirn. »Wer ist denn da?«

Er hört ein schnelles Einatmen, ein Räuspern, dann sagt sein Vater: »Du musst kommen.«

In seiner Stimme schwingt so viel Resignation mit, dass Ricks Magen sich verkrampft. Er hasst es, wenn sein Vater klingt, als läge alle Last der Welt auf seinen Schultern. Väter müssen stark sein. Und zuverlässig. Ein Fels in der Brandung. Man sollte zu ihnen aufsehen, sich auf sie verlassen können. Rick kann sich kaum noch daran erinnern, wie sein Vater früher war. Bevor das mit Marie passierte.

»Ich schaffe das einfach nicht mehr«, sagt sein Vater und legt auf.

Rick steckt langsam sein Handy weg. Das relaxte Gefühl ist wie weggeblasen. Es ist einer hilflosen Wut gewichen, die sich in seinem Magen zu einem festen Kloß geballt hat. Er nimmt seinen Lauf wieder auf und dreht auf die Promenade ab, die am Spreeufer entlangführt. Er joggt am Hochhaus der Allianz vorbei und an den von ihr finanzierten *Molecule Men,* die auf dem Grund der Spree verankert sind und dreißig Meter über dem Wasser in die Höhe ragen. Die wie ein Schweizer Käse durchlöcherte Aluminium-Statue wird im Volksmund scherzhaft die *Dreikäsehoch* genannt. Die Löcher symbolisieren die Moleküle, aus denen die Körper bestehen. Die Skulptur soll daran erinnern, dass es das Ziel aller kreativen und geistigen Traditionen ist, Ganzheit und Einheit innerhalb der Welt zu finden. Rick hat das bei Wikipedia nachgelesen. Ihn interessieren solche Sachen. Er geht den Dingen gerne auf den Grund. Eins werden mit sich selber und der Welt. Ganz werden, denkt Rick. Aber wie soll das gehen? Er läuft unter der Hochbahn hindurch auf die andere Straßenseite.

Noch im Spurt fischt er seinen Schlüssel aus der Hosentasche. Er schließt die Haustür auf und eilt, zwei Stufen auf einmal nehmend, ins dritte Stockwerk hoch. In der Wohnung ist es still. Nur das laute Ticken der Küchenuhr ist zu hören. Die anderen scheinen noch zu schlafen. Rick geht ins Bad und schließt die Tür hinter sich ab. Er steigt aus den Jogging-Klamotten und stellt sich unter die Dusche. Das heiße Wasser prasselt auf ihn herunter. Er seift sich ein und nimmt den Duschkopf in die Hand, um die Seife von seinem Körper abzuspülen. Auf seinen Lippen schmeckt er zu seinem Erstaunen den salzigen Geschmack von Tränen. Ihm ist nicht bewusst, dass er geweint hat. Er hebt das Gesicht in den Wasserstrahl und bleibt so lange darunter stehen, bis das Wasser allmählich kalt wird. Dann dreht er den Hahn wieder zu, steigt aus der Wanne und greift sich sein grünes Handtuch, das neben Chris' schwarzem an der Wand hängt. Das mit den unterschiedlichen Farben war Paulas Idee. Damit es keine Verwechslungen gibt. Rick ist es ziemlich egal, mit welchem Handtuch er sich abtrocknet, aber Paula hat darauf bestanden, dass jeder sich eine andere Handtuch-Farbe aussucht. Manchmal nimmt er Paulas blaues Handtuch und vergräbt sein Gesicht darin. Atmet ihren Duft ein. Danach holt er sich in der Dusche einen runter. Und jedes Mal schämt er sich hinterher dafür.

Rick rubbelt sich mit seinem Handtuch ab und wischt dann den beschlagenen Spiegel über dem Waschbecken trocken. Seine Augen sind leicht gerötet vom Weinen. Er stützt die Hände aufs Waschbecken und betrachtet sich prüfend im

Spiegel. »Niemand zwingt dich dazu, dahin zu fahren«, sagt er. »Du kannst es genauso gut auch lassen.«
Sein Spiegelbild verzieht den Mund zu einem halbherzigen Grinsen. Rick seufzt und fährt sich mit den Fingern über das stoppelige Kinn. Rasieren wäre auch mal wieder angesagt. Er beschließt, es auf später zu verschieben, und verlässt nackt das Badezimmer. In der Küche wirft er einen Blick auf den Dienstplan, der am Pinnbrett hängt. Chris ist heute Morgen dran. Die Zeiger der Küchenuhr stehen auf halb sechs. Rick geht in sein Zimmer, das nach vorne zur Skalitzer Straße rausgeht. Durch die geschlossenen Doppelfenster dringt der Straßenlärm leise an sein Ohr. Alle paar Minuten donnert ein Zug auf der Stahltrasse der Hochbahn nur wenige Meter entfernt von seinem Fenster vorbei. Dann zittern jedes Mal die Fensterscheiben. Es hat eine ganze Weile gedauert, bis Rick sich an den Lärm gewöhnt hat. Anfangs war er davon so genervt, dass er kurz davor war, sich eine andere Wohnung zu suchen. Aber als dann vor einiger Zeit die U-Bahn wegen irgendwelcher Gleisarbeiten mehrere Wochen nicht fuhr, hat ihn die Stille so irritiert, dass er richtiggehend froh war, als alles wieder beim Alten war und die Züge in gewohnter Lautstärke vor seinem Fenster vorbeiratterten.
Rick wirft einen sehnsüchtigen Blick auf sein durchwühltes Bett und widersteht nur mit Mühe der Versuchung, sich einfach auf die Matratze fallen zu lassen und die Bettdecke über den Kopf zu ziehen. Stattdessen öffnet er den klobigen 80er-Jahre-Kleiderschrank aus dunklem Holz, der fast eine gesamte Wand seines kleinen Zimmers einnimmt, und zerrt aus dem wüsten Durcheinander Boxershorts, Hose und T-Shirt heraus. Er zieht sich an und verlässt die Wohnung.

14

Das Klingeln des Weckers reißt Paula mitten aus einem Alptraum. Sie schreckt hoch und weiß im ersten Moment nicht, wo sie sich befindet. Durch einen Spalt zwischen den zugezogenen Vorhängen sickert Tageslicht herein. Mit der linken Hand tastet Paula nach dem Wecker und schaltet ihn aus. Ihr Blick sucht Konrad im Bett neben sich. Die Decke ist zurückgeworfen, das Laken zerwühlt – aber von Konrad keine Spur. Paula wundert sich. Normalerweise muss sie ihn unter Androhung von Gewalt – die ausschließlich aus Fußsohlenkitzeln besteht – aus den Federn scheuchen. Freiwillig steht er so gut wie nie auf. Paula streckt sich, gähnt ausgiebig. Dann hebt sie mühsam die Beine von der Matratze auf den Boden und richtet sich mit einem leisen Stöhnen auf. Sie zieht das hochgerutschte XXXL-Schlaf-T-Shirt über ihren Hintern, schlüpft in die roten Plastik-Clogs und schlurft gähnend in die Küche. Im Türrahmen bleibt sie wie angewurzelt stehen.

Konrad legt bei ihrem Anblick schnell die Zeitung beiseite und springt vom Stuhl hoch. Mit einem breiten Grinsen auf dem Gesicht weist er mit einer einladenden Geste auf den gedeckten Küchentisch. Es ist alles da, was das Herz – insbesondere Paulas Herz – begehrt: Erdbeer- und Himbeermarmelade, Kochschinken, Räucherlachs, drei verschiedene Sorten Käse, frisch gepresster Orangensaft, Brötchen, Eier. Sogar an ihre Lieblingsblumen hat Konrad gedacht. Auf dem Tisch steht eine Vase mit weißen Lilien, deren betäubend schwerer Duft die ganze Küche erfüllt.

»Wow«, sagt Paula. Sie kratzt sich am Kopf und legt nachdenklich den Zeigefinger auf die Lippen. »Geburtstag habe

ich nicht. Jahrestag …«, sie schüttelt den Kopf, »ist auch nicht. Womit habe ich das verdient?«
Konrad umrundet den Küchentisch. Er nimmt ihr Gesicht in beide Hände, schaut ihr in die Augen. Paula spürt, wie sie errötet, und lächelt Konrad etwas verlegen an.
»Du bist das Beste, was mir je passiert ist«, flüstert Konrad an ihrem Ohr. Sein Atem kitzelt sie. Sie erschaudert. »Ich möchte, dass du das weißt. Und damit …«, er zeigt hinter sich, »… wollte ich dir einfach nur eine Freude machen.«
In Paula keimt sofort der Verdacht, dass Konrad das nicht ganz so absichtslos getan hat, wie er es gerne aussehen lassen möchte. Dafür kennt sie ihn einfach zu gut. Aber sie drängt die unguten Gedanken schnell beiseite. Er wird noch früh genug damit rausrücken, was er gutmachen möchte. Sie will ihnen den Morgen und das schöne Frühstück jetzt nicht mit misstrauischen Nachfragen verderben.
»Du bist lieb«, sagt sie. Sie schlingt die Arme um Konrad und küsst ihn leidenschaftlich.
»Mannomann!«, murmelt Konrad, als er wieder zu Atem kommt. Er neigt seinen Kopf und erkundet mit der Zungenspitze Paulas Ohrmuschel.
Paula lacht und schiebt ihn energisch von sich. »Heb dir das für später auf«, sagt sie mit einem spöttischen Blick. »Das Baby und ich müssen gleich zu einem Arzt-Check. Die Zeit reicht gerade noch für das Frühstück.« Sie setzt sich und nimmt ein Brötchen aus dem Korb. »Wo du dir schon so viel Mühe gemacht hast, werde ich mir das natürlich auf gar keinen Fall entgehen lassen.«
Seufzend lässt sich Konrad auf den Stuhl neben Paula fallen. »Ich fühle mich vernachlässigt«, mault er. »Sträflich vernachlässigt.«
»Daran wirst du dich gewöhnen müssen.« Paula schmiert see-

lenruhig Butter auf das Mohnbrötchen und belegt es mit einer dicken Scheibe Käse. Genüsslich beißt sie hinein. »Wenn Nummer drei auf der Welt ist, wird sich alles nur noch um ihn oder sie drehen«, sagt sie mit vollem Mund.

Er schenkt sich Kaffee ein, trinkt einen Schluck und betrachtet Paula prüfend über den Rand des Bechers. »Alles in Ordnung mit dir, Süße? Du siehst ziemlich blass aus um die Nase.«

Paula streicht sich eine Haarsträhne hinters Ohr und lächelt ihn an. »Mir geht es gut«, sagt sie.

»Sicher?«

Paula seufzt: »Ich habe einfach nur beschissen geschlafen. Was zum Teil auch auf das Konto von dem kleinen Monster in meinem Bauch geht. Es hat die halbe Nacht rumgeturnt.«

»Du Arme«, sagt Konrad. »Warum hast du mich nicht geweckt?« Er nimmt das Messer und köpft sein Frühstücksei mit einem gezielten Schlag.

»Was hättest du denn gegen die Turnübungen unseres Nachwuchses machen können?«, fragt Paula und sieht ihn spöttisch an. »Für Erziehungsmaßnahmen ist es noch etwas zu früh.«

Konrad grinst, hangelt nach einer Scheibe Lachs und schiebt ihn sich in den Mund. Paula nippt an ihrem Orangensaft.

»Mir geht diese Frau einfach nicht mehr aus dem Kopf«, sagt sie schließlich.

»Welche Frau?«, fragt Konrad mit vollem Mund und greift sich eine Handvoll Trauben.

»Wo ist eigentlich die Schachtel mit der Puppe hingekommen?« Paula sieht sich suchend in der Küche um.

»Ach«, sagt Konrad. »Die Frau meinst du.« Er pflückt sich eine Traube ab und wirft sie hoch in die Luft. Mit weit geöffnetem Mund fängt er sie auf. »Die Schachtel habe ich in die Kammer verfrachtet. Sie sah irgendwie fehl am Platz aus in

der Küche«, sagt Konrad und wirft sich eine weitere Traube in den Mund.
Paula nickt und leckt sich Erdbeermarmelade vom Finger. »Glaubst du wirklich, das Ganze hat etwas mit Rick zu tun?«
Konrad zuckt mit den Schultern. »Keine Ahnung. Wahrscheinlich eher nicht.«
»Aber warum hat sie das getan? Ich meine, was will sie damit bezwecken? Sie ruft bei uns an, versetzt uns mit der Ankündigung, ihr Kind lebendig zu begraben, in Angst und Schrecken. Und dann finden wir tatsächlich ein Grab, aber mit einer Puppe drin. Was soll das?«
»Paula, Süße. Steiger dich da nicht so rein. Ich kann ja verstehen, dass die Geschichte dich mitnimmt, aber du weißt, unser oberstes Prinzip lautet: Nimm nichts persönlich. Lass niemanden an dich ran. Wahre die Distanz.«
»Du hast gut reden«, wehrt Paula ab. »Du warst nicht dabei.« Sie stützt die Arme auf den Tisch und beugt sich zu Konrad hinüber. »Das Ganze war wie eine perfekte Inszenierung. Das ist nicht das Werk einer Verrückten, die nicht weiß, was sie tut. Diese Frau führt etwas im Schilde. Da bin ich mir sicher.«
Konrad greift nach Paulas Hand und drückt sie. »Mach dir nicht so viele Gedanken, ja? Wir warten einfach ab, was die nächsten Tage passiert.«
Paula nickt zögerlich. »Etwas anderes bleibt uns ja kaum übrig«, sagt sie schließlich.
Konrad streicht ihr eine Haarlocke aus dem Gesicht und küsst ihre Nasenspitze. Für einen Moment lehnt sie ihre Stirn an seine. Dann fällt ihr Blick auf die Küchenuhr.
»Mist. Ich muss los«, sagt sie. Sie küsst Konrad auf die Wange und steht auf.
»Soll ich mitkommen zum Arzt?«
Paula winkt ab. »Nein, lass mal. Ist nur ein Routinecheck.

Das schaffen wir zwei auch alleine. Aber danke für das Angebot.« Dann richtet sie sich auf und geht aus der Küche ins Bad.

Nachdem sie die Wohnung kurze Zeit später verlassen hat, klingelt das Telefon. In Gedanken versunken, schlurft Konrad in den Flur. Paula hat ihm zwischen Tür und Angel noch zugerufen, dass sie heute Abend etwas mit ihm besprechen muss. Etwas Wichtiges. Kneifen gilt nicht. Die Ankündigung hat Konrad die Laune verhagelt. Auf der Suche nach dem Telefon, das natürlich, wie üblich, nicht in der Station steckt, eilt er Richtung Wohnzimmer, aus dem der Klingelton allem Anschein nach kommt. Unter einem Kissen auf dem Sofa wird er schließlich fündig. Er nimmt den Hörer in die Hand und drückt die grüne Taste. »Ja?«, sagt er.

»Konrad? Bist du das?«, fragt seine Mutter am anderen Ende der Leitung.

»Leibhaftig und in Lebensgröße«, antwortet er und schlendert zurück in die Küche. »Was gibt's, Mamutschka?«

»Ich muss etwas mit dir besprechen. Etwas ...« Seine Mutter zögert kurz, bevor sie weiterspricht. »Etwas Wichtiges.«

»Mhm«, macht Konrad und zieht die Augenbrauen hoch. Was ist denn heute los? Alle müssen sie etwas mit ihm besprechen. Er unterdrückt ein Stöhnen. »Okay«, sagt er gedehnt. »Wann?«

»Um zwölf im Café Zweistein. Passt dir das?«

»Ja«, sagt Konrad.

»Schön. Dann bis gleich«, sagt seine Mutter und unterbricht die Verbindung.

Mit einem mulmigen Gefühl im Bauch legt Konrad den Hörer auf den Küchentisch. Seine Mutter hat sich noch nie mit ihm in einem Café verabredet. Das wäre heute sozusagen eine

Premiere. Was kann sie nur wollen? Er setzt sich langsam hin, stützt seine Arme auf die Holzplatte des Küchentisches und bettet das Kinn auf seine verschränkten Hände. Wieso ist sie in Berlin und nicht in Schönow in der Buchhandlung? Nach dem plötzlichen Herztod seines Vaters vor fünf Jahren hat sie mit dem Geld aus der Lebensversicherung eine kleine Buchhandlung eröffnet. Vielleicht ist sie pleite, überlegt Konrad, und braucht Geld? Oder sie ist krank?
Er fährt sich mit einer Hand durchs Haar und wirft einen Blick auf die Uhr. Noch drei Stunden bis zum vereinbarten Treffen. Er beschließt, sich noch mal kurz aufs Ohr zu hauen. Falls seine Mutter tatsächlich mit einer Hiobsbotschaft aufwartet, lässt sich das um einiges besser verkraften, wenn er ausgeschlafen ist. Konrad stopft sich noch eine Scheibe von dem Schinken in den Mund und verstaut den Rest der Lebensmittel im Kühlschrank. Das schmutzige Geschirr räumt er – nach kurzem Zögern – in die Spülmaschine. Paula kann ziemlich zickig werden, wenn die WG-Regeln nicht eingehalten werden.
Dann geht er in sein Zimmer, lässt sich auf das Bett fallen und verschränkt die Arme hinterm Kopf. Direkt über ihm hangelt sich eine Spinne von der weißen Zimmerdecke, lässt sich an ihrem unsichtbaren Faden immer tiefer gleiten. Als sie nur wenige Zentimeter von seinem Gesicht entfernt ist, pustet er sie an und beobachtet fasziniert, mit welcher Geschwindigkeit sie wieder hoch in Richtung Decke schnellt.
Ich muss Paula reinen Wein einschenken, denkt Konrad. Ich habe mich schon viel zu lange davor gedrückt.
Über diesem Gedanken schläft er ein.

15

Rick bleibt am grünen Maschendrahtzaun stehen, der das Grundstück von der Straße teilt. Das Haus sieht noch heruntergekommener aus als bei seinem letzten Besuch. Der ehemals weiße Anstrich ist in ein schmutziges Grau übergegangen, unter den Fensterbänken prangen schwarze Stockflecke. Der Putz platzt an einigen Stellen großflächig ab. Die Gartentür knarrt unwillig, als hätte er sie aus dem Winterschlaf geweckt. Rick schlendert über den schmalen gepflasterten Weg zum Hauseingang. Er hat einen Schlüssel für die Tür, aber er schließt nie selber auf, er klingelt und wartet, bis ihm jemand öffnet. Und jedes Mal, wenn die Klingel im Hausinneren anschlägt, durchzuckt ihn für einen Augenblick die Angst, dass ihm niemand öffnen könnte.

Er überlegt, wann er das letzte Mal hier gewesen ist. Irgendwann im Winter. Der Schnee hatte den Garten mit einer dicken weißen Schicht überzuckert und die Verwahrlosung für ein paar Wochen zugedeckt. Jetzt, Mitte März, ist sie in ihrem ganzen Ausmaß sichtbar. Überall in den Beeten wuchert das Unkraut, braune Schichten aus vermodertem Laub und erfrorenen Pflanzen bedecken die Erde. Dabei war der Garten früher Mutters Ein und Alles. Ihr zweites Wohnzimmer nannte sie ihn. Im Sommer traf man sie fast immer mit einer Gartenschere oder einem Rechen in der Hand irgendwo draußen oder im Gewächshaus an. Jetzt sind die Scheiben des Gewächshauses blind und grün vom Moos, die ehemals liebevoll gepflegten Pflanzen hängen braun und verdorrt in Töpfen mit ausgetrockneter Erde.

Die Umgebung eines Menschen ist auch immer ein Spiegel seiner Seele, denkt Rick und lässt den Blick über den verwahrlosten Vorgarten schweifen. Wahrscheinlich sieht es genauso auch tief in ihr drinnen aus: trist und ohne Leben.

Er hört Schritte hinter der geschlossenen Tür. Sein Vater öffnet. Rick schafft es kaum, den Schreck, der ihm bei seinem Anblick in die Magengrube fährt, zu überspielen. Sein alter Herr ist noch dünner, als er ihn in Erinnerung hat. Die Haare stehen ihm wirr vom Kopf ab. Er sieht ungepflegt und krank aus.

Rick besucht sein Elternhaus nur dann, wenn sein Vater ihn darum bittet. In der ersten Zeit hatte er deswegen permanent ein schlechtes Gewissen. Wenn er ehrlich zu sich ist, hat er das auch heute noch, aber er kann besser damit umgehen. Die Verdrängungsmechanismen funktionieren reibungsloser. Reiner Selbstschutz und durchaus in Ordnung, behauptet Chris immer.

»Schön, dass du es einrichten konntest, Junge«, sagt Ricks Vater mit müder Stimme und streicht mit einer Hand seine Haare glatt. Er macht einen Schritt zur Seite, um Rick ins Haus zu lassen.

»Wo ist sie?«, fragt Rick und drückt sich an ihm vorbei ins Hausinnere.

»Oben.« Er weist mit dem Kinn zur Treppe, die ins Obergeschoss führt, und schließt die Tür. »Sie schläft jetzt. Endlich«, fügt er mit einem kaum merklichen Zögern hinzu.

»Was war denn los?« Rick bleibt im Flur stehen und dreht sich zu seinem Vater um.

»Lass uns in die Küche gehen«, sagt er. »Ich habe frischen Kaffee aufgebrüht.«

Er drängt sich in dem engen Hausflur an Rick vorbei und schlurft mit hängenden Schultern Richtung Küche.

Rick hängt seine Jacke an die Garderobe und folgt seinem Vater. Die Küche ist, anders als bei seinen früheren Besuchen, erstaunlich aufgeräumt, stellt Rick auf den ersten Blick fest. Keine Berge von ungespültem, vor sich hin schimmelndem Geschirr in der Spüle. Keine klebrigen Pfannen auf dem Herd. Kein mit schmutzigen Tassen und Tellern übersäter Tisch. Selbst der Gasherd ist nicht mehr mit Öl verkrustet, sondern blitzt vor Sauberkeit. Das Werk seiner Mutter? Wenn ja, wäre das wohl ein Zeichen dafür, dass es wieder aufwärtsgeht. Obwohl der Anruf heute Nacht nicht danach klang. Im Gegenteil.

»Edda kommt jetzt manchmal vorbei und hilft mir ein bisschen im Haushalt«, sagt Ricks Vater, als hätte er die Gedanken seines Sohnes gelesen.

»Edda?« Rick wischt mit einer Hand ein paar Krümel von der Auflage der Holzeckbank und quetscht sich an den zerschrammten Holztisch.

»Ja. Edda Schmiedel. Du kennst sie. Wohnt zwei Straßen weiter. Ruth und sie haben früher gemeinsam im Kirchenchor gesungen.«

»Ah, die.« Rick nickt zustimmend, obwohl er nur eine sehr vage Erinnerung an die Frau aus der Nachbarschaft hat. Schweigend sieht er seinem Vater zu, wie der zwei Tassen und Untertassen aus dem Küchenschrank nimmt und auf den Tisch stellt. Seine Hand zittert wie die eines alten Mannes. Er greift nach der roten Warmhaltekanne, die mitten auf dem Tisch bereitsteht, und schenkt daraus Kaffee ein. Vorsichtig nippt er an der trüben Brühe und stellt die Tasse wieder auf den Tisch zurück. Der Kaffee ist nur noch lauwarm, schmeckt abgestanden und bitter.

So viel dazu, ich habe frischen Kaffee gemacht, denkt Rick. Sein Vater setzt sich ihm gegenüber und schiebt die Tasse mit dem Kaffee von sich. »Ich habe heute schon zu viel davon

getrunken«, sagt er auf Ricks fragenden Blick hin. »Mein Magen verträgt das nicht mehr so gut. Zu viel Kaffee, meine ich.«
Rick nickt. Sein Vater schaut an ihm vorbei an die Wand und schweigt sich aus. Rick weiß, dass er jetzt nach Worten sucht und er ihm die Zeit lassen muss, bis er die richtigen gefunden hat. Er war schon immer eher schweigsam, in sich gekehrt. Nicht mürrisch, das nicht, aber ernst und nachdenklich. Der typische Einzelgänger. Ruth, seine Mutter, dagegen war das quirlige Leben. Fröhlich, laut und ungestüm. Bei den Eltern passte der Spruch: Gegensätze ziehen sich an. Und dann kam der Tag, der von einer Sekunde auf die andere ihrer aller Leben aus den Ankern gehoben hatte. Der Tag, an dem Marie nicht nach Hause kam.
Marie ging am späten Nachmittag zu der Pyjamaparty ihrer besten Freundin Nadine. Nur zwei Straßen weiter. Er und Ruth haben Marie erst vermisst, als sie nicht, wie verabredet, zum Mittagessen erschien. Eine verschnupfte Nadine erklärte am Telefon, Marie habe sich mit ihr gestritten und sei mitten in der Nacht abgehauen. Sie wollte nach Hause. Aber dort ist sie nie angekommen. Tagelang hat die Polizei mit Hundestaffeln die Gegend im gesamten Umkreis nach ihr abgesucht. Vergebens. Nicht eine Spur fand man von Marie.
Jetzt, nach nunmehr sechs Jahren, zählt die Akte Marie Winter schon längst zu den ungelösten Fällen, die – so stellt Rick sich das jedenfalls vor – im weitläufigen Archiv der Berliner Mordkommission langsam, aber sicher in Vergessenheit geraten.
Manchmal wünscht er sich das auch: vergessen zu können. Aber die Erinnerung an seine kleine Schwester schmerzt auch nach all den Jahren noch so sehr, dass seine Kehle bei dem Gedanken an sie eng wird. Rick schluckt und zeichnet mit dem Zeigefinger die Holzmaserung auf der Tischplatte nach.

»Sie würde sich am liebsten umbringen, sagt sie«, beginnt sein Vater stockend. »Sie hält es nicht mehr aus. Diese Ungewissheit. Die Hoffnung, die sich einfach nicht begraben lässt …«

Rick blickt hoch und begegnet den müden Augen des Vaters. In ihnen ist nichts als Resignation. Rick fühlt, wie die Hilflosigkeit, die von ihm Besitz ergriffen hat, in Zorn umschlägt. Zorn auf den Mann, der sein Leben nicht mehr richtig auf die Reihe bekommt und ihn mit seinen Problemen auch noch belästigt. Im selben Augenblick schämt er sich für diesen Gedanken in Grund und Boden.

»Ich ertrage das nicht mehr länger, Richard.« Sein Vater ist der einzige Mensch, der ihn nicht Rick nennt. Jetzt hebt er den Kopf und sieht Rick an. Tränen glitzern in seinen Augen. Spontan beugt sich Rick über den Tisch und legt ihm eine Hand auf den Arm. Er öffnet den Mund, will etwas sagen, etwas Tröstendes, Aufheiterndes, aber ihm will einfach nichts einfallen. Also schweigt er.

»Ich war kurz davor, ihr an den Kopf zu werfen, sie soll es tun, damit dieses Elend hier endlich ein Ende hat«, flüstert Ricks Vater mit erstickter Stimme.

Rick hat plötzlich das Gefühl, keine Luft mehr zu bekommen. Er stößt den Atem aus seinen Lungen und springt auf. »Komm«, sagt er. »Ich muss hier raus. Lass uns eine Runde an der frischen Luft drehen.«

Sein Vater nickt, stützt seine Hände auf den Tisch und erhebt sich schwerfällig von seinem Stuhl. Er wirkt gebrechlich, wie ein alter Mann, dabei ist er gerade mal fünfundsechzig.

»Kannst du sie denn allein lassen«, fragt Rick und nimmt seine Jacke von der Garderobe.

»Ich habe ihr eine halbe Valium gegeben. Die nächsten Stunden wird sie wie ein Stein schlafen.«

»Das ist gut«, sagt Rick und meint es auch so.

Der Vater schlüpft in seinen schwarzen Wollmantel, in dem er fast versinkt, und schließt die Haustür ab.
Schweigend stapfen sie nebeneinander durch die kleine Straße vorbei an dem roten Backsteinbau des Dominikus-Krankenhauses in Richtung Wald. Die graue Wolkendecke über ihnen reißt auf, und ein winziges Stück blauer Himmel wird sichtbar. Rick hebt sein Gesicht und blinzelt kurz in den Sonnenstrahl, der sofort wieder von einer dunklen Wolke verschluckt wird. Sein Vater läuft mit gesenktem Kopf, die Hände tief in den Taschen seines Mantels vergraben, neben ihm her. Er wirkt in sich gekehrt.
Rick würde ihn gern in den Arm nehmen. Ihm versprechen, dass alles gut wird. Aber er traut sich nicht. Er hat seinen Vater noch nie in den Arm genommen. Wahrscheinlich würde der es auch gar nicht wollen.

16

Als Paula aus der Arztpraxis auf die Wiener Straße tritt, klingelt ihr Handy. Sie bleibt stehen und fummelt es aus den Tiefen ihrer Handtasche. »Ja?« Mit dem Zeigefinger hält sie sich ein Ohr zu, um den Straßenlärm zu dämpfen.

»Ich bin's«, sagt Susan.

Paula kann schon am zögerlichen Ton der Stimme ihrer Freundin erkennen, was gleich kommen wird, und spricht es aus, bevor Susan anfängt rumzudrucksen. »Du schaffst es nicht.«

»Ich komm hier nicht weg. Die Kollegen sind alle auf irgendwelchen Terminen.« Susan seufzt theatralisch. »Und ich warte auf einen dringenden Rückruf für meinen Chef. Es geht um einen Interviewtermin mit der Kanzlerin. Wenn ich den Anruf verpasse, du kennst ihn ja, dann dreht er mich eigenhändig durch den Fleischwolf.«

»Schon gut«, unterbricht Paula den Redeschwall der Freundin. »Ist nicht so tragisch.« Sie schultert ihre Tasche und biegt in eine ruhigere Seitenstraße ein.

»Echt nicht?«

»Nein, echt nicht«, antwortet Paula lachend. »Es wäre natürlich schön, wenn du dabei sein könntest. Vier Augen sehen mehr als zwei. Aber wenn du nicht kannst ...«

Sie weicht einer Frau mit einer wilden Dreadlock-Mähne aus, die mit verbissener Miene einen Kinderwagen mit hektischen Bewegungen vor sich her schaukelt, in dem ein Baby sich die Seele aus dem Leib kreischt.

Das gleiche Schicksal blüht dir demnächst auch, denkt Paula amüsiert. Sie bleibt stehen und sieht der jungen Frau hinterher. Genieß die Zeit bis dahin noch.

»Hast du denn schon mit Konrad gesprochen?«, fragt Susan.
»Noch nicht«, gesteht Paula kleinlaut.
»Dann wird es aber höchste Zeit.«
Paula zieht eine Schnute. Bevor sie antworten kann, sagt Susan mit hektischer Stimme: »Sorry, ich muss dich abhängen. Da ist ein Ministerium in der Leitung. Tschüs.« Ohne eine Reaktion von Paula abzuwarten, legt sie auf.
Susan arbeitet seit ein paar Monaten als Redaktionsassistentin im Politikressort des *Berliner Morgen.* Sie ist noch in der Probezeit und dementsprechend eifrig bei der Sache. Paula wundert sich manchmal über den Wandel ihrer Freundin von der ausgeflippten Partymaus zur verantwortungsbewussten Arbeitnehmerin. Es ist noch gar nicht so lange her, da schlug sich Susan die Nächte in irgendwelchen Clubs um die Ohren und verschlief die Tage.
Wir werden alle erwachsen, denkt Paula und lässt das Handy in die Tasche zurückgleiten. Sie wirft einen Blick auf die Armbanduhr und beschleunigt ihre Schritte. Sie muss sich sputen, wenn sie zu der Besichtigung nicht zu spät kommen will. Die Wohnung liegt direkt am Paul-Lincke-Ufer in einem modernisierten Altbau und ist ein Traum, wenn man den Fotos im Internet Glauben schenken darf. Eine Wohnküche mit abgezogenen Holzdielen, drei große helle Räume mit Parkettboden, ein Bad mit blauen Kacheln an der Wand und eine Nuance dunkleren Fliesen auf dem Boden. Paula macht sich wenig Hoffnung, Wohnungen am Paul-Lincke-Ufer sind sehr begehrt, aber sie will sie sich wenigstens ansehen. Sie rechnet mit einem Riesenansturm, und sie täuscht sich nicht. Schon von weitem sieht sie die Menschentraube, die sich bereits vor dem Haus versammelt hat.
Wäre ja auch zu schön gewesen, denkt Paula und schiebt sich mit den anderen die Treppe zu der Wohnung im vierten

Stock hoch. Der Makler, dunkler Streifenanzug und Stirnglatze, schließt die Wohnungstür auf, tritt zur Seite und fordert die Anwesenden mit einer ausholenden Geste auf, einzutreten und sich in aller Ruhe umzuschauen. Paula erwidert sein breites Lächeln, als sie an ihm vorbei in den Flur der Wohnung tritt. Sein Blick wandert zu ihrem Bauch, der sich unter der Jacke deutlich abzeichnet, bleibt Sekunden daran kleben. Paula glaubt zu sehen, wie sich seine Augenbrauen missbilligend hochziehen. Dann wendet er sich auch schon mit dem gleichen zähnefletschenden Lächeln im solariumgebräunten Gesicht den nachfolgenden Interessenten zu.

Ich sehe sie mir trotzdem an, denkt Paula trotzig. Gemächlich schlendert sie durch die Räume. Gesprächsfetzen, Entzückenslaute dringen an ihr Ohr. Sie hört eine Frau sagen: »Ich will die Wohnung unbedingt. Um jeden Preis.« Paula dreht sich nach der Stimme um und sieht einen Pagenkopf in einem grauen, eng geschnittenen Kostüm mit energischen Schritten Richtung Makler trippeln.

Paula seufzt lautlos. Ella, Paula kennt sie aus der Schwangeren-Gymnastik, sucht ebenfalls nach einer größeren Wohnung.

»Kannste vergessen«, hat Ella sich erst letztens empört und die Stimme eines Vermieters nachgeäfft. »Ach so, schwanger sind Sie? Nee, so leid's mir tut. Da krieg ich nur wieder Ärger mit meinen anderen Mietern. Von wegen dem Kindergeschrei, Sie verstehen.«

Paula öffnet die Tür zum Balkon und tritt hinaus. Sie hebt die Nase in die kühle, feuchte Luft, die ihr entgegenweht, und schnuppert. Sie riecht das leicht brackige Wasser des Landwehrkanals und lauscht dem Wind, der leise durch die noch kahlen Äste der Bäume raschelt.

»Tolle Wohnung«, sagt eine Stimme in ihrem Rücken.

Paula dreht sich um. Eine dunkelhaarige Frau steht in der offenen Tür zum Balkon und grinst sie an.
»Rachel«, sagt Paula erstaunt und grinst zurück. »Was machst du denn hier?«
»Wahrscheinlich das Gleiche wie du.«
»Du bist auf Wohnungssuche?«, fragt Paula. »Das wusste ich ja gar nicht.«
Rachel tritt auf den Balkon, küsst Paula rechts und links auf die Wange. »Ja«, sagt sie dann und rümpft die Nase. »Das Zimmer in der WG in Pankow war nur vorübergehend.«
»Verstehe«, sagt Paula und mustert sie eingehend. »Ich hätte dich fast nicht erkannt mit der neuen Frisur. Steht dir aber gut.«
»Danke«, sagt Rachel und fährt sich mit der Hand über die raspelkurzen schwarz gefärbten Haare. »Susan findet, ich sehe aus wie eine aus dem Nest gefallene, zerrupfte Amsel.«
Paula lacht. »Typisch Susan. Mach dir nichts draus.«
Rachel lehnt sich neben sie an das Balkongeländer und nickt mit dem Kinn in Richtung der Wohnung. »Drinnen wechseln schon die ersten Scheinchen ihre Besitzer. Das Grinsen des Maklers wird immer breiter.« Sie seufzt. »Ich könnte mit Hängen und Würgen die Kaution für die Hütte zusammenkratzen, aber den Zaster für die Maklerbestechung …« Sie zuckt resigniert die Achseln. »Dafür reicht es nicht. Außerdem käme ich mir total bescheuert dabei vor, wenn ich diesem Typen klammheimlich ein Bündel Scheine in die Hand drücken würde.«
Von drinnen hören sie die Stimme des Maklers, der die Interessierten auffordert, ein Formular auszufüllen und anschließend wieder bei ihm abzugeben. »Ich melde mich dann in ein paar Tagen.«

Rachel und Paula wechseln einen Blick. »Ich glaube, das können wir uns verkneifen, was meinst du?«
Paula verzieht den Mund zu einem bedauernden Lächeln und nickt. »Ich fürchte, du hast recht. Ich verschwinde wieder.«
Rachel legt den Kopf schief: »Ich auch. Aber nicht ohne diesem Ekelpaket von Makler noch eins auszuwischen.«
Paula zieht fragend die Augenbrauen hoch. Rachel legt einen Finger auf die Lippen und zwinkert ihr verschwörerisch zu. »Komm mit«, flüstert sie.
In der Wohnung ist mittlerweile Stille eingekehrt. Die meisten sind schon wieder gegangen. Einige Pärchen stehen noch herum und unterhalten sich flüsternd. Rachel marschiert an dem Makler vorbei, der lässig an einer Fensterbank lehnt und seine sorgfältig manikürten Fingernägel einer genaueren Inspektion unterzieht, in die Küche.
Paula zögert, überlegt, ob sie Rachel folgen soll. Da ertönt aus der Küche ein markerschütternder Schrei. Sie zuckt erschrocken zusammen. Der Makler sieht irritiert auf und runzelt die Stirn.
Rachel erscheint im Türrahmen. Sie ist aschfahl, eine Hand hat sie auf ihren Brustkorb gelegt. »Kakerlaken«, stammelt sie.
Dem Makler entgleisen die Gesichtszüge. »Unsinn«, sagt er. Seine Stimme klingt ungehalten. »Hier gibt es keine Kakerlaken. Das war sicher ein … ein Marienkäfer.«
»Ich weiß, was ich gesehen habe«, sagt Rachel in hoheitsvollem Ton. »Ich bin Biologin, und eine Kakerlake von einem Marienkäfer zu unterscheiden, ist eine meiner leichtesten Übungen. Tut mir leid, so schön die Wohnung auch ist, Kakerlaken sind ein K.-o.-Kriterium. Wenn die sich erst mal eingenistet haben, wird man sie nie wieder los.«

Das Gesicht des Maklers hat mittlerweile einen ungesunden Rotton angenommen.
Rachel hebt bedauernd eine Schulter, hakt sich bei Paula unter, und gemeinsam stolzieren sie an dem fassungslosen Mann vorbei aus der Wohnung. Hinter ihnen setzt ein empörtes Raunen ein. Mit lauter Stimme versucht der Makler, sich Gehör zu verschaffen: »Glauben Sie mir, hier gibt es kein Ungeziefer. Dafür lege ich meine Hand ins Feuer.«
Paula kann sich das Lachen nicht mehr verkneifen.
»Dem hast du das Tagesgeschäft aber gründlich vermiest«, prustet sie, während sie neben Rachel die Stufen hinunterstapft.
»Er hat es nicht anders verdient«, stellt Rachel trocken fest. »Lust auf einen Kaffee? Oder ...«, sie deutet mit einem Grinsen auf Paulas Bauch, »einen Kakao?«
»Warum nicht«, sagt Paula.
»Schön«, sagt Rachel. »Ein paar Meter weiter vorne habe ich ein Café gesehen. Wollen wir da hin?«
»Meinst du das Café Paul?«, fragt Paula, noch immer lachend.
»Ja«, sagt Rachel und passt ihre Schritte Paulas langsamem Gang an.
»Das war übrigens gerade bühnenreif.« Paula sieht Rachel von der Seite an. »An dir ist eine Schauspielerin verlorengegangen.«
Rachel lacht und hält ihr die Tür zu dem Café auf. »Das sagte mein Ex auch immer.«
Sie setzen sich an einen Tisch am Fenster. Rachel sieht sich um. »Gefällt mir«, sagt sie schließlich. »Ich mag die fünfziger Jahre. Auch wenn ich es sonst nicht so mit der Nostalgie habe.«
»Ich bin öfter hier«, sagt Paula. »Ich arbeite hier gleich um die Ecke.«

Die Bedienung kommt an ihren Tisch und fragt nach ihren Wünschen. Rachel bestellt einen Cappuccino, Paula einen Kräutertee.

»Ich muss mal kurz verschwinden«, sagt Paula und erhebt sich. Bevor sie die Tür zu den Toiletten hinter sich schließt, erhascht sie einen kurzen Blick auf Rachel. Das Lächeln auf ihrem Gesicht ist verschwunden. Sie wirkt so verloren, kommt es Paula in den Sinn. Susan hat recht. Ein bisschen was von einem aus dem Nest gefallenen Vogelkind hat sie tatsächlich.

17

Marianne Martens sitzt bereits vor ihrem zweiten Mineralwasser, als Konrad mit einer halben Stunde Verspätung im Café Zweistein auftaucht.

»Sorry.« Er küsst sie flüchtig auf die Wange, legt seinen Fahrradhelm auf dem Tisch ab und lässt sich ihr gegenüber auf den Stuhl fallen. »Wartest du schon lange?«

»Ja«, sagt seine Mutter. »Aber ich kenne dich inzwischen gut genug, um zu wissen, dass du es nie schaffst, pünktlich zu sein.«

Konrad grinst sie an. »Dann kann ich es mir ja auch sparen, für die Zukunft Besserung zu geloben.« Er winkt die Kellnerin herbei und bestellt einen Latte macchiato.

»Wie geht es Paula? Und dem Baby?«, fragt Marianne.

»Denen geht es prima«, sagt Konrad und schenkt der Kellnerin einen strahlenden Blick aus seinen blauen Augen, als sie das Glas mit dem Latte auf den Tisch stellt. Die Kellnerin errötet, aber das bemerkt Konrad nicht. »Die Schwangerschaft bekommt Paula super. Sie ist das reinste Energiebündel. Echt irre.«

Marianne greift nach ihrem Glas und trinkt einen Schluck. Sie räuspert sich. »Ich muss dir was sagen, Konrad.«

Konrad mustert sie besorgt, während er in seinem Kaffee rührt. »Hoffentlich nichts Schlimmes. Du klingst so ernst.«

»Nein, eigentlich ist es etwas sehr Schönes. Ich bin mir nur nicht sicher, wie du es auffassen wirst.«

Konrad legt die Stirn in Falten. »Du machst es aber spannend«, sagt er und sieht sie forschend an. »Raus damit.«

Marianne holt tief Luft, richtet sich kerzengerade auf und sagt: »Ich bin schwanger.« Ihre Augen strahlen.

Konrad verschlägt es für einen Moment die Sprache. Er schüttelt den Kopf. »Sag, dass ich mich gerade verhört habe.«
»Nein, du hast dich nicht verhört. Ich bin im vierten Monat.«
»Aber …« Konrad lässt das Wort in der Luft hängen.
»Wolltest du sagen: Aber in deinem Alter kannst du doch kein Kind mehr bekommen?«
Konrad nickt, verzieht den Mund. »Ja, so etwas in der Art«, gibt er schließlich zu.
Marianne legt die Unterarme auf den Tisch und beugt sich zu Konrad hinüber. Ihr zarter Parfumduft weht ihm in die Nase. »Ich bin fünfundvierzig, mein Lieber. Gianni Nannini hat mit über fünfzig ihr erstes Kind bekommen.« Sie streckt die Hand aus und streicht Konrad sanft über die Wange.
Konrad weicht ihrer Berührung aus. »Wer ist der Vater?«, fragt er. Seine Augen sind schmale Schlitze. »Daniel?«
Für einen winzigen Augenblick schwebt Mariannes Hand in der Luft. Dann zieht sie sie zurück und verschränkt die Hände in ihrem Schoß.
»Konrad, ich verstehe ja, dass das alles ein bisschen plötzlich für dich kommt. Für Daniel und mich allerdings auch. Das Kind war nicht geplant.«
Konrad schluckt und zieht die Unterlippe zwischen die Zähne. »Ich muss das erst mal verdauen«, sagt er. »Schließlich wird man nicht alle Tage fast zeitgleich Vater und Bruder von –« Er unterbricht sich und wirft ihr einen fragenden Blick zu. »Weißt du denn schon, was es wird?«
Marianne lächelt. »Nein, auf dem Ultraschall-Bild ist noch nichts Genaues zu sehen.«
»Wenn ich es mir aussuchen dürfte, dann hätte ich gerne eine kleine Schwester«, sagt Konrad mit einem schiefen Lächeln.
»Ich hätte auch nichts dagegen, wenn es ein Mädchen wird.«

Sie greift über den Tisch nach seiner Hand. »Wollt ihr nicht am Sonntag zum Essen zu uns kommen? Ihr wart lange nicht mehr da.«

Konrad schürzt die Lippen, als müsse er über den Vorschlag seiner Mutter erst mal nachdenken. »Ich frag Paula, ob sie Zeit hat«, verspricht er dann.

»Schön«, erwidert Marianne herzlich.

Konrad entzieht ihr seine Hand und wirft einen Blick auf die Uhr über dem Tresen. »Ich muss langsam los«, sagt er und sieht sich suchend nach der Kellnerin um.

»Lass«, sagt Marianne. »Ich lad dich ein.«

»Danke.« Konrad greift nach seinem Fahrradhelm.

»Hat Judith sich eigentlich bei dir gemeldet?«, fragt Marianne, während sie in ihrer Handtasche nach dem Portemonnaie kramt.

»Judith?«, wiederholt Konrad gedehnt. »Seit wann ist sie wieder in Berlin?«

»Keine Ahnung, ich habe sie nicht danach gefragt. Wir sind uns neulich zufällig über den Weg gelaufen. Sie hat mich um deine neue Handynummer gebeten.«

»Hast du sie ihr gegeben?«

Marianne nickt. »Ich hoffe, das war okay?«

»Klar«, sagt er achselzuckend.

»Sicher?«, fragt Marianne und winkt gleichzeitig der Kellnerin. »Du siehst nicht wirklich erfreut aus.«

Konrad verzieht den Mund. »Ehrlich gesagt, hält sich meine Freude darüber, dass sie wieder in der Stadt ist, in Grenzen.«

»Du musst dich ja nicht mit ihr treffen, wenn du nicht willst«, sagt Marianne.

»Da hast du auch wieder recht.« Konrad steht auf. »Wir sehen uns dann nächstes Wochenende. Vorausgesetzt, das

Baby macht uns keinen Strich durch die Rechnung, weil es unbedingt früher auf die Welt kommen will.« Er wirft Marianne eine Kusshand zu und verlässt mit eiligen Schritten das Café.
Judith ist also wieder in der Stadt, denkt er und steigt auf sein Fahrrad. Wie es ihr wohl ergangen sein mag?

18

Die U-Bahn hält am Kottbusser Tor. Im letzten Moment springt Rick vom Sitz auf und quetscht sich durch die sich schließenden Türen. Er braucht dringend frische Luft. Vielleicht bekommt er dann den Kopf wieder frei. Er hat noch eine gute Stunde Zeit, bevor er seinen Dienst in der Hotline antreten muss. Ein kalter Wind bläst ihm entgegen, als er die Stufen zur Straße hochsteigt. Er zieht den Reißverschluss seiner Jacke bis zum Kinn hoch, vergräbt die Hände tief in den Taschen und trabt, in Gedanken versunken, den Kottbusser Damm hinunter. In seinem Kopf spukt immer noch das Gespräch mit seinem Vater herum.

»Ich werde mich von deiner Mutter trennen«, hat er gesagt, als sie nebeneinander durch den Wald gestapft waren.

Rick war fassungslos. Er hat seinen Vater bekniet, schließlich hat er sogar gebettelt. Aber Leo ist hart geblieben.

»Versteh doch«, hat er gesagt. »Ich muss es tun. Ich muss es für mich tun. Und für Ruth. Wenn wir so weitermachen, gehen wir beide zugrunde. Und damit ist keinem von uns geholfen.«

Tief in seinem Innern weiß Rick, dass er recht hat. Aber er hat auch Angst. Angst um seine Mutter, Angst, dass sie es alleine nicht packt.

»Sie packt es auch mit mir zusammen nicht«, hat sein Vater gesagt. »Vielleicht ist es wie mit einem Süchtigen. Man muss sich von ihm abwenden, ihn ganz fallenlassen. Nur dann hat er eine Chance, aus eigener Kraft wieder auf die Beine zu kommen.«

Ricks Einwand, Ruth sei ja nicht süchtig, hat Leo mit einer ungeduldigen Handbewegung weggewischt. »Im gewissen

Sinne ist sie das schon. Sie ist süchtig nach dem Gefühl der Verzweiflung, aus dem heraus sie sich erneut auf die Hoffnung stürzen kann, um dann wieder in die Trauer zu versinken. Ich fürchte, sie braucht diese Achterbahn der Gefühle, damit sie sich selbst noch spürt. Verstehst du, was ich meine?«
Rick hat genickt, obwohl er nur die Hälfte davon verstanden hat, und seinen Vater reden lassen. Manchmal fühlt er sich schuldig, weil er lebt und seine kleine Schwester tot ist. Denn dass sie nicht mehr am Leben ist, daran hat er keinen Zweifel mehr. Seit er das für sich akzeptiert hat, geht es ihm besser. Deutlich besser. Auch deswegen fühlt er sich schuldig. Aber darüber kann er mit seinem Vater nicht reden. Er weiß nicht, ob dieser ihn verstehen würde.
Rick biegt nach links ins Paul-Lincke-Ufer ein und überquert hinter einem alten, buntbemalten VW-Bus die Straße, um seinen Weg am Ufer des Landwehrkanals fortzusetzen.
Wenn sein Vater sich aus der Verantwortung für seine Frau stiehlt, ist es an ihm, Verantwortung für seine Mutter zu übernehmen. Das würde aber bedeuten, dass er wieder nach Frohnau in sein Elternhaus ziehen müsste. Rick weiß nicht, ob er dazu bereit ist.
»Rick«, hört er jemanden laut seinen Namen rufen. Er dreht sich um und sieht Paula vorm Café Paul stehen. Sie lacht, winkt ihm zu. Rick ist jetzt nicht nach Gesellschaft. Er überlegt kurz, ob er zurückwinken und einfach weitergehen soll, aber er möchte Paula nicht vor den Kopf stoßen. Da kommt sie auch schon über die Straße auf ihn zugelaufen. Im Schlepptau eine ihm unbekannte Frau in einer abgewetzten Lederjacke, die ihr mindestens zwei Nummern zu groß ist.
»Hi, Paula«, sagt Rick und mustert verstohlen die Frau, die einen Schritt hinter Paula stehen geblieben ist. Sie ist außerge-

wöhnlich hübsch. Ihr ungeschminktes Gesicht scheint nur aus dunklen Augen zu bestehen und einem roten Mund, der sich in diesem Moment zu einem spöttischen Lächeln verzieht. Rick fährt sich mit einer Hand fahrig durchs Haar. Er will etwas sagen, irgendeinen lockeren Spruch anbringen, aber sein Kopf ist mit einem Schlag so leer, dass ihm nicht ein einziges Wort einfallen will.

»Rick, das ist Rachel«, hört er Paulas Stimme.

»Hallo, Rick«, sagt Rachel. Sie macht einen Schritt auf ihn zu, streckt ihm eine schmale Hand entgegen. Der auffällige Ring sticht ihm sofort ins Auge. Bis zur Mitte ihres Zeigefingers windet sich eine Schlange aus Silber mit grün blitzenden Smaragdaugen. Rick ergreift Rachels Hand und hält sie fest. Er bringt immer noch keinen Ton heraus. Rachel lacht und entzieht ihm sanft ihre Hand. Zu Paula sagt sie: »Ich muss dann mal los. Wir hören voneinander?«

»Auf jeden Fall«, sagt Paula.

»Na dann, tschau, tschau.« Rachel schenkt Rick ein Lächeln und eilt Richtung Kottbusser Damm davon.

Rick schaut ihr hinterher. Widersprüchliche Gefühle kämpfen in ihm. Etwas an dieser Frau zieht ihn fast magisch an, und doch schlägt in seinem Hinterkopf eine Warnglocke an, die ihm rät, seine Finger von ihr zu lassen.

Paula boxt ihn freundschaftlich in die Seite. »Hey, aufwachen«, ruft sie lachend.

Rick wendet sich ihr zu, lächelt verlegen: »Eine Freundin von dir?«

Paula schüttelt den Kopf. »Ich habe sie auf Susans großer Geburtstagsparty letztens kennengelernt. Seitdem laufen wir uns ständig über den Weg. Sie ist hübsch, was?« Paula grinst Rick schelmisch an und hakt sich bei ihm unter. Während sie Seite an Seite am Landwehrkanal entlangspazieren, erzählt sie ihm von der Wohnungsbesichtigung und Rachels Kakerlaken-Nummer.

»Und wann wolltet ihr uns das mitteilen?« Er versucht, seine Stimme so neutral wie möglich klingen zu lassen. Paula soll ihm seine Enttäuschung nicht anmerken.

»Ach, Rick«, sagt Paula und seufzt laut. Mit einem Mal sieht sie ganz unglücklich aus.

»Komm«, sagt er und zieht Paula auf eine Bank unter einer ausladenden Trauerweide. »Erzähl! Was ist los?«

Und Paula erzählt. Von ihrem Wunsch nach einer Familie, einem Nest, das sie selbst nie hatte. Von ihrer Befürchtung, dass Konrad ihren Traum nicht teilt, dass er ganz andere Träume hat, die nichts mit ihren eigenen gemein haben.

Rick beugt sich vor, legt die Arme auf die Oberschenkel und hört Paula konzentriert zu. Er lässt sie reden, ohne Zwischenfragen zu stellen.

»Ja, und dann habe ich mir gedacht, ich könnte ja schon mal auf die Suche gehen. Wenn ich eine tolle Wohnung für uns an der Hand habe, dann … Aber –«

Rick sieht sie von der Seite an. Paula starrt aufs Wasser, sie knetet nervös ihre Hände. Er beendet den Satz für sie: »So funktioniert das nicht.«

Paula wendet sich ihm zu, verzieht den Mund zu einem kläglichen Lächeln. Sie pustet die Luft aus ihren Lungen und nickt. »Nein, so funktioniert es nicht.«

»Und was nun?«, fragt Rick.

»Heute Abend rede ich mit ihm.«

»Das ist gut«, bestätigt Rick. »Auch wenn ich es schade finde, wenn ihr zwei auszieht. Ich stelle mir das ganz unterhaltsam vor, mit einem kleinen schreienden Balg in der WG.«

»Vielleicht will Konrad ja gar nicht ausziehen.«

»Und was machst du dann?«

»Ich weiß es nicht«, sagt Paula und zupft nervös an einem Zweig der Trauerweide. »Keine Ahnung.«
Rick nimmt Paulas Hand und drückt sie. Konrad wäre ein Idiot, wenn er dich gehen lässt, denkt er. Aber er hütet sich davor, es laut auszusprechen. Eine Weile bleiben sie nebeneinander auf der Bank sitzen, Hand in Hand, und sehen schweigend den beiden Schwänen zu, die auf dem Wasser des Kanals schwimmen.

19

Schon als du die Tür aufschließt und einen Fuß in die Wohnung setzt, spürst du es. Es liegt etwas in der Luft. Eine Spannung, die etwas Unheilvolles verkündet.

Du ziehst die Wohnungstür hinter dir zu, hängst deine Jacke an die Garderobe und wirfst einen Blick in die Küche. Sie ist leer. Auch im Wohnzimmer ist niemand. Merkwürdig. Sollte dich dein erster Eindruck so getäuscht haben? Du gehst am Schlafzimmer vorbei, hörst hinter der geschlossenen Tür ein röchelndes Schnarchen. Das ist er. Er ist krank. Grippe. Hoffentlich verreckt er daran.

Du öffnest die Tür zu deinem Zimmer und erstarrst. Haarsprayduft steigt dir in die Nase.

Sie steht neben dem Bett, über einen geöffneten Koffer gebeugt. Dein Eintreten scheint sie nicht bemerkt zu haben.

»Was machst du da?«, fragst du und ärgerst dich im selben Moment, dass deine Stimme nicht ruhig und gelassen klingt, sondern hoch und schrill.

Sie zuckt kaum merklich zusammen und richtet sich betont langsam auf. Mustert dich mit kaltem Blick. Nicht die Andeutung eines schlechten Gewissens ist in ihren Augen zu lesen. Sie glaubt anscheinend, sie hat jedes Recht darauf, dir nachzuspionieren. In deinem Magen ballt sich der Hass zu einem festen Klumpen zusammen. Du hebst das Kinn und siehst sie mit schmalen Augen an. Weichst ihrem harten Blick nicht aus. Ihre Mundwinkel verziehen sich zu einem geringschätzigen Lächeln. Sie sagt: »Na, hast du wieder mal die Beine breitgemacht?«

»Ich verstehe nicht«, sagst du. Deine Stimme ist heiser vor Zorn. Du ballst deine Hände zu Fäusten. Du möchtest ihr ins

Gesicht schlagen. Ihre selbstgerechte Miene mit einem einzigen Faustschlag zerschmettern.
Sie greift in den Koffer und hält einen winzigen blauen Strampler in die Höhe. Über ihr Gesicht huscht ein Ausdruck boshafter Genugtuung. Nacheinander zieht sie winzige Hemdchen, Schühchen und noch einen Strampler hervor und präsentiert sie, als wolle sie dir die Sachen zum Kauf anbieten.
»Verschwinde aus meinem Zimmer.« Du machst zwei Schritte auf sie zu. »Sofort!« Deine Stimme bebt vor unterdrückter Wut.
Sie wendet sich dir zu, sieht dich an. Etwas in ihrem Gesicht verändert sich. Für den Bruchteil einer Sekunde glaubst du, eine winzige Spur von Verunsicherung in ihren Augen aufblitzen zu sehen. Dann ist dieser Moment auch schon wieder vergangen.
»Im wievielten Monat bist du denn?«, fragt sie schließlich und lässt ihren Blick über deine Körpermitte gleiten. Instinktiv legst du die Hände auf deinen Bauch.
»Das geht dich nichts an«, sagst du und hebst trotzig das Kinn.
»Ach«, sagt sie und verschränkt die Arme. »Das geht mich also nichts an?«
»Nein«, sagst du und schüttelst den Kopf.
Sie zieht die Augenbrauen hoch, ihre Gesichtszüge verhärten sich. »Und wer soll für dich und dein Balg sorgen? Wir etwa? Bild dir ja nichts ein.«
Du schluckst, beißt dir auf die Lippen. Hinter deinen Schläfen beginnt es zu pochen. Noch ein Wort, denkst du. Und ich stürze mich auf sie und stopfe ihr das Maul. Bevor du zu einer Erwiderung ansetzen kannst, redet sie weiter.
»Was ist mit dem Vater?« Ihre hämische Stimme bohrt sich

wie ein Messer in dich hinein. »Oder weißt du nicht, wer der Erzeuger ist?«

Hass lodert in dir auf, nimmt dir den Atem. Du senkst den Blick, damit sie die Mordlust in deinen Augen nicht sehen kann.

Sie deutet dein Schweigen falsch, schnalzt mit der Zunge und lacht kurz auf. »Dachte ich es mir doch«, sagt sie.

Der Hass auf diese Frau, die deine Mutter ist und mit der du nichts weiter gemein hast, als dass sie dich geboren hat, brennt wie ein loderndes Feuer in dir. Das Gefühl nimmt dir den Atem, verschlägt dir die Sprache.

Sie umrundet das Bett, kommt auf dich zu. Wie versteinert bleibst du stehen. Als sie auf gleicher Höhe mit dir ist, verharrt sie, wendet sich dir zu und spuckt dir das Wort »Hure« ins Gesicht. Dann schreitet sie hocherhobenen Hauptes aus dem Zimmer. Im Türrahmen bleibt sie stehen. Ohne sich zu dir umzudrehen, sagt sie: »Pack deine Sachen und verschwinde. Und lass dich nie wieder hier blicken. Hast du mich verstanden?«

Deine Hände sind immer noch zu Fäusten geballt, deine Zähne beißen so fest aufeinander, dass dein Kiefer zu schmerzen beginnt. Du bist nicht fähig, etwas zu sagen.

Erst als in der Küche die Schlagermusik aus dem Radio zu plärren beginnt, kommst du wieder zu dir. Du schließt die Tür zu deinem Zimmer und drehst von innen den Schlüssel um. Für einen Moment lehnst du dich gegen das Türblatt und atmest mehrmals tief durch. Dein ganzer Körper scheint zu vibrieren.

Dann gehst du zum Bett, faltest die Babysachen, die sie so achtlos auf die Decke hat fallen lassen, sorgfältig zusammen und legst sie in den Koffer zurück. Du verschließt ihn und stellst ihn neben dem Bett auf den Boden.

Du denkst an das Kind, und ein Lächeln stiehlt sich in dein Gesicht. Du lässt dich mit ausgebreiteten Armen nach hinten aufs Bett sinken. Für einen Augenblick bleibst du so liegen, genießt das Gefühl der Stärke. Ein tiefes Glücksgefühl erfüllt dich. Du schlingst die Arme um dich und summst leise vor dich hin.

Nach einer Weile erhebst du dich, nimmst den Koffer und ziehst die Tür hinter dir zu. In der Küche plärrt Roland Kaiser »Einmal möchte ich schon mit dir …«. Sie summt die Melodie leise mit.

Du gehst ohne ein Wort.

Unten auf der Straße bleibst du stehen und schaust hoch. Bewegt sich der Vorhang?

Du ziehst das Handy aus der Jackentasche und tippst die Nummer ein. Beim ersten Klingelton ist er dran. Er hat gute Nachrichten.

20

Konrad tritt in die Pedale und schlängelt sich routiniert an den Autoschlangen vorbei, die die Potsdamer Straße verstopfen. Es riecht so penetrant nach Abgasen und Benzin, dass er automatisch flacher atmet. Die Ampel vor ihm zeigt Rot. Ein schneller Blick, und er rast vor dem weißen Mercedes, der von rechts kommt, über die Kreuzung. Reifen quietschen. Eine Hupe jault. Das nachfolgende Auto kracht ungebremst in den Mercedes hinein.
Konrad bekommt davon nichts mit. Seine Gedanken sind bei Judith, reisen mit ihr zusammen zurück in der Zeit. Zu jenem Sommer vor zehn Jahren.

* * *

»Liebst du mich?« Judith lag bäuchlings neben Konrad auf der Decke und kitzelte ihn mit einem Grashalm.
»Klar«, sagte Konrad schläfrig und schlug mit der Hand nach dem Halm vor seinem Gesicht.
»Warum sagst du es dann nie?«
Konrad richtete sich auf, schirmte mit der Hand seine Augen gegen die Sonnenstrahlen ab und schaute zum See hinunter. Das Wasser sah einladend aus. Der Wind blies kleine Wellen darüber, die sich leise plätschernd am Ufer brachen. Weiter draußen schwammen ein paar Schwäne auf dem Wasser.
»Komm«, sagte er. Er sprang auf und sah mit einem vielsagenden Lächeln auf Judith hinunter. »Zieh dein Kleid aus und lass uns ins Wasser gehen. Dann zeige ich dir, wie sehr ich dich liebe.«
Judith wälzte sich auf den Rücken und setzte sich auf. Sie

zog die Beine an und umschlang ihre Knie mit beiden Armen. »Du spinnst wohl«, murmelte sie. »Hier vor allen Leuten.«
»War doch nur ein Spaß.« Konrad ging vor Judith in die Hocke und hob ihr Kinn mit dem Zeigefinger. In Judiths Augen schimmerten Tränen. »Hey«, sagte er. »Was ist denn los mit dir? Du weinst ja.«
Judith schniefte und lächelte ihn unter Tränen an. »Es ist nichts weiter«, sagte sie. »Stress mit meinen Alten.«
»Mach dir nichts draus. In drei Jahren bist du achtzehn, dann können sie dich mal.«
»Drei Jahre.« Judith holte tief Luft und stieß sie theatralisch laut wieder aus. »So lange halte ich das nicht aus.«
Konrad spürte, wie sich etwas in seinem Magen zusammenkrampfte. Er wusste, was gleich kommen würde. Und er hatte keinen Bock darauf.
»Mann, ist das heiß heute.« Konrad richtete sich wieder auf. »Was dagegen, wenn ich allein schwimmen gehe?«
Ohne Judiths Antwort abzuwarten, rannte er hinunter zum See und warf sich bäuchlings in das kühle Wasser. Er machte ein paar schnelle Schwimmstöße vom Ufer weg, drehte sich auf den Rücken und ließ sich mit geschlossenen Augen treiben. Er genoss die Hitze der Sonne auf seinem Gesicht.
Seine Beziehung zu Judith wurde immer komplizierter. Ständig heulte sie ihm die Ohren wegen ihrer Eltern voll. Gut, Konrad konnte sie ja verstehen. Ihre Alten waren echt ziemlich krass. Erzkatholisch bis auf die Knochen. Da war sogar der Papst liberaler in seinen Ansichten. Auf jeden Fall war es Judith strengstens verboten, sich mit einem Jungen einzulassen. Sex vor der Ehe – das kam einem Kapitalverbrechen gleich. Konrad hatte Judith trotzdem rumgekriegt. Er hatte mit seinen Kumpels gewettet und gewonnen. Davon wusste

Judith natürlich nichts. Er hatte es auch nicht geschafft, sie danach gleich wieder abzuservieren. Sie ließ ihn ja auch immer wieder ran. Und sie sah echt toll aus. Eine richtige Schönheit. So lautete jedenfalls der Kommentar seiner Mutter, als Judith irgendwann unangemeldet vor der Haustür stand. Aber Aussehen ist halt nicht alles. Konrad wusste selbst nicht so genau, was es war, aber irgendwas an Judith störte ihn. Dazu kam, dass sie ständig etwas von großer Liebe faselte und mit ihm zusammen abhauen wollte. Seit einigen Wochen zierte sie sich jedes Mal, wenn er mit ihr schlafen wollte. Erfand immer neue Ausreden.

Höchste Zeit, das Ganze zu beenden.

Konrad drehte sich wieder auf den Bauch und schwamm ans Ufer zurück. Er stieg aus dem Wasser und lief quer über die Wiese zu seiner Decke. Judith war weg. Auch ihr Fahrrad, das vorhin noch neben seinem an dem Baum lehnte, unter dem sie die Decke ausgebreitet hatten, war verschwunden.

Auch gut. Konrad zog die Decke aus dem Schatten in die Sonne und legte sich auf den Rücken. Er verschränkte die Arme hinter dem Kopf und ließ sich von den warmen Sonnenstrahlen trocknen.

Morgen mache ich Schluss mit ihr, dachte er. Und registrierte überrascht, mit welcher Erleichterung ihn der Gedanke erfüllte. Doch er sollte nicht mehr dazu kommen, sein Vorhaben in die Tat umzusetzen.

* * *

Konrad schiebt die Erinnerung an die Zeit danach schnell wieder von sich. Er hat sich damals nicht gerade mit Ruhm bekleckert. Im Gegenteil. Er hat sich Judith gegenüber verhalten wie das allerletzte Arschloch. Konrad wechselt die

Fahrspur und biegt in die Florastraße ein. Erst jetzt registriert er, wo er ist. Wie ferngesteuert ist er nach Pankow gefahren. In die Straße, in der Judith damals mit ihren Eltern gewohnt hat.

Vor dem Haus Nummer 121 hält er an und steigt vom Rad. Er ist schnell gefahren. Das Shirt unter seiner Jacke klebt ihm am Rücken fest. Er wischt sich den Schweiß von der Stirn, legt den Kopf in den Nacken und schaut hoch. Dritter oder vierter Stock? Konrad schließt sein Fahrrad an den Laternenpfahl vor dem Haus an und springt die Stufen zur Eingangstür hoch. Der Name Plissen steht neben einem der Klingelknöpfe im vierten Stock. Der Schriftzug ist etwas verblasst im Laufe der Zeit, aber noch immer gut lesbar. Konrad zögert. Soll er wirklich klingeln? Was will er Judith sagen? Hi, hier bin ich! Wollt mal sehen, wie es dir so geht. Aber vor allem will ich verhindern, dass du unangemeldet in der WG auftauchst und auf Paula triffst. Nicht ausgerechnet jetzt.

Und wer sagt ihm, dass Judith wieder hier wohnt? Kaum vorstellbar, wenn er daran denkt, wie ihre Eltern sie damals drangsaliert haben.

»Wollen Sie rein, junger Mann?« Die krächzende Stimme einer alten Frau, die sich von innen mühsam gegen die schwere Tür stemmt, reißt ihn aus seinen Überlegungen. Konrad sieht in neugierig funkelnde Augen in einem grauen Gesicht, das nur aus Runzeln zu bestehen scheint.

Konrad springt zur Seite und hält der Frau die Tür auf. »Ich will zu den Plissens«, sagt er.

»Zu den Plissens«, wiederholt die Frau und bleibt auf ihre Gehhilfe gestützt stehen.

»Ja«, sagt Konrad.

»Sind Sie ein Verwandter?« Die alte Frau sieht zu ihm hoch. »Ich habe Sie hier noch nie gesehen.«

»Nein«, sagt Konrad. »Ich bin nicht verwandt mit den Plissens. Ich war mal mit ihrer Tochter befreundet. Mit Judith.«
»Die haben eine Tochter?«, wundert sich die Alte. »Hätte ich denen gar nicht zugetraut. So zugeknöpft, wie die sich gibt.« Sie kichert verschmitzt.
Konrad schmunzelt. »Sie war eine Weile weg. Soll jetzt aber wieder in Berlin sein.«
»Ah, ja.« Die Alte kratzt sich nachdenklich am Kopf. Weiße Hautschuppen rieseln auf ihren schwarzen Mantel.
»Sie haben sie nicht zufällig gesehen?«
»Nee«, sagt sie. »Jedenfalls ist mir niemand Fremdes hier aufgefallen. Aber ich klebe auch nicht den lieben langen Tag am Türspion. Auch wenn«, sie hebt die Krücke und droht Konrad spielerisch damit, »ihr jungen Leuten uns Alten das ja gerne unterstellt.«
»Nicht doch«, sagt Konrad und lacht.
»Ich hätte mich gerne noch weiter mit Ihnen unterhalten«, sagt die Alte. »Aber ich habe einen Termin beim Arzt. Auf Wiedersehen.«
»Auf Wiedersehen.« Konrad sieht der Frau hinterher. Sie tappt vorsichtig die ausgetretenen Treppenstufen hinunter und verschwindet mit kleinen Trippelschritten um die Ecke.
Soll ich, oder soll ich nicht? Konrad lässt die Tür los und tritt einen Schritt zurück. Die Tür fällt langsam zu. Im letzten Moment stellt er einen Fuß auf die Schwelle. Im Treppenhaus ist es kalt und düster. Es riecht intensiv nach Bohnerwachs und nach etwas Gebratenem. Bratkartoffeln? Spiegelei?
Konrad ist damals nur ein einziges Mal in dem Haus gewesen. Da kannte er Judith erst drei oder vier Wochen. Er hatte zwei Karten für ein Konzert von U2 in der Waldbühne ergattert und sie dazu eingeladen. Eigentlich sollte er unten vor dem Haus auf Judith warten. Aber er war viel zu früh dran. Es war

fast wie heute. Jemand kam raus, und Konrad ging rein. Er klingelte. Ein Mann öffnete ihm die Tür. Er trug einen altmodischen Pullunder über einem karierten Hemd, das schüttere Haar klebte in Strähnen an seiner Kopfhaut. Er war Konrad auf den ersten Blick unsympathisch. Im Hintergrund hörte er die Stimme einer Frau: »Wer ist es denn?«

»Ich will Judith abholen«, sagte Konrad.

»Er will Judith abholen«, rief der Mann mit zur Seite geneigtem Kopf der unsichtbaren Frau zu.

Aus dem Zwielicht des düsteren Flurs der Wohnung schälten sich die Schemen zweier Personen. Konrad erblickte zuerst Judith, die ihn aus erschrockenen Augen anstarrte. Dann erst bemerkte er die Frau neben ihr. Sie war deutlich jünger als ihr Mann und sah aus wie die unvorteilhaft gealterte Ausgabe von Judith. Hager und verhärmt. Sie presste ihren Mund zu einem dünnen Strich zusammen.

»Wer sind Sie?«, fragte die Frau. Ihre Stimme klang scheppernd. Als würde Metall auf Metall reiben. Sie musterte ihn von oben bis unten. Konrad bereute, dass er nicht, wie verabredet, vor dem Haus auf Judith gewartet hatte.

Er machte den Mund auf, um zu antworten, doch Judith kam ihm zuvor. »Das ist Konrad, der Freund von Susanne. Er holt mich ab für das Konzert.« Sie schnappte sich eine Jacke von der Garderobe und drängte sich an ihren Eltern vorbei.

»Komm«, sagte sie und hastete an dem verdutzten Konrad vorbei zur Treppe.

Auf dem Weg in die Waldbühne hat Judith das erste Mal von ihren Eltern gesprochen. Wie streng sie sind. Dass sie keinen Freund haben darf. Dass sie sich aufbewahren muss für den Richtigen. Konrad dachte, er wäre im vorigen Jahrhundert gelandet. Von da an wartete er immer brav vor dem Haus auf sie.

Judith schüttete bei dem Konzert – ganz entgegen ihrer sonstigen Gewohnheit – ein Bier nach dem anderen in sich rein. Konrad hatte sie selten so gelöst, so fröhlich erlebt, obwohl sie ihm gleichzeitig auch ziemlich überdreht vorkam. Sie tanzte Pogo zu U2, klatschte wie wild und pfiff nach jedem Song. Zwischendurch warf sie sich ihm immer wieder an den Hals. Ihre Küsse wurden jedes Mal leidenschaftlicher. Sie war völlig von der Rolle. Auf dem Nachhauseweg zog sie ihn kichernd in die Büsche, knöpfte seine Hose auf und raffte ihren Rock hoch. Sie trieben es nur wenige Meter entfernt von den Menschenmassen, die Richtung Bus strömten. Jeden Augenblick hätte sie jemand entdecken können. Konrad war das egal. Er hatte nur Augen für Judith, die sich mit geschlossenen Augen über ihm bewegte und leise kehlige Laute ausstieß. Konrad grinst bei der Erinnerung in sich hinein und stapft die Stufen in den vierten Stock hoch. An der Tür links klebt ein Zettel über dem Klingelschild. »Wagner«, hat jemand mit einer krakeligen Schrift draufgeschrieben. An der rechten Tür hängt mittig ein blankpoliertes Messingschild, in das der Name »Plissen« eingraviert ist. Konrad hebt die Hand, lässt sie in der Schwebe verharren. Soll er wirklich klingeln?

21

Chris schiebt den Schreibtischstuhl zurück und steht auf. Vor Nastis Schreibtisch bleibt er abwartend stehen. Sie löst den Blick vom Bildschirm, dreht den Kopf und sieht fragend zu Chris hoch. Ihre dunklen Augen scheinen von innen zu leuchten. Chris durchfährt es heiß und kalt.

Warum fragst du sie nicht endlich, ob sie mit dir ausgehen will? Weil du Schiss hast, sie könnte dir einen Korb geben, gibt er sich die Antwort gleich selbst und sagt: »Kommst du eine halbe Stunde ohne uns klar?«

»Sicher«, antwortet Nasti, die Augen schon wieder auf den Monitor geheftet. »Nikki und Robert sind ja auch noch da. Und wenn's eng wird, schrei ich.«

»Okay«, sagt Chris und geht zu Rick und Paula in die Küche. »Wo steckt Konrad?« Er wirft einen demonstrativen Blick auf seine Armbanduhr.

Paula hängt einen Teebeutel in einen Micky-Maus-Becher, gießt Wasser aus dem Kocher drüber und zuckt mit den Schultern.

Rick lehnt mit verschränkten Armen am Fenster. »Du kennst ihn doch. Er kommt immer auf den letzten Drücker.«

Chris verzieht den Mund. »Mich nervt das«, sagt er.

»Hat diese Frau eigentlich noch mal angerufen?«, versucht Paula, das Thema zu wechseln.

Chris schüttelt den Kopf. »Bei mir jedenfalls nicht. Ich gehe sowieso davon aus, dass das Ganze ein geschmackloser Scherz war.«

Rick und Paula tauschen einen schnellen Blick. »Wollen wir's hoffen«, sagt Rick schließlich.

Es ist die Idee von Chris gewesen, sich alle vier Wochen zusammenzusetzen für eine Art Brainstorming. Dabei sollen Ideen, neue Marketingstrategien entwickelt werden. Anfangs haben sie sich dienstagabends im *Kloster* in der Skalitzer Straße getroffen, aber seit Paula schwanger ist und ihr der Lärm in Kneipen Ohrensausen verursacht, ist die winzige Büroküche zum Treffpunkt auserkoren worden. Hier ist es auch authentischer, findet jedenfalls Chris.

»Ich habe keinen Nerv mehr, auf Konrad zu warten«, sagt Chris. »Wir fangen schon mal ohne ihn an, ja?«

»Okay.« Paula nimmt den Teebeutel aus der Tasse, wickelt ihn mit Hilfe des Fadens um den Löffel und quetscht den letzten Rest der Flüssigkeit heraus.

»Gut«, sagt Rick.

Chris schenkt sich aus der Thermoskanne, die auf dem Tisch steht, einen Kaffee ein und setzt sich schwungvoll auf einen der roten Plastikstühle. »Also.« Er sieht von Paula zu Rick. »Ihr wisst ja selbst, wie es aussieht. Der Run nach der grandiosen Presse hat sich – leider – wieder gelegt.«

»Damit war zu rechnen«, stellt Rick fest und hakt die Daumen in die Seitentaschen seiner Jeans.

Chris nickt. »Richtig. Aber jetzt müssen wir zusehen, dass wir andere, neue Werbestrategien entwickeln. Ich bin im Gespräch mit ein paar TV-Sendern, die eventuell etwas über uns bringen wollen. Und …«, Chris macht eine kunstvolle Pause, »ich habe berechtigte Hoffnung, in eine der nächsten Sendungen von Stern-TV eingeladen zu werden. Ein ehemaliger Kommilitone sitzt in der Redaktion von dem Jauch-Nachfolger. Diesem … wie heißt der noch mal? Ich vergesse den Namen von dem Typen immer.«

»Hallaschka. Steffen Hallaschka«, sagt Paula.

»Richtig.« Chris schaut beifallheischend in die Runde. »Und? Wie findet ihr das?«

»Wenn das tatsächlich klappt, wäre das grandios«, sagt Rick. »Eine bessere Werbung gibt es kaum. Damit erreichen wir ein Millionenpublikum.«

»Klasse gemacht, Chris«, sagt Paula und schnalzt anerkennend mit der Zunge.

»Danke.« Chris trinkt einen Schluck aus seinem Becher und schüttelt sich. »Der schmeckt schlimmer als Katzenpisse.« Er steht auf und kippt den Kaffee in den Ausguss. »Ich würde mich gerne ganz aus dem Telefondienst zurückziehen und dafür intensiver um die Werbung kümmern«, sagt er und dreht sich um. »Zu blöd, dass Konrad nicht da ist. So sind wir nicht beschlussfähig.«

»Ich falle demnächst für sechs Monate komplett aus. Du hast das auf dem Schirm?« Paula sieht Chris lächelnd an und streicht wie zur Bekräftigung über die Wölbung ihres Bauches.

»Ja, klar.« Chris nickt. »Das kriegen wir schon hin. Nasti wollte, glaube ich, auch ein paar Stunden mehr machen. Notfalls stellen wir noch jemanden ein.«

»Schön«, sagt Paula. »Den ganzen Bürokram kann ich weiterhin von zu Hause aus machen, und Konrad wird ja dann auch Fulltime arbeiten. Also dürfte es keinen Engpass geben.«

Scheiße, denkt Chris. Konrad hat immer noch nicht mit ihr geredet. Paula scheint ihm sein Unbehagen anzumerken. Sie neigt den Kopf leicht zur Seite und sieht ihn forschend an. »Stimmt etwas nicht? Hat Konrad dir etwas anderes gesagt.«

Chris fühlt sich in einer Zwickmühle. Wenn er nein sagt, ist das eine Lüge, wenn er ja sagt, wird Paula mit Sicherheit nachbohren. Er kratzt sich verlegen am Ohr. »Nicht direkt«, murmelt er schließlich. »Ich hatte nur den Eindruck, dass er andere Pläne hat.«

Paula wird rot, bekommt ganz schmale Augen. »Du hattest

den Eindruck«, wiederholt sie und lässt den Satz wie eine Frage klingen. Chris zuckt hilflos mit den Schultern und verflucht Konrad im Stillen wegen seiner Feigheit.

Rick räuspert sich und sieht Paula vielsagend an. »Dann seid ihr ja quasi quitt«, murmelt er und verschränkt die Arme.

Chris hat keinen Schimmer, worauf Rick anspielt, aber Paula scheint den Wink zu verstehen. Ihr Gesicht färbt sich noch eine Nuance roter. Sie senkt den Blick und greift nach ihrer Teetasse.

»Rick?« Nastis rauchige Stimme unterbricht die ungemütliche Stille. Sie erscheint im Türrahmen. »Ich habe eine ziemlich strange Frau in der Leitung, die darauf besteht, mit dir zu reden.«

Rick und Paula wechseln einen kurzen Blick. Rick löst sich von der Fensterbank. »Das ist sie. Jede Wette.«

»Abwarten«, sagt Chris verärgert.

Die drei marschieren hinter Nasti her. Sie dreht sich nach ihnen um und lacht: »Ich komme mir gerade vor wie eine Entenmama, die ihre Küken spazieren führt.«

»Wenn sie es doch ist, stell laut, damit wir mithören können«, sagt Chris.

Rick nickt und gibt Nasti ein Zeichen, dass sie das Gespräch auf seinen Apparat legen soll. Er nimmt den Hörer auf und sagt: »Sie wollten mit mir sprechen?«

»Hallo Rick«, sagt eine Frau.

Rick erkennt ihre Stimme sofort. Er nickt den anderen zu, die ihn erwartungsvoll anschauen, und drückt den Lautsprecherknopf. »Hallo«, sagt er. »Was kann ich für Sie tun?«

Das Lachen der Frau kommt leicht verzerrt aus dem Lautsprecher. »Sie wissen, wer ich bin?«

»Ich denke schon«, antwortet Rick. Die Stille im Raum ist so spannungsgeladen, dass Chris für einen Augenblick zu atmen vergisst. Als er wieder Luft holt, klingt es fast wie ein Stöhnen. Er fühlt Nastis Blick auf sich ruhen. Glaubt, so etwas wie Besorgnis in ihren Augen zu lesen. Ein kurzes Glücksgefühl durchströmt ihn. Dann ist der Augenblick auch schon wieder vorbei. Nastis Aufmerksamkeit gehört wieder Rick.

»Sie haben meine Botschaft bekommen«, sagt die Frau. Es klingt wie eine Feststellung.

»Sprechen Sie von Ihrer kranken Inszenierung auf dem Friedhof?« Ricks Stimme wird scharf. »Was soll der Scheiß eigentlich? Was bezwecken Sie damit?«

Die Frau antwortet nicht sofort. Nur ihr Atmen ist über den Lautsprecher zu hören. Chris hält schon wieder die Luft an. Er sieht zu Paula rüber, deren Blick wie gebannt an Rick hängt. Mit beiden Händen hält sie ihren schwangeren Bauch umfasst.

»Ich habe das für mich getan.« Die Stimme der Frau durchschneidet die Stille. Chris sieht, wie Paula kurz zusammenzuckt. »Eine Zeremonie, die vor vielen Jahren nicht stattfinden konnte. Ich habe sie jetzt endlich nachgeholt.«

Chris runzelt die Stirn. Die Frau scheint einen ziemlichen Schlag zu haben.

»Und welche Rolle haben wir dabei gespielt?« Ricks Stimme ist anzuhören, dass er sauer ist. Sehr sauer. »Brauchten Sie ein Publikum für Ihr krankes Tun?«

»Sie verstehen das nicht«, antwortet die Frau in einem Ton, der fast beschwichtigend klingt. »Ich musste etwas abschließen, um neu beginnen zu können.«

Nasti schüttelt den Kopf und dreht sich nach Chris um. Mit dem Zeigefinger macht sie eine kreisende Bewegung neben der Schläfe. »Komplett durchgeknallt«, flüstert sie. Chris nickt zustimmend.

»Okay«, sagt Rick. »Dann gehe ich davon aus, dass sich die Angelegenheit damit auch für uns erledigt hat?«
Wieder entsteht eine Pause. Der Atem der Frau ist schwer geworden. Chris kommt es zumindest so vor. Er spürt, wie sein Herzschlag sich beschleunigt.
»Sind Sie noch da?«, fragt Rick genervt.
»Es tut mir leid«, sagt die Frau, und in ihrer Stimme schwingt tatsächlich so etwas wie Bedauern mit. »Aber es ist noch nicht zu Ende. Genau genommen, fängt es gerade erst an.«
Rick öffnet den Mund zu einer Erwiderung, aber da klickt es in der Leitung. Die Frau hat bereits aufgelegt. Paula geht breitbeinig zu ihrem Schreibtisch und setzt sich.
Nasti fängt sich als Erste. »Ich bin, glaube ich, nicht ganz im Film.« Sie schaut in die Runde. »Kann mich mal jemand updaten?«
»Mach du das, Rick«, sagt Chris. »Du warst ja quasi von Anfang an dabei.«
Chris hört nur mit halbem Ohr zu, was Rick erzählt. Er schlendert zum Fenster und schaut hinaus. Ein Lastkahn schaukelt auf dem Kanal, wartet darauf, die Schleuse passieren zu können. Was, verdammt noch mal, will diese Irre von uns? In Chris' Hinterkopf blitzt kurz ein Gedanke auf, so etwas wie eine Ahnung. Aber bevor er den Gedanken zu fassen bekommt, ist er auch schon wieder weg und hinterlässt ein ungutes Gefühl im Bauch.
Ricks und Nastis Stimmen dringen leise an sein Ohr. Paula nimmt einen Anruf entgegen. Chris hört, wie sie kurz drauf »Wieder aufgelegt« sagt, und dreht sich nach seinen Freunden um. »Genau das ist es. Wenn sie das nächste Mal anruft, legen wir einfach auf.«
Rick schürzt die Lippen und pustet Luft aus seinen Lungen. »Du meinst, wenn wir sie ignorieren, gibt sie irgendwann auf?«

Chris nickt. »Genau. Wir bieten ihr einfach kein Podium für ihre Verrücktheiten. Lassen sie auflaufen.«

»Das funktioniert nur, wenn die Frau uns willkürlich ausgewählt hat«, sagt Nasti. »Wenn sie uns aber – aus welchen Gründen auch immer – gezielt ins Visier genommen hat, wird deine Rechnung nicht aufgehen.«

»Warum sollte sie es auf die Beicht-Hotline abgesehen haben?«, fragt Chris.

Nasti zuckt mit den Schultern und hebt die Hände. »Vielleicht ist sie katholisch und der Meinung, die Beicht-Hotline sei so eine Art Sakrileg. Gotteslästerung. Was weiß ich.«

»Das glaube ich nicht«, sagt Paula. »Sie führt etwas anderes im Schilde. Ich meine, wenn sie wirklich etwas gegen die Beicht-Hotline hat, was sollte dann diese Friedhofsnummer? Das passt nicht.«

»Paula hat recht«, sagt Rick. »Mir ist nämlich gerade wieder eingefallen, was sie bei ihrem ersten Anruf zu mir gesagt hat.« Er reibt sich nachdenklich die Nasenwurzel. »Wie war das noch mal?«

Chris runzelt die Stirn, wartet darauf, dass Rick endlich weiterspricht. »Mach's nicht so spannend«, knurrt er. Geduld ist noch nie seine Stärke gewesen.

»Sie hat gesagt, jemand von uns hat Schuld auf sich geladen. Und dafür müssen wir jetzt alle büßen.«

22

Konrad hört das gedämpfte Ding-Dong der Klingel hinter der Wohnungstür. Sein Herzschlag beschleunigt sich. Was mache ich hier eigentlich, fragt er sich. Ich muss komplett bescheuert sein. Aber statt sich aus dem Staub zu machen, wie sein Verstand es ihm rät, bleibt er wie angewurzelt stehen und lauscht. Er hört Schritte, schlurfende Schritte im Innern der Wohnung. Sekunden später öffnet sich die Tür. Ein alter Mann steht vor ihm. Das schüttere Haar steht ihm wirr vom Kopf ab. Der braungestreifte Frotteebademantel klafft vorne weit auseinander. Konrad erhascht einen Blick auf eine grau behaarte Brust, eine graue Feinrippunterhose.

»Sie wünschen?«, fragt der Mann, während er gleichzeitig nach den herabhängenden Enden des Stoffgürtels nestelt und versucht, ihn über seiner Körpermitte zu einer Art Schleife zusammenzubinden.

Konrad räuspert sich. »Sind Sie Herr Plissen?«

Der Mann unterbricht sein Vorhaben und schaut zu ihm auf. Aus kleinen Augen, in denen unverhohlene Neugier glitzert, mustert er Konrad. »Kennen wir uns?«, fragt er schließlich.

Konrad schüttelt den Kopf. »Wir sind uns einmal ganz kurz begegnet«, sagt er. »Das ist Jahre her. Ich war damals mit Ihrer Tochter Judith befreundet.«

Herr Plissen scheint nicht zu wissen, was er mit seinen Händen anfangen soll. Er hält sie vor sich und betrachtet sie mit ratlosem Gesichtsausdruck. Schließlich faltet er sie hinter seinem Kopf zusammen und sieht Konrad mit einem zufriedenen Lächeln an. »Sie wünschen?«, fragt er.

Oha, der ist aber mächtig durch den Wind, denkt Konrad und sagt ebenfalls lächelnd: »Ist Judith vielleicht da?«

Herr Plissen legt den Kopf schief. »Judith«, wiederholt er gedehnt und schaut an Konrad vorbei. Sein Blick umwölkt sich, als würde er mit dem Namen etwas verbinden, das ihm Unbehagen bereitet. »Judith«, murmelt er nach einer kurzen Weile noch mal und sieht Konrad ratlos an.
»Ja, genau. Judith«, bestätigt Konrad. »Ihre Tochter.«
»Sie müssen schon entschuldigen«, sagt Herr Plissen. »Ich habe keine Tochter.« Er legt die Stirn in Falten, sein Gesicht nimmt einen konzentrierten Ausdruck an. »Schon lange nicht mehr«, fügt er dann hinzu.
»Aber –« Konrad sucht nach Worten.
»Kein Aber«, sagt Herr Plissen, löst seine hinter dem Kopf verschränkten Hände und hebt den Zeigefinger. »Das Wort ›aber‹ schließt alles aus. *Und* muss es heißen. Und ist einschließend. Wenn Sie verstehen, was ich meine.«
Konrad will gerade zu einer Antwort ansetzen, da hört er im Treppenhaus eilige Schritte. Eine Stimme, etwas atemlos, dringt an sein Ohr: »Was wollen Sie?«
Konrad dreht sich um. Eine Frau steht vor ihm, in jeder Hand eine prall gefüllte knallrote Einkaufstüte. Sie mustert ihn aus misstrauischen Augen. Die verkniffenen Falten um die Mundpartie haben sich in den vergangenen zehn Jahren tief in ihre Haut eingefräst. Unverkennbar Judiths Mutter.
Konrad zögert, erwägt kurz, ob er nicht behaupten soll, er habe sich in der Tür geirrt, und sagt dann doch: »Ich habe gehört, dass Judith zurück ist, und wollte sie besuchen.«
Der Blick von Judiths Mutter wird mit einem Mal lauernd. Sie kneift die Augen zusammen. »Kenne ich Sie?«
»Nein. Ja«, stammelt Konrad. Im Stillen verflucht er sich. Das war wieder so eine von seinen hirnrissigen Spontanaktionen, die nichts, aber auch gar nichts bringen. »Judith und ich –«

»Natürlich«, fällt ihm Judiths Mutter ins Wort und drängt sich an ihm vorbei. »Jetzt erkenne ich Sie.«
Konrad spürt, wie er rot wird, und senkt seinen Blick.
»Ihre Scham kommt zu spät.« Er hört ihre schneidende Stimme. So etwas wie Trotz regt sich in ihm. Er wird sich von dieser Frau nicht wie ein unartiges Kind behandeln lassen.
»Ist Judith da?« Er hebt den Kopf, reckt das Kinn vor und begegnet ihrem Blick. Sie steht im Türrahmen neben ihrem Mann. Ihre Augen sind dunkel vor Hass.
Herr Plissen sagt: »Wie schön, Sie kennengelernt zu haben. Beehren Sie uns bald wieder.«
Frau Plissen macht einen schnellen Schritt in die Wohnung, setzt die Tüten ab. Eine kippt um, ein Netz mit Äpfeln purzelt heraus. Ein Becher Joghurt kullert hinterher. Frau Plissen zerrt ihren Mann von der Tür weg und versetzt ihr einen Schlag. Die Tür fällt mit einem lauten Knall ins Schloss. Gedämpft dringt eine Stimme von drinnen an Konrads Ohr. Sie klingt aufgebracht. Er wendet sich ab und geht nachdenklich die Treppenstufen hinunter. Je mehr er darüber nachdenkt, desto unwahrscheinlicher kommt es ihm vor, dass Judith zu ihren Eltern zurückgekehrt ist. In ihren Briefen war immer wieder zu lesen, wie sehr sie ihre Mutter hasst. Und ihren Vater verachtet.
Konrad schließt das Schloss seines Fahrrades auf und wirft einen Blick auf die Armbanduhr. Scheiße. Er müsste seit einer halben Stunde im Büro sein. Das gibt Stress. Er schwingt sich auf den Sattel und tritt in die Pedale. Keine fünfzehn Minuten später ist er in Kreuzberg. Er trägt sein Fahrrad in den Hinterhof, schließt es am Fahrradständer an und stürmt die Stufen zum dritten Stock hoch. In der Zentrale sitzen Lisa, Nasti, Nikki und Robert. Sie sind alle beschäftigt. Aus der Küche dringen Stimmen an sein Ohr.

»Auch schon da?« Chris wirft ihm einen finsteren Blick zu, als Konrad die Küche betritt.
»Sorry«, sagt Konrad. »Ich habe nicht auf die Zeit geachtet.« Er setzt ein entschuldigendes Lächeln auf und schaut in betretene Gesichter. Keiner sagt etwas. Konrad runzelt die Stirn. »Ist was? Ihr seht so ernst aus.«
»Diese Frau, du weißt schon, die mit der Puppe, hat wieder angerufen«, klärt ihn Paula auf. Er beugt sich zu ihr herunter und küsst sie flüchtig auf die Wange.
»Verstehe«, sagt Konrad. »Was wollte sie?« Er drängt sich an Rick vorbei zum Fenster und öffnet beide Flügel. »Die Luft hier drin ist zum Schneiden.«
»Nichts wollte sie«, sagt Rick schulterzuckend.
»Wie, nichts? Warum hat sie dann angerufen?« Konrad nimmt sich ein Wasser aus dem Kühlschrank und trinkt direkt aus der Flasche.
Paula wendet sich Konrad zu und sagt: »Sie wollte wissen, ob wir ihre Botschaft erhalten haben, und hat angedeutet, dass das erst der Anfang war.«
»Wie, der Anfang?« Konrad schraubt den Verschluss auf die Wasserflasche. »Von was?«
»Genau die Frage stellen wir uns auch gerade«, sagt Chris.
»Der einzige Hinweis von ihr lautet, dass einer von uns Schuld auf sich geladen hat. Und dafür sollen wir jetzt alle büßen.« Rick wendet sich Konrad zu. »Wir haben uns schon das Hirn zermartert, aber wir kommen nicht auf des Rätsels Lösung. Fällt dir vielleicht etwas dazu ein?«
Konrad verschränkt die Arme und lehnt sich an den Kühlschrank. »So aus dem Stegreif kann ich mir da natürlich auch keinen Reim drauf machen.«
»Lasst uns mal ganz systematisch an die Sache rangehen«, sagt Chris. »Rick, du hast mit ihr gesprochen. Was hat sie

noch gesagt? Vielleicht gibt es etwas, das uns einen Hinweis auf ihre Identität geben könnte.«

Rick pustet geräuschvoll die Luft aus den Lungen und schließt die Augen. »Lass mich nachdenken.«

»Hat sie vielleicht mit einem Akzent gesprochen? Oder irgendeine dialektische Färbung in der Sprache. Oder –«

»Sie hat ein Gedicht rezitiert«, unterbricht Rick die lauten Überlegungen von Chris.

»Ein Gedicht?« Chris runzelt die Stirn.

»Ja«, sagt Rick und schüttelt gleichzeitig den Kopf. »Den genauen Wortlaut krieg ich nicht mehr hin. Es war sehr poetisch, irgendetwas mit Zeit, Sehnsucht und Illusion.«

»Zeit und Sehnsucht«, wiederholt Konrad gedehnt. Alle Augenpaare richten sich auf ihn. »Ich habe in meiner Sturm- und Drangzeit auch Gedichte für meine Freundinnen geschrieben«, sagt er und grinst verlegen.

»Echt?« Paula sieht ihn überrascht an. »Mir hast du noch nie ein Gedicht geschrieben.«

Konrad zuckt mit den Schultern. »Ja, mit fünfzehn, sechzehn. Pubertäres Gewäsch, nichtssagende Poesie. Die Mädels sind drauf abgefahren.«

»Ich Depp«, ruft Rick plötzlich und schlägt sich mit der flachen Hand vor die Stirn. »Den habe doch glatt vergessen.«

»Was meinst du?«, fragt Paula und rutscht unruhig auf ihrem Stuhl hin und her.

»Den Zettel mit der Botschaft, die in der Pappschachtel unter der Puppe lag. Paula und ich kennen die Handschrift nicht. Aber vielleicht kommt sie jemandem von euch bekannt vor.«

Rick greift in die Taschen seiner Jeans und fördert ein zerknülltes Tempo zutage, das sich schon in seine Bestandteile auflöst, eine Handvoll Euromünzen, ein Feuerzeug, eine Büroklammer, aber keinen Zettel.

»Hast du ihn verloren?«, fragen Konrad und Chris wie aus einem Mund.
Rick zögert einen Moment, dann schüttelt er den Kopf. »Er muss in der anderen Hose sein. Ich sehe gleich mal nach, wenn ich zu Hause bin.«
Konrads Gedanken schweifen ab. Er denkt an Judith. Komisch, dass sie ausgerechnet jetzt wieder auftaucht. Ob er ihre Handschrift erkennen würde? Immerhin hat sie ihn eine Zeitlang mit Briefen geradezu bombardiert. Er muss unbedingt verhindern, dass sie und Paula sich begegnen. Das würde mit Sicherheit ein Desaster geben. In seinem Magen macht sich ein mulmiges Gefühl breit.
»Ich gehe mal nach nebenan und unterstütze die anderen«, sagt er leichthin und wirft Paula im Vorbeigehen eine Kusshand zu.
»Denkst du an unsere Verabredung heute Abend?«, ruft sie ihm hinterher.
»Ich denke an nichts anderes«, behauptet er, obwohl er die Verabredung schon längst wieder vergessen hatte.
»Ich habe einen Tisch bestellt beim Italiener um halb acht.«
»Ich werde da sein«, verspricht Konrad.

23

Du hast keine Ahnung, über welche Kanäle er die Wohnung so schnell besorgen konnte. Es ist dir auch egal. Für deine Zwecke ist die Bruchbude optimal. Nur seine Anwesenheit stört. Er ist aufgedreht, redet wie ein Wasserfall. Wahrscheinlich hat er wieder etwas genommen. Stumm folgst du ihm durch die Räume. Er gestikuliert mit weit ausholenden Bewegungen, redet von der günstigen Miete und dem geringen Aufwand, mit dem sich etwas daraus machen ließe. Du hörst nur mit halbem Ohr zu. Es wird Zeit, ihn loszuwerden. Du brauchst ihn nicht mehr. *Der Mohr hat seine Schuldigkeit getan, der Mohr kann gehen.* Er versteht dein Lächeln falsch, kommt auf dich zu. Seine Augen glänzen wie im Fieberwahn. Er legt die Arme um dich, flüstert etwas in dein Ohr. Du spürst seine Erregung und erstarrst. Abrupt befreist du dich aus der Umklammerung.

»Wo ist das Bad?«, fragst du.

Auch das versteht er falsch. Er grinst anzüglich. »Komm mit«, sagt er. »Ich zeige es dir.« Er greift nach deiner Hand, du entziehst sie ihm.

»Warte.« Du drehst ihm den Rücken zu, nimmst das Skalpell aus der Tasche, lässt es in den Ärmel deiner Jacke gleiten.

Er lehnt in der offenen Tür zum Bad und sieht dir erwartungsvoll entgegen. Er ist so arglos, dass es fast komisch wirkt. Mit einem leisen Lächeln auf den Lippen gehst du auf ihn zu.

24

Chris greift nach dem Zettel, den Rick ihm über den Küchentisch zuschiebt, und streicht ihn glatt. »Judas reute seine Tat, als der sah, dass Jesus zum Tod verurteilt war. Und er ging weg und erhängte sich. Nun ist die Zeit der Sühne für dich gekommen. Nichts wird bleiben von dir. Außer der Erinnerung an mich.« Er sieht von dem Papier hoch und grinst Rick an. »Was für ein Schwachsinn. Das klingt mir schwer nach dem Erguss eines pubertierenden Teenies.«
»Oder einer hoffnungslos romantischen Frau, deren sensible Seele zutiefst verletzt wurde«, sagt Rick mit Grabesstimme und faltet seine Hände wie zum Gebet. »Und die, nicht zu vergessen, überaus religiös ist.«
Chris beäugt seinen Freund skeptisch. »Wer hat dich denn gebissen?«
Rick verdreht die Augen, grinst. »Mann, das war ein Witz.«
»Da bin ich aber erleichtert. Ich habe schon an deinem Verstand gezweifelt.«
»Was ist? Kennst du die Schrift«, fragt Rick.
»Nein.« Chris schüttelt den Kopf. »Aber das heißt nicht viel. Ich würde noch nicht mal deine Schrift erkennen. Paulas vielleicht. Sie macht immer so einen komischen Schnörkel an das ›S‹. Ich fürchte, so kommen wir auch nicht weiter.«
»Okay«, sagt Rick. »Versuchen wir es mal andersrum. Gibt es eine Frau, die dich hasst. Ich meine, so richtig aus tiefstem Herzen.«
»Unverständlicherweise werde ich meistens verlassen«, sagt Chris mit einem schiefen Grinsen. »Außerdem lassen sich meine Beziehungen an einer Hand abzählen. Und da ist keine einzige dabei gewesen mit einem dramatischen Ende oder so.«

»Weißt du, was ich glaube?«
»Nein, aber du wirst es mir sicher gleich sagen.«
»Wir haben es mit einer Frau zu tun, deren Kind gestorben ist.«
Chris nickt nachdenklich. »Oder es ist verschwunden …«
Rick runzelt die Stirn. »So wie Marie, meinst du das?«
»Genau.«
»Aber die Anruferin ist nicht meine Mutter.«
»Sicher?«, fragt Chris.
»Sag mal, spinnst du?« Rick tippt sich gegen die Stirn. »Warum sollte Ruth so etwas tun.«
Chris hebt achselzuckend die Hände. »Keine Ahnung. Ich versuche ja nur, einen Zusammenhang herzustellen zwischen einem von uns und dieser Frau.«
»Die Anruferin ist nicht meine Mutter«, wiederholt Rick mit fester Stimme. »Ich hätte ihre Stimme doch erkannt.«
»Sie kann ihre Stimme verstellt haben.«
»Es ergibt einfach keinen Sinn«, widerspricht Rick vehement. »Außerdem ist es auch nicht die Handschrift meiner Mutter.«
»Auch die kann man verstellen«, kontert Chris.
»Lass meine Mutter aus dem Spiel«, quetscht Rick zwischen zusammengebissenen Zähnen heraus.
»Schon gut.« Chris winkt ab. »War ja nur so eine Idee.«
»Wo wir schon bei der Familie sind: Was ist mit Frederick?« Rick sieht seinen Freund herausfordernd an. »Hast du dich mal gefragt, ob er dahinterstecken könnte?«
»Ja«, gibt Chris zu. »Der Gedanke ist mir vorhin tatsächlich kurz gekommen. Ich habe ihn wieder verworfen. Frederick ist ein Mann, keine Frau. Oder meinst du vielleicht, er«, Chris macht eine bedeutungsvolle Pause, bevor er fortfährt, »hat seine Stimme verstellt?«

Rick schüttelt unwillig den Kopf. »Nein, es ist eindeutig eine Frau gewesen, die angerufen hat.«
»Na, dann ist Frederick ja wohl raus aus der Sache.«
»Ist er nicht. Er könnte Trudi instrumentalisiert haben. Die frisst ihm aus der Hand, ohne Wenn und Aber. Und Frederick hat allen Grund, sauer zu sein. Auf uns alle.«
Chris presst die Lippen zusammen, starrt an Rick vorbei an die Wand. Er kämpft mit den zwiespältigen Gefühlen, die in seinem Innern toben. Er kennt seinen kleinen Bruder gut genug, um zu wissen, dass ihm eine solche Schwachsinnsaktion durchaus zuzutrauen wäre. Direkt nach seinem Rauswurf hat er ihnen den Katholikenverband auf den Hals gehetzt. Viel hat nicht gefehlt, und sie hätten die Beicht-Hotline wieder dichtmachen müssen.
»Ich hake da mal nach«, sagt er schließlich.
Rick nickt. »Schieb's aber nicht auf die lange Bank. Paula macht die Geschichte ganz schön zu schaffen, auch wenn sie es sich nicht anmerken lässt.«
Die Wohnungstür fällt mit einem lauten Knall ins Schloss. Wenige Sekunden später wird eine Zimmertür zugeworfen. Chris und Rick wechseln einen Blick.
»Ärger im Paradies?«, fragt Chris und hebt die Augenbrauen.
Rick schürzt die Lippen. »Sieht fast so aus. Wenn Paula mit den Türen knallt, ist Alarm angesagt.«
Wieder hören sie, wie die Wohnungstür geöffnet wird und ins Schloss fällt. Dieses Mal allerdings wesentlich leiser.
»Konrad«, flüstert Rick und spitzt die Ohren.
Ein Klopfgeräusch. Übertönt von Konrads Stimme: »Paula, bitte! Jetzt mach schon auf.« Erneute Klopfgeräusche.
»Das kann er sich sparen«, sagt Rick und grinst Chris schief an. »Sie wird ihm nicht aufmachen. Wetten?«
Die beiden warten schweigend, während Konrad noch einige

lautstarke Versuche unternimmt, Paula zum Aufmachen der Tür zu bewegen. Rick lauscht dem Regen, der gegen das Fenster prasselt. Chris streckt seine Füße unter den Tisch und kaut an einem Fingernagel. Es dauert tatsächlich keine fünf Minuten, bis Konrad in der Küche auftaucht. Er lässt sich auf einen Stuhl fallen und fährt sich mit beiden Händen durch das regenfeuchte Haar.

»Menno«, stöhnt er. »Warum müssen Frauen immer so kompliziert sein?«

»Hast du es ihr endlich gesagt«, fragt Chris. Konrad verzieht den Mund und nickt.

»Was gesagt?« Rick sieht Konrad stirnrunzelnd an.

»Seine Band hat das Angebot, die Subtones auf ihrer Tour durch Europa zu begleiten«, klärt Chris ihn auf.

»Sie ist ausgerastet, als sie das gehört hat«, sagt Konrad.

»Und? Wirst du's machen?«, fragt Rick.

Konrad schnauft und verzieht den Mund. »So eine Chance bekommt man nur ein Mal im Leben. Die kann ich mir einfach nicht entgehen lassen.«

»Und was ist mit Paula und eurem Kind?«

»Mann, Rick. Du klingst schon genauso wie Paula. Es ist doch nur für ein halbes Jahr.«

»Wann soll es denn losgehen?«

»In vier Wochen«, sagt Konrad. Er klingt etwas kleinlaut.

»Aber das ist doch …«, sagt Rick und lässt den Satz in der Luft hängen.

»Ich weiß.« Konrad wirft den Kopf in den Nacken und schnauft. »Wenn das Baby sich verspätet, kann ich bei der Geburt nicht dabei sein.«

Rick zieht die Augenbrauen hoch und schweigt. Auch Chris sagt kein Wort. Nach einer Weile steht Konrad auf und holt sich ein Bier aus dem Kühlschrank. Er öffnet die Flasche, trinkt einen großen Schluck und schlendert dann zum Küchenfenster. Der Regen prasselt immer heftiger gegen die Scheibe. In großen Tränen läuft er über das Fensterglas.

»Du weißt, dass Paula auf Wohnungssuche ist?«, fragt ihn Rick.

»Wie? Auf Wohnungssuche?« Chris runzelt die Stirn. »Wollt ihr ausziehen?«

»Davon wusste ich bis heute Abend auch nichts.« Konrad dreht sich vom Fenster weg und rülpst laut. »Das hat sie mir vorhin beim Italiener mitgeteilt. Ein Nest will sie haben für unsere kleine Familie. Da passt eine WG nicht mehr in den Lebensplan.«

»Irgendwie kann ich sie verstehen«, sagt Rick.

»Ich ja auch«, sagt Konrad. »Aber was soll ich denn machen?«

»Verzichten«, sagt Rick.

»Worauf?«, fragt Chris.

»Na, auf die Tour mit der Band.«

»Vergiss es«, sagt Chris. »Selbst wenn Konrad Paula zuliebe darauf verzichtet, wird ein schales Gefühl zurückbleiben, und zwar bei beiden. Paula wird sich im Stillen irgendwann Vorwürfe machen, dass sie seinen größten Traum zum Platzen gebracht hat. Und falls sich für Konrad keine zweite, gleichwertige Chance bietet, wird er Paula über kurz oder lang dafür verantwortlich machen. Verstehst du, was ich meine?«

Rick nickt, verzieht den Mund: »Wahrscheinlich hast du recht.«

»Und was soll ich jetzt tun?«, fragt Konrad.

»Soll ich mal mit Paula reden?«, fragt Rick.

»Ich weiß nicht, ob das etwas bringt. Paula wünscht sich nichts sehnlicher als eine Familie. Weil sie selber nie eine hatte. Wenn ich jetzt für ein halbes Jahr verschwinde, ist das für sie so etwas wie ein Verrat.«

»Warte doch erst mal ab, bis Paula sich an den Gedanken gewöhnt hat. Vielleicht sieht sie dann ein, dass jeder seine eigenen Träume hat, die sich manchmal eben nicht ergänzen. Dann muss man ein Stück des Weges getrennt gehen. Das bedeutet ja nicht zwangsläufig, dass man sich nicht anschließend auch wieder treffen kann, um Seite an Seite den gemeinsamen Weg fortzusetzen.«

»Hört! Hört!« Rick klatscht leise Beifall. »Der aus Funk und Fernsehen bekannte und besonders bei Frauen überaus geschätzte Psychologe Dr. Chris Stein hat für jede Lebenslage den passenden Rat auf Lager.« Chris grinst und deutet mit dem Kopf eine Verbeugung an.

Konrad atmet tief durch. »Paula hat sich in unserem Zimmer eingeschlossen. Und wie ich sie kenne, wird sie mich heute nicht mehr reinlassen. Wer von euch gibt mir für die Nacht heute Asyl?«

Chris tippt sich lachend gegen die Stirn. »So weit kommt es noch. Du kannst auf dem Sofa im Berliner Zimmer schlafen. Es sei denn, Rick möchte heute Nacht mit dir kuscheln.«

Rick hebt abwehrend die Hände. »Ich kann mir zwar nichts Schöneres vorstellen, aber ich brauche meinen Schönheitsschlaf.«

Konrads Blick fällt auf das zerknitterte Papier, das vor Chris auf dem Tisch liegt. Er weist mit dem Kinn darauf und sagt: »Ist das die Botschaft dieser verrückten Friedhofsfrau?« Er löst sich von der Fensterbank und nimmt am Tischende Platz.

»Ja, genau«, sagt Rick und schiebt Konrad das Blatt Papier zu. »Kommt dir die Schrift vielleicht bekannt vor?«

Konrad stellt die Bierflasche auf dem Tisch ab und streicht das zerknitterte Papier mit der Handkante glatt. Er murmelt die Worte leise vor sich hin und sagt dann: »Die Schrift sieht

aus, als hätte sich jemand Mühe gegeben, besonders schön zu schreiben. Findet ihr nicht?«
»Schon möglich«, sagt Rick. »Aber darum geht es nicht. Erkennst du die Schrift oder nicht?«
Konrad wackelt bedächtig mit dem Kopf hin und her. »Ich glaube nicht.«
»Was soll das heißen: Du glaubst nicht?«, fragt Chris irritiert. »Geht's auch ein bisschen konkreter.«
Konrad kratzt sich am Kopf und studiert den Zettel noch mal gründlich. »Nein, ich kenne sie nicht«, sagt er schließlich gedehnt. »Aber ich würde auch die Schrift meiner Mutter nicht erkennen, deine auch nicht. Am ehesten noch die von Paula. In den Zeiten von E-Mails schreibt doch kein Mensch mehr mit der Hand.«
»Das habe ich ihm auch schon gesagt. Ich fürchte, so kommen wir nicht weiter«, sagt Chris.
»Mist.« Rick ist genervt.
»Warten wir einfach ab, was sie als Nächstes macht. Ich denke ja immer noch, dass wir es mit einer harmlosen Verrückten zu tun haben. Oder es macht sich jemand einen Riesenspaß daraus, die Beicht-Hotline nach Strich und Faden zu verarschen.«
»Ich weiß nicht«, sagt Rick. »Irgendwie habe ich ein saublödes Gefühl bei der Sache.« Gedankenverloren greift er nach dem Papier, faltet es zusammen und steckt es in seine Hosentasche.
Es klingelt an der Wohnungstür. Chris runzelt die Stirn und wirft einen Blick auf die Uhr. »Erwartet ihr noch jemanden?«, fragt er im Aufstehen.
Rick schüttelt den Kopf. Konrad sagt: »Nee«, und gähnt mit weit aufgerissenem Mund.
»Ich werde mich zum Abschalten noch ein Stündchen vor die

Glotze packen«, sagt Rick und klopft wie zur Bestätigung mit der Hand auf den Tisch.

»Unterschicht-TV glotzen, was?«, grinst Konrad. »Die beste Entspannung, die es gibt.«

»Du solltest nicht von dir auf andere schließen«, kontert Rick mit einem Augenzwinkern.

»Rick, kommst du mal?« Chris taucht im Türrahmen auf. Sein Gesicht sieht ernst aus. »Besuch für dich.«

»Für mich?« Rick springt auf und drängt sich an Chris vorbei. Im Flur steht sein Vater. Er trägt den schwarzen Wollmantel, in dem er aussieht wie ein verlorengegangenes Kind, und sieht ihm aus müden Augen entgegen. Er ist klatschnass. Alles an ihm scheint zu tropfen. Unter seinen Füßen hat sich eine kleine Pfütze auf dem Boden gebildet.

»Papa«, sagt Rick und reißt erschrocken die Augen auf. »Ist etwas passiert? Ist was mit Mama?«

Leo Winter nickt. Er schluckt. Nickt. Öffnet den Mund, aber er bringt keinen einzigen Ton über die Lippen.

25

Konrad hört nur mit halbem Ohr, was sich im Flur der Wohnung abspielt. Der Streit mit Paula ist ihm heftiger auf den Magen geschlagen, als er vor Chris und Rick zugeben wollte. Im Grunde seines Herzens ist Konrad ein äußerst harmoniebedürftiger Mensch. Nur bedingt auseinandersetzungsfähig. Behauptet jedenfalls Paula. Konrad streckt die Beine von sich, verschränkt die Hände am Hinterkopf und stiert auf den Riss, der sich wie der Zickzackkurs des derzeitigen Aktienindexes quer über die weißgetünchte Decke zieht. Ob er noch einen Versuch starten soll? Die Stimmen, die aus dem Flur an sein Ohr dringen, nehmen ihm quasi die Entscheidung ab. Einerseits hat er wenig Lust, sich vor den anderen zum Affen zu machen, indem er an die Tür seines Zimmers hämmert und Paula anfleht, ihn doch bitte, bitte reinzulassen. Andererseits würde er damit aber die Bereitschaft, sich auseinanderzusetzen, signalisieren. Damit könnte er vielleicht wieder punkten bei ihr.

Mitten in seine Überlegungen hinein ertönt der Klingelton seines Handys. Konrad greift in die Hosentasche und schaut auf das Display. Die Rufnummer ist unterdrückt. Er zögert kurz, dann meldet er sich doch. »Ja?«

»Konrad?«

Er erkennt ihre Stimme sofort. »Judith«, sagt er erstaunt.

Sie lacht. »Wie schmeichelhaft, dass du mich nach all den Jahren sofort an meiner Stimme erkennst.«

Konrad fällt keine Entgegnung ein, also stimmt er in ihr Lachen ein.

»Sag mal, ich bin bei dir um die Ecke. Hättest du Zeit auf ein Bier?«

Konrad zögert. Er denkt an Paula, spürt, wie sich Trotz in ihm regt, und sagt: »Klar, warum nicht?«
»Schön.« Judith klingt erfreut. »Warte mal«, sagt sie. »Ich stehe hier auf der Wiener Straße. Ecke Lausitzer. Vor einem Café Marena. Kennst du das?«
»Geh schon mal rein«, sagt Konrad. »Ich bin in zehn Minuten da.«
»Dann bis gleich«, sagt Judith und fügt – etwas leiser – hinzu: »Ich freu mich.«
Konrad steckt das Handy zurück in die Hosentasche und verlässt die Küche. Aus dem Gemeinschaftszimmer dringen Stimmen an sein Ohr. Konrad überlegt, ob er tschüs sagen soll, lässt es dann aber bleiben. Die Stimmen klingen aufgeregt, da will er lieber nicht stören. Er wirft einen Blick auf die Tür von seinem und Paulas Zimmer. Sie erscheint ihm wie das Tor zu einer uneinnehmbaren Festung. Verschlossen und von innen mehrfach verriegelt. Konrad verharrt vor der Zimmertür, neigt den Kopf und lauscht. Kein Laut ist von drinnen zu hören. Nicht mal Musik. Höchstwahrscheinlich schläft Paula schon. Sie kann das. Sich einfach umdrehen und wegpennen. Egal, was vorher abgegangen ist.
Beneidenswert, denkt Konrad, greift sich seine Jacke von der Garderobe und zieht leise die Tür hinter sich zu. Er sprintet die Treppenstufen hinunter und registriert überrascht einen Anflug von Aufregung. Ist er damals eigentlich ernsthaft in Judith verliebt gewesen? Er weiß noch, dass er sie attraktiv fand, sehr sogar. Judith war nicht so verklemmt wie die anderen Mädchen. Das hat ihm gefallen. Obwohl – so ganz stimmt das nicht, fällt ihm ein. Manchmal gab sie sich prüde und tat auf unberührbare Jungfrau, und dann wieder kam sie ihm völlig entfesselt vor. Eine Weile hat ihn das unglaublich fasziniert, diese unterschiedlichen Facetten ihrer Persönlichkeit.

Auf Dauer empfand er es eher ermüdend. Vor allem hat es ihm wohl geschmeichelt, wie sehr Judith ihn angehimmelt hat. Aber verliebt? So richtig verliebt ist er nicht in sie gewesen. Jedenfalls nicht so wie in Paula. Der Gedanke an seine Freundin versetzt ihm einen kleinen Stich. Er hat keine Ahnung, was er machen soll. Er will sich nicht entscheiden müssen zwischen seiner Band und Paula.
Konrad seufzt und tritt auf die Straße. Der Regen hat etwas nachgelassen. Das Licht der Straßenlaternen spiegelt sich in den zahlreichen Pfützen. Die Luft riecht nach Feuchtigkeit und Abgasen. Konrad zieht sich die Kapuze seiner Jacke über den Kopf, schlängelt sich zwischen den eng parkenden Autos durch und überquert die Straße. Im Laufschritt eilt er die Skalitzer hinunter, biegt in die Lausitzer ein und schafft es tatsächlich in knapp vier Minuten, das Marena zu erreichen.
Er streift die Kapuze vom Kopf, öffnet die Tür und teilt mit beiden Händen den schweren Vorhang im Windfang. Laute Musik und Stimmengewirr branden ihm mit einem Schwall verbrauchter Luft entgegen. Es riecht nach Bier und nach Bratfett. Der Laden ist wie immer rappelvoll. Konrad bleibt stehen und scannt die Gesichter. Eine Frau, die ganz hinten am Tresen auf einem Barhocker sitzt, winkt ihm zu.
Judith.
Konrad bahnt sich einen Weg durch die Leute. Judith sieht ihm mit ausdrucksloser Miene entgegen. Konrad kämpft den Impuls nieder, sich umzudrehen und aus der Kneipe zu flüchten.
»Hi, Konrad«, sagt sie, als er sich endlich zu ihr durchgekämpft hat.
»Hi, Judith«, sagt Konrad.
»Ganz schön voll hier.« Judith verzieht den Mund zu einem Lächeln.

»Ja«, sagt Konrad und kommt sich vor wie ein Pennäler bei seinem ersten Date. »Hast du schon was bestellt?« Judith schüttelt den Kopf. »Auch ein Bier? Oder –«

»Gerne ein Bier«, sagt Judith schnell. »Aber ein alkoholfreies.«

Während Konrad versucht, die Kellnerin hinterm Tresen auf sich aufmerksam zu machen, bemerkt er aus den Augenwinkeln, dass Judith ihn einer eingehenden Musterung unterzieht. Er bestellt für sich ein Pils und für Judith ein alkoholfreies Bier. »Und?«, fragt er grinsend. »Habe ich mich sehr verändert?«

»Unwesentlich«, antwortet Judith. »Deine Haare sind etwas kürzer, du bist nicht mehr so schlaksig wie damals, aber ansonsten ...« Sie schüttelt den Kopf. »Ich habe dich sofort wiedererkannt.«

»Deine Haare sind auch kürzer«, sagt Konrad. »Steht dir aber gut. Obwohl ich die langen Haare immer sehr mochte.« Er grinst schief.

»Danke«, sagt Judith. »Aber so ist es einfach praktischer. Besonders im Sommer.«

Die Kellnerin schiebt zwei Bier über den Tresen. Konrad zückt seine Geldbörse und winkt ab, als Judith anfängt, in ihrer Handtasche zu kramen. »Lass, ich lad dich ein.«

Judith steckt ihr Portemonnaie wortlos wieder weg. Bitte, gern gescheh'n, denkt Konrad und ärgert sich über das ausgebliebene Danke.

Sie trinken schweigend. Judith betrachtet Konrad über den Rand ihres Bierglases hinweg. Konrad gibt vor, es nicht zu bemerken. Er sieht sich in der vollen Kneipe um, hält Ausschau nach bekannten Gesichtern. Insgeheim bereut er es schon, dass er hergekommen ist. Er fühlt sich in Judiths Gegenwart unwohl. Es geht ihm auf den Zeiger, dass sie ihn

ständig anstarrt, als hätte er statt einer Nase zwei im Gesicht.
»Wie ist es dir ergangen?«, fragt er schließlich. »Erzähl doch mal.«
Judith stellt ihr Bier auf dem Tresen ab und zuckt mit den Schultern. »Es gibt nicht viel zu erzählen. Ich habe die Schule zu Ende gemacht, danach eine Ausbildung als Krankenschwester. Und jetzt bin ich wieder hier. Was willst du noch wissen?«
»Krankenschwester?«
»Ja«, sagt Judith. Es klingt pikiert. »Was dagegen?«
»Nein, nein«, sagt Konrad und hebt abwehrend die Hände. »Ich habe nur in Erinnerung, dass du damals davon geträumt hast, Journalistin zu werden.«
»Echt?« Judith reißt erstaunt die Augen auf.
Konrad nickt. »Ja.«
Judith schüttelt lächelnd den Kopf. »Komisch. Daran kann ich mich nicht mehr erinnern. Und du? Was hast du so gemacht? Spielst du immer noch Schlagzeug?«
»Ja«, sagt Konrad. »Und noch immer in derselben Band.«
»Augenblick«, sagt Judith. »Ich komme gleich auf den Namen.« Sie legt den Kopf in den Nacken und schließt die Augen.
Konrad betrachtet ihr Gesicht. Judith ist noch genauso attraktiv wie damals. Vielleicht sogar noch attraktiver, aber irgendetwas fehlt ihr. Sie wirkt so ... Konrad sucht nach dem richtigen Wort. Unterkühlt. Fast ein bisschen leblos. Sogar, wenn sie lächelt, wirkt es aufgesetzt. Ihre Augen lächeln nicht mit. Er fragt sich, was Judith von ihm will.
»Over nite beat!«, sagt Judith mitten in seine Gedanken hinein. »Stimmt's?«
»Stimmt«, sagt Konrad und grinst. Er trinkt einen großen

Schluck von seinem Bier. Wenn das Glas leer ist, mache ich mich vom Acker, beschließt er.
»Machst du das jetzt beruflich?«
»Du meinst, ob ich damit Geld verdiene?«
Judith nickt.
Konrad wischt sich mit dem Handrücken den Bierschaum von der Oberlippe. »Nicht genug, um davon leben zu können«, sagt er und verzieht den Mund.
»Verstehe«, sagt Judith und sieht ihn an. Konrad versucht, in ihren dunklen Augen zu lesen. Aber da ist nichts, was ihm etwas über ihre Gefühle verraten würde. Ihr Blick ist seltsam ausdruckslos. Ungemütliches Schweigen breitet sich aus. Konrad hat mit einem Mal das Gefühl, sich in einem luftleeren Raum zu befinden. Die Kneipengeräusche dringen nur noch gedämpft an sein Ohr. Er räuspert sich und greift nach seinem Bierglas.
»Und was führt dich wieder nach Berlin?«, fragt er.
Judith senkt ihren Blick auf das Glas in ihren Händen und sagt so leise, dass Konrad es kaum versteht: »Die Liebe.«
»Ach«, sagt er, weil ihm nichts anderes dazu einfällt.
»Ich erwarte ein Kind«, sagt Judith und sieht ihn direkt an. Es liegt eine gewisse Herausforderung in ihrem Blick. Als würde sie von Konrad eine bestimmte Reaktion erwarten.
Konrad spürt, dass er rot wird. Unwillkürlich richtet er seine Augen auf ihre Körpermitte.
»Man sieht noch nichts«, sagt sie, als sie seinen Blick bemerkt. »Ich gehöre offensichtlich zu den Frauen, die erst spät einen richtig dicken Bauch bekommen.«
Konrad ist das Gespräch unangenehm. Er würde gerne das Thema wechseln. Bevor sie anfängt, ihn mit der alten Geschichte zu konfrontieren. Judith scheint sein Unbehagen zu bemerken. Sie sieht ihn abschätzend an.

»Wer ist denn der Vater?«, fragt Konrad schnell.

»Du kennst ihn nicht«, sagt sie leichthin. »Ein Arzt aus dem Krankenhaus, in dem ich meine Ausbildung als Krankenschwester gemacht habe. Er fängt im Sommer in der Charité an. Wir suchen gerade eine Wohnung in Berlin. Oder auch ein Häuschen am Stadtrand. Also, wenn du was weißt …«

»Im Augenblick wüsste ich nichts«, sagt Konrad. »Aber falls ich etwas hören sollte, gebe ich dir Bescheid.«

»Ich schreib dir mal meine Handynummer auf.« Judith zieht einen Stift und einen kleinen Block aus der Handtasche. »Im wievielten Monat ist denn deine Freundin?« Das fragt sie ganz nebenbei, während sie ihren Namen und darunter eine Zahlenfolge auf das erste Blatt des Blockes schreibt. Sie reißt das Papier ab, faltet es zusammen und hält es Konrad hin.

Der starrt sie mit gerunzelter Stirn an. »Woher weißt du denn, dass Paula schwanger ist?«

26

Ricks Vater hat sich wie selbstverständlich in Paulas Lieblingssessel aus geblümtem Plüsch niedergelassen und rubbelt sich mit dem Handtuch, das Chris ihm gebracht hat, die Haare trocken.

Rick sitzt ihm gegenüber auf der Kante des Sofas. Er ist total angespannt, wie ein Bogen, der kurz davor ist, zu brechen.

»Was ist passiert?«, fragt er und heftet den Blick auf seinen Vater. »Red endlich.« Seine Stimme klingt ängstlich und ungeduldig zugleich.

»Ich geh dann mal.« Chris nimmt das Handtuch von Ricks Vater entgegen und wendet sich Richtung Tür.

»Meinetwegen musst du nicht gehen«, versichert Leo Winter schnell, während er mit beiden Händen über seinen Kopf fährt, in dem vergeblichen Versuch, die Haare glatt zu streichen, die wirr in alle Richtungen abstehen.

»Bleib ruhig«, sagt auch Rick.

Chris schüttelt den Kopf. »Sorry, aber ich muss noch was Dringendes erledigen. Das duldet leider keinen Aufschub.« Er verzieht den Mund.

»Verstehe«, sagt Leo Winter. Rick runzelt die Stirn und sieht den Freund fragend an.

»Ich erklär's dir später, okay?«, sagt Chris.

»Okay.« Rick wendet sich wieder seinem Vater zu. »Also, was ist passiert?«

»Ruth ist verschwunden.«

»Seit wann?« Rick richtet sich erschrocken auf.

»Ich weiß es nicht genau.« Leo Winter weicht Ricks Blick aus und beginnt nervös, seine Hände zu kneten. »Als ich sie so gegen vier zum Kaffee holen wollte, war sie weg. Ich habe mir erst nicht viel dabei gedacht. Sie verschwindet öfter mal sang- und klanglos. Bisher ist sie aber immer nach ein, zwei Stunden wieder aufgetaucht. Als sie zum Abendessen nicht erschienen ist, habe ich angefangen, mir Sorgen zu machen. Sie fürchtet sich doch im Dunkeln.« Er zuckt mit den Schultern und sieht Rick mit einem hilflosen Lächeln an. »An ihr Handy geht sie auch nicht.«

»Und dann?«, fragt Rick. »Hast du nach ihr gesucht?«

»Natürlich! Was denkst du denn?«, sagt sein Vater, einen gereizten Unterton in der Stimme. »Die ganze Umgebung habe ich nach ihr abgesucht. Bei den Nachbarn geklingelt. Auf dem Friedhof nachgesehen.«

»Auf dem Friedhof?«, fragt Rick erstaunt. »Wieso das denn?«

»Seit einiger Zeit sucht sie auf den Friedhöfen in der Umgebung nach Maries Seele. Sie hat mir erklärt, wenn ein Mensch stirbt und nicht in geweihter Erde beigesetzt wird, findet die Seele keine Ruhe und irrt auf Friedhöfen herum. Und wenn sie Maries Seele nicht findet, bedeutet das, dass sie noch leben muss.« Leo hebt in einer hilflosen Geste die Hände. »Frag mich nicht, wer ihr den Floh ins Ohr gesetzt hat.«

Rick fährt sich mit beiden Händen durchs Haar. »Das klingt ziemlich …« Das Wort *durchgeknallt* liegt ihm auf der Zunge. Er schluckt es herunter, sagt stattdessen: »Das hört sich nicht gut an.«

Sein Vater nickt, schürzt die Lippen. »Es wird immer schwerer, zu ihr durchzudringen. An manchen Tagen ist sie wie früher. Ganz …« Er schluckt, fährt sich mit der Zunge über die Oberlippe. »Ganz normal. Und dann wieder …«

Rick räuspert sich. »Was meinst du? Sollen wir die Polizei einschalten?«

»Das habe ich schon«, sagt Leo und winkt ab. »Die klangen nicht besonders engagiert. Die Mehrzahl der erwachsenen

Abgängigen, so heißt das wohl im Polizeijargon, taucht am nächsten, spätestens übernächsten Tag wieder auf. Und zum jetzigen Zeitpunkt können sie nicht mehr tun, als die Beschreibung von Ruth in die Streifenwagen zu geben.«

»Polizei? Ist was passiert?« Paula steht mit verstrubbelten Haaren im Türrahmen, bekleidet mit einem T-Shirt, das über ihrem Bauch spannt und nur knapp die Oberschenkel bedeckt. Sie mustert die beiden Männer mit großen erschrockenen Augen.

»Meine Mutter ist verschwunden«, erklärt Rick.

Paula schlägt beide Hände vor den Mund. Ihr Blick wandert zwischen Leo und Rick hin und her. »Ist denn etwas vorgefallen?«

Leo Winter hebt die Schultern und schüttelt gleichzeitig den Kopf. Er sieht ein bisschen aus wie ein gerupftes Huhn mit den wirren, noch immer feuchten Haaren. Eine Woge Mitleid überschwemmt Rick.

»Nein«, sagt sein Vater. »Wir haben uns nicht gestritten, falls Sie das meinen.«

Paula nickt. Sie löst sich aus dem Türrahmen, verschwindet und kommt in einen Bademantel gekleidet zurück. Sie nimmt neben Rick auf dem Sofa Platz. »Seit wann vermissen Sie Ihre Frau denn schon?«

»Seit heute Nachmittag«, antwortet Rick für seinen Vater.

»Aber …«, beginnt Paula und stockt. Rick mustert sie von der Seite. Er kann sich vorstellen, was sie sagen will. *Ist es nicht zu früh, sich Sorgen zu machen? Vielleicht ist sie bei einer Freundin, hat sich verquatscht oder so.*

Im Prinzip hat Paula recht. Nur ist Ruth nicht mit normalen Maßstäben zu messen. Jedenfalls nicht mehr, seit Marie verschwunden ist. Und ihre Freundinnen haben sich im Laufe der letzten sechs Jahre peu à peu verabschiedet. Rick kann es ihnen nicht verdenken. Ruths Gedanken kreisen fast ausschließlich, wie besessen, um seine kleine Schwester. Sie kann nicht akzeptieren, dass Marie mit großer Wahrscheinlichkeit einem Verbrechen zum Opfer gefallen ist und ihr Mörder sie irgendwo verscharrt hat. An einem Ort, der vielleicht nie aufgespürt werden wird. Und solange Maries Leiche nicht gefunden wird, klammert Ruth sich mit verzweifelter Hartnäckigkeit an die Hoffnung, dass ihr Kind noch lebt. Eine Hoffnung, die Rick schon lange abhandengekommen ist. Er hat sich damit abgefunden, dass seine kleine Schwester ermordet wurde. Seit er das als Tatsache für sich akzeptiert hat, geht es ihm deutlich besser. Auch wenn er seiner Mutter gegenüber deswegen manchmal ein schlechtes Gewissen hat.

»Vielleicht hat sie nur die Zeit vergessen«, vervollständigt Paula mit einem hilflosen Achselzucken ihren Satz.

Leo Winter presst die Lippen zu einem dünnen Strich zusammen, fährt sich mit der Hand mehrmals über das Kinn. Rick kennt seinen Vater gut genug, um zu wissen, dass er etwas Wichtiges zu sagen hat. Er beugt sich vor und fixiert seinen Vater. »Was ist? Jetzt red schon!«, fordert er ihn auf. Seine Stimme klingt ungeduldig, fast schon barsch. Rick bemerkt den vorwurfsvollen Blick, den Paula ihm von der Seite zuwirft.

Leo Winter holt tief Luft. Rick sieht, wie sein Adamsapfel hektisch auf und ab hüpft. *Verflucht, jetzt red endlich!* Der Satz kommt nicht über seine Lippen, bleibt ungesagt in seinem Kopf hängen. Obwohl es Rick schwerfällt, schafft er es, sich zusammenzureißen. Er weiß, er darf seinen Vater nicht drängen. Er kann die Worte nicht aus ihm herausschütteln. Paula scheint zu spüren, dass er seine Ungeduld kaum noch zügeln kann. Sie streicht mit einer Hand sanft über seinen Arm, als könne sie ihn mit dieser Geste beruhigen.

Abermals holt Leo tief Luft, dann sieht er Rick direkt an. »Sie hat die Valium-Tablette, die ich ihr heute Morgen zur Beruhigung gegeben hatte, wieder ausgespuckt. Ich habe sie auf dem Nachttisch gefunden, eingewickelt in ein Tempotaschentuch.«
»Ja, und?« Rick hebt ungeduldig die Hände.
»Ich habe das ganze Haus auf den Kopf gestellt, ich habe sie nirgends finden können. Ich fürchte, sie hat sie mitgenommen.«
Rick runzelt die Stirn. »Du meinst –« Er unterbricht sich, starrt seinen Vater erschrocken an.
Paula lässt ihren Blick verständnislos zwischen den beiden hin- und herwandern.
»Ja.« Leo nickt. »Sie hat das Valium mitgenommen. Die Schachtel ist so gut wie voll.«

27

Deine Freundin heißt Paula?« Judith sieht ihn fragend an.
»Ja«, antwortet Konrad knapp. »Wieso weißt du, dass sie schwanger ist?« Geistesabwesend steckt er den Zettel mit Judiths Handynummer in die Tasche seiner Jeans.
»Ich habe übersinnliche Fähigkeiten«, sagt Judith und wirft ihm einen herausfordernden Blick zu. Konrad runzelt unwillig die Stirn.
»Ich weiß es von deiner Mutter«, sagt sie schließlich und verzieht den Mund. »Hat sie dir nicht erzählt, dass wir uns zufällig getroffen haben?«
»Doch«, sagt Konrad und greift nach seinem Bier. Es ist ihm ein bisschen peinlich, dass er so misstrauisch reagiert hat. Er weiß selbst nicht genau, woran das liegt. Judith macht ihn irgendwie nervös. Sie hat eine negative Aura, würde Paula sagen. Judith nippt an ihrem Bier und stellt das Glas zwischen ihre Oberschenkel auf den Barhocker. Mit dem Zeigefinger fährt sie am Glasrand entlang. Konrad bemerkt erst jetzt den Ring. Sie trägt ihn immer noch, denkt er überrascht. Es war sein Geschenk zu ihrem fünfzehnten Geburtstag. Sie war ganz außer sich vor Freude, erinnert sich Konrad. Ihm war damals gar nicht so klar gewesen, welche Bedeutung es hat, wenn ein Junge seiner Freundin einen Ring schenkt. Er hatte sich nichts dabei gedacht. Im Gegensatz zu Judith. Sie wertete es als ein Versprechen. Ein Versprechen für die Ewigkeit. Konrad erinnert sich heute noch an das flaue Gefühl in seinem Magen, als er mitbekam, wie überschwenglich Judith auf das Geschenk reagierte. Seitdem hat er sich zu so einem Geschenk nie wieder hinreißen lassen. Nicht mal Paula trägt einen Ring von ihm.

»Warum hast du mir auf meine Briefe eigentlich nicht mehr geantwortet?«, fragt Judith unvermittelt und schaut Konrad an, ohne eine Miene zu verziehen. Ihr Blick hat etwas Stechendes.

Konrad wird schon wieder rot. Eigentlich war klar, dass sie diese Frage stellen würde, aber er hat gehofft, dass sie es nicht tut. Er kratzt sich hinterm Ohr und sieht zur Decke. »So ganz stimmt das ja jetzt auch wieder nicht«, antwortet er.

»Du hast mir genau zehn Mal geschrieben«, sagt Judith. Es klingt etwas spitz.

»Doch so oft?« Das rutscht Konrad einfach raus, ohne böse Absicht.

Judith runzelt die Stirn. »Das war eine ernsthafte Frage«, sagt sie. Der eingeschnappte Unterton ist nicht zu überhören.

Konrad bläst die Wangen auf. »Weißt du, ich war ... Ich hatte damals ...«, stottert er.

»Lass stecken«, unterbricht ihn Judith und dreht das Glas in den Händen. »Ist ja auch Schnee von gestern. Ich war wohl verliebter in dich als du in mich. So was kommt vor.«

Konrad legt den Kopf schief und mustert sie prüfend. Sie hat den Blick auf das Bierglas zwischen ihren Oberschenkeln gesenkt. Ihr Zeigefinger malt immer hektischere Kreise auf dem Glasrand. Mit einem Mal bekommt er eine Ahnung, dass sich hinter Judiths glatter Fassade eine verletzte, einsame Person verbirgt. Für einen kurzen Moment blitzt Mitleid in ihm auf.

»Ich war sogar sehr verliebt in dich«, sagt er. Sie schaut hoch. Ihre Augen blicken skeptisch. »Doch. Das stimmt«, sagt Konrad mit einem kleinen Lächeln. »Aber du warst so fixiert. Du hast dein ganzes Glück von mir abhängig gemacht. Hast dich an mich geklammert wie eine Ertrinkende. Ich hatte irgendwann das Gefühl, ich bekomme keine Luft mehr in deiner Gegenwart.«

Judith sagt nichts. Eine zarte Röte liegt auf ihren Wangen. Ihre Augen sehen ausdruckslos an Konrad vorbei.
»Ich habe mich einfach total überfordert gefühlt. Und als dann all die Briefe kamen –« Er bricht ab und zuckt hilflos mit den Schultern.
»Ich glaube, ich weiß, was du meinst.« Judith verzieht das Gesicht zu einer Grimasse. »Ich hing wohl wie eine Klette an dir, was?«
»Ein bisschen schon«, sagt Konrad mit einem schiefen Lächeln.
Judith beißt sich auf die Unterlippe, nickt. Konrad greift nach seinem Glas auf dem Tresen und trinkt den letzten Schluck. Er fühlt sich immer ungemütlicher. Der Kellner hinterm Tresen schiebt eine CD in die Anlage. Konrad erkennt schon bei den ersten Klängen Adele, Paulas absolute Favoritin zurzeit. Mit dem linken Fuß wippt er den Takt des Songs mit, lässt seinen Blick durch die Kneipe wandern.
»Du hast noch nicht mal mit mir Schluss gemacht«, sagt Judith mit tonloser Stimme. »Hast dich einfach verpisst.«
Konrad weicht ihrem Blick aus. Am liebsten würde er flüchten. »Ich habe mich verhalten wie ein Arschloch«, gibt er schließlich zu. »Es gibt keine Entschuldigung für mein Benehmen. Ich weiß.« Er stellt das leere Glas auf den Tresen zurück. Er kommt sich vor wie auf der Anklagebank. Das Gefühl von Ärger überlagert allmählich sein Unbehagen. Es kostet ihn Mühe, sich zusammenzureißen und mit ruhiger Stimme zu antworten.
»Ich kann es nicht mehr rückgängig machen, was damals passiert ist. Ich kann nur sagen, es tut mir leid. Es war nicht in Ordnung. Absolut nicht in Ordnung.«
»Am meisten verletzt hat es mich, dass du am Tag vor meiner Abschiebung«, an der Stelle lacht Judith kurz auf, bevor sie

weiterspricht, »nicht zum verabredeten Treffpunkt gekommen bist.« Sie trinkt den letzten Rest Bier aus ihrem Glas und stellt es auf dem Tresen ab.
»Häh?« Konrad hat keine Lust mehr auf diese Unterhaltung. »Ich habe keine Ahnung, wovon du redest«, sagt er.
Judith richtet sich auf dem Barhocker kerzengerade auf und sagt: »Ist ja auch egal.« Sie wirft ihm einen unergründlichen Blick zu. »Sorry«, sagt sie schließlich gedehnt. »Du hast natürlich recht. Ich wollte dich keinem Verhör unterziehen. Das war ...« Sie macht eine hilflose Bewegung mit der Hand. »Das war auch nicht geplant.«
»Schon gut«, winkt Konrad ab. »Wahrscheinlich musste es einfach mal raus.«
»Wahrscheinlich«, bestätigt Judith. »Aber zwischenzeitlich hat sich ja für uns beide alles zum Guten gewendet. Wollt ihr eigentlich heiraten, du und Paula?«
Konrad lacht. »Ehrlich gesagt, haben wir darüber noch nie geredet.«
»Vielleicht wartet Paula darauf, dass du sie fragst.«
»Meinst du?« Konrad runzelt die Stirn. Für einen Moment ist er irritiert. »Und was ist mit dir?«, fragt er. »Willst du heiraten?«
»Ja«, sagt Judith. »Sobald wir hier in Berlin offiziell gemeldet sind, geht es zum Standesamt. Wir wollen eine richtig große Hochzeit. In Weiß, in der Kirche. Mit allem Drum und Dran eben.«
»Das freut mich für dich«, sagt Konrad und sucht vergeblich nach einem Anzeichen von Freude auf Judiths Gesicht. Sie ist immer noch so strange wie früher, denkt er. Man dringt einfach nicht zu ihr durch.
»Ich finde, es ist besser für das Kind, wenn man verheiratet ist«, sagt Judith.

»Ich werde ernsthaft darüber nachdenken«, verspricht Konrad augenzwinkernd.
Judith wirft einen Blick auf ihre Armbanduhr. »Ich muss los. Sonst fragen sich meine Eltern, wo ich bleibe.«
»Du wohnst bei deinen Eltern?«
»Ja, bis ich was gefunden habe.« Judith verdreht die Augen und rutscht vom Barhocker. »Ich komme mir wieder vor wie mit vierzehn. Jeder meiner Schritte wird kontrolliert. Die können, glaube ich, nicht aus ihrer Haut.« Sie greift nach ihrer Jacke, die an einem Haken unter dem Tresen hängt, und macht eine Handbewegung zur Ausgangstür hin.
Konrad bahnt sich einen Weg durch die Leute, die immer noch dichtgedrängt zwischen den vollbesetzten Tischen stehen. Die Luft ist zum Schneiden. Er schiebt den schweren Vorhang vor dem Windfang mit den Händen auseinander, öffnet die Tür und lässt Judith den Vortritt.
Es hat aufgehört zu regnen. Konrad saugt die feuchte, kühle Luft tief in seine Lungen ein. Judith hängt sich ihre Handtasche über die Schulter, verschränkt die Arme. »Ich muss da lang.« Sie nickt mit dem Kopf Richtung Görlitzer Bahnhof.
»Und ich in die entgegengesetzte Richtung«, sagt Konrad. »Aber ich kann dich gerne noch ein Stück begleiten.«
Judith schüttelt lächelnd den Kopf. »Es sind ja nur ein paar Schritte. Da wird mir schon nichts passieren. Aber danke für das Angebot. So fürsorglich warst du früher nicht.«
Den Seitenhieb hätte sie sich schenken können, denkt Konrad und sagt: »Ich war übrigens heute Nachmittag bei deinen Eltern, ich wollte dich besuchen. Hat deine Mutter dir das nicht erzählt?«
»Nein.« Judith schüttelt den Kopf. »Sie hat kein Wort darüber verloren.«

»Merkwürdig.« Konrad kratzt sich am Kopf. Er weiß nicht, warum, aber er hat plötzlich das Gefühl, dass Judith nicht die Wahrheit sagt.

»Wahrscheinlich hat sie es vergessen«, sagt Judith leichthin und reicht ihm die Hand. Konrad ergreift sie. Sie fühlt sich kühl und kalt an. »Bis bald mal«, sagt Judith.

»Ja, bis bald«, antwortet Konrad. »Ich melde mich bei dir, wenn ich etwas von einer Wohnung für euch höre.«

»Mach das«, sagt Judith und wendet sich zum Gehen. Ihre Absätze klappern unnatürlich laut auf dem Pflaster.

Konrad versenkt die Hände in den Taschen seiner Jacke und sieht ihr nach. Auf Höhe der Feuerwache dreht sie sich kurz noch mal um, hebt die Hand. Er winkt zurück. Dann wird ihre schmale Gestalt von der Dunkelheit verschluckt.

Irgendetwas stimmt mit dieser Frau nicht. Seltsam war sie ja schon immer, aber jetzt ... Konrad zieht fröstelnd die Schultern hoch. Ihm fällt kein passendes Wort zu ihr ein. Was immer sie am Laufen hat, es ist zum Glück nicht mehr mein Bier, denkt er und biegt um die Ecke in die Lausitzer Straße. Anrufen wird er sie jedenfalls nicht. Mit einem Mal überfällt ihn eine bleierne Müdigkeit. Höchste Zeit fürs Bett. Vielleicht hat Paula sich ja beruhigt und lässt ihn wieder rein.

Aus dem Görlitzer Park zu seiner Rechten ertönt plötzlich wütendes Geschrei. Ein Mann brüllt etwas Unverständliches, eine schrille Frauenstimme schreit dagegen an. Alkis. Oder Junkies. Oder Dealer. Der Park ist voll von zwielichtigen Gestalten. Und es wird immer schlimmer in der Ecke hier. Eigentlich hat Paula recht. Das ist nicht die richtige Gegend, um ein Kind großzuziehen. Konrad seufzt und beschleunigt seinen Gang.

Wind kommt auf. Regentropfen dick wie Trauben klatschen plötzlich unangenehm kalt auf Konrads Kopf, laufen ihm über den Nacken. Er zieht sich die Kapuze über und eilt mit weit ausholenden Schritten durch den stärker werdenden Regen. Die kreischenden Stimmen, die aus dem Park zu ihm herüberwehen, übertönen das unregelmäßige Stakkato der schweren Schritte, die ihm in einigem Abstand durch die Lausitzer Straße folgen.

28

Eine volle Schachtel Valium?« Rick springt vom Sofa auf. Er starrt seinen Vater wütend an. »Und damit rückst du erst jetzt raus?«

Paula sieht irritiert zu ihm hoch, dann erst scheint ihr zu dämmern, warum er so aufgebracht reagiert. »Ist deine Mutter denn«, sie zögert kurz, bevor sie das Wort ausspricht, »suizidgefährdet?«

Rick nickt stumm. Er beißt die Zähne so fest zusammen, dass der Kieferknochen sich unter der Gesichtshaut wie eine scharfe Kante abzeichnet.

»Sie redet in letzter Zeit immer häufiger davon«, sagt Leo Winter und knetet nervös seine Hände.

Rick sieht Paula an, dass sie nach dem Grund fragen möchte, sich aber zurückhält, um nicht neugierig zu erscheinen. »Es ist wegen Marie«, sagt er und fügt erklärend hinzu: »Meine Schwester, die vor sechs Jahren verschwunden ist. Meine Mutter hält die Ungewissheit nicht aus. Es zerreißt sie, nicht zu wissen, ob Marie noch lebt oder tot ist. Sie«, Rick wischt sich mit einer Hand über die Augen, »verliert darüber immer mehr den Bezug zur Realität.«

Er sieht das Mitleid in Paulas Blick und dreht sich schnell weg. Es fehlt nicht mehr viel, und er bricht in Tränen aus. Sein Vater zieht ein Taschentuch aus der Hosentasche und schneuzt sich umständlich die Nase.

»Ich muss irgendwas tun, sonst dreh ich noch durch«, sagt Rick.

»Was willst du denn tun?«, fragt Paula und stemmt sich vom Sofa hoch.

»Ich geh sie suchen«, meint Rick entschlossen und macht sich auf den Weg zur Tür.

»Warte«, sagt Leo und erhebt sich ebenfalls. »Wo willst du sie denn suchen?«

»Vielleicht ist sie ja mittlerweile wieder zu Hause«, gibt Paula zu bedenken.

Leo schüttelt den Kopf. »Unwahrscheinlich. Ich habe auf dem Küchentisch einen Zettel hinterlassen mit der Bitte, mich sofort anzurufen, wenn sie nach Hause kommt.«

»Trotzdem«, sagt Rick und hangelt das Handy aus seiner Hosentasche. »Einen Versuch ist es wert.« Er sucht die Festnetznummer seiner Eltern im Speicher und hält das Handy ans Ohr. Paula und Leo lassen ihn keine Sekunde aus den Augen. Er lässt es eine ganze Weile klingeln, bis er mit einem Achselzucken aufgibt. Er stopft das Handy zurück in die Hosentasche und wendet sich seinem Vater zu. »Bist du mit dem Auto da?«

Leo nickt. »Ja«, sagt er. »Du willst sie tatsächlich suchen?«

»Du musst nicht mitkommen, wenn du nicht willst«, sagt Rick und streckt ihm die Hand entgegen. »Gibst du mir die Autoschlüssel?«

»Natürlich komme ich mit.« Rick hört die Verärgerung in der Stimme seines Vaters. »Ich frage mich nur, wo wir nach ihr suchen sollen.«

»Hast du mir nicht vorhin erzählt, dass sie neuerdings die Friedhöfe in der Umgebung abklappert?«

»Ja, schon«, sagt sein Vater. »Aber –«

»Weißt du, wie viele Friedhöfe es in Berlin gibt?«, fällt Paula ihm ins Wort. »Da seid ihr Wochen beschäftigt.«

»Wir fangen mit denen in der Umgebung von Frohnau an«, sagt Rick entschlossen. »Meine Mutter fährt nur ungern nach Berlin raus.«

»Das stimmt«, bestätigt Leo.

Rick marschiert in den Flur, nimmt seine Jacke und Leos Mantel von der Garderobe.

Paula ist ihnen gefolgt. »Ruf mich bitte sofort an, wenn du etwas erfährst, ja?«

»Klar, mach ich«, sagt Rick und zieht den Reißverschluss seiner Jacke hoch.

»Ich drücke euch die Daumen, dass ihr sie findet«, sagt Paula. »Wohlbehalten.«

»Danke«, sagt Leo und reicht ihr die Hand. Dann folgt er Rick ins Treppenhaus.

»Wartet!« Paula verschwindet kurz in der Wohnung und kommt mit einem Regenschirm in der Hand wieder heraus. »Es gießt in Strömen.« Sie drückt ihn Leo Winter in die Hand, dreht sich zur Tür, zögert. »Ach, Rick«, sagt sie schließlich und wendet sich wieder um.

Rick ist schon auf halber Treppe nach unten, er bleibt stehen, sieht zu ihr hoch. »Ja?«

»Sag mal, hast du eine Ahnung, wo Konrad steckt?«, fragt sie.

»Ist er nicht da?«

Paula schüttelt den Kopf. »Nein.«

»Du, keine Ahnung«, sagt Rick. »Vielleicht ist er noch auf ein Bier raus.«

Paula schürzt die Lippen, nickt mehrmals mit dem Kopf. »Wahrscheinlich«, sagt sie betont gleichgültig und geht in die Wohnung zurück.

Als Rick die Tür zur Straße öffnet, bläst ihm ein kräftiger Wind einen Schwall Regen ins Gesicht. Sein Vater tritt neben ihn, müht sich mit dem Schirm ab. »Das Auto steht zwei Straßen weiter«, sagt er und zeigt Richtung Schlesisches Tor.

Sie ducken sich beide eng nebeneinander unter den winzigen Schirm und hasten schweigend durch den Regen. Die Straßenlaternen gießen ihr trübes Licht in die Wasserpfützen auf dem Bürgersteig. Die Geräusche der Autoreifen auf dem nassen Asphalt vermischen sich mit dem gleichförmigen Rauschen des Regens. Kaum ein Mensch ist bei dem Wetter zu Fuß unterwegs.

Ricks Handy fängt unvermittelt an zu klingeln. Seine Hand fährt in die Hosentasche, zerrt es heraus. Ohne einen Blick auf das Display zu werfen, nimmt er das Gespräch an. »Ja?«

»Guten Abend, Rick.« Die Stimme ist ihm inzwischen so vertraut, als hätte sie ihn zeit seines Lebens begleitet.

»Suchen Sie sich jemand anderen für Ihre kranken Spielchen«, sagt er heftiger als beabsichtigt. Sein Vater wirft ihm unter dem Regenschirm einen erstaunten Seitenblick zu. Rick ignoriert ihn. »Ich habe Besseres zu tun, als mich mit einer Irren wie Ihnen abzugeben.«

Leo Winter verlangsamt seine Schritte, bleibt neben einem alten Opel stehen. Er fummelt die Autoschlüssel aus der Manteltasche und schließt auf. Die Verriegelung der Türen öffnet sich mit einem leisen Klacken. Rick öffnet die Beifahrertür und lässt sich auf den Sitz fallen. Mit der freien Hand streicht er sich die nassen Haare aus dem Gesicht. »Wie sind Sie überhaupt an meine Handynummer gekommen?«

»Eine Kollegin von der Beicht-Hotline war so nett«, antwortet die Frau. Rick glaubt, den Anflug eines amüsierten Lachens in ihrer Stimme zu hören.

»Sie lügen. Wir geben grundsätzlich keine Privatnummern raus.«

»Stimmt«, sagt die Frau. »Ich habe gelogen.«

Die hintere Wagentür öffnet sich. Ein Schwall nasskalter Luft strömt ins Wageninnere. Leo Winter wirft den nassen Regenschirm ins Auto, knallt die Tür zu und steigt vorne ein. Er steckt den Zündschlüssel ins Schloss und schaut Rick erwartungsvoll an.

»Fahr schon mal los«, raunt Rick ihm zu.

»Gut«, sagt Leo und startet den Wagen. Die Scheibenwischer nehmen mit einem protestierenden Quietschen die Arbeit auf. Leo Winter setzt den Blinker, wartet auf eine Lücke und reiht sich in den fließenden Verkehr ein.

»Also, was ist? Was wollen Sie von mir?«, sagt Rick in einem Tonfall, der keinen Zweifel daran lässt, dass seine Geduld allmählich erschöpft ist. »Entweder Sie kommen jetzt zur Sache, oder ich leg auf.«

»Kann es sein, dass Sie Ihre Mutter vermissen?«, fragt die Stimme am Telefon.

Adrenalin flutet in Ricks Blutbahnen. Er spürt seinen Herzschlag bis unter die Schädeldecke. »Was wissen Sie von meiner Mutter?«, brüllt er ins Handy.

Sein Vater zuckt erschreckt zusammen, wirft ihm einen irritierten Blick von der Seite zu.

»Was haben Sie mit ihr gemacht?«, schreit Rick unbeherrscht.

»Richard, um Gottes willen, was ist los?« Die Stimme seines Vaters dringt wie durch Watte gepresst an sein Ohr. Bevor er zu einer Antwort ansetzen kann, hört er das Kreischen von Bremsen. Vom Sicherheitsgurt gehalten, wird er in den Sitz zurückgepresst. Der Opel kommt mit einem Ruck vor einer roten Ampel zum Stehen. Leo Winter lässt geräuschvoll die Luft aus seiner Lunge entweichen. Seine Hände umklammern das Lenkrad.

»Richard …«, setzt er an. Rick bedeutet ihm mit einer abwehrenden Geste zu schweigen.

»Alles in Ordnung bei Ihnen?«, fragt die Frau.

»Ja«, antwortet Rick mit mühsam beherrschter Stimme. »Und jetzt reden Sie endlich. Wo ist meine Mutter?«

»Ihre Mutter ist …« Die Frau zögert, als müsse sie ihre Worte sorgfältig abwägen, damit sie nichts Falsches sagt. »Ihre Mutter ist ein ganz besonderer Mensch. Sensibel und sehr zerbrechlich. Sie sollten besser auf sie aufpassen. Sie nicht so oft sich selbst überlassen.«

Aus den Augenwinkeln bemerkt Rick, dass sein Vater ihn keine Sekunde aus den Augen lässt. Er atmet tief aus, versucht, seiner Stimme einen festen Klang zu verleihen. »Wo ist sie?«

Ihre Antwort geht in einem lauten Hupkonzert unter. Die Ampel vor ihnen zeigt Grün. Leo Winter hebt fahrig die Hand, betätigt die Gangschaltung und fährt zügig über die Kreuzung.

»Was haben Sie gesagt? Ich habe Sie nicht verstanden.« Rick presst das Handy so fest ans Ohr, dass es schmerzt. Aber er hört nur den Regen, der einen gleichförmigen Rhythmus auf das Dach des Autos trommelt.

Die Frau antwortet nicht.

29

Zügig überquert Konrad die Straße. Eine Böe peitscht ihm den kalten Regen ins Gesicht. Er zieht die Schultern hoch, krümmt sich gegen den Wind und beschleunigt seine Schritte. Das Treffen mit Judith hat ein schales Gefühl bei ihm hinterlassen, ohne dass er den Grund dafür benennen könnte. Vielleicht liegt es daran, dass er sie mit einer Episode seines Lebens verknüpft, die er am liebsten ganz aus seinem Gedächtnis streichen würde. Selbst Paula hat er nie was von Judith erzählt. Und wenn es nach ihm geht, muss sie auch nichts von ihrer Existenz erfahren. Zumindest jetzt nicht. Das wäre der vollkommen falsche Zeitpunkt.

Konrad ist so in Gedanken versunken, dass die schweren Schritte, die ihm über die Straße unter die Hochbahn gefolgt sind, erst im letzten Moment in sein Bewusstsein dringen. Instinktiv nimmt er die Bedrohung wahr und wirbelt herum. Abrupt stoppen die drei dunklen Gestalten. Stellen sich am Straßenrand breitbeinig in Positur. Regen tropft von den Kapuzen, die sie sich tief in die Gesichter gezogen haben. Konrad kann ihre Augen nicht erkennen. Aber die Gefahr, die von ihnen ausgeht, wird von Sekunde zu Sekunde greifbarer. Konrad spürt sie mit all seinen Sinnen, noch bevor sein Blick auf den Baseballschläger fällt, der lässig in der Hand des Typen ganz rechts baumelt.

HAU AB! SOFORT!, rät ihm sein Verstand, aber sein Körper weigert sich, den Befehl des Großhirnes auszuführen. Etwas hält ihn davon ab, den Männern den Rücken zuzukehren. Er weicht einen kleinen Schritt zurück, behält den Typen mit dem Baseballschläger genau im Auge. Der macht einen kleinen Schritt auf ihn zu, die anderen schließen sofort auf.

Erst jetzt registriert Konrad, wie jung die Männer sind, fast noch Kinder. Der Typ rechts lässt den Baseballschläger hin- und herschwingen. Er grinst, als wäre das alles ein Riesenspaß. Lässt ihn keine Sekunde aus den Augen.
Konrad spürt, wie ihm aus allen Poren der Schweiß ausbricht. Er öffnet den Mund, will schreien, aber seine Zunge klebt am Gaumen fest. Bis auf einen krächzenden Laut kommt nichts über seine Lippen. Plötzlich setzen sich die Typen gleichzeitig in Bewegung, als wären sie ein einziger Körper.
Mit einem Schlag verstummen alle Geräusche um Konrad herum. Wie in einer Art Slow Motion gleiten die drei auf ihn zu. Die Zeit scheint sich mit einem Mal ins Unendliche zu dehnen. Konrad schafft eine halbe Umdrehung weg von ihnen. Dann trifft ihn etwas mit einer unglaublichen Wucht in die Seite. Es haut ihn sofort von den Beinen. Er knallt gegen den Eisenpfeiler der Hochbahn, rutscht langsam an ihm herunter zu Boden.
Es ist, als hätte jemand genau in diesem Augenblick den Ton wieder auf laut gestellt. Direkt über ihm donnert eine U-Bahn vorbei. Der Regen trommelt auf die Dächer der parkenden Autos. Irgendwo, ganz in der Nähe, lacht jemand hell auf. Irgendwie schafft es Konrad, wieder auf die Beine zu kommen. Der Typ vor ihm schlägt zu. Es fühlt sich an, als würde die Faust seinen Magen gegen die Wirbelsäule schmettern. Konrad schnappt nach Luft, geht würgend in die Knie. Aus den Augenwinkeln sieht er einen Schatten, der blitzschnell auf ihn herunterschießt. Instinktiv hebt er die Arme über den Kopf, wirft sich zur Seite. Der Schlag trifft seine Schulter. Ein brennender Schmerz durchzuckt ihn. Er schreit. Versucht davonzurobben, weg von seinen Peinigern. Etwas Feuchtes rinnt ihm in die Augen. Halbblind kriecht er weiter, schmeckt Blut auf den Lippen.

Ein Wimmern dringt an sein Ohr. Es klingt wie das verzweifelte Fiepen eines Welpen.

»Komm, der hat genug! Lass uns verschwinden«, keucht eine Stimme über ihm.

Konrad hebt sein Gesicht. Aus einem Impuls heraus, den er selbst nicht begreift, will er danke sagen. Da senkt sich der Schatten wieder auf ihn herab. Das harte Holz des Baseballschlägers kracht auf seinen Hinterkopf, etwas zerbricht mit einem lauten Knacken. In seinem Schädel explodiert der Schmerz, frisst sich wie ein Feuer durch seinen Körper. Er krümmt sich auf dem Boden. Spürt, wie seine Blase sich entleert.

Hände tasten über seinen Körper, drehen ihn auf den Rücken. Eine Stimme brüllt: »Hey, ihr Schweine, lasst den Mann in Ruhe.«

Unvermittelt lassen sie von ihm ab. Konrad hört schnelle Schritte, die sich entfernen. Aus weiter Ferne dringt eine Stimme in sein Bewusstsein. Die Stimme einer Frau. Aufgeregt, schrill. Sie ruft etwas. Die Worte ergeben keinen Sinn.

Der Schmerz ist jetzt überall. Gleißend. Brennend. Überrollt ihn wie eine Woge und reißt ihn mit sich in eine gnädige Bewusstlosigkeit.

30

Du stehst am Fenster und siehst auf die Straße hinunter. Es regnet. Im Licht der Straßenlaternen glänzt der Asphalt vor Nässe. Ein engumschlungenes Pärchen steht auf der anderen Seite vor dem Haus mit den bunten Graffiti und küsst sich unter einem riesigen Regenschirm. Du kannst den Blick kaum von den beiden wenden, fühlst eine Sehnsucht in dir, ohne zu wissen, wem dieses Gefühl gilt. Deine Gedanken schweifen ab. Zu der Leiche in der Wohnung. Du konntest nicht noch eine Nacht zusammen mit ihr im selben Raum verbringen. Doch auch hier verfolgen dich die toten Augen. Abrupt drehst du dich vom Fenster weg, blickst dich in dem Zimmer um.
Was für ein trostloser Anblick. Die Tagesdecke über dem Bett ist zerschlissen, der Teppich grau vom Schmutz, die Tapeten vergilbt vom Nikotin. In der Dusche wächst schwarzer Schimmel in den Fugen der kotzgrünen Fliesen. Aber das Zimmer kostet nicht viel. Und die Pensionswirtin hat nicht nach deinem Namen gefragt. Sie hat die Geldscheine genommen. Die Gier in ihrem Blick ist dir nicht entgangen. Ihr Atem stank nach Alkohol, ihre Kleider nach kaltem Zigarettenrauch. Du hast dir eingebildet, die Dunstwolke wie eine Art Aura um sie herum wahrzunehmen.
Du schließt die Augen, tauchst in Gedanken tief ein in die Vergangenheit. Spürst den Schmerz, die Verzweiflung, als wäre es gerade erst geschehen.

* * *

Sie holen dich aus dem Krankenhaus ab. Er fährt, sie redet auf dich ein, beschimpft dich. Findet immer neue Worte für dich

und dein Vergehen, das in ihren Augen das schlimmste, das ruchloseste aller Verbrechen ist.
Er sitzt am Steuer, hält sich mit beiden Händen am Lenkrad fest – du siehst nur seinen Nacken und die kahle Stelle am Hinterkopf – und schweigt. Du verachtest ihn in diesem Moment so sehr, dass du auf ihn einprügeln könntest. Wie oft hast du dir gewünscht, dass er dir beisteht. Ihr widerspricht, sie in die Schranken weist. Nicht ein einziges Mal hat er ihr die Stirn geboten.
Sie kassiert dein Handy ein, konfisziert deinen Hausschlüssel. In den nächsten Tagen kannst du keinen Schritt alleine aus dem Haus machen. Fehlt nur noch, dass sie dich im Bett festbindet. In einer unbeaufsichtigten Minute – sie ist auf dem Sofa eingenickt, er im Büro – schleichst du dich zum Telefon und wählst die Nummer. Dein Herz klopft so heftig gegen die Brust, als wolle es zerspringen. Es klingelt drei Mal, dann ist jemand dran. Du hörst die vertraute Stimme dicht an deinem Ohr, kannst fast das Kitzeln des Atems in der Ohrmuschel spüren und bist so erfüllt von Liebe, dass es dir für einen Augenblick den Atem nimmt. Erst nach dem zweiten fragenden »Ja?« findest du deine Stimme wieder, raunst leise: »Ich bin's.« Stille am anderen Ende der Leitung. Du sprichst schnell weiter, hastig. Sie kann jede Sekunde aufwachen. Du nennst den Treffpunkt, die Uhrzeit und legst auf, bevor er etwas erwidern kann.
In der Nacht wartest du vergeblich auf dem Friedhof. Erst als der Morgen dämmert, sickert die Gewissheit langsam in dein Bewusstsein. Er wird nicht kommen. Er hat dich verraten. Wie alle dich immer verraten haben. Tränen strömen über dein Gesicht. Mit dem Handrücken wischst du dir den Rotz unter der Nase weg.
Am nächsten Morgen setzen sie dich in ein Taxi, das dich zum

Flughafen bringt. Bis zum letzten Moment hoffst du, dass er doch noch auftaucht.

* * *

Ein Windstoß peitscht den Regen gegen die Fensterscheiben. Das Geräusch reißt dich aus deinen Erinnerungen. Nur schwach gedämpft dringt das Aufheulen eines Martinshorns an dein Ohr. Du stellst dich ans Fenster, schiebst den nikotingelben Vorhang mit der Handkante zur Seite und reckst den Hals. Siehst das rotierende Blaulicht eines Krankenwagens. Helle Streifen Licht zucken stroboskopartig über die dunklen Häuserfassaden und den regennassen Asphalt. Kurze Zeit später folgt dem Krankenwagen ein Auto der Feuerwehr. Über dein Gesicht, das sich in der Fensterscheibe spiegelt, an der die Regentropfen wie Tränen herunterrinnen, huscht ein triumphierendes Lächeln.
Du ziehst den zerknitterten Zeitungsartikel aus der Gesäßtasche deiner Jeans, streichst das vergilbte Papier auf dem wackeligen, dreibeinigen Tisch glatt, betrachtest das Foto. Lachende Gesichter. Wie siegessicher sie wirken. Als könne sie nichts und niemand aufhalten.
Aber sie haben nicht mit dir gerechnet.

31

Rick presst das Handy ans Ohr, starrt durch die beschlagene Windschutzscheibe auf die im Regen zerfließenden Lichtkleckse der Scheinwerfer des Gegenverkehrs, ohne sie wirklich wahrzunehmen. »Hallo«, ruft er verzweifelt. »Sind Sie noch dran?«

Er hört ihren Atem. »Ja«, sagt sie leise.

»Wenn Sie wissen, wo meine Mutter ist, dann sagen Sie es mir.« Er zögert und fügt widerstrebend ein »Bitte« hinzu.

»Wer ist das?«, fragt sein Vater. »Mit wem sprichst du?« Sein Blick fliegt zwischen Rick und dem Straßenverkehr hektisch hin und her. Rick hebt die Hand, macht eine abwehrende Bewegung.

Die Frau lacht leise auf. »Denken Sie nach«, sagt sie. »Wo könnte sie denn sein?«

»Verdammt«, braust Rick auf. »Ich weiß es nicht.«

»Natürlich wissen Sie es. Sie sträuben sich nur.«

»Was soll das werden? Rätselraten?« Rick spürt, wie die Wut in ihm überhandnimmt, ihn die Angst um seine Mutter für den Bruchteil einer Sekunde vergessen lässt. »Hören Sie endlich auf mit Ihren kranken Spielchen.«

Es klickt in der Leitung. »Nein«, schreit Rick. »Nicht auflegen!« Aber die Leitung ist tot. Sie hat die Verbindung unterbrochen. Mit fliegenden Fingern wählt Rick aus dem Menü die Rubrik *Entgegengenommene Anrufe.* Kein Eintrag. Die Nummer ist unterdrückt. Tausende Gedanken schießen kreuz und quer durch Ricks Kopf. Er bekommt keinen einzigen davon zu fassen. Mechanisch stopft er das Handy in die Seitentasche der Hose zurück.

»Was ist los? Wer war das? Weißt du, wo Ruth ist?« Die auf-

geregten Fragen seines Vaters dringen wie aus weiter Ferne zu ihm durch. »Richard, sag doch was! Weißt du, wo sie ist?«
Rick wendet sich ihm zu. Das Rauschen in seinem Kopf lässt langsam nach. Er öffnet den Mund, will sagen: Nein, ich weiß es nicht, als ihm schlagartig klarwird, wo er seine Mutter suchen muss. Es gibt nur diese eine Möglichkeit. Die einzige Verbindung zwischen ihm und dieser Frau. »Ich glaube, ich weiß, wo sie ist«, stößt er hervor.
»Ich verstehe das alles nicht«, sagt sein Vater. Wieder wirft er Rick einen schnellen Blick von der Seite zu. »Könntest du mich bitte aufklären. Was –«
»Fahr rechts ran«, herrscht ihn Rick an. »Ich übernehme.«
»Warum?«
»Tu einfach, was ich sage. Ich erklär dir alles später. Vertrau mir.«
Leo Winter nickt, zögerlich, wie es Rick scheint. Aber das ist ihm im Augenblick egal. Er reckt den Kopf, hält Ausschau nach einer Stelle, wo sie den Fahrerwechsel vollziehen können.
»Da vorne kannst du kurz anhalten«, sagt er und zeigt mit dem Zeigefinger auf eine freie Stelle am Straßenrand. Der Wagen steht kaum, da ist Rick schon ausgestiegen. Mit schnellen Schritten umrundet er das Auto. Leo Winter klettert gerade erst auf seiner Seite heraus und setzt sich dann etwas schwerfällig in Bewegung.
Geht's nicht schneller, würde Rick ihm am liebsten zurufen, aber er reißt sich zusammen und wartet ungeduldig, bis sein Vater endlich auf dem Beifahrersitz Platz genommen hat. Dann setzt er den Blinker und schert aus. Leo Winter hangelt nach dem Sicherheitsgurt, schnallt sich umständlich an.
Rick gibt Gas. Aus den Augenwinkeln bekommt er mit, wie die rechte Hand seines Vaters sich an dem Haltegriff über der

Tür festklammert. Er sieht starr geradeaus, sagt keinen Ton, zieht nur einmal scharf die Luft ein, als Rick mit quietschenden Reifen bei Rot über eine Kreuzung rast und ein von links kommender Lkw eine Vollbremsung hinlegen muss, um einen Zusammenstoß zu vermeiden.

Innerhalb von zehn Minuten sind sie am Ziel. Rick hält direkt vor dem Eingang zum Friedhof mitten auf der Straße. Er lässt den Motor laufen, sagt »Such einen Parkplatz!« und springt aus dem Wagen, bevor sein Vater zu einer Reaktion ansetzen kann.

Es hat aufgehört zu regnen. Das Licht der Laternen tunkt den regennassen Asphalt in ein matt schimmerndes Gelb. Rick hastet über die Straße. Das Gittertor zum Friedhof steht weit offen, als hätte es dieses Mal extra jemand für ihn geöffnet. Er atmet tief durch und läuft den breiten Weg entlang bis zur ersten Biegung. Hier sind er und Paula links abgebogen. Da ist er sich sicher. Aber dann? Ricks Augen gewöhnen sich nur langsam an die Dunkelheit, die immer undurchdringlicher wird, je tiefer er in den Friedhof eindringt. Der Geruch nach feuchter Erde und modrigem Laub ist nach dem Regen so intensiv, dass er das Gefühl hat, ihn auf der Zunge schmecken zu können. Die schmalen Pfade, die rechts und links vom Weg abgehen und das Friedhofsareal wie eine Art Gitternetz durchziehen, sehen alle gleich aus unter dem dunklen Teppich, den die Nacht über der Stadt ausgebreitet hat. Rick bleibt stehen, dreht sich um sich selbst, versucht, sich zu orientieren. Hier und da durchbrechen flackernde Lichtpunkte das einheitliche Grau der Dunkelheit, lassen wild zuckende Schatten über die Gräber springen. Ricks Blick irrt umher auf der Suche nach einem Anhaltspunkt, etwas Bekanntem, das ihm den Weg weisen könnte. Verzweiflung kriecht in ihm hoch. Wie soll er sich hier zurechtfinden? Er läuft weiter geradeaus. Direkt vor ihm zeichnen sich die Umrisse der Marienstatue mit dem zerbröckelten Gesicht ab, vor der Paula sich so erschreckt hat. Er ist auf dem richtigen Weg. Hier irgendwo muss es sein. Er läuft weiter, versucht, sich von seinem Instinkt leiten zu lassen. Das Keuchen seines Atems und das rhythmische Klatschen seiner schnellen Schritte auf dem nassen Erdboden sind die einzigen Geräusche, die die Stille durchbrechen. Abrupt bleibt Rick stehen, lauscht mit angehaltenem Atem. Es ist so still, dass es schon unheimlich ist. Dass er darauf nicht früher gekommen ist. Er zieht das Handy aus der Hosentasche, entsperrt es. Das Display erwacht mit einem leisen *Pling* zum Leben, die Tastatur leuchtet grünlich auf. Aus dem Adressbuch wählt er die Handynummer seiner Mutter. Sein Herzschlag beschleunigt sich, als der erste Klingelton in sein Ohr tönt. Er lässt das Handy sinken, lauscht in die Stille. Ist etwas zu hören? Nein. Oder doch? Ein leichter Wind ist aufgekommen, rauscht durch die kahlen Äste der Bäume. Und dahinter, ganz leise, kaum wahrnehmbar, tönt ein gedämpfter Laut durch die Stille. Wie das Läuten eines altmodischen Telefons. Ja! Rick stößt die Luft aus den Lungen und bewegt sich mit schnellen, vorsichtigen Schritten in die Richtung, aus der das Klingeln kommt. Halb erwartet er, dass seine Mutter den Anruf entgegennimmt, aber nichts dergleichen passiert. Der Klingelton ist immer deutlicher zu hören. Rick beschleunigt seine Schritte. Als sich die Friedhofsmauer in sein Blickfeld schiebt, weiß er wieder, wo er abbiegen muss. Er unterbricht die Verbindung, lässt das Handy in die Hosentasche zurückgleiten und biegt in den Pfad ein, den er vor zwei Tagen zusammen mit Paula entlanggelaufen ist. Es kommt ihm vor, als sei das eine Ewigkeit her. Außer Atem erreicht er die Lichtung. Er stoppt, sieht sich suchend um. Der Kreis der roten Grablichter steht noch immer. Die meis-

ten sind mittlerweile umgekippt und erloschen, aber in einigen brennt der Docht. Ihr Licht taucht die Umgebung in einen rötlichen Schimmer. Jemand hat das Kreuz wieder aufgerichtet, die Erde davor sorgfältig geglättet. Einem Impuls folgend, beugt Rick sich vor, greift nach der weißen Rose, die direkt unter dem zusammengezimmerten Kreuz auf der Erde liegt. Noch während er sie hochhebt, löst sich die Blüte auf, die Blätter schweben wie kleine Schmetterlinge durch die Luft und gleiten trudelnd zu Boden.
Er lässt den Blütenstengel fallen, formt die Hände zu einem Trichter. »Mama!«, ruft er. »Wo steckst du?« Seine Stimme schallt über den dunklen Friedhof, verliert sich im Rauschen des Windes. Sie muss hier irgendwo sein. Rick zieht das Handy hervor, drückt die Wahlwiederholung. Die Verbindung wird aufgebaut. Beim ersten Ton schrickt Rick zusammen. Er hört ihn über sein Handy, und um den Bruchteil einer Sekunde zeitversetzt, auch von außerhalb. Klar und deutlich. Rick scannt die Umgebung. Zwischen zwei dicken Baumstämmen blinkt etwas im matschigen Laub. Er stürzt darauf zu, greift danach. Es ist ein Handy. Auf dem hellerleuchteten Display liest er: »Rick ruft an«. Seine Mutter ist tatsächlich hier gewesen. Nur wo ist sie jetzt? Er steckt beide Handys ein, überlegt fieberhaft, wie er jetzt vorgehen soll. Vielleicht irrt Ruth über den Friedhof, findet den Ausgang nicht. Vielleicht ist sie mittlerweile auch sonst wo. Das Friedhofsareal systematisch nach ihr abzusuchen, würde Stunden dauern und auch nur dann Erfolg versprechen, wenn sie sich nicht von der Stelle bewegt. Vielleicht ist sie aber auch noch irgendwo in der Nähe. Wieder formt er die Hände zu einem Trichter. »Ruth«, ruft er, so laut er kann. Zwischen zwei Grabsteinen flattert ein Vogel erschreckt vom Boden hoch. Hinter seinem Rücken hört er ein hektisches Rascheln. Dann kehrt wieder Stille ein.

»Mama!« Rick kommt sich vor wie ein kleiner Junge, der seine Mutter aus den Augen verloren hat und jetzt verzweifelt nach ihr sucht. »Mama!« Er zieht die beiden Silben in die Länge, als könne er damit die Reichweite seiner Rufe vergrößern. Immer wieder ruft er abwechselnd ihren Namen und »Mama«, während er im Laufschritt dem Ausgang zustrebt. Sein Vater erwartet ihn mit sorgenvoller Miene direkt am Gittertor.

»Hast du sie gefunden?«, ruft er ihm entgegen.

Rick schüttelt bedauernd den Kopf, bleibt schwer atmend neben seinem Vater stehen. »Aber sie war hier«, sagt er. »Ich habe ihr Handy gefunden. Sie muss es verloren haben.«

»Richard, ich verstehe das alles nicht«, sagt sein Vater und schiebt seine Hände in die Manteltaschen. »Was hat das alles zu bedeuten?«

»Wir fahren jetzt zur Polizei«, sagt Rick. »Die müssen den Friedhof nach ihr durchsuchen. Auf dem Weg dahin erkläre ich dir alles. Wo hast du geparkt?«

»In der Prenzlauer Allee. Hier war kein Parkplatz zu finden«, antwortet sein Vater und setzt sich in Bewegung. Schweigend laufen sie an der mit Graffiti vollgeschmierten Friedhofsmauer entlang, vor der dicht an dicht die Autos der Anwohner parken. Die kahlen Äste der Bäume werfen dunkle Schatten auf das Kopfsteinpflaster der Straße. Ein paar Meter vor ihnen löst sich eine Gestalt aus dem Schatten der Mauer, tritt zwischen zwei parkenden Autos auf die Straße. Rick bemerkt die zierliche Silhouette einer Frau, einen Schal zum Schutz gegen die Kälte um den Kopf geschlungen. Leo Winter erkennt sie als Erster.

»Ruth!«, ruft er und beschleunigt seine Schritte. Die Frau bleibt stehen, wendet sich langsam nach ihnen um. Ihr Gesicht liegt im Dunkeln. Einen Moment lang befürchtet Rick, dass sein Vater sich geirrt hat und es eine Verwechslung ist. Doch dann macht die Frau einen Schritt in ihre Richtung, und das Licht einer Straßenlaterne erhellt ihre blassen Gesichtszüge. Eine rote Haarsträhne lugt unter dem schwarzen Schal hervor.

Sie ist es.

Mit wenigen Schritten ist Rick an ihrer Seite und schließt seine Mutter fest in die Arme.

32

Seine Lungen brennen von der ungewohnten Anstrengung. Er ist die Stufen hochgehetzt, als ginge es um sein Leben. Idiotisch. Was da plötzlich in ihn gefahren ist, weiß er selbst nicht. Chris bleibt dicht vor der Wohnungstür stehen, neigt den Kopf und lauscht. Außer seinen eigenen Atemgeräuschen ist nichts zu hören. Die Wohnungstür ist aus massivem Holz. Da dringt kein Laut nach draußen. Chris zögert, liest die Gravur auf dem Messingschild, das über dem Klingelknopf angebracht ist, als sähe er sie zum ersten Mal: »Johannes Stein«. Die sanierte Altbauwohnung in Mitte gehört ihrem Vater. Frederick darf darin wohnen. Umsonst. Der Tribut an sein schlechtes Gewissen. Chris schnaubt. Es ist das Einzige, was Johannes für seinen jüngsten Sohn tut. Chris fährt sich mit der Hand über die Stirn, als wolle er die unguten Erinnerungen wegwischen, und drückt auf den Klingelknopf. Er steckt die Hände in die Gesäßtaschen und wartet. Nichts geschieht. Vielleicht sollte er das als Zeichen sehen und einfach wieder verschwinden. Er ist weiß Gott nicht scharf auf diese Unterredung. Aber er gibt sich einen Ruck, drückt noch mal auf den Knopf. Dieses Mal lässt er den Finger länger drauf. Keine Minute später wird die Tür aufgerissen. Ein Schwall verbrauchter, rauchgeschwängerter Luft schlägt ihm aus der Wohnung entgegen. Vor ihm steht Trudi. Fredericks Freundin. Die beiden haben sich während der Therapie kennengelernt. Gemeinsam wollten sie einen Neustart wagen. Stattdessen gehen sie zusammen unter.

Trudi trägt ein übergroßes, blaukariertes Hemd, unter dem ihre nackten Beine wie dünne, blasse Stengel herausragen. Im Mundwinkel klebt eine halb gerauchte Zigarette, in der her-

abhängenden Hand hält sie eine Weinflasche. Die langen blonden Haare hängen ihr strähnig ins Gesicht. Sie verzieht das Gesicht zu einem breiten Grinsen und lehnt sich gegen den Türrahmen.
»Du hier? Welche Ehre«, nuschelt sie, ohne die Zigarette aus dem Mund zu nehmen.
»Hi, Trudi«, sagt Chris. »Ist Frederick da?«
Trudi sieht ihn aus glasigen Augen an. Sie fischt die Zigarette mit spitzen Fingern aus dem Mund und pustet den Rauch in seine Richtung. Chris weicht der Wolke aus, er spürt, wie es in ihm zu brodeln beginnt. Bleib cool, sagt er sich, lass dich nicht provozieren. Er drückt sich an ihr vorbei und marschiert mit großen Schritten durch das geräumige Zimmer, das sich direkt hinter der Tür befindet.
»Hey, was fällt dir ein«, protestiert Trudi hinter seinem Rücken mit schwerer Zunge.
Chris schenkt ihr keine Beachtung, er lässt seinen Blick durch den Raum schweifen. Der Boden ist übersät mit Unrat. Durchweichte Pappschachteln, in denen Pizza-Überreste schimmeln, Bierflaschen, Kleidungsstücke, benutztes Geschirr. Das dunkle Holz des Parketts schimmert nur noch an einigen wenigen Stellen durch. Das Zimmer ist völlig überheizt. Kein Wunder, dass es hier stinkt wie auf einer Müllhalde. Chris atmet durch den Mund weiter und stapft zu dem großen Dachfenster. Unter seinen Schuhen knirscht zerbrochenes Glas. Er öffnet das Fenster und atmet dankbar die frische Luft ein.
»Fredo ist nicht da«, sagt Trudi hinter seinem Rücken. Chris zuckt kurz zusammen. Aus ihrem Mund hört sich das falsch an. Fredo. Der Kosename der Mutter für Frederick, ihren verhätschelten Liebling. Bis er zwölf und schwierig wurde. Sich auf dem Kotti rumtrieb und begann, Drogen zu konsumieren wie andere in seinem Alter Gummibärchen.

Chris dreht sich langsam vom Fenster weg. Trudi steht mit hängenden Armen, leicht schwankend, mitten im Raum. Krank sieht sie aus, denkt er. Abgemagert. Eine Welle von Mitleid schwappt in ihm hoch. Bevor er etwas sagen kann, spricht Trudi weiter. »Er hat sich seit Tagen nicht mehr blicken lassen, treibt sich rum. Mit dieser … dieser –« Sie bricht ab, sucht nach dem passenden Wort. »Dieser Fotze.« Das Wort spuckt sie mit so viel Verbitterung aus, dass Chris erstaunt eine Augenbraue hebt. Frederick schleppt immer irgendwelche Frauen ab. Bislang hat Trudi sich nicht daran gestört. Jedenfalls hat Chris nie etwas davon mitbekommen.
»Weißt du denn, wo ich ihn finden kann?«, fragt er und steigt über eine verkrustete Pfanne.
Trudi hebt die Hand mit der Weinflasche und führt sie mit einer ungeschickten Bewegung zum Mund. Sie trinkt mit geschlossenen Augen, verschluckt sich dabei und beginnt zu husten. Es klingt, als würde sie jeden Moment ihre Lunge mit ausspucken.
Chris wartet, bis sie wieder zu Atem kommt, und stellt die Frage ein zweites Mal.
Trudi schüttelt so heftig den Kopf, dass ihr Körper ins Schwanken gerät. Die Flasche gleitet ihr aus der Hand, fällt polternd zu Boden. Mit einem Satz ist Chris bei ihr und kann im letzten Moment verhindern, dass Trudi zu Boden stürzt. Wie eine Ertrinkende klammert sie sich an ihn. Ein Gemisch aus altem Schweiß und Alkohol steigt Chris in die Nase. Sein Magen hebt sich. Er schluckt, versucht, Trudi von sich zu schieben. Sie drängt sich noch näher an ihn heran, schlingt ihm die Arme um den Hals. Er spürt ihren heißen Atem. »Fick mich!«, lallt sie.
Mit Gewalt löst Chris ihre Arme und stößt sie von sich. »Was soll der Scheiß?«, fragt er.

Trudi sieht ihn sekundenlang entgeistert an. Dann verzieht sie den Mund und fängt an, lautlos zu weinen.

Am liebsten würde Chris einfach verschwinden, so unheimlich ist ihm dieser tonlose Gefühlsausbruch. Stattdessen zieht er ein zerknülltes Tempo aus seiner Hosentasche und reicht es Trudi. Sie nimmt es und wischt sich die Tränen von den Wangen.

»Keinen Schimmer, wo dein Bruder steckt«, sagt sie schließlich. Ihre Stimme klingt mit einem Mal relativ nüchtern. Sie schnieft, sieht sich suchend um und stolpert dann auf die überdimensional große Couch zu, die den Raum dominiert. Vorgebeugt fegt sie ein paar leere Bierflaschen herunter und lässt sich dann in das Polster fallen. Mit zittrigen Händen greift sie nach der Zigarettenschachtel auf dem Tisch. Sie wirft einen Blick hinein, sagt: »Scheiße, leer.«

Chris bleibt, wo er ist. Er wird sich auf keinen Fall neben Trudi auf die Couch setzen, und eine andere Sitzmöglichkeit gibt es in dem Zimmer nicht. Im Prinzip kann ich auch wieder gehen, überlegt er.

»Was willst du denn von Frederick?«, fragt Trudi. »Dich bei ihm entschuldigen?«

»Ich glaube, ich gehe jetzt besser«, sagt Chris.

Trudi lacht hämisch. »Das ist typisch für dich. Wenn dir etwas nicht passt, machst du 'nen Abgang.«

Chris dreht sich wortlos von ihr weg und bewegt sich Richtung Tür.

»Du bist schuld«, schreit Trudi plötzlich. »Du bist an allem schuld. Wenn du ihn nicht rausgekickt hättest, wäre das alles nicht passiert.«

Chris stockt mitten in der Bewegung und wendet sich ihr wieder zu. Der Hass, den er in ihren Augen aufblitzen sieht, erschreckt ihn zutiefst. »Was wäre nicht passiert?«, fragt er.

Trudi senkt den Blick auf die Zigarettenschachtel in ihrer

Hand. »Er war total fertig, am Ende«, sagt sie. »Die Beicht-Hotline war genauso sein Ding wie deins. Es war seine Chance, verstehst du?« Sie zerknüllt die Schachtel in ihrer Hand und lässt sie dann achtlos fallen.

Chris erspart es sich, sie darüber aufzuklären, dass sein Bruder sich diese Chance selbst verbaut hat. Es blieb ihnen keine andere Wahl, als Frederick rauszuwerfen, nachdem er wiederholt völlig zugekokst und alkoholisiert zur Arbeit erschienen war.

»Hast du eine Kippe für mich?«, fragt Trudi.

»Ich rauche nicht«, sagt Chris.

»Ich vergaß«, antwortet Trudi. »Du bist ja ohne Fehl und Tadel.« Ihre Stimme trieft vor Hohn.

»Wenn du Frederick siehst, richte ihm bitte aus, dass ich ihn sprechen mö–«

»Er plant etwas mit dieser Schlampe zusammen«, fällt Trudi ihm ins Wort. »Irgendwas ganz Großes.«

»Woher weißt du das?«

Auf Trudis Gesicht erscheint ein listiger Ausdruck. »Was zahlst du?«

»Was soll der Scheiß?«, sagt Chris genervt. »Entweder du sagst es mir, oder du lässt es bleiben.«

Trudi streicht sich mit einer Hand die Haarsträhnen aus dem Gesicht. »Sie stand vor einigen Wochen vor der Tür. Sagte, sie sei eine Ex-Freundin von dir«, beginnt sie stockend.

Chris runzelt die Stirn, sagt aber nichts, um Trudi, die jetzt mit leeren Augen auf den Boden vor ihren Füßen starrt, nicht aus dem Konzept zu bringen.

»Ich hätte die Alte ja gleich zum Teufel gejagt, aber Frederick hat sie reingelassen. Sie erzählte dann, wie übel du ihr mitgespielt hättest und so.« Trudi verfällt in Schweigen. Als Chris schon glaubt, sie sei eingeschlafen, spricht sie weiter. »Die zwei waren ganz schnell ein Kopf und ein Arsch.« Ihre Stimme klingt traurig. »Frag mich nicht, was die zusammen ausgeheckt haben, ich war da außen vor. Aber es hat was mit dir zu tun, da bin ich mir sicher. Vielleicht wollen sie dir ja Konkurrenz mit einer eigenen Hotline machen.« Sie nickt wie zur Bekräftigung mehrmals mit dem Kopf. »Vor zwei oder drei Tagen rief sie an, und Frederick war schneller weg, als ich gucken konnte. Seitdem sitze ich hier und warte, dass er zurückkommt.« Sie hebt den Kopf, schaut Chris aus großen Augen an. »Was soll ich denn jetzt tun?«

Chris übergeht die Frage. Die Antwort, die er für sie hat, würde ihr mit ziemlicher Sicherheit nicht gefallen. Er steigt über das gelbfleckige Kopfkissen auf dem Boden und geht vor Trudi in die Hocke. »Wie sieht diese Frau denn aus?«

Trudi zuckt die Schultern, verzieht den Mund. »Dutzendware«, sagt sie. »Klein, dünn, schwarze Haare. Wahrscheinlich gefärbt. Aber weißt du was?« Sie sticht mit dem Zeigefinger gegen Chris' Brustkorb. »Eiskalte Augen hat die Schlampe. Kein Funken Gefühl.« Wieder nickt sie mehrmals mit dem Kopf. Dann sackt sie gegen die Rückenlehne des Sofas, schließt die Augen. »Bin müde«, murmelt sie undeutlich.

»Weißt du denn, wie sie heißt«, fragt Chris schnell.

Trudi blinzelt ihn unter halb geschlossenen Lidern schläfrig an. »Komm ich jetzt nicht drauf«, nuschelt sie und lässt sich zur Seite kippen. Es dauert keine Sekunde, da dringen abgehackte Schnarchlaute aus ihrem Mund.

Chris richtet sich auf, hebt Trudis Beine auf das Sofa und deckt sie mit der schmuddligen Decke, die er vom Boden klaubt, zu. Dann verlässt er die Wohnung.

Steckt tatsächlich sein Bruder hinter diesem Irrsinn? Er und diese Unbekannte? Chris hat keine Ahnung, wer diese Frau sein könnte. Er ist seit Ewigkeiten Single. Nachdenklich steigt er in sein Auto, greift nach seinem Handy und wählt Fredericks Handynummer. Die Mailbox springt an. Eine Computerstimme teilt ihm mit, er könne eine Nachricht hinterlassen. Chris zögert kurz, dann sagt er: »Hier ist Chris. Ruf mich bitte an, Frederick. Es ist dringend.«

Bevor er den anderen von seinem Verdacht erzählt, will er mit seinem Bruder sprechen. Vielleicht kann er ihn ja stoppen. Dem Unsinn ein Ende bereiten. Dann muss niemand etwas davon erfahren. Frederick hat auch so schon genug Ärger am Hals. Und bislang ist ja noch niemand ernsthaft zu Schaden gekommen, versucht Chris, sein schlechtes Gewissen zu beruhigen.

33

Vierter Tag

Mit einem Schlag ist Rick hellwach. Was war das? Er schlägt die Augen auf, sieht sich verwirrt in dem schmalen Raum um. Wo ist er? In der Ecke steht ein Bügelbrett, daneben ein überquellender Wäschekorb. Erst als er das Che-Guevara-Plakat an der Wand gegenüber sieht, fällt ihm alles wieder ein. Natürlich, er ist in Frohnau, bei seinen Eltern. Er verschränkt die Arme hinter dem Kopf und starrt an die Decke, von der immer noch die runde Kugellampe baumelt, die er vor Jahren – in einem anderen Leben – eigenhändig dort angebracht hat. Das weiße Reispapier ist mittlerweile ganz gelb geworden. Wenn man genauer hinsieht, kann man die feine Staubschicht in den Rillen entdecken, die den Lampenschirm wie eine zweite Haut überzieht. Wann hat er das letzte Mal hier in dem Zimmer geschlafen? Er kann sich nicht mehr erinnern. Rick schließt die Augen und lässt die Geschehnisse der letzten Nacht noch mal vor seinem inneren Auge ablaufen.

Ruth hatte sich wie eine Ertrinkende an Rick geklammert, ihr Gesicht an seiner Schulter verborgen und etwas gewimmert, das sich in seinen Ohren nach »Mir ist so kalt« und »Wo warst du denn so lange?« anhörte. Sein Vater stand daneben und tätschelte mit einem hilflosen Ausdruck auf dem Gesicht den Arm seiner Frau. Rick zog seine Jacke aus und half seiner Mutter, sie anzuziehen. Dann legte er einen Arm um ihre schmalen Schultern und folgte dem Vater zum Wagen. Ruth nahm auf dem Rücksitz Platz und schloss die Augen. Sein Vater bat ihn, sie nach Frohnau zu fahren. Ruth war schon eingeschlafen, bevor sich der Wagen in Bewegung setzte. Zumindest hielt sie die Augen geschlossen und sprach kein Wort während der Fahrt. Auch Rick und sein Vater schwiegen. Rick warf ihm ab und zu einen Blick von der Seite zu. Leo Winter sah starr geradeaus und schien in Gedanken versunken. Rick fiel das Atmen schwer, und er war heilfroh, als er den Wagen im Carport seines Elternhauses parken und aussteigen konnte. Ruth ließ sich von Leo widerstandslos nach oben ins Schlafzimmer führen. Rick nahm sich eine Flasche Wasser aus dem Kühlschrank und trank sie im Stehen bis zur Hälfte leer. Dann setzte er sich an den Küchentisch. Ein Teil von ihm war zum Umfallen müde, ein anderer Teil aufgekratzt und hellwach. Seine Gedanken kreisten unaufhörlich um diese Frau.

Als sein Vater nach kurzer Zeit in der Küche erschien, erzählte Rick ihm in groben Zügen von der mysteriösen Anruferin. Gemeinsam überlegten sie, ob es sinnvoll wäre, die Polizei zu informieren, vertagten die Entscheidung schließlich auf den nächsten Tag, da sie beide vor Müdigkeit nicht mehr klar denken konnten.

Rick starrt an die Decke. In seinem Kopf kreisen immer wieder die gleichen Fragen: Was will diese Frau? Was hat Ruth mir ihr zu schaffen? Wie ist sie auf diesen Friedhof gekommen? Was wollte sie dort? Wenigstens diese Fragen müsste seine Mutter ihm beantworten können.

Rick schwingt die Beine aus dem Bett, greift nach der Jeans, die vor seinen Füßen auf dem Boden liegt, und zieht sie an. Dann schlüpft er in seinen Pullover und öffnet die Zimmertür. Von unten dringen leise Geräusche an sein Ohr. Offenbar ist jemand vor ihm aufgewacht. Rick geht die Treppe hinunter, bleibt in der Tür zur Küche stehen. Seine Mutter steht vor dem Gasherd, dreht ihm den Rücken zu. Sie trägt einen viel zu großen Bademantel, der fast bis zum Boden reicht. Nur ihre nackten Fersen ragen darunter hervor. Die langen roten Haare liegen wie ein Fächer ausgebreitet auf dem Rücken. Sie bilden einen schönen Kontrast zu dem Weiß des Frottees. Jetzt nimmt sie den pfeifenden Wasserkessel vom Herd, dreht die Gasflamme aus und gießt das kochende Wasser in den Kaffeefilter.

Rick wartet, bis sie den Kessel abgestellt hat. Er hat Angst, sie zu erschrecken, dann sagt er: »Hallo, Mama.«

Seine Mutter zuckt kurz zusammen. Dann dreht sie sich um, schenkt ihm ein kleines Lächeln. »Guten Morgen, mein Schatz.«

»Schläft Papa noch?«, fragt Rick und nimmt zwei Tassen aus dem Schrank.

»Ja. Wie ein Murmeltier«, sagt Ruth und gießt ein weiteres Mal Wasser in den Filter. Der Duft nach frischem Kaffee breitet sich in der Küche aus.

Es ist fast wie früher, denkt Rick. Aber eben nur fast. Er quetscht sich auf die Eckbank und streckt die langen Beine aus. Ruth stellt die Kaffeekanne auf den Tisch und neigt den Kopf zur Seite. »Hast du Hunger? Soll ich …«, sie zögert, als müsse sie erst nach dem richtigen Wort suchen, »Frühstück machen?«

Rick schüttelt den Kopf. »Kaffee reicht. So früh bringe ich eh noch keinen Bissen runter.«

Ruth lacht kurz auf: »Das hast du von mir«, sagt sie und gießt erst Ricks Becher und danach ihren voll. Schweigend sitzen sie sich eine Weile gegenüber. Nippen hin und wieder an dem Kaffee. Rick betrachtet seine Mutter verstohlen über den Rand seines Kaffeebechers. Die letzten Jahre haben deutliche Spuren in ihrem Gesicht hinterlassen. Die makellose Porzellanhaut, auf die sie immer so stolz und für deren Pflege ihr

keine Creme zu teuer gewesen ist, sieht grau und talgig aus. Ihre Augen, die früher vor Lebensfreude förmlich gesprüht haben, wirken stumpf und glanzlos. Blank wie ausgewaschene Kieselsteine. Und dünn ist sie geworden. Ein Windstoß genügt, um sie umzublasen.
Das Mitleid schnürt Rick die Kehle zu. Er beißt sich auf die Unterlippe. Schluckt den Kloß in seinem Hals mühsam hinunter.
»Mama«, sagt er und räuspert sich, weil er nicht weiß, wo er anfangen soll. Ruth sieht ihn freundlich an.
»Was wolltest du gestern auf dem Friedhof?«, fragt er sie schließlich direkt.
Ruth runzelt die Stirn, als müsste sie überlegen, was Rick meint. Sie streicht sich mit dem Zeigefinger eine Strähne hinters Ohr. »Ich habe gehofft, Marie dort zu finden«, sagt sie dann.
»Du hast gehofft, Marie zu finden?«, wiederholt Rick. Er umfasst den Kaffeebecher mit beiden Händen. In der braunen, fast schwarzen Flüssigkeit glitzern die Lichtreflexe der Küchenlampe. Rick mahnt sich zur Geduld. Er weiß aus Erfahrung, dass es keinen Sinn hat, seiner Mutter die Unsinnigkeit ihrer Handlungen zu erklären. Oder gar vorzuwerfen. Sie macht dann sofort dicht. Lässt niemanden mehr an sich heran.
»Nicht Marie selbst«, sagt sie mit leiser Stimme. »Aber ihre Seele hätte dort sein können.«
Rick hebt den Kopf und sieht direkt in Ruths Augen. Ihr Blick ist klar. Er fasst über den Tisch und ergreift ihre Hand. Sie fühlt sich überraschend fest und kühl an.
»Du glaubst, du kannst Maries Seele auf einem Friedhof finden?«, fragt er behutsam.
Ruth pustet in ihre Kaffeetasse und trinkt dann einen kleinen Schluck. »Ja«, sagt sie schließlich. Sie verzieht ihre Lippen zu

einem Lächeln. »Aber ich bin froh, dass ich sie bisher noch nicht gefunden habe.«
Solange du ihre Seele nicht findest, kannst du dich an die Hoffnung klammern, dass Marie noch lebt, denkt Rick. Laut sagt er: »Wie bist du denn auf die Idee gekommen, ausgerechnet auf diesem Friedhof nach ihr zu suchen?«
»Das war nicht meine Idee. Das war die Idee dieser Frau.«
Rick spürt, wie sich sein Herzschlag beschleunigt. Er richtet sich auf und beugt sich leicht nach vorne. »Welcher Frau?«, fragt er.
»Habt ihr zwei für mich auch einen Kaffee?« Ricks Vater kommt in Pantoffeln und Pyjama in die Küche geschlurft. »Guten Morgen, meine Schöne.« Er küsst Ruths Scheitel.
Rick registriert, wie sie kaum merklich zusammenzuckt, und wirft seinem Vater einen irritierten Blick zu. Warum tut er das, fragt er sich. Er hat doch eh vor, sie zu verlassen. Was soll das Theater?
Leo Winter scheint wild entschlossen, gute Laune zu verbreiten. Er nimmt sich einen Becher aus dem Küchenschrank und schenkt sich schwungvoll Kaffee ein. »Was fangen wir drei denn mit dem Tag heute so an«, sagt er betont fröhlich, setzt sich zu ihnen an den Tisch und schaut sie der Reihe nach an. »Wo die Familie ausnahmsweise mal komplett ist. Passiert ja auch nicht alle Tage.«
Rick stöhnt innerlich auf. Er sieht, wie Ruths Gesicht versteinert, und würde seinen Vater am liebsten schütteln. *Wo die Familie mal komplett ist.* Wie dämlich muss man denn sein?
Ruth schiebt ihren Becher mit einer brüsken Bewegung von sich. Kaffee schwappt über. Sie rafft den Bademantel vor ihrer Brust zusammen, als müsse sie sich schützen, und steht auf. »Ich gehe duschen«, sagt sie mit tonloser Stimme und verlässt die Küche.

Rick sieht seinen Vater an und schüttelt den Kopf. Leo hebt in einer hilflosen Geste beide Hände. »Ich hab's mal wieder versemmelt«, sagt er.

Es klingt so kläglich, dass er Rick schon wieder leidtut. »Das kannst du laut sagen«, sagt er und verzieht den Mund zu einem halbherzigen Grinsen. »Weißt du, was mich wundert?«

Leo Winter schüttelt den Kopf.

»Dass sie manchmal so normal wirkt. Überhaupt nicht abgedreht. Und dann – ein falsches Wort, ein unbedachter Satz – macht sie plötzlich dicht.« Er schnauft. »Ganz schön anstrengend.«

»Wem sagst du das.« Leo Winter beugt sich über den Tisch und drückt kurz Ricks Arm. »Danke für deine Unterstützung.«

Rick nickt mit dem Kopf. »Keine Ursache. Hast du es ihr eigentlich schon gesagt?«

»Was gesagt?«

»Dass du sie verlassen willst.«

Leo Winter schüttelt den Kopf. »Die Gelegenheit hat sich noch nicht ergeben. Aber jetzt, wo du da bist …« Er lässt den Satz unvollendet.

Rick schüttelt heftig mit dem Kopf. »Lass mich aus dem Spiel. Das ist eine Sache zwischen euch beiden. Wie hast du dir das überhaupt vorgestellt? Willst du sie hier allein zurücklassen? Oder soll sie woanders hinziehen? Meinst du nicht, du machst es dir ein bisschen zu einfach?«

Das Gesicht seines Vaters verfinstert sich, wird abweisend. »Was soll ich denn deiner Meinung nach tun?«, fragt er.

Rick zuckt mit den Schultern, weicht dem Blick des Vaters aus. »Ihr seid Mann und Frau. Heißt es nicht: in guten wie in schlechten Zeiten?« Rick weiß selbst nicht, was in ihn gefahren ist. Er kann nicht mehr aufhören, seinen Vater mit Vorwürfen zu überhäufen. »Aber so warst du ja schon immer. Sobald es schwierig wird, ziehst du den Schwanz ein und kneifst.«

»Mann, Richard!« Leo Winter schlägt mit der flachen Hand auf den Tisch. Seine Wangen färben sich rot. Offensichtlich selbst erschrocken über die Heftigkeit seiner Reaktion, springt er auf und stellt sich mit dem Rücken zu Rick ans Fenster. Er stützt die Hände auf die Fensterbank und sagt so leise, dass Rick Mühe hat, die Worte zu verstehen: »Wie wär's, wenn du dich jetzt mal um deine Mutter kümmerst? Ich bin nämlich am Ende meiner Kräfte.«

Rick spürt, wie ihm das Blut in den Kopf schießt. Er öffnet den Mund, will aufbrausen. Aber ihm fällt keine passende Erwiderung ein.

Leo Winter richtet sich abrupt auf und geht mit gesenktem Kopf an ihm vorbei zur Tür hinaus. Auf seinen Wangen glänzt eine Tränenspur.

Ein Gefühl von Abneigung überfällt Rick. So heftig, dass es ihm für einen Augenblick den Atem nimmt. Er ballt seine Fäuste. Doch so plötzlich, wie diese Empfindung in ihm aufgeflammt ist, klingt sie auch wieder ab, und weicht dem Gefühl der Verachtung für seinen Vater, für dessen Schwäche. Am liebsten würde Rick laut schreien. Alles aus sich herausschreien. Stattdessen greift er nach seinem Becher und schleudert ihn mit aller Kraft an die Wand gegenüber. Der Kaffee schwappt in einer braunen Fontäne heraus, das Porzellan trifft mit einem dumpfen Knall auf die Wand, dann landet der Becher mit einem scheppernden Geräusch in der Spüle. Ohne zu zerbrechen.

Von oben hört Rick die Stimme seiner Mutter. Sie singt. Er neigt den Kopf zur Seite und lauscht ihrem leisen Gesang. »Que sera«, singt sie mit leiser Stimme. »Que sera.«

Was wird sein? Gute Frage, denkt Rick und schnaubt durch die Nase. Wer weiß das schon. Er stemmt sich von der Bank hoch und richtet seine Schritte nach kurzem Zögern Richtung Haustür. Ein Schwall feuchter Luft weht ihm entgegen, als er sie öffnet. Er schlendert über den Kiesweg bis zur Pforte und lehnt sich gegen den Zaun. Mit wenigen geschickten Handgriffen dreht er sich eine Zigarette und atmet den Rauch tief in seine Lunge ein. Er legt den Kopf in den Nacken und bläst Rauchringe in die Luft. Der Himmel über ihm ist von einem milchigen Blau. Rick zieht an der Zigarette, spürt, wie sich seine verspannte Nackenmuskulatur allmählich etwas lockert.

Ein hellgrünes Auto fährt im Schritttempo vor dem Haus vorbei. Die Frau am Steuer hebt die Hand, winkt ihm zu. Erst als der Wagen um die Ecke gebogen ist, wird ihm klar, wer drinnen sitzt. Edda Schmiedel. Die Nachbarin, die seinem Vater jetzt ab und zu zur Hand geht. Rick schnaubt. Jede Wette, dass da etwas läuft zwischen seinem Vater und dieser Frau.

Von irgendwoher dringt das sehnsüchtige Flöten einer Amsel an sein Ohr. Rick kann nicht dagegen an. Vor seinem inneren Auge taucht plötzlich Paula auf. Eine Paula, die die Arme weit ausbreitet und strahlend auf ihn zuläuft. Rick verscheucht das Bild schnell wieder, drückt seine Zigarette an einen Zaunpfosten aus und wirft den Stummel in einem hohen Bogen in den Garten.

Mit gesenktem Kopf, die Hände in den Hosentaschen vergraben, stapft er ins Haus zurück. An der Treppe zum Obergeschoss bleibt er stehen. Kein Laut ist zu hören. Wie ausgestorben kommt ihm sein Elternhaus vor. Mit einem Mal fühlt Rick sich vollkommen fehl am Platz. Am liebsten würde er umdrehen und gehen. In sein eigenes Leben zurückkehren. Er atmet durch und stapft die Stufen hoch. Das Knacken des

Holzes unter jedem seiner Schritte kommt ihm unnatürlich laut vor in der Stille.
Vor der geschlossenen Tür zu dem Zimmer seiner Schwester bleibt er stehen. Er ahnt, dass er seine Mutter hier finden wird. Seit das damals passiert ist, hat er Maries Zimmer nicht mehr betreten. Eine unerklärliche Furcht überfällt ihn. Etwas lässt ihn zögern, als würde er in dem Raum nicht nur seine Mutter vorfinden, sondern auch den Geist seiner kleinen Schwester. Rick versucht, das unangenehme Gefühl abzuschütteln. Ganz will es ihm nicht gelingen. Zögernd hebt er die Hand und klopft mit dem gekrümmten Zeigefinger gegen die Tür. Er muss mit seiner Mutter reden. Er muss wissen, wer die Frau ist, von der sie gesprochen hat, bevor sein Vater in die Küche kam.

34

Als Paula von einem Tritt des Babys gegen ihre Bauchdecke erwacht, weiß sie im ersten Augenblick nicht, wo sie ist. Sie richtet sich im Sessel auf und reibt sich die Augen. Ihr Rücken schmerzt. Durch die Lamellen der Jalousie fällt schummeriges Tageslicht in das Zimmer. Paula blinzelt verschlafen. Die Konturen der Möbel schälen sich nur allmählich aus dem Zwielicht heraus.

Konrad, schießt es Paula durch den Kopf. Wo ist Konrad? Gestern Abend, nachdem Rick und sein Vater gegangen waren, hatte sie beschlossen, auf seine Rückkehr zu warten. Als Zeichen ihres guten Willens. Und dann ist sie wohl im Sessel eingeschlafen. Paula rappelt sich stöhnend hoch, tappt auf Strümpfen zu ihrem Zimmer. Vorsichtig öffnet sie die Tür. Knipst das Licht an. Das Zimmer ist leer. Konrad ist nicht nach Hause gekommen. Der Schreck fährt Paula wie ein Stich in die Magengrube. Sie starrt eine Weile auf das zerwühlte Bett, unfähig, einen klaren Gedanken zu fassen. Schließlich löst sie sich aus der Starre, wirft einen Blick auf die Uhr und beschließt, unter die Dusche zu gehen. Sich noch mal hinzulegen, lohnt nicht. In zwei Stunden beginnt ihr Arbeitstag im Büro.

Als Paula aus dem Badezimmer Richtung Küche geht, klingelt im Zimmer von Chris das Telefon. Sie hört seine Stimme, sie klingt verschlafen. Keine fünf Minuten später taucht Chris in der Küche auf.

»Du glaubst nicht, wer mich gerade angerufen hat«, ruft er aufgeregt und stopft sein falsch zugeknöpftes Hemd in die Hose.

Paula stellt Brot und Butter auf dem Tisch ab. »Lass mich raten«, sagt sie und muss trotz ihrer Sorge um Konrad schmunzeln. »Deine Traumfrau?«

Chris grinst, schüttelt den Kopf. »Besser«, sagt er. »Viel besser.« Er zerrt am Reißverschluss seiner Hose. *»Deutschland talkt«*, verkündet er triumphierend, während er die Gürtelschnalle schließt.

»Häh?« Paula sieht ihn verständnislos an. Sie setzt sich, gießt Tee in ihre Tasse.

Chris scheint von innen zu glühen. Seine Augen glänzen fiebrig, die Wangen sind gerötet. Fahrig streicht er sich eine Haarsträhne aus der Stirn und setzt sich Paula gegenüber. Er beugt sich über den Tisch und umfasst ihre Hände. Sie mustert ihn erstaunt. Normalerweise ist Chris eher zurückhaltend mit Berührungen. Paula kann sich nicht erinnern, dass er sie jemals umarmt hätte.

»*Deutschland talkt* ist eine neue Talksendung im Ersten ... oder im Zweiten? – Egal. Jedenfalls testen sie ein neues Format.« Chris macht eine kleine Pause, um Luft zu holen.

»Ein neues Format«, wiederholt Paula gedehnt und hebt die Augenbrauen.

»Dir das jetzt in allen Einzelheiten zu erklären, würde zu weit führen. Aber jetzt kommt's ...« Chris strahlt sie an wie ein kleiner Junge, dessen größter Wunsch gerade völlig unerwartet in Erfüllung gegangen ist.

Paula lächelt amüsiert. So euphorisch hat sie Chris noch nie erlebt. »Ja? Und?«, hakt sie nach.

»Jemand aus der Redaktion, eine Frau Grün, Roswitha Grün, hat mich gerade angerufen und nach Köln eingeladen. Sie wollen ein Vorgespräch mit mir führen. Und – wenn alles gut läuft – laden sie mich zu einer ihrer nächsten Sendungen ein. Was sagst du dazu?«

»Nicht schlecht.« Paula entzieht Chris ihre Hände mit sanfter Gewalt und nimmt die Teetasse auf.
»Nicht schlecht?« Chris springt auf, holt sich eine Tasse aus dem Schrank. »Grandios wäre das. Hast du eine Ahnung, wie viele Leute da zuschauen? Millionen! Eine bessere Werbung können wir gar nicht bekommen. Und dazu noch kostenlos. Das ist wie ein Griff in den ...« Chris stockt, sucht nach dem richtigen Wort, »in den Goldtopf.«
»Es heißt Honigtopf«, lacht Paula. »Jetzt beruhig dich wieder. Ich hab's ja kapiert.«
Chris füllt den Wasserkocher auf, hängt einen Teebeutel in die Tasse und bleibt an den Schrank gelehnt stehen. Paula bestreicht eine Scheibe Brot mit Erdbeermarmelade. In das blubbernde Geräusch des kochenden Wassers hinein sagt Chris: »Es gibt nur ein kleines Problem.« Der Kocher schaltet sich mit einem kurzen Klacken ab. Chris gießt Wasser in die Tasse und setzt sich wieder an den Tisch.
»Ich bin ganz Ohr«, sagt Paula und beißt in ihr Brot.
»Der Termin ist heute.«
»Heute?«
Chris nickt und zieht die Nase kraus. »Ich weiß. Der Zeitpunkt ist denkbar ungünstig. Rick fällt aus. Und wenn ich jetzt auch weg bin, heißt das –«
»Dass ich und Konrad für euch beide übernehmen müssen«, fällt ihm Paula ins Wort.
Chris schürzt die Lippen und nickt. »Wäre das okay?«
Paula zuckt mit den Schultern. »Für mich schon«, sagt sie mit vollem Mund. »Immerhin geht es dabei ja auch um die Zukunft unseres Projektes. Ich kann allerdings nur für mich sprechen, nicht für Konrad.«
Chris sieht Paula forschend an. »Wo steckt Konrad eigentlich? Er hat doch heute mit dir zusammen die frühe Schicht.«

»Ich habe keine Ahnung, wo er sich rumtreibt.« Paula wischt sich mit dem Zeigefinger einen Krümel aus dem Mundwinkel. »Er ist heute Nacht nicht nach Hause gekommen.«
Chris zieht die Augenbrauen hoch. Er nimmt den Teebeutel aus seiner Tasse und wringt ihn mit einem Teelöffel aus. Ohne Paula anzusehen, sagt er: »Wahrscheinlich hat er bei einem Kumpel übernachtet. Ich meine, immerhin hast du ihn ja aus eurem Zimmer ausgesperrt.«
Paula spürt, wie sie errötet. »Ja, ich weiß, das war total kindisch. Aber du glaubst gar nicht, wie wütend er mich manchmal machen kann. Erst kriegt er den Mund nicht auf, und wenn er es endlich schafft, mir zu sagen, was los ist, stellt er mich vor vollendete Tatsachen.«
Chris grinst. »Ich verstehe sehr gut, was du meinst.« Er wirft einen schnellen Blick auf die Uhr. »Du, sei mir nicht böse. Ich muss checken, ob ich heute Morgen noch einen Flug nach Köln bekomme. Sonst muss ich den Termin doch noch absagen.« Er greift nach seiner Tasse und steht auf.
»Mitten in der Woche ist das sicher kein Problem«, sagt Paula. »Ich drück dir jedenfalls die Daumen, dass alles klappt und wir dich bald im Fernsehen bewundern dürfen.«
»Danke«, sagt Chris und verlässt mit schnellen Schritten die Küche.
Paula sieht ihm lächelnd nach. Hoffentlich klappt das, denkt sie. Chris hat so viel Herzblut in dieses Projekt gesteckt. Wenn es scheitert, würde ihn das von uns allen am härtesten treffen. Sie umfasst die Tasse mit beiden Händen und schaut aus dem Fenster. Draußen regnet es in Strömen. Heute wird sie nicht zu Fuß gehen, sondern die U-Bahn nehmen, beschließt sie. Sie trinkt den letzten Schluck Tee und steht auf. Während sie den Tisch abräumt, wandern ihre Gedanken zu Konrad. Sie hat ein bisschen Bammel vor der Begegnung mit

ihm. Auch wenn ihr mittlerweile klargeworden ist, dass sie gestern Abend überreagiert hat und Konrad alles Recht der Welt hat, sauer auf sie zu sein, irritiert es sie, dass er nicht nach Hause gekommen ist. Das hat er noch nie gemacht.

Mitten in ihre Überlegungen hinein schrillt die Türklingel. Konrad! Paula springt auf und hastet zur Wohnungstür. Aber – warum klingelt er? Er hat doch einen Schlüssel. Ihr Herz klopft schneller vor Aufregung, als sie die Tür öffnet. Rachel steht davor und lacht sie an. Paula schluckt die Enttäuschung hinunter und zwingt sich zu einem Lächeln.

»Was für eine nette Überraschung«, sagt sie und tritt beiseite. »Komm doch rein.«

»Hi, Paula«, sagt Rachel. Sie spannt ihren nassen Schirm auf und stellt ihn im Hausflur ab, bevor sie Paulas Aufforderung Folge leistet. »Ich hoffe, ich störe nicht«, sagt sie.

Paula schüttelt den Kopf. »Nein, du störst nicht. Aber viel Zeit habe ich trotzdem nicht für dich. Ich muss gleich los zur Arbeit.«

»Ich wollte dir auch nur schnell etwas vorbeibringen.« Rachel nimmt ihre Tasche von der Schulter und beginnt, darin zu wühlen. »Dann bin ich auch gleich wieder weg.« Sie zieht ein kleines schwarzes Büchlein heraus und hält es Paula hin. »Ich glaube, das gehört dir.«

»Mein Adressbuch«, sagt Paula erstaunt und nimmt es Rachel aus der Hand. »Wie bist du denn da rangekommen? Ich habe es schon überall gesucht.«

»Das hast du anscheinend im Café Paul verloren. Ich habe mich gestern mit einer Freundin dort getroffen. Die Bedienung hat mich wiedererkannt und gefragt, ob ich es dir vielleicht vorbeibringen könnte. Was ich hiermit getan habe.« Rachel grinst Paula an.

»Verstehe«, sagt Paula und betrachtet nachdenklich das kleine

Büchlein in ihrer Hand. Wie konnte das aus ihrer Tasche fallen? Das hätte sie doch bemerkt.
»Paula!« Chris streckt seinen Kopf aus der Zimmertür.
Paula dreht sich nach ihm um. »Ja?«
»Ich habe einen Flug um 10.00 Uhr heute Vormittag bekommen.«
»Okay.« Paula nickt. »Ach ja«, sagt sie an Rachel gewandt. »Das ist mein Mitbewohner, Chris. Chris, das ist Rachel.«
»Hi«, sagen Rachel und Chris gleichzeitig.
Nach einer kurzen Verlegenheitspause sagt Chris, an Paula gewandt: »Ich weiß noch nicht, ob ich's heute noch schaffe zurückzukommen. Je nachdem, wie lange es dauert, übernachte ich in Köln.«
»Gut«, sagt Paula. »Dann haben Konrad und ich heute Abend sturmfreie Bude. Ist ja auch mal schön.«
»Treibt's nicht so wild.« Chris grinst breit.
»Du kennst uns doch«, antwortet Paula. Sie klimpert mit den Augenlidern und hebt lasziv eine Schulter.
Chris lacht. »Ich werfe noch schnell ein paar Sachen in eine Reisetasche, dann muss ich auch schon los. Sonst verpasse ich meinen Flieger. Und vielen Dank noch mal für dein Verständnis.«
Paula winkt kopfschüttelnd ab. »Doch nicht dafür.«
»Ciao, Rachel«, sagt Chris und verschwindet wieder in seinem Zimmer.
Rachel schiebt die Hände in die Taschen ihrer Lederjacke und zieht die Schultern hoch, als würde sie frieren. »Na, dann mach ich mal wieder den Abflug«, sagt sie. Es klingt zögernd.
Paula sieht sie forschend an. »Alles in Ordnung mit dir?«
»Ja«, sagt Rachel und gleich noch mal: »Ja.«
»Das klingt aber nicht so«, bemerkt Paula.
»Ach.« Rachel macht eine wegwerfende Handbewegung.

»Ich habe gedacht, es wäre nett, wenn wir zusammen frühstücken gehen könnten. Aber eigentlich hätte mir klar sein können, dass du arbeiten musst.«
»Wir holen es nach«, sagt Paula. »Was hältst du davon, wenn wir uns in meiner Mittagspause treffen?«
»Gerne«, sagt Rachel. »Soll ich dich abholen?«
»Gute Idee. So gegen 12.00 Uhr?«
»Super. Also dann bis nachher. Ich freue mich.« Rachel hebt die Hand und wendet sich der Wohnungstür zu.
»Warte«, sagt Paula. »Du weißt doch gar nicht, wo das Büro ist.«
Rachel schlägt sich mit der flachen Hand gegen die Stirn und verdreht die Augen. »Ich hatte heute Morgen noch keinen Kaffee. Ohne eine gehörige Dosis Koffein ist mein Gehirn nur bedingt einsatzfähig.«
»Ich schreib dir die Adresse auf.« Paula geht mit schnellen Schritten davon. Rachel tritt unschlüssig von einem Fuß auf den anderen, schließlich folgt sie ihr in die Küche.
»Wo steckt eigentlich dein Freund? Konrad? Er heißt doch Konrad, oder?«, fragt sie und zupft an ihrem Ohrläppchen.
Paulas Gesicht umwölkt sich. Sie verzieht ihren Mund zu einem schmalen Strich und reicht Rachel das Stück Papier, auf dem sie die Adresse notiert hat. »Ja, er heißt Konrad«, sagt sie gepresst.
»Hoppla«, sagt Rachel und macht ein betretenes Gesicht. »Falsches Thema, was?«
»Im Moment schon«, sagt Paula kurz angebunden. Rachel ist ihr zwar sehr sympathisch, aber sie kennt sie nicht gut genug, um ihre Beziehungsprobleme vor ihr auszubreiten.
Rachel zieht irritiert eine Augenbraue hoch, hebt beide Hände. »Sorry«, sagt sie. »Ich wollte dir nicht zu nahe treten.« Sie klingt eingeschnappt.

Paula tut ihr Verhalten schon wieder leid. »Wenn du kurz wartest, komme ich gleich mit runter«, sagt sie und schlägt einen versöhnlichen Tonfall an. »In welche Richtung musst du?«

»Schlesisches Tor«, sagt Rachel.

»Prima. Dann haben wir ja fast den gleichen Weg. Ich muss nur noch mal kurz ins Bad. Dauert keine fünf Minuten.«

»Okay, dann warte ich hier so lange auf dich.«

»Kaffee kann ich dir leider keinen anbieten«, sagt Paula. »Ich trinke nur noch Tee und Kakao, seit ich schwanger bin. Aber im Kühlschrank ist O-Saft und Wasser. Bedien dich einfach.«

»Danke, ich möchte nichts trinken«, sagt Rachel.

»Ich beeile mich«, verspricht Paula.

Rachel wartet, bis Paula den Raum verlassen hat, dann sieht sie sich in der Küche um. Ihr Blick schweift über die safrangelb gestrichenen Wände, die beiden Becher auf dem Küchentisch, die Kiste Bier in der Ecke, und bleibt an dem mit Zetteln gespickten Pinnbrett neben dem Kühlschrank hängen. Neugierig geht sie näher ran. Unter einer Armada von bunten Pinnwandnadeln sind Adressen, Quittungen und Postkarten aufgespießt. In der Mitte hängt ein Zeitungsartikel, fast DIN-A4-Format.

»Auszeichnung für die innovativste Geschäftsidee des Jahres: die Beicht-Hotline«, liest Rachel und überfliegt den Artikel. Dann betrachtet sie das von dem Text umrahmte Foto genauer. Die einzige Frau darauf ist unverkennbar Paula. Sie strahlt, als würde sie dafür bezahlt. Unter ihrem engen T-Shirt zeichnet sich schon der kleine Baby-Bauch ab. Links neben ihr steht Chris und grinst breit und selbstbewusst in die Kamera. Rachel kneift die Augen zusammen und reckt den Kopf vor. Der Schlaks mit den roten Haaren, der die anderen um einen

Kopf überragt, ist Rick, dem sie neulich zusammen mit Paula über den Weg gelaufen ist.

»Hast du den Artikel über unser WG-Unternehmen entdeckt?«

Rachel zuckt erschreckt zusammen und dreht sich um. Paula steht im Türrahmen und bindet ihre Haare mit einem bunten Tuch im Nacken locker zusammen.

»Beicht-Hotline?« Rachel hebt die Augenbrauen.

»Chris hatte die Idee«, sagt Paula und ignoriert den spöttischen Unterton. »Wir hingen damals alle ziemlich in den Seilen, hatten keinen Plan, hielten uns mit irgendwelchen Jobs über Wasser. Ja, und dann ist Chris auf die Idee mit der Beicht-Hotline gekommen. Erst dachten wir, jetzt ist er komplett übergeschnappt, aber Chris kann sehr überzeugend sein, wenn er sich etwas in den Kopf gesetzt hat. Schließlich haben wir uns von seiner Begeisterung anstecken lassen. Und die Beicht-Hotline war geboren.«

»Und die Leute rufen wirklich bei euch an, um ihre Sünden zu beichten?«, fragt Rachel erstaunt.

»Ja«, sagt Paula. »Aber nicht nur. Viele wollen auch einfach nur reden. Und wir hören zu.«

»Verstehe«, sagt Rachel. »Und? Wie läuft es?«

Paula schürzt die Lippen, ihre Augen wandern zu dem Foto am Pinnbrett. »Nicht mal schlecht. Nach der Auszeichnung sogar richtig gut. In jeder Tageszeitung war ein Artikel über uns. Momentan ist es wieder etwas ruhiger geworden. Aber Chris hat Großes vor. Und ehrgeizig, wie er ist, werden wir alle noch mal stinkreich damit werden.« Paula hebt eine Schulter und lächelt. »Ich hätte nichts dagegen.«

»Kann man bei euch noch einsteigen?« Rachel grinst Paula an.

»Ich kann Chris gerne mal fragen«, sagt Paula und wirft einen schnellen Blick auf die Uhr an der Wand. »Du, ich muss los. Sonst komme ich zu spät.«

»Klar«, sagt Paula und fügt nach einem kurzen Zögern hinzu: »Der Typ mit den dunklen Haaren neben dir ... Ist das Konrad?«

Paula schüttelt den Kopf. »Nein, das ist Frederick. Der Bruder von Chris. Aber er ist ...«, Paula zögert, »vor einiger Zeit wieder ausgestiegen. Der neben Chris steht, das ist Konrad.«

»Ach«, sagt Rachel. »Zufälle gibt es.«

Paula runzelt die Stirn. »Wieso? Kennst du Konrad?«

»Nein, nein!« Rachel schüttelt den Kopf. »Ich habe ihn nur gestern Nacht gesehen.«

»Du hast Konrad gesehen?« Paula streicht sich mit einer ungeduldigen Handbewegung eine Locke aus der Stirn. »Wo?«

»Im Marena.«

»War er ...« Paula schluckt. »War er allein?«

Rachel kratzt sich verlegen hinterm Ohr. »Nein«, sagt sie gedehnt.

»Hey, lass dir doch die Würmer nicht einzeln aus der Nase ziehen«, fährt Paula sie schärfer als beabsichtigt an.

Rachel senkt den Blick auf den Boden und flüstert, so leise, dass Paula sie kaum versteht: »Er saß am Tresen ... hat sich angeregt mit einer Frau unterhalten.«

35

Rick wartet, dann klopft er ein zweites Mal an die Tür und drückt gleichzeitig die Klinke nach unten. Abgeschlossen. Er runzelt die Stirn.

»Mama«, ruft er. »Bist du da drin?« Er legt ein Ohr an das Türblatt und lauscht. Als er Schritte auf der anderen Seite hört, weicht er zurück. Der Schlüssel klackt im Schloss, die Tür öffnet sich.

Ruth hat sich inzwischen umgezogen. Sie trägt eine weite Hose aus zerknittertem hellen Leinenstoff, eine Bluse in fast der gleichen Farbe und darüber eine ausgeleierte schwarze Strickweste.

»Komm«, sagt sie und zieht ihn am Handgelenk in das Zimmer hinein.

Irgendetwas sperrt sich in Rick. Er hält automatisch die Luft an. Für einen kurzen Moment schließt er die Augen. Er hört, wie Ruth die Tür hinter ihm ins Schloss drückt und den Schlüssel dreht. Warum schließt sie uns ein, denkt er und öffnet blinzelnd die Augen. Rosa. Wo er auch hinblickt: Der Raum ist in Rosa getaucht.

Marie hat damals einen totalen Rosafimmel gehabt. Sie hat Leo so lange in den Ohren gelegen, bis er schließlich nachgegeben und die Wände in ihrem Zimmer in einem kräftigen Rosaton gestrichen hat. Selbst der Lampenschirm, der von der Decke baumelt, ist aus rosafarbenem Reispapier.

Ansonsten wirkt das Zimmer, als hätte Marie es eben erst verlassen. Auf dem kleinen Schreibtisch, der vor dem Fenster steht, liegt ein gespitzter Bleistift. Auf dem Heft daneben steht in kindlich runden Schreibbuchstaben ihr Name: Marie Winter. Die Schultasche lehnt auf dem Boden neben dem

Stuhl. Eine Barbiepuppe in einem weißen Kostüm sitzt, die langen Beine merkwürdig steif von sich gestreckt, neben einem Alpenveilchen auf der Fensterbank.

Rechts an der Wand steht Maries schmales Kinderbett. Die Bettwäsche ist zerwühlt. Auf dem Kopfkissen entdeckt Rick den zerknautschten Schlabber-Teddy aus braunem Sackleinen, ohne den Marie nicht einschlafen konnte. Der Anblick versetzt Rick einen Stich. Er spürt, wie seine Kehle sich zuschnürt.

Ruth hat sich auf der Bettkante niedergelassen und klopft mit der flachen Hand neben sich auf die Matratze.

»Setz dich zu mir«, sagt sie und sieht zu ihm hoch. Ihr schmales Gesicht ist ernst, die Sommersprossen heben sich deutlich von der durchscheinend blassen Haut ab.

Instinktiv will Rick den Kopf schütteln, ihm ist – bereits zum zweiten Mal an diesem Tag – nach Flucht zumute. Aber er reißt sich zusammen und lässt sich neben seiner Mutter auf der äußersten Bettkante nieder. Er beugt sich vor und verschränkt seine Hände zwischen den Oberschenkeln.

»Weißt du, was das Schlimmste ist?« Die leise Stimme seiner Mutter durchbricht die Stille.

Rick schüttelt den Kopf.

Ruth wendet sich ihm zu. »Ich verliere sie. Mit jedem Tag ein klein wenig mehr.«

Rick richtet sich auf und sieht sie an. In ihren Augen schimmern Tränen. »Wie meinst du das?«, fragt er.

»Manchmal weiß ich nicht mal mehr, wie Marie ausgesehen hat. Ich schließe die Augen und versuche, mir ihr Gesicht ins Gedächtnis zu rufen. Aber ich schaffe es nicht. Da ist nichts. Nur ein leerer Fleck. Sosehr ich mich auch bemühe. Dann muss ich mir Fotos von ihr ansehen, mir die Details ihres Gesichtes einprägen. Aber es geht immer schneller, dass ich alles

wieder vergesse.« Ruth klingt so verzweifelt, dass Ricks Kehle sich vor Mitleid noch enger zusammenschnürt.
Er legt eine Hand auf ihren Arm, sucht nach tröstenden Worten. Es fallen ihm keine ein. Sein Blick flieht von Ruth weg zum Fenster. Im Wolkengrau des Himmels reißt gerade eine Lücke auf, ein schmaler Streifen Blau blitzt auf. Für einen winzigen Moment taucht der Schein der Sonne das Zimmer in ein gleißendes Licht. Dann schieben sich die Wolkenmassen wieder zusammen. Rick erscheint das Zimmer jetzt noch trostloser als vorher.
»Mama«, sagt er und löst seinen Blick vom Fenster. »Du hast vorhin in der Küche von einer Frau gesprochen.«
Ruth neigt den Kopf zur Seite, sieht ihn verständnislos an. Mit einer Hand wischt sie sich die Tränen von den Wangen, holt ein Taschentuch aus ihrer Westentasche und putzt sich geräuschvoll die Nase. Erst jetzt fällt Rick auf, dass der Nachttisch und der Boden neben dem Bett mit zerknüllten Tempos übersät sind. In sein Mitleid mischt sich plötzlich ein anderes Gefühl, das er nicht genau benennen kann. Widerwillen? Ungeduld? Zum ersten Mal kann er seinen Vater verstehen.
Irgendwann muss es auch mal gut sein, denkt er. Man darf über den Toten die Lebenden nicht vergessen. Das ist doch nicht richtig.
»Du meinst die Frau, die mich gestern zu diesem Friedhof gebracht hat?« Ruth schnüffelt und verstaut das Tempo im Ärmel ihrer Weste.
»Ja«, sagt Rick, obwohl er keine Ahnung hat, von welcher Frau seine Mutter spricht.
Ruth schlingt beide Arme um ihren Körper. Sie richtet den Blick auf die Wand gegenüber. Obwohl es Rick schwerfällt, fasst er sich in Geduld.

Nach einer Weile zuckt Ruth mit den Schultern und sagt: »Sie hat mir versprochen, mich zu Marie zu bringen.«
»Sie hat dir versprochen, dich zu Marie zu bringen?« Rick kann nicht verhindern, dass seine Stimme fassungslos klingt.
»Ja.«
Rick würde sie am liebsten schütteln, ihr ins Gesicht schreien, dass sie endlich aufwachen soll. Dass Marie tot ist, nicht wiederkommt. Dass sie das endlich begreifen muss. Doch bevor er etwas erwidern kann, redet Ruth weiter.
»Dein Vater hält mich nicht mehr aus«, stellt sie unvermittelt fest.
Rick ist überrascht, wie sachlich die Aussage klingt. Er öffnet den Mund, um zu widersprechen. Aber unterlässt es dann doch. Sie hat ja recht. Sie hat es sogar haargenau auf den Punkt gebracht. »Wundert dich das?« Der Satz kommt heraus, ohne dass Rick ihn bewusst formuliert hat. Er erschrickt über seine eigenen Worte, wirft seiner Mutter einen verstohlenen Blick zu.
»Nein«, sagt Ruth ruhig. »Ich verstehe das. Er möchte die Vergangenheit ruhen lassen. Einen Schlussstrich ziehen. So sagt man doch, oder?« Sie sieht Rick hilfesuchend an. Er nickt stumm.
Ruth senkt den Blick auf ihre Hände, die wie leblose Gegenstände auf ihren Oberschenkeln liegen. »Aber allein meine Gegenwart erinnert ihn immer wieder aufs Neue an das, was er endlich vergessen möchte.« Sie steht abrupt auf und geht zu Maries Schreibtisch. Mit beiden Händen stützt sie sich auf dem Stuhl davor ab.
Rick betrachtet ihren gebeugten Rücken. Ihre Schultern beben. Wäre sie genauso verzweifelt, wenn ich verschwunden wäre? Es ist nicht das erste Mal, dass Rick sich diese Frage stellt. Und er wird darauf wohl auch nie eine Antwort bekommen.

»Ich kann sie nicht loslassen«, sagt Ruth nach einer Weile. »Glaub mir, ich möchte nichts lieber als das. Aber ich schaffe es einfach nicht. Wenn ich aufwache, gilt mein erster Gedanke Marie. Und sie ist mein letzter Gedanke, bevor ich einschlafe.« Mit einer heftigen Bewegung dreht Ruth sich zu Rick um. Ihre Wangen sind gerötet. »Kein Mensch löst sich in Luft auf, einfach so. Oder? Sie muss doch irgendwo sein.« Sie blinzelt. Eine Träne löst sich von einer Wimper und rinnt an ihrer Wange hinunter.

Rick springt auf und legt die Arme um seine Mutter. Er würde viel dafür geben, wenn er ihr einen Teil der Verzweiflung abnehmen könnte, aber er weiß: Das kann niemand.

Für einen Augenblick stehen sie einfach so da. Still. Eng beieinander. Ruth mit hängenden Armen, ihr Gesicht an Ricks Brust. Irgendwann löst sich Ruth sanft aus der Umarmung und streicht Rick flüchtig über die Wange.

»Bleibst du zum Essen hier?«, fragt sie und ist schon auf dem Weg zur Zimmertür.

»Ja«, sagt er und wundert sich ein Mal mehr darüber, wie schnell seine Mutter auf normal umschalten kann. Auch etwas, mit dem sein Vater nicht mehr klarkommt. Diese Stimmungsschwankungen, Wechselbäder der Gefühle. Das mache ihn langsam kirre, hat er gesagt.

»Schön.« Ruth drückt die Klinke herunter, zögert kurz und dreht sich noch mal zu Rick um. »Diese Frau …«

»Du meinst die Frau vom Friedhof?«

Ruth nickt. »Sie kennt dich.«

»Sie kennt mich?« Rick runzelt die Stirn. »Hat sie das gesagt?«

»Ja«, sagt Ruth. Rick folgt ihr die Treppenstufen hinunter. »Weißt du denn ihren Namen.«

Ruth bleibt am Treppenabsatz stehen und sieht zu ihm hoch. »Sie hat gesagt, ich soll sie Paula nennen.«

36

Paula zieht die Wohnungstür hinter sich zu und schließt sorgfältig ab. Dann folgt sie Rachel langsam die Stufen hinunter. Im Vergleich zu der zierlichen Rachel kommt sie sich schwerfällig und unbeweglich vor. Es wird Zeit, denkt sie, dass das Kind kommt. Obwohl sie jetzt nicht mehr weiß, wie es dann weitergehen wird. Noch vor ein paar Tagen hat sie sich alles so rosig ausgemalt. Konrad, sie und ihr gemeinsames Kind. Eine richtige kleine Familie. Paula seufzt und tritt aus dem Haus auf die Straße. Der Regen hat aufgehört, aber ein frischer Wind bläst ihr entgegen. Sie hebt fröstelnd die Schultern und zieht den Reißverschluss ihrer Jacke hoch, die über ihrem dicken Bauch mittlerweile ziemlich spannt.
Rachel hat ihr eben noch mal ausdrücklich versichert, es habe nichts zu bedeuten, dass Konrad mit einer Frau am Tresen saß. Eine Zufallsbekanntschaft. Nach etwas anderem habe es jedenfalls nicht ausgesehen.
Wahrscheinlich hat sie recht, denkt Paula. Konrad ist ein Frauentyp. Egal wo er auftaucht, irgendeine fährt immer auf ihn ab und versucht, ihn anzubaggern. Bisher hat ihr das nichts ausgemacht. Sie war sich Konrads Liebe immer sicher gewesen. Aber heute schafft sie es nicht, das mulmige Gefühl wegzudrängen, das sich in ihrer Magengegend eingenistet hat. Wenn das alles nichts zu bedeuten hat, warum ist er dann nicht nach Hause gekommen?
Aus den Augenwinkeln bemerkt Paula, dass Rachel sie verstohlen von der Seite mustert. Sie versenkt die Hände in den Taschen ihrer Jacke und schaut stur geradeaus. Ihr ist jetzt nicht nach Smalltalk. Der Lärm des Berufsverkehrs, der sich über die Skalitzer Straße schiebt, dringt wie durch einen Filter

an Paulas Ohr. Auf der Hochbahn rattert eine U-Bahn vorbei. Paula fühlt sich eingesponnen in einem Kokon aus Zweifel und Ängsten. Sie versteht es selbst nicht, wieso dieses schreckliche Gefühl, ihr ganzes Leben könnte jeden Moment entzweibrechen, plötzlich so übermächtig geworden ist. Es scheint mit einem Mal alles andere zu überdecken. Nur weil Konrad mit einer anderen Frau in der Kneipe gesichtet wurde? Komplett lächerlich. Was ist bloß mit ihr los?

»Bist du in Ordnung?« Rachels besorgte Stimme reißt sie aus ihren düsteren Gedanken.

»Ich weiß auch nicht, was mit mir ist«, sagt Paula. »Ich bin gerade etwas, na ja, deprimiert. Wahrscheinlich liegt es an den Hormonen.« Sie zuckt mit den Schultern und lächelt Rachel flüchtig an. »Das gibt sich wahrscheinlich wieder.«

»Du machst dir Sorgen wegen Konrad, stimmt's?« Rachel klingt etwas kleinlaut.

Bevor Paula antworten kann, klingelt das Handy in ihrer Tasche. »Entschuldige«, sagt sie. Sie verlangsamt ihre Schritte und fummelt das Mobiltelefon heraus. »Ja?«

Ihre Hoffnung, dass der Anrufer Konrad ist, verpufft so schnell, wie sie aufgeflackert ist. Am anderen Ende der Leitung meldet sich Konrads Mutter. Paula tut sich schwer damit, ihre Enttäuschung zu verbergen.

»Was gibt's«, fragt sie und merkt selbst, dass ihre Stimme etwas barsch klingt.

Marianne scheint es nicht zu bemerken. Freundlich erkundigt sie sich, ob es bei der Verabredung zum Essen am Sonntag bleibt.

»Welche Essensverabredung?«, fragt Paula erstaunt und hält sich mit einer Hand das freie Ohr zu. Es ist so laut hier, dass sie Marianne kaum verstehen kann.

»Hat Konrad vergessen, es dir zu sagen? Typisch, mein Sohn.«

Paula hört Mariannes fröhliches Lachen. »Ich fände es schön, wenn ihr zwei mal wieder zum Essen rauskommt. Wir haben das kommende Wochenende ins Auge gefasst. Aber er wollte sich noch mit dir abstimmen.«
»Kann ich dich zurückrufen?« Paula schreit gegen den Straßenlärm an. »Ich bin gerade unterwegs ins Büro und kann dich kaum verstehen.«
»Natürlich«, sagt Marianne. »Und grüß Konrad von mir.«
»Mach ich.« Paula steckt ihr Handy weg. »Das war Konrads Mutter«, sagt sie zu Rachel.
Rachel nickt.
»Bei ihr hat er die Nacht offensichtlich auch nicht verbracht«, sagt Paula mit einem schiefen Lächeln.
»Ich hätte meine Schnauze halten sollen.«
»Ach was«, widerspricht Paula. »Mach dir jetzt bloß keine Vorwürfe.«
Rachel beißt sich auf die Unterlippe und schweigt. An einer roten Ampel bleiben sie stehen. »Sag mal«, fängt Rachel an und verstummt sofort wieder.
Paula wendet sich ihr zu. »Ja?«
»War das vorhin ernst gemeint?«
»Was?«, fragt Paula und richtet den Blick wieder auf die Ampel, die immer noch Rot zeigt.
»Dass ich vielleicht bei euch einsteigen könnte?« Rachel wirft Paula einen verlegenen Blick zu. »Ich bin nämlich tatsächlich auf Jobsuche.«
»Verstehe«, antwortet Paula.
Die Ampel springt auf Grün. Schweigend überqueren die beiden Frauen die Straße. »Ich kann das natürlich nicht allein entscheiden«, sagt Paula schließlich. »Aber deine Chancen sind ganz gut zurzeit.«
»Echt?«, freut sich Rachel.

»Ja, ich falle demnächst für mindestens ein halbes Jahr aus. Und Konrad geht mit seiner Band auf Europa-Tournee. Wir brauchten also schon jemanden.«

»Was genau müsste ich denn machen?«, fragt Rachel eifrig.

»Wenn du nichts anderes vorhast, kannst du gleich mitkommen, dir das Ganze mal anschauen. Dann bekommst du einen Eindruck von unserer Arbeit. Was hältst du davon?« Paula bleibt stehen und wendet sich Rachel zu. »Ich trau dir das schon zu. Du hast eine offene Art, eine freundliche Stimme, und zuhören kannst du auch. Mehr braucht es eigentlich nicht.«

»Wenn's weiter nichts ist.« Rachel grinst Paula an. »Okay! Dann sehe ich mir euren Laden doch gleich mal an.«

»Schön. Dann wirst du auch Konrad kennenlernen. Sofern der Herr überhaupt im Büro aufkreuzt«, fügt sie hinzu. Paula ist sich nicht sicher, ob es ihr nicht lieber wäre, wenn er nicht auftauchen würde. Eine Auseinandersetzung im Büro vor all den anderen ist das Letzte, was sie möchte. Mit gemischten Gefühlen betritt sie, Rachel im Schlepptau, die Räume der Beicht-Hotline. Von Konrad ist allerdings weit und breit keine Spur. Wahrscheinlich kommt er mal wieder zu spät, denkt Paula verärgert und führt Rachel in den großen Arbeitsraum.

»Guten Morgen, Paula«, ruft Nasti ihr entgegen und befreit sich vom Headset. Mit neugierigen Blicken beäugt sie Rachel.

»Das ist Rachel«, stellt Paula sie vor.

»Hi, Rachel. Ich bin Nasti.«

»Hi«, sagt Rachel und lässt dann ihren Blick durch den Raum schweifen. Sie zählt ungefähr zehn Arbeitsplätze, die eng an eng stehen, nur jeweils eine Sichtblende voneinander getrennt. Fast alle Tische sind besetzt. Stimmengemurmel füllt den Raum wie das Summen eines Bienenschwarms.

»Rachel will sich mal angucken, wie wir arbeiten«, sagt Paula. »Vielleicht steigt sie bei uns ein. Als meine Schwangerschaftsvertretung.«

»Na, dann: Willkommen im Boot!« Nasti streckt Rachel eine Hand entgegen. Rachel ergreift sie lächelnd.

»Danke. Aber ich bin mir nicht sicher, ob ich das kann. Ihr müsst euch doch bestimmt jede Menge gruslige Geschichten anhören.«

Paula denkt sofort an die Friedhofsfrau. Sie zögert mit einer Antwort. Nasti dagegen lacht unbefangen auf. »Als ich hier angefangen habe, war ich auch total skeptisch. Ich habe, ehrlich gesagt, mit dem Schlimmsten gerechnet«, erzählt sie augenzwinkernd. »Ich dachte, ich müsste mir jeden Tag alle möglichen Mord-und-Totschlag-Storys anhören.«

»Ach«, sagt Rachel. »Und das ist nicht so?«

»Nein. Auf gar keinen Fall«, beruhigt Paula sie. »Du glaubst nicht, wie viele Menschen es gibt, die niemanden haben, mit dem sie reden können. Diese Gruppe macht den Großteil unserer Klientel aus. Dann gibt es natürlich auch noch die Frauen mit Liebeskummer, die Männer mit Potenzproblemen. So was halt.« Paula grinst. »Ich sehe uns eher als so eine Art Kummerkasten.«

»Genau«, bestätigt Nasti. »Bei mir hat jedenfalls noch kein Mensch einen Mord oder ein anderes Kapitalverbrechen gestanden.«

»Hört sich ein bisschen nach Telefonseelsorge an«, stellt Rachel fest. »Und die Leute bezahlen tatsächlich dafür?«

»Ja.« Paula zuckt mit den Schultern. »Ich habe es anfangs auch nicht glauben wollen. Aber es funktioniert.«

»Es gibt sogar einige, die nicht mal einen realen Ansprechpartner haben wollen. Die sabbeln lieber die Bänder voll. Als ob alles nur noch halb so wild ist, wenn man es erst mal ausgesprochen hat.« Noch während sie redet, sammelt Nasti ein paar der Utensilien vom Schreibtisch auf und verstaut sie in ihrem Rucksack. »Ich muss los«, sagt sie dann. »Wo bleibt eigentlich Konrad? Müsste er nicht längst hier sein?«

»Er taucht sicher jeden Moment auf«, sagt Paula leichthin. Sie spürt, wie ihr die Röte ins Gesicht schießt.

Nasti hebt die Augenbrauen. »Alles in Ordnung bei euch?«

Paula zieht die Unterlippe zwischen die Zähne und stößt die Luft durch die Nase aus. »Wir haben uns gestern Abend gestritten«, sagt sie schließlich mit einem schiefen Lächeln. »Aber nichts Dramatisches. Ich habe mittlerweile sogar eingesehen, dass ich mich wie eine Zicke verhalten habe.«

Nasti grinst. »So ein handfester Streit reinigt die Luft und festigt die Grundmauern einer Beziehung. Das sagt sogar meine Oma. Und falls er doch nicht auftaucht, kann ja sie für ihn einspringen.« Sie weist mit dem Kinn Richtung Rachel.

Die hebt abwehrend beide Hände. »Ich bin nicht der Typ für einen Sprung ins kalte Wasser.«

»Hau endlich ab«, sagt Paula lachend. »Wir kommen schon klar. Notfalls lege ich alle Anrufe auf die Schleife.«

Nasti schultert ihren Rucksack, wirft Paula eine Kusshand zu, sagt »Ciao und viel Spaß« zu Rachel und verlässt herzhaft gähnend den Raum.

Rachel sieht ihr lächelnd nach und wendet sich dann wieder Paula zu. »Also, was soll ich tun?«

»Schnapp dir den Stuhl da«, Paula weist mit dem Zeigefinger auf den Schreibtisch hinter ihr, »und setz dich neben mich.«

Rachel folgt ihrer Aufforderung und rollt den Stuhl an den Schreibtisch. Sie sitzt kaum, da kommt auch schon der erste Anruf rein.

»Guten Morgen«, sagt Paula. »Sie sprechen mit der Beicht-Hotline. Mein Name ist Paula. Was kann ich für Sie tun?« Sie

weist auf ein Headset auf dem Tisch und signalisiert Rachel, es aufzusetzen.
»Ich werde noch verrückt«, hört sie die Stimme eines Mannes über ihren Kopfhörer.
»Was genau macht Sie denn verrückt?«, fragt Paula.
»Meine Nachbarin«, antwortet der Mann, ohne zu zögern. »Ich bin kurz davor, sie umzubringen.«
Rachel reißt erschrocken die Augen auf. Paula tätschelt ihr beruhigend den Arm. »So etwas hörst du etwa zehn Mal am Tag«, flüstert sie ihr zu. »Die meisten Leute meinen das nicht ernst. Die wollen sich nur auskotzen.«
Rachel nickt, Skepsis im Blick. Paula wendet sich lächelnd ab. »Womit treibt die Frau Sie denn in den Wahnsinn?«, fragt sie und legt viel Mitgefühl in ihre Stimme.

37

Paula?«, wiederholt Rick ungläubig. »Die Frau heißt Paula?«

»Ja«, sagt Ruth und wendet sich von ihm ab. Zielstrebig durchquert sie das Wohnzimmer und öffnet die Tür zur Terrasse. Rick folgt ihr nach draußen.

»Es riecht nach Frühling«, sagt Ruth und hält die Nase schnuppernd in die Höhe.

Rick nickt zerstreut, obwohl er nichts riecht. Er greift in die Seitentasche seiner Hose und holt den Tabak heraus.

»Drehst du mir auch eine von deinen Zigaretten?«, fragt Ruth und schiebt die Hände in die ausgeleierten Ärmel ihrer Strickjacke.

»Seit wann rauchst du?«, fragt Rick überrascht.

»Ich rauche nur manchmal«, antwortet sie und sieht lächelnd zu ihm hoch. »Es entspannt mich.«

Rick verteilt etwas von dem Tabak auf dem Zigarettenpapier. »Erzähl mir von dieser Frau«, fordert er Ruth auf. Er befeuchtet mit der Zungenspitze die Gummierung, dreht mit flinken Fingern eine dünne Zigarette und reicht sie seiner Mutter. Dann dreht er eine für sich, zückt das Feuerzeug und gibt erst ihr, dann sich selber Feuer.

Ruth nimmt die Selbstgedrehte zwischen Daumen und Zeigefinger, zieht vorsichtig daran und atmet hustend den Rauch aus. »Es ist ein paar Wochen her«, sagt sie schließlich. »Ich saß auf der Bank auf dem Friedhof. Es war kalt. Ich erinnere mich noch genau. Da hat sie sich neben mich gesetzt. Und wir sind ins Gespräch gekommen. Sie hat ihr Kind auch verloren. Ich habe sie dann öfter dort getroffen. Irgendwann habe ich ihr von Marie erzählt.« Sie nimmt noch einen Zug von der

Zigarette und bläst den Rauch mit spitzen Lippen langsam wieder aus. Dieses Mal, ohne zu husten.

Rick zieht an der Zigarette und wartet darauf, dass seine Mutter endlich weiterspricht.

»Gestern stand sie plötzlich vor der Tür. Ich soll mit ihr mitkommen, hat sie gesagt. ›Ich bringe Sie zu Marie.‹« Ruth lässt die halb gerauchte Kippe achtlos auf den Boden fallen. Die Glut erlischt fast augenblicklich auf den feuchten Holzdielen der Terrasse.

Rick verkneift sich eine Bemerkung. Er befürchtet, dass seine Mutter dichtmacht, wenn er ihren Redefluss jetzt unterbricht.

»Ich war wie hypnotisiert. Ich habe meinen Mantel von der Garderobe genommen, meine Handtasche umgehängt und bin mit ihr mit. Wie ein kleines Schaf.« Ruth lächelt versonnen vor sich hin.

»Du hast wirklich geglaubt, sie bringt dich zu Marie?« Rick sieht seiner Mutter forschend ins Gesicht.

Sie zieht die Unterlippe zwischen ihre Schneidezähne und seufzt. »Wahrscheinlich wollte ich ihr einfach glauben. Verrückt, nicht?« Sie wirft Rick einen kläglichen Blick zu.

»Warum hast du das Valium eingepackt?«, fragt Rick.

»Hab ich das?« Ruth runzelt verwundert die Stirn. »Daran kann ich mich gar nicht erinnern. Wahrscheinlich habe ich die Packung automatisch eingesteckt. Ich hatte nur den einen Gedanken im Kopf: Die Frau bringt mich zu Marie. Erst als wir auf dem Friedhof waren, bin ich wieder halbwegs zu mir gekommen.«

Ruth macht drei Schritte von Rick weg und bleibt am Rand der Terrasse stehen. Dann dreht sie sich um. »Sie hat sich bei mir entschuldigt, zugegeben, dass es ein Trick war. Dass sie es tun musste. Weil sie Zeit braucht.«

»Das hat sie so gesagt?« Rick schüttelt unwillig den Kopf. »Sie braucht Zeit?«
Ruth nickt. »Genauso hat sie das gesagt.«
»Das ergibt doch alles keinen Sinn.« Rick zieht an seiner Zigarette und schnippt den Stummel in das Beet neben der Terrasse.
»Für dich vielleicht nicht, für sie aber wahrscheinlich schon.« Ruth schlingt beide Arme um ihren Oberkörper. »Aber mehr wollte sie mir auch nicht verraten. Sie sah plötzlich so traurig aus, so verloren. Sie tat mir leid. Deshalb habe ich auch zugestimmt, als sie mich gebeten hat, auf dem Friedhof zu warten, bis du mich abholen kommst. Aber irgendwann wurde es immer dunkler, mir war kalt. Ich habe Angst bekommen, mein Handy war weg, und dann –« Ruth bricht ab und verzieht den Mund.
»Und dann bist du losmarschiert und hast dich erst mal verirrt«, beendete Rick den Satz für sie.
»Ja«, seufzt Ruth. »Ich dachte schon, ich finde da nie wieder raus.«
Rick hört hinter sich ein Geräusch und dreht sich um. Leo steht in der offenen Terrassentür. Er wirkt verloren, als würde er nicht dazugehören, denkt Rick.
»Hier seid ihr«, sagt Leo. Weder Ruth noch Rick sagen etwas. Nach einer Weile fragt er vorsichtig: »Störe ich?«
Rick ist kurz davor, ja zu sagen, aber ein Blick in das unglückliche Gesicht seines Vaters hält ihn davon ab.
»Nein«, sagt er schließlich. »Natürlich nicht.« Leo nickt zögerlich. Rick sieht ihm an, dass er ihm nicht glaubt.
»Was ist jetzt eigentlich mit der Polizei. Wollen wir sie nun einschalten oder nicht?«, fragt Leo.
»Weswegen wollt ihr die Polizei einschalten?« Zwischen Ruths Augenbrauen hat sich eine steile Falte gebildet.

»Wegen dieser Frau«, erklärt Rick. »Sie hat dich ja quasi entführt.« Er wirft Leo einen warnenden Blick zu. Von seinem Verdacht, dass die Frau identisch sein könnte mit der mysteriösen Anruferin, soll Ruth nichts erfahren. Er will sie nicht unnötig beunruhigen.
»Mir ist doch nichts passiert«, sagt Ruth. »Außerdem bin ich freiwillig mit ihr gegangen. Sie hat mich nicht dazu gezwungen. Es gibt also keinen Grund, das arme Ding anzuzeigen.«
»*Das arme Ding* führt irgendetwas im Schilde«, sagt Rick. »Aber wahrscheinlich hast du recht. Die Polizei wird sowieso nichts unternehmen, um diese Frau zu finden.«
»Merkwürdig ist die Geschichte ja schon. Auch wenn niemand zu Schaden gekommen ist. Fast ein bisschen unheimlich«, sagt Leo.
»Sag mal«, Rick wendet sich wieder seiner Mutter zu. »Wie sieht die Frau denn aus?«
»Sie ist relativ jung.« Ruth schürzt die Lippen, schließt die Augen. »Höchstens fünfundzwanzig. Ganz kurze Haare. Zierlich, außergewöhnlich hübsch. Aber eine merkwürdige Aura. Wie … zerrissen. Und ich habe eine tiefe Traurigkeit bei ihr gespürt.«
»Schwarze Haare? Lederjacke, die ihr viel zu groß ist?«, fällt ihr Rick aufgeregt ins Wort.
Ruth nickt. »Du weißt, wer sie ist?«
»Ich habe eine Vermutung. Bin mir aber nicht sicher. Ist dir noch etwas an ihr aufgefallen?«
Ruth schließt die Augen. Ihr Gesichtsausdruck wirkt angestrengt. Sie beißt sich auf die Lippen und sagt: »Nein.«

38

Stimmengewirr füllt den Raum. Inzwischen sind alle Schreibtische besetzt. Nur ein Platz ist nach wie vor leer. Immer wieder irrt Paulas Blick zu dem Stuhl, auf dem jetzt Konrad sitzen sollte. Nur mit halbem Ohr hört sie der Anruferin zu, die etwas faselt von vertaner Zeit und verschenkten Jahren. Ihr anfänglicher Ärger über Konrad ist tiefer Sorge gewichen. Es passt einfach nicht zu ihm, dass er unentschuldigt fortbleibt. Egal, wie sehr sie sich gestritten haben, egal, wie sauer er auf sie ist, so etwas würde er nicht tun. Entgegen der strikten Anweisung von Chris, einen »Klienten«, wie er die Anrufer nennt, nie abzuwürgen, beendet sie den Monolog der hysterischen Frau abrupt. Rachel, die tapfer seit anderthalb Stunden neben ihr ausharrt, mustert sie überrascht von der Seite.

»Ich versuche noch mal, Konrad zu erreichen«, sagt Paula und stemmt sich mühsam vom Stuhl hoch.

Rachel nickt verständnisvoll. »Klar, mach das«, sagt sie.

»Traust du dir schon zu, hier so lange zu übernehmen?« Paula bleibt, die Hände in den Rücken gestützt, neben dem Schreibtisch stehen und sieht fragend zu Rachel runter.

Rachel zögert, wiegt den Kopf hin und her. »Okay«, sagt sie schließlich. »Für ein paar Minuten wird's schon gehen. Vielleicht habe ich ja Glück, und es ruft keiner an.«

Paula ringt sich ein Lächeln ab und schlurft mit müden Schritten in die Küche. Sie hat Rückenschmerzen, und die Sorge um Konrad nagt an ihr. Während sie ihr Handy aus der Tasche kramt, überlegt sie, ob es nicht besser wäre, die Polizei zu verständigen. Aber was soll sie sagen? *Mein Freund ist gestern nach einem Streit nicht nach Hause gekommen. Auf der Ar-*

beit ist er auch nicht erschienen. Sie kann sich die Reaktion des Beamten nur zu gut vorstellen. *Gestritten, junge Frau? Und eine Nacht weg? Da machen Sie sich mal keine Sorgen, der wird schon wieder auftauchen.*

Paula stellt sich ans Fenster und tippt Konrads Nummer ein. Sie hört das Freizeichen. Ihr Herzschlag beschleunigt sich. Eine blasse Sonne schiebt sich über das Dach des Hinterhauses und taucht die Küche für einen Augenblick in ein goldenes Licht. Paula hebt ihr Gesicht der Sonne entgegen, schließt die Augen und genießt die Wärme, während sie dem Freizeichen lauscht. Sie presst das Handy so fest an ihr Ohr, dass es schmerzt, und denkt: GEH RAN! BITTE! Aber die Beschwörungsformel wirkt nicht. Die Mailbox springt an. Konrads etwas atemlose Stimme fordert sie auf, eine Nachricht zu hinterlassen. Paula wartet ungeduldig den Piepton ab, dann sagt sie: »Verdammt, Konrad, wo steckst du?« Ihre Stimme klingt viel zu hoch, fast schrill vor Aufregung. »Meld dich bei mir.« Nach einem kaum merklichen Zögern fügt sie leise ein »Bitte« hinzu.

Paula lässt die Hand, die das Handy umklammert, langsam sinken. Sie spürt eine diffuse Angst. Irgendetwas ist mit Konrad geschehen. Die Frau, mit der Rachel ihn gestern Nacht gesehen hat, kommt ihr wieder in den Sinn. Vielleicht hat er sich in sie verliebt? Paula beißt sich auf die Unterlippe und verstaut das Handy wieder in ihrer Handtasche. Ihr ist zum Heulen. Sie geht zum Spülbecken, dreht das kalte Wasser auf und lässt es kurz über die Handgelenke laufen. Wahrscheinlich ist es Unfug, aber das macht sie immer, wenn sie etwas aus dem Gleichgewicht gebracht hat. Die Kälte des Wassers beruhigt sie. Zumindest bildet sie sich das ein. Sie trocknet sich sorgfältig die Hände ab, wirft einen prüfenden Blick in den Spiegel und geht zu ihrem Platz zurück.

»Da bin ich wieder«, sagt sie gespielt munter. Rachel hebt den Kopf und schaut mit großen Augen zu ihr hoch. Dann gleitet ihr Blick tiefer und verweilt auf Paulas schwangerem Bauch. Man könnte fast glauben, sie starrt meinen Bauch an, denkt Paula, und ihre Lippen verziehen sich zu einem kleinen, amüsierten Lächeln. »Was ist?«, fragt sie.

Ohne die Augen von Paulas Mitte zu lösen, hebt Rachel eine Hand, stockt. »Darf ich mal anfassen?« Die Frage klingt so schüchtern, dass Paulas Lächeln sich vertieft.

»Natürlich darfst du.« Sie nimmt Rachels Hand und legt sie sanft auf die Wölbung. »Das Baby bewegt sich. Spürst du es?«

»Ja«, haucht Rachel, und ein Staunen zeigt sich auf ihrem Gesicht. »Irre! Kaum vorstellbar, dass darin ein kleiner Mensch wächst. Wann bist du denn so weit?«

»Ausgezählt bin ich in zwei Wochen. Aber wenn's nach mir geht, kann es gerne vorher kommen. Ich bin es langsam leid, es mit mir rumzuschleppen.« Paula lässt sich vorsichtig auf dem Schreibtischstuhl nieder.

»Wieso arbeitest du überhaupt noch?« Paula glaubt, einen leisen Vorwurf in Rachels Stimme zu hören. »Was ist mit Mutterschutz?«

»Ich bin nicht angestellt. Das hier«, Paula macht eine ausholende Geste, »ist unser Gemeinschaftsprojekt. Und ich wollte, solange es geht, mit dabei sein.«

»Was wird es denn? Mädchen oder Junge?«

»Keine Ahnung. Ich lasse mich überraschen.«

»Echt?« Rachel schiebt die Hände unter ihre Oberschenkel und streckt die Beine von sich. »Ich würde das nicht aushalten. Ich meine, nicht zu wissen, ob es ein Mädchen oder ein Junge wird. Ich wäre da einfach zu neugierig.«

Paula lacht. »Du wirst es nicht glauben, aber wir haben uns noch nicht mal einen Namen überlegt. Konrad und ich sind der festen Überzeugung, dass der sich von selbst ergeben wird, wenn das Baby erst mal da ist.«

Rachel schüttelt ungläubig den Kopf. »So was habe ich ja noch nie gehört.«

Paula zuckt mit den Schultern. »Hauptsache, Konrad und ich sind uns da einig. Wie andere das handhaben, ist uns relativ egal«, sagt sie lächelnd.

Rachel nickt. »Und?«, fragt sie. »Hast du Konrad erreicht?«

Das Lächeln in Paulas Gesicht ist mit einem Mal wie weggewischt. »Nein, nur die Mailbox. Allmählich mache ich mir wirklich Sorgen.«

Das rote Lämpchen an der Telefonanlage fängt an zu blinken.

»Entschuldige, Kundschaft«, sagt Paula und greift nach dem Headset.

»Ich verschwinde mal kurz«, flüstert Rachel ihr zu und steht auf.

»Bringst du mir eine Flasche Wasser aus der Küche mit? Habe ich eben vergessen.«

»Mach ich«, sagt Rachel und drängt sich an den Schreibtischen vorbei zur Tür.

39

Genervt drückt Rick die rote Taste seines Handys. Paulas Nummer ist immer noch besetzt. Nach der ersten Aufregung ist er sich nicht mehr so sicher, ob er nicht vielleicht doch überreagiert. Frauen mit raspelkurzen schwarzen Haaren gibt es in Berlin wie Sand am Meer. Er lässt das Handy in seine Hosentasche gleiten, fischt den Tabak heraus und dreht sich eine neue Zigarette. Schon die fünfte an diesem Morgen. Er zündet sie an, zieht den Rauch bis tief in die Spitzen seiner Lunge und lässt ihn als kleinen weißen Kringel in die Luft aufsteigen. Hinter dem Fensterglas der Terrassentür zeichnen sich die Silhouetten seiner Eltern ab. Mitten im Wohnzimmer sind sie stehen geblieben, einen Meter Abstand zwischen sich. Eine Distanz, die unüberbrückbar scheint. Leo schiebt gerade beide Hände in die Gesäßtaschen seiner Hose und wechselt das Standbein. Ruth streicht sich eine Haarsträhne hinters Ohr.

Rick zieht an der Zigarette und lässt die beiden keine Sekunde aus den Augen. Er kommt sich ein bisschen vor wie ein Voyeur, aber er schafft es nicht, den Blick abzuwenden. Jetzt sagt Leo etwas. Und Ruth – Rick traut seinen Augen kaum – lächelt ihn an und antwortet. Er kann nicht verstehen, was sie sagen. Egal. Hauptsache, sie reden miteinander. Vielleicht ist das ein erster Schritt. Rick hofft es. Für sich selber und für seine Eltern.

Rick wirft einen letzten Blick auf die Szene im Wohnzimmer und wendet sich ab. Er klemmt die Zigarette im rechten Mundwinkel fest und fischt das Handy aus der Hosentasche. Ein zweites Mal wählt er Paulas Nummer. Das Freizeichen tönt in seinem Ohr. Er lässt es lange klingeln. Paula geht nicht ran. Auch ihre Mailbox springt nicht an. Er drückt die rote Taste, dann probiert er es bei Konrad. Nach dem zweiten Klingelton schaltet sich die Mailbox an. Rick drückt sie weg, versucht sein Glück bei Chris – mit dem gleichen Ergebnis. Verflucht! Wo stecken die denn alle? Rick versenkt das Handy in der Hosentasche und wirft die Zigarette, nach einem letzten Zug, in einem weiten Bogen in den Garten. Er pflückt einen Tabakkrümel von der Lippe und wendet sich wieder dem Haus zu. In einem der Nachbargärten fängt ein Hund an zu kläffen. Es dauert keine Minute, da stimmt ein zweiter Hund ein. Genauso abrupt, wie es begonnen hat, reißt das Gekläffe wieder ab.

Rick atmet noch mal tief durch, stößt dann mit der flachen Hand die Terrassentür auf und geht ins Haus hinein. Seine Eltern haben sich nicht von der Stelle gerührt, reden immer noch. Sein Vater gestikuliert mit weit ausholenden Bewegungen. Auf dem Gesicht seiner Mutter glaubt Rick Spuren von Tränen zu entdecken. Jetzt senkt sie den Blick auf den Boden zu ihren Füßen, wickelt eine Strähne ihres roten Haares um den Zeigefinger, so wie sie es immer macht, wenn sie verlegen oder unschlüssig ist, und zieht leise schniefend die Nase hoch. Für einen flüchtigen Moment sieht Rick seine kleine Schwester vor sich. Nur dass Marie die Haarsträhne immer zwischen die Lippen klemmte und daran knabberte.

Niemand sagt etwas. Schließlich ist es Rick, der die Stille unterbricht. »Kann ich euch allein lassen?«, fragt er und könnte sich im selben Atemzug die Zunge abbeißen. Was für eine dämliche Frage.

»Warum fragst du? Glaubst du, wir gehen aufeinander los, wenn du nicht auf uns aufpasst?«, protestiert Leo scheinbar amüsiert.

Rick zieht es vor, Leos Frage zu übergehen. »Ich mache mir

Sorgen um Paula. Meine Mitbewohnerin«, fügt er hinzu, als er den fragenden Blick seiner Mutter bemerkt. »Sie geht nicht an ihr Handy. Wahrscheinlich ist es Unsinn, aber ich habe einfach ein saublödes Gefühl in der Magengegend.«

»Hast du es bei ihrem Freund versucht?«, fragt Leo.

»Ja, sogar bei Chris. Ich habe keinen erreicht. Sicher gibt es eine ganz einfache Erklärung dafür, aber …« Er zuckt mit den Schultern. »Mir ist wohler, wenn ich mich selbst davon überzeuge, dass alles in Ordnung ist.«

Ruth blickt irritiert von einem zum anderen. »Ich verstehe jetzt gar nichts mehr«, sagt sie.

»Lass es dir von Papa erklären«, sagt Rick und ist schon auf dem Weg zur Haustür. »Ich melde mich bei euch, sobald ich etwas Näheres weiß, ja?«

»Warte, Rick.« Seine Mutter eilt ihm hinterher. »Jetzt weiß ich's wieder.«

Rick nimmt seine Jacke von der Garderobe. »Was weißt du wieder?«, fragt er mit einer Spur Ungeduld in der Stimme.

»Es war ihr Ring, der mir sofort aufgefallen ist. Die Frau trug, ich glaube, am rechten Zeigefinger, einen silbernen Schlangenring. Die Augen der Schlange waren aus winzigen grünen Smaragden.«

40

Ich kann doch nicht meine eigene Mutter bei der Polizei anzeigen. Das macht man doch nicht«, sagt der Mann am anderen Ende der Leitung. Es klingt weinerlich.

»Ich kann Ihnen da leider keinen Rat geben«, entgegnet Paula und kann nicht verhindern, dass ihre Stimme vor Ungeduld bebt. »Das müssen Sie entscheiden. Wenn Sie mit dem Wissen leben können, dass Ihre Mutter den Kater vergiftet hat, gut. Wenn nicht, müssen Sie die Konsequenzen ziehen. Das ist allein Ihre Entscheidung.«

»Was würden Sie denn an meiner Stelle tun?«

»Es geht hier nicht um mich«, sagt Paula mit viel Nachdruck.

Der Mann schnaubt. Dann flüstert er hastig: »Ich muss auflegen. Ich glaube, sie kommt zurück.«

Ein Klicken in der Leitung, und weg ist er. Paula atmet erleichtert auf. Heute strengen sie die Gespräche besonders an. Das Zuhören erfordert ihre ganze Konzentration. Ständig ist sie in Gedanken bei Konrad. Fragt sich, wo er steckt. Wer die Frau ist, mit der er sich gestern noch getroffen hat.

Nikki, eine der Aushilfen, kommt im typisch breitbeinigen Gang übergewichtiger Menschen auf sie zu und bleibt leise schnaufend neben dem Schreibtisch stehen. »Ich glaube, du solltest mal nach deiner Freundin sehen. Der geht es gar nicht gut«, sagt sie und beißt in ein Croissant. Rote Marmelade tropft auf Nikkis weißes T-Shirt.

Für den Bruchteil einer Sekunde weiß Paula nicht, wer gemeint ist. Erst als ihr Blick auf den leeren Stuhl an ihrer Seite fällt, wird ihr klar, dass Nikki von Rachel gesprochen hat. Sie nimmt das Headset ab und erhebt sich. »Wo ist sie denn?«

»Sie ist in der Küche. Ihr ist speiübel, sagt sie. Ich glaube, sie hat gekotzt«, sagt Nikki mit vollem Mund, wischt den Marmeladenklecks mit dem Zeigefinger vom T-Shirt und leckt ihn ab.
Paula findet Rachel vor dem offenen Fenster in der Küche. »Alles in Ordnung?«, fragt sie. Rachel dreht sich zu ihr um. Sie sieht wirklich nicht gut aus. Die Augen sind gerötet, ihr Gesicht kalkweiß.
»Nicht wirklich«, sagt Rachel und versucht ein Lächeln. Es fällt kläglich aus. »Mir ist auf der Toilette ganz plötzlich schlecht geworden. Keine Ahnung, vielleicht habe ich gestern was Schlechtes gegessen. Ich dachte, etwas frische Luft ... Entschuldige.« Rachel würgt, presst die Hand vor den Mund und stürzt an Paula vorbei.
Man könnte fast meinen, sie sei auch schwanger, denkt Paula und nimmt sich aus dem Kasten neben der Tür ein Mineralwasser. Sie dreht den Schraubverschluss auf und trinkt einen großen Schluck direkt aus der Flasche.
Dann kramt sie das Handy aus ihrer Tasche. Kein Anruf von Konrad. Auch keine SMS. Lediglich Rick hat ein paar Mal versucht, sie zu erreichen. Sie will gerade die Taste drücken, um ihn zurückzurufen, da hört sie Rachels matte Stimme hinter ihrem Rücken. »Paula?«
Paula lässt das Handy sinken und dreht sich um. »Du Ärmste«, sagt sie. »Besser?«
Rachel schüttelt den Kopf. »Ich fühle mich total wackelig auf den Beinen. Und mir ist echt kotzübel.«
»Na dann, ab nach Hause mit dir ins Bett«, sagt Paula.
Nikki kommt in die Küche und watschelt zielstrebig auf den Kühlschrank zu. Sie öffnet ihn, eine Hand verschwindet darin und kommt mit einem Becher Joghurt wieder heraus.
»Sag mal, würde es dir etwas ausmachen, mich zu begleiten.

Ich wohne direkt um die Ecke. In der Wiener Straße.« Rachel sieht Paula bittend an.
»Ach«, sagt Paula. »Du hast schon eine Wohnung gefunden? Das ging aber flott.«
»Nein.« Rachel winkt ab. »Das lief über die Mitwohnzentrale. Der eigentliche Mieter macht vier Monate Urlaub in Australien. Oder war's Neuseeland? Jedenfalls kann ich so lange da wohnen und mir in Ruhe was Eigenes suchen.«
»Verstehe«, sagt Paula und wendet sich Nikki zu, die am Kühlschrank lehnt und mit einem Löffel den letzten Rest Joghurt aus dem Becher kratzt. »Ich mache jetzt meine Mittagspause und bringe Rachel nach Hause. In einer Stunde bin ich spätestens wieder da.«
»Okay«, sagt Nikki und leckt genüsslich den Joghurtlöffel sauber.
»Das ist nett von dir.« Rachel lächelt matt. »Danke.«
»Doch nicht dafür«, sagt Paula und streichelt kurz über Rachels Arm.
Sie hilft Rachel in die Jacke und schlüpft dann in ihren Mantel. »Dann wollen wir mal«, sagt sie betont munter und wickelt sich den Schal um den Hals.
Unten auf der Straße bläst ihnen ein stürmischer Wind entgegen. Das Wasser im Landwehrkanal kräuselt sich zu kleinen Wellen und klatscht gegen die Kaimauern. Paula zieht fröstelnd die Schultern hoch. Sie hört Rachels flachen, schnellen Atem neben sich. »Geht es?«, fragt sie und wirft ihr von der Seite einen besorgten Blick zu. Rachel hat tiefe Schatten unter den Augen und sieht jetzt wirklich richtig krank aus. »Wo genau müssen wir eigentlich hin?«
»Geradeaus«, antwortet Rachel. »Die Wohnung ist direkt gegenüber vom Marena.«
Allein die Erwähnung der Kneipe versetzt Paula einen klei-

nen Stich. Sofort ist die Frage, die ihr schon den ganzen Morgen über im Kopf herumgeht, wieder präsent: Wer, verdammt, ist die Frau, mit der sich Konrad gestern Nacht dort getroffen hat? Und wieso meldet er sich nicht endlich bei ihr?

Sie läuft ein paar Schritte neben Rachel her und bleibt dann stehen. »Schaffst du das denn?«, fragt sie und hält Rachel am Ärmel ihrer Jacke fest. »Zu Fuß brauchen wir bei meinem Schneckentempo mindestens zwanzig Minuten. Ich rufe uns ein Taxi, ja?« Sie lässt Rachels Arm los und greift nach dem Handy in ihrer Handtasche.

»Nein, lass«, sagt Rachel schnell. »Die frische Luft wird mir guttun.«

»Sicher?«, fragt Paula zweifelnd.

Rachel nickt. »Ich fühle mich jetzt schon etwas besser. Oder«, sie weist mit dem Kinn auf Paulas Bauch, »ist dir das zu beschwerlich?«

»Nein, nein«, sagt Paula und steckt das Handy wieder weg. »Uns beiden kann etwas Bewegung auch nicht schaden.« Sie klappt lächelnd den Kragen ihres Mantels hoch und versenkt die Hände in den Manteltaschen. Mit langsamen Schritten gehen die beiden Frauen die Wiener Straße entlang. Sie schweigen. Paula wirft Rachel ab und an einen Blick von der Seite zu. Sie ist immer noch sehr blass, aber ihre Wangen sind mittlerweile zart gerötet von dem kalten Wind. Sie sieht nicht mehr ganz so durchsichtig aus.

»Wir sind gleich da«, sagt Rachel, als sie auf der Höhe des Spreewaldplatzes angekommen sind, und weist auf ein schmutzig graues Haus, dessen Fassade im unteren Bereich über und über mit bunten Graffiti besprüht ist. »Die Wohnung ist im Hinterhaus. Vierter Stock. Magst du kurz mit hochkommen?«

Paula zögert. Sie hat Hunger. Außerdem will sie noch mal

versuchen, Konrad zu erreichen. Aber als sie Rachels bittenden Blick sieht, bringt sie es nicht über sich, nein zu sagen.
»Hast du Angst alleine?«, fragt sie spöttisch.
»Nein ... ja«, druckst Rachel. »Ich weiß, es hört sich total beknackt an. Aber ich komme mir schon etwas merkwürdig vor, allein in einer fremden Wohnung. Zwischen all den Sachen, die nicht mir gehören. Vor allem jetzt, wo ich mich so schlapp und krank fühle. Es wäre echt nett von dir, wenn du mich kurz begleiten könntest. Bitte!«
Paula lacht. »Wenn du mich so nett bittest. Also gut, ich komme kurz mit hoch.«
»Danke«, sagt Rachel erleichtert.
Die Haustür ist nur angelehnt. Rachel stemmt sich dagegen und drückt sie mit beiden Händen auf. Die Scharniere protestieren mit einem lauten Knarren. Paula folgt Rachel durch einen dunklen Gang, vorbei an einer Reihe verbeulter Briefkästen, die meisten vollgestopft mit bunten Werbebroschüren, in einen trostlosen Hinterhof. Eine hohe Trennmauer aus moosbewachsenen, verwitterten Steinen verhindert die Sicht auf das Nachbargrundstück. Durch die Zweige einer hochgeschossenen Birke peitscht der Wind. Irgendwo im Haus knallt eine Tür, und ein Hund jault auf. Dann ist es wieder still.
Paula sieht nach oben. Über ihr schwebt ein Rechteck grau verhangenen Himmels. Durch eine schmale, verzogene Holztür geht es in ein düsteres Treppenhaus mit abgetretenen Holzstufen. Die Luft ist kalt und feucht. Es riecht süßlich, als würde in einer der dunklen Ecken etwas verfaulen. Paulas Magen verkrampft sich. Ihr wird übel. Sie atmet durch den Mund weiter, hat aber sofort das Gefühl, ein fauliger Geschmack lege sich ihr wie ein pelziger Belag auf die Zunge. Das Haus wirkt abweisend, unbewohnt. Richtig unheimlich

ist es hier. Paula bereut es, dass sie Rachels Bitte nachgegeben hat. Fünf Minuten, sagt sie sich, keine Sekunde länger, dann mach ich ’nen Abgang.

»Da hast du dir ja nicht gerade das Kempinski ausgesucht«, keucht Paula, als sie kurz nach Rachel im vierten Stock ankommt.

»Dafür ist die Wohnung spottbillig«, sagt Rachel und schließt die mit blauer Farbe dick überpinselte Wohnungstür auf. Paula bemerkt das fehlende Klingelschild.

Die Wohnung ist völlig überheizt. Paula bricht augenblicklich der Schweiß aus. Sie zerrt sich den Schal vom Hals, stopft ihn in die Tasche und knöpft den Mantel auf. Auch hier steigt ihr ein süßlicher Fäulnisgeruch in die Nase.

»Möchtest du was trinken?« Rachel schält sich aus ihrer Jacke und hängt sie an einen Nagel an der Wand. »Einen Tee könnte ich dir anbieten.«

»Nein danke«, sagt Paula und sieht sich in der Wohnung um. »Ich geh ja gleich wieder.«

Der enge Flur ist mit beigem Filz ausgelegt, der mit Flecken und Brandlöchern übersät ist. Linker Hand entdeckt sie die Küche. Ein verkrusteter dreiflammiger Gasherd lehnt an einer Wand mit pissgelben Kachelimitaten aus Plastik. Vor dem Fenster, das vor Dreck fast blind ist, steht ein kleiner Tisch mit zwei blauen Klappstühlen. Das ist das einzige Mobiliar in dem Raum. Es gibt nicht mal einen Kühlschrank.

»So eine Bruchbude vermittelt die Mitwohnzentrale?«, fragt Paula ungläubig und dreht sich um. Doch Rachel steht nicht, wie erwartet, hinter ihr. »Rachel?«

Keine Antwort. Paula versucht, die Tür gegenüber der Küche zu öffnen. Sie ist verschlossen.

»Rachel, wo steckst du?« Am Ende des Flurs ist ein weiteres Zimmer. Die Tür ist nur angelehnt. Paula stößt sie mit den

Fingerspitzen auf und betritt zaghaft den Raum. Sie kann kaum etwas erkennen. Nur spärlich sickert das Tageslicht durch die zugezogenen Vorhänge des einzigen Fensters.

»Rachel? Bist du hier drin?«

Aus dem schummerigen Licht schälen sich verschwommene Konturen. Was für eine merkwürdige Position für ein Bett, denkt Paula. Sie macht einen zögernden Schritt darauf zu. Erst jetzt bemerkt sie den Galgen mit dem dreieckigen Haltegriff, der darüber baumelt. Es ist ein Krankenhausbett, das da mitten im Raum steht. Ohne Kopfkissen und Decke, nur mit einer nackten Matratze bestückt.

»Wer immer hier wohnt, scheint eine ziemliche Klatsche zu haben«, ruft sie über die Schulter der immer noch unsichtbaren Rachel zu. »Bist du dir sicher, dass du in diesem Loch bleiben willst? Ich find's, ehrlich gesagt, echt unheimlich hier.«

Paula umrundet das Bett und geht zu dem großen Kaminofen, der die Ecke neben dem Fenster einnimmt. Die Holzdielen knarzen leise unter jedem ihrer Schritte. Sie legt die Hand auf eine der grünen Kacheln und nimmt sie sofort wieder weg. Der Ofen glüht vor Hitze.

Als das Klingeln des Handys in ihrer Handtasche sich plötzlich in die Stille schneidet, zuckt sie erschreckt zusammen und stößt einen kleinen Schrei aus. Ihr Herz schlägt schneller. Paula schüttelt den Kopf, schimpft sich im Stillen eine hysterische Kuh und kramt in ihrer Tasche nach dem Handy. Ein Blick auf das Display verrät ihr, dass es wieder nicht der sehnlichst erwartete Anruf von Konrad ist. Sie nimmt das Gespräch trotzdem entgegen.

»Hallo, Rick«, sagt sie mit betont munterer Stimme. »Was gibt's?«

»Paula … mich? Du –« Die Verbindung ist zu schlecht.

»Ich verstehe dich ganz schlecht«, unterbricht sie ihn. »Du scheinst in einem Funkloch zu hängen.«
»Warte kurz«, hört sie Rick sagen.
»Ja«, sagt Paula. Sie geht zum Bett, überzeugt sich mit einem prüfenden Blick, dass die Matratze einigermaßen sauber aussieht, und setzt sich. »Rick?«, ruft sie und drückt das Handy fester ans Ohr.
Von hinten nähern sich schnelle Schritte über die Holzdielen. Bevor Paula sich umdrehen kann, berührt etwas Kaltes ihren Nacken. Für den Bruchteil einer Sekunde scheint die Zeit stillzustehen, dann explodiert der Schmerz in ihrem Körper. Das Handy gleitet ihr aus der Hand und schlägt mit einem dumpfen Geräusch auf dem Boden auf. Der Schmerz ist gleißend. Er bohrt sich in ihre Eingeweide, nimmt ihr die Luft zum Atmen. Ihre Hand wischt unkontrolliert durch die Luft. Sie will schreien, laut um Hilfe rufen, aber über ihre Lippen kommt kaum mehr als ein heiseres Krächzen. Sie rutscht vom Bett. Jemand packt sie von hinten unter den Achseln, hält sie fest, zieht sie auf die Matratze zurück. Etwas Feuchtes presst sich ihr auf Mund und Nase. Paula reißt die Augen auf. Ein Gesicht schwebt über ihr, verschwommen, zerfließt in seine einzelnen Bestandteile. Paula spürt, wie ihre Sinne langsam schwinden.
Wo ist Rachel?, schießt es ihr durch den Kopf. Was haben sie mit ihr gemacht. Ihre Lider flattern, sie kann die Augen nicht mehr offen halten. Ein Stöhnen kommt über ihre Lippen, dann gleitet sie in die Bewusstlosigkeit.

41

»Paula? Bist du noch dran?« Rick presst das Handy an sein Ohr und sprintet die Stufen zum S-Bahnhof hoch. Die Bahn steht am Gleis, rote Lichter über den Türen signalisieren die Abfahrbereitschaft. Rick rennt los und springt in den letzten Wagen. Knapp hinter ihm schließt sich die Tür mit einem leisen Ratschen, der Zug setzt sich ruckelnd in Bewegung, nimmt immer mehr an Fahrt auf.

Rick greift mit der freien Hand nach dem Haltegriff, der vor seiner Nase baumelt. »Paula?«, fragt er zum zweiten Mal. »Bist du noch dran?« Er hört, wie jemand scharf die Luft einzieht, dann bricht die Leitung zusammen. Rick flucht leise vor sich hin. Er sieht sich in dem Abteil um. Bis auf drei Halbwüchsige, zwei Jungs mit Beatles-Frisuren und ein Kaugummi kauendes Mädchen, das ihn aus kajalumrandeten Augen taxiert, ist der Wagen leer.

Rick begibt sich leicht schwankend ans andere Ende des Abteils. Er setzt sich ans Fenster und wählt erneut Paulas Nummer. Eine freundlich klingende Frauenstimme informiert nach dem ersten Klingelton, dass der Teilnehmer vorübergehend nicht erreichbar sei, aber per SMS über seinen Anruf informiert werde.

Über Lautsprecher wird der nächste Halt angekündigt: Hermsdorf. Rick wählt Konrads Nummer. Die Bahn verlangsamt ihre Fahrt, hält mit quietschenden Bremsen an. Eine alte Frau, einen Stock in der einen, eine prall gefüllte Aldi-Tüte in der anderen Hand, steigt ein. Die Frau fällt fast um, als der Zug sich ruckelnd wieder in Bewegung setzt. Sie schafft es gerade noch, sich auf den nächstbesten leeren Sitz plumpsen zu lassen.

Rick presst das Handy an sein Ohr. Es klingelt ein Mal, dann klickt es in der Leitung, und wieder leiert eine monotone Frauenstimme den gleichen Spruch wie gerade bei Paula runter. Genervt drückt Rick auf die rote Taste und verstaut das Handy in der Hosentasche. Er streckt die langen Beine aus, verschränkt die Arme und schaut nach draußen auf die vorbeihuschenden Lauben einer Schrebergartenkolonie, ohne sie bewusst wahrzunehmen. In seinem Kopf arbeitet es fieberhaft. Die Beschreibung seiner Mutter passt haargenau auf den Schlangenring, der ihm bei Rachel aufgefallen ist. Aber das muss nichts heißen, solche Ringe kann man auf jedem Flohmarkt kaufen. Und wenn sie die mysteriöse Anruferin ist? Was zum Teufel bezweckt sie damit? Rick fährt sich mit beiden Händen durchs Haar. Das einzige Verbindungsglied zwischen seiner Mutter und Paula ist er. Und an genau diesem Punkt geraten seine Überlegungen in eine Sackgasse.

Die S-Bahn hat sich inzwischen gefüllt. Die Fahrgäste stehen eng aneinandergedrängt. Rick hat plötzlich das Gefühl, keine Luft mehr zu bekommen. Er springt von seinem Sitz und reißt das kleine Klappfenster über der großen Scheibe auf.

»Es zieht«, zischt eine Frau ihm gegenüber und wirft ihm einen bösen Blick zu. Sie legt ihr Buch beiseite, steht auf und klappt das Fenster energisch wieder zu. Es knallt so laut, dass alle im Wagen sich irritiert nach ihr umsehen.

Dann eben nicht, denkt Rick. Er verschränkt die Arme, lehnt sich in seinen Sitz zurück und schließt die Augen. Mittlerweile hat er das Gefühl, sein Kopf sei in Watte gepackt. Er scheint nicht mehr in der Lage zu sein, einen klaren Gedanken zu fassen. Der fehlende Schlaf letzte Nacht und die Anspannung der vergangenen Tage machen sich jetzt doch bemerkbar. Er versucht abzuschalten, an nichts zu denken. Es will ihm nicht gelingen.

Als der Zug in den Bahnhof Friedrichstraße einläuft, hat er wiederholt versucht, Paula zu erreichen. Vergeblich. Auch auf der Festnetznummer der WG meldet sich nur der Anrufbeantworter. Schließlich hat er Paula eine SMS geschickt. *Ruf mich SOFORT an,* hat er geschrieben und nach kurzer Überlegung *Es geht um Rachel* hinzugefügt.

Der Zug steht kaum, da springt Rick raus und sprintet die Stufen zum höher gelegenen Bahnsteig hoch. Die S-Bahn nach Schönefeld fährt gerade ein, und Rick steigt zu. Erst jetzt wird ihm bewusst, dass er keine Ahnung hat, was er machen soll. Paula suchen? Müsste sie nicht eigentlich im Büro sein? Ricks Hand fischt sein Handy aus der Seitentasche seiner Hose, das im selben Augenblick anfängt zu klingeln.

»Paula, endlich«, meldet er sich. »Hör zu –«

»Tut mir leid, dass ich dich enttäuschen muss«, unterbricht ihn die Stimme von Chris am anderen Ende der Leitung. »Aber ich bin nicht Paula.«

»Das habe ich auch schon gemerkt«, knurrt Rick.

»Aus deiner Reaktion schließe ich, dass du nicht weißt, wo sie steckt.«

»Nee, keinen Schimmer«, antwortet Rick. »Ich versuche schon die ganze Zeit, sie ans Handy zu bekommen. Was willst du denn von ihr?«

»Lisa hat mich vorhin angerufen. Paula ist nach ihrer Mittagspause nicht mehr ins Büro zurückgekommen. Und Konrad hat sich heute noch gar nicht blicken lassen.«

»Scheiße«, sagt Rick. Das ungute Gefühl in seiner Magengrube verstärkt sich.

»Das kannst du laut sagen«, erwidert Chris. »Und ich sitze hier in Köln am Flughafen fest. Der nächste Flieger geht erst in einer Stunde.«

»Was machst du denn in Köln?«

Chris schnaubt laut und vernehmlich. »Jemand hat mich verarscht.«
»Wie verarscht?«
»Kurzfassung«, sagt Chris. Er klingt gehetzt. »Jemand hat mich unter dem Vorwand, ich bekäme die Chance, die Beicht-Hotline bei *Deutschland talkt* vorzustellen, nach Köln zitiert. Aber in der zuständigen Redaktion wusste niemand davon.«
»Was soll das denn?«, fragt Rick erstaunt.
»Frag mich was Leichteres«, antwortet Chris. »Und wenn du Paula und Konrad vor mir erwischen solltest, kannst du ihnen ausrichten, dass ich sehr gespannt auf ihre Entschuldigung bin.«
»Warte«, sagt Rick. Aber da hört er schon das Klicken in der Leitung. Chris hat aufgelegt. Er überlegt kurz, ob er ihn noch mal anrufen soll. Lässt es dann aber bleiben. Chris kann ihm jetzt sowieso nicht helfen.
Am S-Bahnhof Warschauer Straße drängt sich Rick unter Zuhilfenahme seiner Ellbogen aus dem mittlerweile brechend vollen Abteil nach draußen und atmet dankbar die frische Luft ein. Er sprintet die Stufen hoch und eilt über die Oberbaumbrücke. Für die schöne Aussicht, die man von hier über die Spree genießen kann, hat er heute keinen Blick. Er hofft, dass er nicht zu spät kommt.
Wofür auch immer.

42

Undurchdringliche Dunkelheit umfängt Paula, als sie wieder zu sich kommt. Sie ist nackt, liegt auf dem Rücken, schweißüberströmt, und gleichzeitig zittert sie vor Kälte. Hinter ihren Schläfen pocht ein dumpfer Schmerz. Ihr ganzer Körper fühlt sich wund an.

Wo bin ich? Was ist passiert? Sie kann sich an nichts erinnern. Panik schießt in ihr hoch. Sie blinzelt, spürt einen Widerstand an den Lidern. Was ist das? Eine Augenbinde? Spontan will sie danach greifen, sie herunterreißen, aber ihre Hände lassen sich nicht bewegen. Sie versucht es noch mal. Etwas Scharfkantiges schneidet sich schmerzhaft in ihre Handgelenke.

Ich bin gefesselt, ist ihr erster klarer Gedanke. Angekettet. Mit Handschellen. Sie will schreien. Aber ihre Lippen kleben aufeinander fest. Ihr Mund ist versiegelt.

Das Kind, schießt es ihr durch den Kopf. Was ist mit meinem Baby? Sie schnaubt durch die Nase, zwingt sich dann dazu, den Atem anzuhalten, horcht in sich hinein. Hört das Blut in ihren Ohren rauschen, spürt das Wummern ihres Herzschlags gegen den Brustkorb. Aber sie fühlt keine Regung des Kindes. Es ist, als wäre es nicht mehr da. Das Panikgefühl verstärkt sich. Die Angst schnürt ihr die Kehle zu. Tränen quellen unter ihren Lidern hervor.

Bitte, fleht sie stumm. Gib mir ein Zeichen, dass es dir gutgeht. BITTE! Aber ihr Flehen bleibt ohne Echo. Unaufhörlich strömen die Tränen aus ihren Augen, durchnässen die Augenbinde. Paula zieht die Nase hoch, das Atmen fällt ihr zusehends schwerer.

Was war das? Automatisch hält sie die Luft an, lauscht in die

Stille. Ist da jemand? Ein leises Rascheln ganz in der Nähe. Ein Knarzen.

Paulas Verstand setzt aus. Aber ihr Körper reagiert instinktiv. Sie zerrt an ihren Fesseln, aus ihrem Mund kommen dumpfe, unartikulierte Laute.

Plötzlich fühlt sie den schwachen Lufthauch einer Bewegung direkt neben sich. Er streicht über ihren Körper wie eine zarte Liebkosung. Paula zuckt zusammen, wird schlagartig ruhig. Sie winkelt die Beine an, presst ihren Körper fest auf die weiche Unterlage, als wolle sie mit ihm verschmelzen, unsichtbar werden.

Mit einem unsanften Ruck wird ihr das Klebeband vom Mund gerissen. Paula schreit auf vor Schmerz. Ein Finger legt sich auf ihre Lippen. Dicht neben ihrem Ohr zischt eine Stimme: »Pscht!«

Paula begreift, nickt eifrig mit dem Kopf. Sie wird nicht schreien. Mit der Zungenspitze fährt sie sich über die rissigen Lippen. Schmeckt Blut. Ihr Körper scheint vor Anspannung zu vibrieren.

Jemand setzt sich neben sie. Sie spürt die Wärme des fremden Körpers dicht neben ihrem. Paula steigt der Geruch nach Kernseife in die Nase. Eine Hand schiebt sich unter ihren Kopf, hebt ihn hoch. Der gewölbte Rand eines Bechers drückt sich an ihre Lippen. Sie öffnet zögernd den Mund, schmeckt das kühle Wasser und schluckt so gierig, dass ein Teil der Flüssigkeit in ihre Luftröhre gerät. Sie schnappt nach Luft, hustet, bis ihr die Augen tränen. Als sie wieder zu Atem kommt, trinkt sie das Wasser in kleinen Schlucken. Erst als ihr Durst gestillt ist, bemerkt sie den leicht bitteren Geschmack. Sie dreht den Kopf zur Seite. Die Hand löst sich von ihrem Hinterkopf. Paula lässt sich langsam auf die Matratze zurücksinken.

Sie hört den fremden Atem, spürt die Blicke auf ihrem nackten Körper. Sie brennen sich wie Nadelstiche in ihre Haut.

»Wer sind Sie? Was wollen Sie von mir?«, flüstert sie.

Ein scharfes Einatmen, Paula spürt kalte Finger auf dem Gesicht. Sie bewegt den Kopf ruckartig hin und her. Eine Hand umklammert ihren Kiefer, zwingt sie, stillzuhalten. Die andere Hand stopft ihr einen Knebel in die Mundhöhle. Etwas wird über ihre Lippen geklebt. Paula schluckt mühsam, kämpft gegen den Würgereiz an. Sie zwingt sich, ruhig und gleichmäßig durch die Nase zu atmen. Ihr Verstand arbeitet fieberhaft. Sie darf sich jetzt nicht übergeben, sonst erstickt sie an dem Erbrochenen.

Aus der Ferne dringt das Klingeln eines Telefons an Paulas Ohr. Eilige Schritte entfernen sich. Eine Tür fällt ins Schloss. Ein Schlüssel dreht sich knarrend.

Dann wird es still. Ist sie allein? Sie lauscht. Doch sie hört nichts, bis auf ihre eigenen Atemgeräusche.

Langsam kehrt die Erinnerung zurück. Sie hat Rachel in ihre Wohnung begleitet. Rachel! Was ist mit Rachel? Wo ist sie? Auch hier? Wenn sie wenigstens etwas sehen könnte. Der tränenfeuchte Stoff der Augenbinde klebt unangenehm auf den Lidern. Lässt keinen Lichtschimmer durch.

Dreh jetzt nur nicht durch. Bleib ganz ruhig. Denk nach, hämmert es in ihrem Kopf. Stumm zählt sie bis zehn. Dann tastet sie mit den Fersen vorsichtig über die weiche Unterlage, auf der sie liegt. Eine Matratze. Sie lässt ihren Fuß weiterwandern, fühlt neben der Kante der Matratze die Rundung des kalten Metalls. Sie liegt auf dem Krankenhausbett. Behutsam bewegt Paula die Arme hin und her. Sie spürt das scharfkantige Metall, das ihr in die Handgelenke schneidet. Aus eigener Kraft kann sie sich nicht befreien.

Wer hält sie hier gefangen?
Und warum?
Die Gedanken wirbeln wild und unsortiert durch ihren Kopf. Wie ein Schwarm wütend summender Wespen.
Vielleicht ist sie einem Irren in die Hände gefallen. Einem von diesen kranken Kreaturen, die sich daran aufgeilen, einen Menschen tagelang zu quälen, um ihn dann schließlich bestialisch –
Paula stößt einen erstickten Laut aus. Sie verbietet es sich, diesen Gedanken weiterzuspinnen. Sie muss an ihr ungeborenes Kind denken. Wenn sie nur wüsste, ob es ihm gutgeht. Wieder quellen Tränen unter ihren Lidern hervor.
Heulsuse, denkt sie und zieht energisch die Nase hoch. Jetzt hör schon auf zu flennen. Mit einer verstopften Nase kannst du nicht atmen.
Da spürt sie plötzlich einen sanften Tritt gegen ihre Bauchdecke. Und gleich darauf noch einen. Dieses Mal fester. Paula hält die Luft an. Wartet auf den nächsten Tritt, der auch umgehend erfolgt. Für den Bruchteil einer Sekunde vergisst sie alles um sich herum, und ein Glücksgefühl durchströmt sie. Ihrem Kind ist nichts passiert. Es lebt. Sie holt tief Luft und stößt sie geräuschvoll durch die Nase wieder aus.
Mit einem Mal ist die Angst verflogen. Eine tiefe Ruhe breitet sich in ihr aus. Sie wird stark sein. Sich nicht von der Panik lähmen lassen. Es muss einen Weg geben, sich aus dieser Situation zu befreien. Sie darf nicht aufgeben. Das ist sie sich und vor allem ihrem Kind schuldig.
Als Erstes muss sie herausfinden, was ihr Kidnapper – oder sind es mehrere? – von ihr will. Sie muss versuchen, zu ihm durchzudringen. Eine Beziehung zu ihm aufbauen, ihm das Gefühl geben, ihn zu verstehen. Mitgefühl, Sympathie zeigen. Ihn dazu bringen, ihre Fesseln zu lösen. Sie muss versuchen,

einen kühlen Kopf zu bewahren. Egal, was auch geschehen mag. Paula lässt die Luft durch ihre Nase tief in ihre Lungen einströmen.

Habe keine Angst, wir kommen hier heil wieder raus.

Das verspreche ich dir.

43

Wie gedankenlos von dir, ihm deine Nummer zu geben. Mit einer heftigen Handbewegung stößt du das Handy von dir, als hättest du dir daran die Finger verbrannt. Das Gehäuse schrammt über die Tischplatte, rutscht auf der anderen Seite über die Kante und fällt scheppernd zu Boden. Du musst es loswerden. Bevor sie dir auf die Spur kommen. Es ist ein Leichtes für die Polizei, es zu orten. Ob es reicht, wenn man es ausschaltet? Du bist dir nicht sicher. Du stehst auf, gehst um den Tisch herum und hebst es vom Boden auf. Das Display leuchtet. Offenbar hat das Handy den Sturz heil überstanden. Du wirst es in den Kanal werfen, beschließt du, und lässt es in die Innentasche deiner Jacke gleiten. Du lässt sie zwar ungern hier allein zurück, aber es muss sein.

Du nimmst eine der vorbereiteten Spritzen aus der Klarsichthülle in deiner Tasche, klemmst sie zwischen Zeige- und Mittelfinger und drückst mit dem Daumen vorsichtig den Kolben nach oben. Ein winziger Tropfen der durchsichtigen Flüssigkeit tritt aus der Kanüle. Mit dem Zeigefinger der anderen Hand schnippst du mehrmals gegen das Plastik, bis die Luftbläschen in der Flüssigkeit verschwunden sind.

Instinktiv verbirgst du die Spritze hinter deinem Rücken, während du durch den schmalen Flur auf das Zimmer zueilst, in dem sie gefangen ist. Dein Herz klopft schneller. Du holst tief Luft und drückst dann vorsichtig die Türklinke herunter. Das Scharnier knarrt ein wenig. Auf leisen Sohlen huschst du durch den schummerigen Raum zu dem Fenster in der Ecke und ziehst die Vorhänge zurück. Der Himmel ist bedeckt, durch die schmutzigen Scheiben fällt nur wenig Licht in das Zimmer. Es wirkt immer noch düster und abweisend.

Sie hat dich gehört, dreht ihr blasses Gesicht in die Richtung, in der sie dich vermutet. Der Bauch ragt wie ein kleiner runder Hügel aus ihrer Körpermitte. Obwohl ihre Augen verbunden sind, hast du den Eindruck, sie schaut dich direkt an. Blickt in die Tiefe deiner Seele und liest in dir wie in einem offenen Buch. Ein Gefühl der Beklemmung legt sich wie eine Zange um deinen Brustkorb.

Langsam bewegst du dich auf sie zu. Beobachtest sie genau. Hat sich ihr Gesichtsausdruck verändert? Wirkt sie jetzt nicht trotzig, fast kämpferisch? Oder bildest du dir das nur ein?

Du setzt dich zu ihr auf das Bett. Ein Zucken geht durch ihren Körper, ihr Atem wird schneller. Vorsichtig legst du eine Hand auf ihren Bauch. Ganz sacht.

Sie atmet schneller. Ihre Anspannung ist deutlich spürbar. Es kostet sie all ihre Kraft, ruhig liegen zu bleiben. Du kannst nicht umhin, sie für ihre Beherrschung zu bewundern.

Mit behutsamen Bewegungen beginnst du, über die Wölbung ihres Bauches zu streicheln. Sie zieht scharf die Luft ein. Ihr Gesicht versteinert.

»Mein Baby«, denkst du, und ein tiefes Glücksgefühl durchströmt dich. »Mein Baby.« Dieses Mal sagst du es laut, fast andächtig.

Mit ihrer Beherrschung ist es jetzt vorbei.

Du hörst die gepressten Laute, die über ihre Lippen kommen. Es klingt wie das Summen eines Bienenschwarms. Sie zerrt an ihren Fesseln. Du siehst die blutigen Striemen an ihren Handgelenken. Sie strampelt mit den Beinen. Mit dem Knie trifft sie dich am Oberschenkel. Du unterdrückst den Schmerzlaut und springst auf. Das Schlafmittel, das du ihr vorhin mit dem Wasser verabreicht hast, zeigt bislang wenig Wirkung. Sie ist zu aufgeregt.

Fasziniert beobachtest du, wie sich ihr Körper zuckend windet. Mit welcher Hingabe sie sich wehrt. Obwohl sie sich der Sinnlosigkeit ihres Handelns bewusst sein muss. Als könne sie deine Gedanken lesen, verebbt das Beben ihres Körpers allmählich. Sie sinkt erschöpft auf die Matratze zurück.

Du zögerst nicht eine Sekunde, setzt die Kanüle an ihren Hals. Die Spitze durchstößt die dünne Haut. Bevor sie den Kopf wegdrehen kann, drückst du den Kolben bis zum Anschlag durch. Fast augenblicklich erschlafft ihr Körper, ihre Gesichtszüge entspannen sich. Mit einem Taschentuch tupfst du ihr den Schweiß von der Stirn.

»Es ist bald überstanden«, flüsterst du und breitest ein weißes Laken über dem nackten Körper aus.

44

Rick schließt die Wohnungstür auf. »Jemand zu Hause?«, ruft er und versetzt der Tür mit dem Fuß einen kräftigen Tritt. Sie fällt mit einem lauten Klacken ins Schloss. »Paula? Konrad? Seid ihr da?« Er klopft an ihre Zimmertür, und als ihm niemand antwortet, drückt er vorsichtig die Klinke herunter und späht hinein. Das Bett ist zerwühlt. Die Luft abgestanden. Auf dem Boden neben dem Bett türmt sich ein Berg Schmutzwäsche. Aber keine Spur von Konrad und Paula.

»Scheiße«, sagt er laut. »Und was jetzt?«

Im Büro hat er schon angerufen, in der Hoffnung, Paula dort zu erwischen. Fehlanzeige. Nikki war am Telefon und hat ihm berichtet, dass Paula vormittags eine neue Aushilfe eingearbeitet hat. Mit der sei sie dann in die Mittagspause verschwunden. »Keine Ahnung, wer das war. Hat sich mir nicht vorgestellt«, hat sie mit vollem Mund genuschelt. Rick musste ihr jedes Wort einzeln aus der Nase ziehen. Es kostete ihn einiges an Selbstbeherrschung, nicht aus der Haut zu fahren.

Er erwägt, die Polizei zu verständigen, verwirft den Gedanken aber schnell wieder. Was soll er denen denn erzählen? Meine Kollegin und Mitbewohnerin Paula ist nicht von der Mittagspause zurückgekehrt. Sie ist wahrscheinlich mit einer Frau namens Rachel weggegangen, und ich befürchte, die führt nichts Gutes im Schilde. Paulas Freund Konrad ist ebenfalls verschwunden. Selbst wenn die Polizei ihn ernst nehmen würde, was könnte sie denn groß unternehmen? Die Fahndung nach einer Frau rausgeben, von der er nur den Vornamen kennt?

Rick pustet Luft aus seinen Lungen. Wenn wenigstens Chris hier wäre. Dem würde sicher irgendetwas einfallen. Rick holt

sich aus dem Kühlschrank eine Flasche Wasser. Er setzt sich an den Tisch und trinkt einen großen Schluck.
Vielleicht mache ich ja auch zu viel Wind um nichts, überlegt er. Vielleicht haben Konrad und Paula sich versöhnt und einfach alles um sich herum vergessen. Aber ein Gefühl sagt ihm, dass er sich nicht täuscht. Irgendetwas führt diese Rachel im Schilde. Und mit Sicherheit nichts Gutes.
Als das Telefon schrillt, erschrickt Rick sich so, dass ihm die Flasche aus der Hand fällt. Sie schlägt mit einem lauten Poltern auf den Boden auf, Wasser spritzt wie eine kleine Fontäne aus dem Flaschenhals. Rick springt vom Stuhl und hastet ins Wohnzimmer. Ausnahmsweise steckt das Mobilteil des Telefons tatsächlich mal in der Station. Rick greift danach, drückt es an sein Ohr und sagt forscher als beabsichtigt: »Ja, bitte?«
Er hört ein Atmen. Dann klickt es in der Leitung. Wer immer dran war, hat aufgelegt. Wahrscheinlich verwählt. Genervt rammt Rick das Mobilteil in die Station zurück. Sein Blick bleibt an dem blinkenden Display des Anrufbeantworters hängen. Er drückt die Wiedergabetaste.
»Paula, wenn du da bist, geh bitte ran«, sagt eine weibliche Stimme. Sie klingt merkwürdig gehetzt. Rick wird erst klar, wer es ist, als die Frau nach einer kleinen Pause ihren Namen nennt. »Hier ist Marianne. Ich bin auf dem Weg ins Urban-Krankenhaus. Konrad –« An dieser Stelle bricht die Stimme kurz. Rick hört, wie Konrads Mutter tief durchatmet, bevor sie weiterspricht. »Konrad wurde zusammengeschlagen. Er ist schwer verletzt.« Wieder ein hektisches Atmen. »Ich versuch's jetzt gleich noch mal bei dir auf dem Handy.« Ohne ein weiteres Wort wird die Verbindung unterbrochen.
Ricks erster Gedanke ist: Gott sei Dank. Paula ist nichts passiert. Sie ist im Krankenhaus. Bei Konrad. Das erklärt,

wieso er sie nicht erreichen kann. Sie hat ihr Handy ausgeschaltet. Er streicht sich fahrig über den Kopf. Erst jetzt realisiert er, was Marianne gesagt hat. Wer könnte das getan haben? Rachel? Schwer vorstellbar.
Ohne nachzudenken, schnappt Rick sich seine Jacke von der Garderobe und stürmt aus der Wohnung. Zum Urban-Krankenhaus kann er es zu Fuß in zehn, fünfzehn Minuten schaffen. Er muss sich davon überzeugen, dass Paula tatsächlich dort ist. Erst dann ist er wirklich beruhigt.
Und wenn nicht? Rick schiebt den Gedanken von sich. Wie es weitergeht, kann er dann immer noch entscheiden. Er vergewissert sich, dass kein Auto kommt, und überquert die Straße. Mit einem Anflug von Scham wird ihm bewusst, dass es nicht die Sorge um Konrad ist, die ihn antreibt. Es geht ihm ausschließlich um Paula. Die Erkenntnis treibt ihm die Röte ins Gesicht. Er steckt die Hände in die Taschen seiner Jacke und hastet mit gesenktem Kopf weiter. Er hat sich quasi auf den ersten Blick in sie verknallt. Damals, als Konrad sie an einem regnerischen Abend der WG vorgestellt hat. Rick hat die Szene auch nach so langer Zeit genau vor Augen. Er weiß sogar noch, was sie anhatte, obwohl er normalerweise für so etwas überhaupt keinen Blick hat. Eine ausgewaschene Jeans und ein kariertes, viel zu großes Männerhemd. Ihre dunklen Haare hatte sie zu einem Pferdeschwanz gebunden. Vor allem erinnert er sich an ihr Lachen. Ihr herzliches, natürliches Lachen, das tief aus ihr herauszubrechen schien und so ansteckend war, dass er gar nicht anders konnte, als einzustimmen. Aber er erinnert sich auch an die Blicke, die zwischen Paula und Konrad hin- und herflogen. Aus jedem dieser Blicke konnte Rick lesen, wie sehr die beiden aufeinander abfuhren. In diesem Moment ahnte er, dass er nie eine Chance bei Paula haben würde. Nicht, solange es Konrad in ihrem Leben gab.

Was ist, wenn Konrad jetzt stirbt? Plötzlich ist diese Stimme in seinem Hinterkopf, die wie ein Stakkato den einen Satz wiederholt: *Was ist, wenn Konrad stirbt?*
Rick schluckt trocken und beschleunigt seine Schritte, rennt immer schneller. Er will so etwas nicht denken. Konrad ist sein Freund.
Er darf nicht sterben.
Er wird nicht sterben.
Konrad, Paula und das Baby werden leben.

45

Sie schläft mit halboffenem Mund, schnarcht leise. Aus Angst, sie könne im Schlaf ersticken, hast du das Klebeband entfernt und ihr den Knebel aus dem Mund genommen. Du wirst nicht lange weg sein. Die Hobrechtbrücke ist keine fünf Minuten entfernt. In der Zeit wird sie auf keinen Fall aufwachen.

Du bist fast an der Tür, da klingelt es hinter dir. Erschreckt fährst du zusammen, drehst dich um. Ihr Schnarchen ist verstummt. Auch das Klingeln bricht abrupt wieder ab. Du huschst zum Bett zurück, kontrollierst ihren Atem. Er ist tief und gleichmäßig. Du bückst dich nach der Tasche, aus der das Klingeln gekommen ist. Du musst auch ihr Handy entsorgen. Mitsamt ihrer Tasche. Wie konntest du das vergessen. Du hastest durch den Flur und greifst nach deiner Jacke. Zum ersten Mal nimmst du den süßlichen Geruch wahr. Ein flüchtiger Blick zum Badezimmer, dann verlässt du mit eiligen Schritten die Wohnung. Im Hinterhof flüchtet eine streunende Katze mit einem halsbrecherischen Sprung über die Mauer aufs Nachbargrundstück. Straßenlärm brandet dir entgegen, als du die schwere Holztür zur Wiener Straße hin aufstößt. Ein paar Häuser weiter entdeckst du einen Müllwagen. Ein in Orange gekleideter Mann zerrt gerade zwei graue Müll-Container über den Bürgersteig. In wenigen Minuten müssten sie hier sein. Du zögerst keine Sekunde. Mit schnellen Schritten eilst du zurück in den Hinterhof. Die Mülltonnen stehen hinten in der Ecke neben einem verwaisten Fahrradständer. Die graue Restmülltonne quillt über. Der Deckel steht halb offen, wie eine klaffende Wunde. Der Gestank nach Fäulnis und Verwesung nimmt dir den Atem, als du den Deckel zurückklappst. Du atmest durch den Mund weiter, greifst mit spitzen Fingern nach den beiden oberen Abfalltüten. Sie fühlen sich klamm an, schwabbelig. Ekelhaft. Du nimmst sie heraus und lehnst sie an die Mülltonne. Dann legst du die Tasche der Frau hinein. Mit beiden Händen drückst du sie fest in die weiche Masse. Der Gestank nach verwesendem Fleisch schwallt dir entgegen. Schnell schlägst du den Deckel wieder zu. Du hast das dringende Bedürfnis, dir die Hände zu waschen. Direkt neben der Tür entdeckst du einen Wasserhahn an der Hauswand. Du drehst ihn auf und reibst deine Hände unter dem Strahl des kalten Wassers gegeneinander. Ein röchelndes Husten hinter deinem Rücken lässt dich zusammenzucken. Du drehst den Wasserhahn mit schnellen Bewegungen zu und richtest dich auf. Lässt deinen Blick über die schmutzig braune Hausfassade schweifen. Die Fenster sind leere dunkle Rechtecke. Niemand zu sehen. Du glaubst, einen Schatten hinter der Tür zum Hinterhaus zu sehen, und beeilst dich wegzukommen.

Erst als du auf der Straße stehst, fällt dir ein, dass du ja auch dein Handy in der Mülltonne hättest entsorgen können. Aber da hält auch schon der orange Lkw mit quietschenden Bremsen in zweiter Reihe vor dem Haus. Ein Mann springt vom Trittbrett herunter auf die Straße, ein zweiter drängt sich mit einem gemurmelten »Darf ick mal« an dir vorbei ins Hausinnere.

Du weichst zur Seite, ein Schwall übelriechender Luft weht dir vom Müllwagen her in die Nase. Schnell lenkst du deine Schritte nach rechts in Richtung Ohlauer Straße.

Ein Mann steht mit einer Flasche Bier in der Hand vor dem arabischen Imbiss und ruft dir mit lallender Stimme etwas zu. Du hastest an ihm vorbei, ohne ihn zu beachten. Er schreit dir »Blöde Fotze« hinterher, aber das hörst du nicht. Du bist mit

deinen Gedanken woanders. Gehst im Geiste noch mal die einzelnen Schritte durch, wie schon unzählige Male zuvor. Assistiert hast du dabei schon oft. Aber wirst du es auch ohne Hilfe schaffen? Wird sie die Operation überleben?
Du lehnst dich weit über das Geländer der Brücke und siehst zu, wie das Handy in das graue Wasser des Kanals eintaucht und in der Tiefe verschwindet.

46

Rick überquert den großen Parkplatz vor dem Urban-Krankenhaus und steuert auf den Haupteingang zu. In der linken Ecke, dicht an die Hauswand gedrückt, drängen sich die Raucher. Bleiche Gesichter, in Bademäntel gehüllt, Schlappen an den Füßen, saugen sie sich hastig die Nikotindosis für die nächsten Stunden in die Körper. Rick schlägt die Augen nieder und beschließt zum x-ten Mal, sich das Rauchen endlich abzugewöhnen. Er betritt die Eingangshalle und glaubt im ersten Moment, im falschen Gebäude zu sein. Überall wuseln Menschen herum in dem riesigen Raum, der den Charme einer Abflughalle hat. Die Mitte dominiert ein bunt gekacheltes Café. Rick lässt seinen Blick schweifen, entdeckt einen Friseur, einen Blumen- und einen kleinen Lebensmittelladen.

Plötzlich übertönt ein schriller Schrei das Stimmengewirr. Vor dem Informationstresen stehen mehrere Männer, ihrem Aussehen nach zu urteilen, Türken. Sie haben sich um eine Frau in einem bodenlangen schwarzen Mantel mit Kopftuch gruppiert. Sie hat beide Hände vors Gesicht geschlagen. Rick hört die hohen Wimmerlaute, die sie in einem unregelmäßigen Rhythmus ausstößt. Die Männer gestikulieren, reden auf die Frau ein, aber sie scheint sich nicht beruhigen zu lassen. Hinter dem Tresen beobachten zwei Krankenschwestern in weißen Kitteln die Szene.

Die Jüngere der beiden wendet sich Rick zu. »Ja, bitte?«, fragt sie.

»Ich bin auf der Suche nach Konrad Martens. Können Sie mir sagen, auf welchem Zimmer er liegt?«

»Augenblick«, sagt die Schwester und schenkt ihm ein strahlendes Lächeln. »Ich schau mal nach.« Sie dreht sich schwungvoll zu dem Computer um und beugt sich vor. Ihre Finger huschen über die Tastatur. Ricks Aufmerksamkeit wird wieder von der leise wimmernden Frau in Anspruch genommen, die jetzt von ihren Begleitern an den Armen gepackt und in Richtung Fahrstuhl bugsiert wird.

»Was hat die Frau denn?« Rick löst seinen Blick von der Gruppe. Die Schwester hinter dem Tresen wirft ihm einen befremdeten Blick zu. Das Namensschild auf ihrem Kittel weist sie als Schwester Helga aus.

»Wir sind nicht berechtigt, Auskunft zu geben. Es sei denn, Sie wären ein Verwandter«, fügt Schwester Helga in einem süffisanten Unterton hinzu und hebt die zu einem dünnen Strich gezupften Augenbrauen. Rick ärgert sich, aber er verzichtet auf eine entsprechende Erwiderung. Schwester Helga scheint keine Antwort zu erwarten, sie ist bereits wieder anderweitig beschäftigt. Zwei Halbwüchsige mit Entenbürzelfrisuren, die Skateboards unter den Arm geklemmt, wollen von ihr wissen, wo ihr Kumpel Boris liegt.

»Nachname?«, fragt Schwester Helga knapp. Die beiden Jungs wechseln einen schnellen Blick, schütteln den Kopf. »Keine Ahnung«, sagen sie dann fast unisono. Schwester Helga verdreht die Augen.

Rick muss gegen seinen Willen grinsen und wendet seine Aufmerksamkeit wieder der anderen Schwester zu, die gerade ein »Merkwürdig« vor sich hin murmelt. Ihre Finger hacken ohne Unterlass auf die Tastatur ein.

»Stimmt was nicht?« Rick stützt sich auf den Tresen und reckt den Hals. Aber er kann nichts auf dem Bildschirm erkennen.

»Konrad Martens, sagten Sie?« Die Schwester dreht sich nach Rick um und schaut ihn aus großen runden Augen fragend an. Mit der rechten Hand hebt sie ihr langes blondes Haar über die Schulter. Sie erinnert Rick stark an die Barbiepuppen seiner kleinen Schwester. Er wirft einen Blick auf ihr Namensschild. Petra.

»Ja, genau. Konrad Martens.«

»Mhm.« Schwester Petra schüttelt schwungvoll die blonde Mähne. »Sind Sie sicher, dass er hier im Urban liegt? Und nicht woanders?«

»Ich bin mir ganz sicher.« Das kommt in einem schärferen Ton heraus, als Rick beabsichtigt hat. Er holt tief Luft und versucht, seiner Stimme einen freundlicheren Klang zu geben. »Er wurde zusammengeschlagen. Wahrscheinlich liegt er auf der Intensivstation. Vielleicht rufen Sie da einfach mal an und fragen nach?« Schwester Petra nickt eifrig und greift zum Telefon.

»Rick!«, hört er plötzlich eine helle Stimme hinter seinem Rücken. Paula! Sein Herz macht einen kleinen Hüpfer. Er dreht sich mit einem erleichterten Lächeln um. Doch die Frau, die mit wehendem Mantel auf ihn zueilt, ist nicht Paula, sondern Marianne Martens, Konrads Mutter. Ihr folgt ein Mann mit Brille und Bart, der sie um mindestens zwei Köpfe überragt. Rick hat ihn nie zuvor gesehen.

»Hallo, Marianne«, begrüßt Rick sie und reicht ihr die Hand. Marianne ergreift sie mit beiden Händen.

»Warst du schon bei Konrad?«, fragt sie und sieht zu ihm hoch. Ihre Augen sind weit geöffnet. Angst und Hoffnung vermischen sich darin.

Rick schüttelt den Kopf und entzieht ihr sacht seine Hand. »Ich versuche gerade herauszufinden, wo er liegt. Offenbar ist sein Name noch nicht in der Patientenaufnahme gelistet. Sie«, Rick deutet auf die Schwester am Telefon, »fragt gerade auf der Intensivstation nach.«

Marianne nickt zerstreut. Der Bärtige tritt neben sie, legt einen Arm um sie. Sie lehnt sich kurz an ihn, lächelt zu ihm hoch.
»Das ist Daniel. Er hat mich hergefahren. Ich war nach der Nachricht nicht mehr in der Lage, mich ans Steuer zu setzen.«
Ohne den Arm von Mariannes Schulter zu nehmen, streckt ihm Daniel die rechte Hand entgegen. Rick ergreift sie und sagt: »Ich bin Rick. Ein Freund von Konrad.«
Hinter seinem Rücken räuspert sich Schwester Petra. »Hören Sie …«, versucht sie, auf sich aufmerksam zu machen.
»Ja?« Marianne löst sich von ihrem Begleiter und tritt an den Tresen. Rick stellt sich neben sie.
»Wir haben tatsächlich jemanden namens Konrad Martens auf der Intensivstation«, sagt die Schwester zu Rick gewandt. »Sind Sie ein Verwandter?«
Bevor Rick die Frage verneinen kann, sagt Marianne: »Was ist mit ihm? Kann ich zu ihm? Ich bin seine Mutter.«
»Ja, natürlich«, versichert die Schwester eifrig. »Wenn Sie wollen, bringe ich Sie zur Intensivstation.«
»Das ist sehr nett von Ihnen.« Marianne knetet nervös ihre Hände.
»Warten Sie, ich sage nur schnell meiner Kollegin Bescheid.«
Rick verfolgt den kurzen Dialog zwischen den beiden Schwestern nur mit halbem Ohr. Schwester Helga ist anscheinend nicht damit einverstanden, dass die andere sie kurz alleine lassen will. »Du siehst doch, was hier los ist«, zischt sie.
»Wie lange sind Sie beide denn heute schon hier«, unterbricht Rick den Disput der beiden Schwestern.
»Warum wollen Sie das wissen?«, schnaubt Schwester Helga.
Rick sieht, wie die andere den Kopf schüttelt und die Augen verdreht. »Ich bin seit heute Morgen um sieben hier«, antwortet sie betont freundlich und kommt hinter dem Tresen

hervor. »Sie«, ein Nicken in Richtung der Kollegin, »ist erst vor einer Stunde gekommen.«

»Hat sich vor uns schon jemand nach Konrad erkundigt?« Rick sieht die Schwester erwartungsvoll an. Die presst die Lippen aufeinander, setzt einen nachdenklichen Gesichtsausdruck auf und schüttelt dann zögernd den Kopf.

»Nein«, sagt sie gedehnt. »Sie sind die Ersten.«

»Warum fragst du?« Marianne sieht Rick aus schmalen Augen an, über der Nasenwurzel bildet sich eine steile Falte.

»Ich erklär's dir später«, antwortet Rick. »Lass uns erst mal nach Konrad sehen.«

»Moment.« Schwester Petra stellt sich ihnen in den Weg und hebt beide Hände. »Sie können auf keinen Fall alle mitkommen.«

Rick runzelt die Stirn. »Wieso denn nicht?«

»Vorschrift auf der Intensivstation«, klärt ihn Schwester Petra auf. »Die Patienten dort brauchen in erster Linie Ruhe.«

»Wartet ihr hier auf mich?« Mariannes Blick schweift von Daniel zu Rick.

Daniel, der bisher noch kein einziges Wort gesagt hat, nickt auch dieses Mal nur stumm.

Rick sagt: »Klar warten wir auf dich.«

Die beiden Frauen setzen sich in Bewegung. Rick sieht ihnen hinterher, bis sie in einen der Gänge abbiegen und aus seinem Blickfeld verschwinden. Dann wirft er dem Riesen neben sich einen verstohlenen Blick zu. Eigentlich macht er einen ganz sympathischen Eindruck.

»Wie wär's mit einem Kaffee, während wir hier auf Marianne warten?«, fragt Rick schließlich.

»Gute Idee«, sagt Daniel und legt den Mantel, aus dem er sich zwischenzeitlich geschält hat, über den rechten Arm. Rick horcht überrascht auf. Die sanfte Stimme passt so gar nicht zu diesem Hünen von Mann, der Ricks Vorstellung von einem kanadischen Holzfäller erstaunlich nahekommt.

Sie lassen sich an einem freien Tisch nieder. »Ich glaube, hier ist Selbstbedienung«, stellt Daniel nach einer Weile fest. »Ich hol uns was. Auch einen Kaffee?«

»Ja, bitte. Mit Milch, ohne Zucker.«

Daniel stemmt sich vom Stuhl hoch. Rick sieht ihm nach. Seine Gedanken schweifen wieder zu Paula. Wo steckt sie nur? Seine Hand fährt in die Hosentasche, greift nach seinem Handy. Als ihm einfällt, dass er mal gehört oder gelesen hat, Telefonieren sei in Krankenhäusern verboten, sieht er sich um. Und tatsächlich: Er kann niemanden mit einem Telefon am Ohr entdecken. Direkt über dem Eingang erspäht er schließlich auch das Verbotsschild. Seufzend lässt er das Handy in die Hosentasche zurückgleiten.

»Der Kaffee.« Daniel stellt vorsichtig einen vollen Becher vor Rick auf den Tisch und setzt sich ihm gegenüber. Er hebt eine kleine Flasche Mineralwasser an die Lippen und trinkt sie in einem großen Schluck halb leer. Mit einem zufriedenen Schmatzen stellt er die Flasche vor sich ab und grinst Rick freundlich an. »Aufregungen machen mich immer ungeheuer durstig.«

Rick nickt. »Was kriegst du für –« Er stockt verlegen. Das in Berlin übliche »Du« ist ihm einfach so über die Lippen gekommen.

»Ist schon okay. Du kannst ruhig beim Du bleiben«, sagt Daniel und wischt sich mit der rechten Hand die Wassertropfen aus dem Bart. »Und dein Geld kannst du auch steckenlassen. Der Kaffee geht auf mich.«

»Danke.« Rick trinkt einen kleinen Schluck von dem dampfenden Gebräu. Es ist heiß, schmeckt aber ansonsten nach nichts. Rick stellt den Becher so fest auf den Tisch zurück,

dass etwas von der dunkelbraunen Brühe über den Rand schwappt. Fahrig fährt er mit der Handfläche über die kleine Pfütze und wischt sie sich anschließend an seiner Jeans trocken.
Daniel lehnt sich in seinem Stuhl zurück, verschränkt die Arme und mustert Rick aufmerksam.
»Wieso starrst du mich so an?«, fragt Rick irritiert. In seiner Stimme schwingt Verärgerung mit.
»Ich frage mich, warum du so nervös bist. Angst um Konrad? Oder ist es etwas anderes?«
»Du bist aber neugierig«, sagt Rick.
»Berufskrankheit«, antwortet Daniel. Die Lachfältchen um seine Augen vertiefen sich.
Rick hebt fragend die Augenbrauen.
»Ich arbeite als Psychologe.«
»Verstehe«, sagt Rick und grinst. »Ich habe auch einige Semester Psychologie studiert, hab's dann aber aufgegeben, nachdem ich zwei Mal durch die gleiche Prüfung gerasselt bin.«
»Ja«, sagt sein Gegenüber gedehnt. »Das Psychologiestudium hat so seine Tücken. Daran sind schon einige gescheitert. Und? Magst du mir erzählen, weswegen du so unruhig bist.«
Bevor Rick darauf antworten kann, spürt er das Vibrieren des Handys an seinem Oberschenkel. Er fummelt es aus seiner Hosentasche und wirft einen Blick auf das Display. Für den Bruchteil einer Sekunde setzt sein Herzschlag aus.
Paula ruft an, steht da.

47

Mit der Handfläche verpasst Chris der Wohnungstür einen kräftigen Schlag. Sie knallt mit einem lauten Scheppern ins Schloss. Die Schlüssel wirft er in hohem Bogen auf die Ablage der Garderobe, seine Reisetasche pfeffert er auf den Boden und verpasst ihr einen festen Tritt mit dem Fuß. Es hilft nichts. Die Wut liegt ihm immer noch wie ein fester, dicker Kloß im Magen. Er schnaubt, hängt seinen hellen Trenchcoat an den einzig freien Haken der Garderobe und wirft einen kurzen Blick in den Spiegel daneben. Sein verkniffenes Gesicht blickt ihm unfreundlich entgegen. Er streckt sich selbst die Zunge heraus. »Mit dir kann man's ja machen«, sagt er und schneidet eine Grimasse.

»Jemand zu Hause?«, ruft er in die Stille und gibt sich nach einer kleinen Weile selbst die Antwort. »Sieht nicht so aus.«

Sein Magen knurrt laut und vernehmlich. Bis auf den trockenen Keks, den ihm die Stewardess zu dem Kaffee im Flugzeug serviert hat, hat er den ganzen Tag noch nichts gegessen. Heute Morgen war er zu aufgeregt und später einfach zu sauer. Es brodelt jetzt noch in ihm, wenn er nur daran denkt. Was für eine peinliche Situation. Die Szene am Empfang der Produktionsfirma spult sich noch mal vor seinem inneren Auge ab. Die auf jugendlich gestylte Endvierzigerin, toupierte Haare, schmal gezupfte Augenbrauen, an jedem Finger einen Ring. »Roswitha Grün? Nee, sorry. Die gibt's hier nicht. Da haben Sie sich wohl in der Tür geirrt, junger Mann.« Auch seine Versuche, wenigstens zu jemand anderem aus der Redaktion von *Deutschland talkt* vorgelassen zu werden, schmetterte sie mit einer derart hochnäsigen Arroganz ab, dass Chris kurz davor war, ihr den Hals umzudrehen. Ihm blieb schließlich nichts

anderes übrig, als unverrichteter Dinge zum Flughafen zurückzufahren.
Wenn er die Tussi erwischt, die ihn dermaßen verarscht hat!
In Gedanken hat er der Übeltäterin zwischenzeitlich schon sämtliche Foltermethoden, die er kennt, angedeihen lassen. Seine Wut hat sich dadurch allerdings nur unwesentlich dezimiert.
Und jetzt hat er wirklich Kohldampf. Chris atmet tief durch und marschiert Richtung Küche. Er öffnet die Tür des Kühlschranks und inspiziert den kümmerlichen Inhalt. Eine grünlich schimmernde Scheibe Kochschinken, eine schwitzige Scheibe Käse mit eingetrocknetem Rand, in der trüben Flüssigkeit des Gurkenglases schwimmt ein einsames Exemplar, und die Tomate daneben hat bereits pelzige Stellen. Angeekelt wirft er die Kühlschranktür zu und schaut auf seine Armbanduhr. Es ist kurz vor sechs. Spätestens um sieben will er im Büro sein. Paula und Konrad sind immer noch nicht aufgetaucht. Zum wiederholten Mal an diesem Tag fragt sich Chris, was in die beiden gefahren ist. Gut, bei Konrad wundert ihn das weniger. Der war noch nie der Zuverlässigste. Aber Paula? Das passt nicht zu ihr. Sie ist normalerweise das Pflichtbewusstsein in Person. Frederick hat sich auch noch nicht bei ihm gemeldet, fällt ihm ein. Ein Indiz für sein schlechtes Gewissen? Chris überlegt, ob er es noch mal bei seinem Bruder versuchen soll, verschiebt das Telefonat dann aber doch auf morgen. Wenn seine Vermutung zutrifft, dass Frederick hinter diesem Irrsinn steckt, wird das Gespräch nicht sonderlich erfreulich werden, und sein Bedarf ist für heute eigentlich gedeckt.
Chris tauscht den Anzug gegen eine schwarze Jeans und ein ebenfalls schwarzes Shirt, greift sich seine Jacke von der Garderobe und verlässt die Wohnung. Er wird im Marena schnell

einen Burger essen und sich dann auf den Weg ins Büro machen.

Konrads silbernes Citybike steht angeschlossen im Fahrradständer im Hinterhof, stellt Chris wenig später fest. Er schließt sein eigenes Fahrrad auf und schiebt es nachdenklich an den Briefkästen vorbei nach draußen. Dass Konrad ohne Rad unterwegs ist, kommt so gut wie nie vor. Vor dem Haus schwingt sich Chris auf den Sattel. Auf der Skalitzer hat der Feierabendverkehr eingesetzt. Die Autos schieben sich auf beiden Fahrbahnen dicht an dicht über den Asphalt. Eine weiße Papiertüte tanzt vom Wind getrieben über den Bürgersteig. Chris fährt nach einem schnellen Blick nach rechts auf die Straße und reiht sich in den Verkehr ein.

Wer in Berlin Auto fährt, ist selber schuld, denkt er schadenfroh und überholt die stockende Autoschlange zügig auf der rechten Seite. Er rast unter der Hochbahn hindurch in die Wiener Straße. Die Ampel am Görlitzer Bahnhof zeigt Rot. Chris bremst und kommt neben einem schwarzen Nissan X-Trail zum Stehen. Menschenmassen strömen aus der U-Bahn-Station und überqueren in einem dichten Pulk die Straße. Der Straßenlärm vermischt sich mit einzelnen Wortfetzen. Ein schrilles Lachen übertönt für einen Augenblick alle anderen Geräusche. Chris zieht den Reißverschluss seiner Bomberjacke auf. Er ist bereits während der kurzen Strecke ganz schön ins Schwitzen gekommen. Das T-Shirt klebt ihm unangenehm feucht am Rücken.

Fit ist etwas anderes, denkt er mit einem Anflug von schlechtem Gewissen. Er nimmt sich fest vor, wieder regelmäßiger zum Training zu gehen. Immerhin kostet ihn die Mitgliedschaft in dem Studio jeden Monat eine Menge Kohle. Chris konzentriert seine Aufmerksamkeit auf die Ampel, die gerade von Rot auf Gelb springt. Er tritt in die Pedale und hat schnell das Marena erreicht. Er springt vom Rad und schließt es an dem Laternenpfahl direkt vor der Kneipe an. Als er sich aufrichtet, fällt sein Blick auf eine Frau, die auf der anderen Straßenseite steht. Sie wirkt irgendwie verloren. Für einen kurzen Moment hat Chris den Eindruck, dass sie ihn direkt ansieht. Er kneift die Augen zusammen. Kennt er sie nicht? Spontan hebt er den Arm, um ihr zuzuwinken, da dreht sie sich plötzlich um und verschwindet im Eingang des Hauses.

Chris reibt sich gedankenverloren das Ohrläppchen. Er kommt nicht drauf, wo er die Frau schon mal gesehen hat. Mit beiden Händen zerteilt er den schweren Vorhang, der den Vorraum von der Kneipe trennt, und tritt ein. Gedämpfte Musik tönt ihm entgegen und das leise Klappern von Essbestecken. Um diese Uhrzeit ist es zum Glück noch nicht so voll. Chris entdeckt Simone hinterm Tresen am Zapfhahn und erwägt für einen Augenblick, wieder kehrtzumachen. Doch sie hat ihn bereits entdeckt und winkt ihm lächelnd zu. Chris nickt grüßend mit dem Kopf und fügt sich seinem Schicksal. Er setzt sich an einen freien Tisch an dem großen Fenster zur Straße hin. Gegenüber kommt die Frau von eben wieder aus dem Haus. Ein Müllwagen fährt vor und versperrt ihm die Sicht. Chris kramt in seinem Gedächtnis. Er kennt die Frau, da ist er sicher. Nur woher, will ihm partout nicht einfallen.

»Hi, Fremder.« Chris schaut auf. Simone steht vor ihm, reicht ihm lächelnd die Karte. Sie wirft die langen schwarz gefärbten Haare mit einer affektierten Handbewegung über die Schulter. »Lange nicht gesehen«, sagt sie und sieht ihm tief in die Augen.

Chris spürt, wie die Verlegenheit ihm die Röte ins Gesicht treibt. Er murmelt »Viel zu tun«, greift nach der Speisekarte,

obwohl er weiß, was er essen will, und gibt vor, diese interessiert zu studieren.
»Weißt du schon, was du trinken möchtest?«, fragt Simone.
»Eine Cola light«, antwortet Chris, ohne aufzuschauen.
»Kommt sofort«, zwitschert Simone und entfernt sich mit wiegenden Hüften.
Chris stöhnt innerlich. Er wird sich wohl doch eine andere Stammkneipe suchen müssen. Oder ersatzweise herausfinden, zu welchen Zeiten Simone kellnert, und in dieser Zeit den Laden meiden. Vor zwei – oder ist es jetzt schon drei Wochen her? – ist er mit Simone nach einer durchzechten Nacht im Bett gelandet. Ein One-Night-Stand. Dachte er. Aber er wird das Gefühl nicht los, dass Simone mehr von ihm will. Ein Gedanke durchzuckt ihn. Ob Simone die Frau ist, mit der sein Bruder gemeinsame Sache macht? Chris beobachtet, wie Simone mit aufreizenden Bewegungen zum Tresen tänzelt und dahinter verschwindet. Chris würde ihre Figur eher als üppig bezeichnen. Und laut Trudi ist die Frau, die sich als seine Ex-Freundin ausgegeben hat, klein und zierlich.
»Bitte schön.« Simone stellt das Glas mit der Cola vor Chris ab und sieht erwartungsvoll zu ihm herunter.
»Ja?«, fragt Chris. Er hat sich selten so unwohl in seiner Haut gefühlt.
Simone verzieht den Mund zu einem spöttischen Lächeln. »Was möchtest du essen?«
»Ach so. Ja, äh …« Chris klappt die Karte zu und reicht sie ihr. »Einen Chili-Burger mit Pommes ohne alles.«
»Kommt sofort«, sagt Simone und beugt sich vor. Chris atmet ihren Duft ein. Maiglöckchen? »Keine Angst«, flüstert sie nah an seinem Ohr. »Ich fresse dich nicht.«
Der Ausschnitt ihres T-Shirts ist so tief, dass Chris ihre Brustwarzen sehen kann. Er wendet seinen Blick ab, will etwas er-

widern, etwas Lockeres, Witziges, aber sein Hirn ist wie leer gefegt.

Mit einem glucksenden Lachen richtet sich Simone wieder auf, tätschelt ihm die Wange und stolziert mit der Karte unterm Arm davon. Chris kommt sich vor wie der letzte Idiot.

Er trinkt einen Schluck von der Cola und sieht aus dem Fenster auf die Straße. Der Müllwagen fährt gerade weg. Die Frau von vorhin kann er nirgendwo mehr entdecken.

Chris schlingt den Burger in Windeseile herunter. Er nutzt die Gelegenheit, als Simone mit Gästen an einem Tisch beschäftigt ist, und zahlt seine Zeche bei ihrem Kollegen am Tresen. Dann sieht er zu, dass er aus der Kneipe kommt.

Er steigt auf sein Fahrrad, und kurz bevor er losfährt, sieht er aus den Augenwinkeln auf der anderen Straßenseite die Frau von vorhin im Eingang des Hauses verschwinden.

Woher kennt er die nur? Nachdenklich radelt Chris die Wiener Straße entlang. Plötzlich fällt es ihm ein. Rachel. Natürlich. Die Freundin von Paula, die heute Morgen in der WG aufgetaucht ist.

Klar, sie war es, die er eben gesehen hat.

48

Rick springt vom Stuhl hoch. Während er Daniel signalisiert, dass er nach draußen geht, um zu telefonieren, drückt er die grüne Taste und presst das Handy an sein Ohr.

»Paula, endlich«, sagt er und eilt durch die Eingangshalle auf den Ausgang zu. »Wo hast du denn gesteckt? Weißt du, was für Sorgen ich mir um dich gemacht habe?« Rick lauscht in den Hörer. Er hört ein Schnaufen, gefolgt von einem leisen Brummeln.

»Paula?« Rick entfernt sich ein paar Schritte von der Rauchergruppe vor der Eingangstür. Ein Krankenwagen fährt mit rotierendem Blaulicht vor und verschwindet in dem Tunnel zur Notaufnahme.

»Paula?«, schreit Rick. Die Raucher drehen sich unisono zu ihm um. Er senkt seine Stimme. »Paula, sag doch was. Wo steckst du?«

Ein Klicken in der Leitung unterbricht die Verbindung. Rick runzelt die Stirn. Was war das denn? Er drückt die grüne Taste und wählt Paulas Handynummer. Das Freizeichen ertönt. Rick lässt es klingeln, bis die Mailbox anspringt, und versucht es gleich noch mal. Dieses Mal meldet sich jemand sofort nach dem ersten Klingelton.

»Ja?«

»Paula? Bist du das?«

Stille. Rick hört ein Rascheln. Dann ein Knistern.

»Paula?«, fragt er noch mal.

Rick hört ein Flüstern, so leise, dass er nichts verstehen kann. Schlagartig ist es mit seiner Beherrschung vorbei. »Wer sind Sie?«, schreit er. »Wo ist Paula?«

»Hier gibt's keene Paula nich.« Eine Männerstimme nuschelt das.
Rick atmet tief durch, dann sagt er: »Aber das ist Paulas Handy. Wo haben Sie das her?« Obwohl er sich um einen ruhigen, möglichst sachlichen Tonfall bemüht, vibriert seine Stimme vor Aufregung.
»Aus'er Mülltonne«, kichert der Mann am anderen Ende der Leitung mit schwerer Zunge.
Der ist betrunken, schießt es Rick durch den Kopf. Wahrscheinlich hackedicht. Verlier jetzt bloß nicht die Geduld.
Das Kichern geht in ein trockenes Husten über.
»Aus der Mülltonne?«, hakt Rick nach. »Aus welcher Mülltonne? Wo sind Sie?«
»Schmeiß mal 'ne Kippe rüber«, röchelt der Mann statt einer Antwort.
»Hören Se«, meldet sich jetzt eine Frauenstimme zu Wort. Ihr Nuscheln ist noch verwaschener als das des Mannes. Rick hört das Klicken eines Feuerzeuges. »Die Kleene hat das Handy auf'n Müll geschmissen, also wollte sie's nich' mehr. Basta!« Wieder klickt es in der Leitung.
»Scheiße!« Rick wählt Paulas Nummer noch mal. Er lässt es klingeln, bis die Mailbox anspringt, dann versucht er es wieder. Und wieder. Nach dem sechsten erfolglosen Versuch gibt er auf.
Was bisher nur als vage Ahnung durch seinen Kopf gegeistert ist, ist zur beängstigenden Gewissheit geworden: Paula muss etwas zugestoßen sein. Allein schon, dass ihr Handy in einer Mülltonne gefunden wurde, ist dafür Beweis genug. Er muss zur Polizei, und zwar sofort. Die müssen alle Hebel in Bewegung setzen, um Paula zu finden. Dafür wird er höchstpersönlich sorgen. Rick stopft das Handy in die Hosentasche und läuft mit großen Schritten ins Krankenhaus zurück. Die

unverhohlen neugierigen Blicke, die ihm aus der Raucherecke folgen, ignoriert er.
Daniel sitzt nicht mehr allein am Tisch. Marianne hat neben ihm Platz genommen. Sie ist leichenblass und sieht Rick aus rot verheulten Augen entgegen.

49

Als Paula das zweite Mal erwacht, fühlt sie einen bohrenden Schmerz im Unterleib. In einem Reflex will sie die Hände schützend auf ihren Bauch legen. Doch etwas hält sie fest, brennt sich in die Haut ihrer Handgelenke. Paula stöhnt auf. Die Zunge klebt ihr wie ein unförmiger Klumpen am Gaumen fest. Der Nebel in ihrem Kopf will sich nicht lichten. Sie kann keinen klaren Gedanken fassen. Vor ihren Augen ist nichts als undurchdringliche Dunkelheit. Ihre Lippen öffnen sich. Erst jetzt registriert sie, dass ihr Mund nicht mehr zugeklebt, der würgende Knebel verschwunden ist. Sie befeuchtet die rissigen Lippen mit der Zunge. Der Atem rasselt in ihrer Lunge.

»Ist hier jemand?« Ihre Stimme ist genauso matt und kraftlos, wie sie sich fühlt. Sie lauscht in die Stille. Keine Antwort. Paula spürt, wie ihre Sinne langsam wieder schwinden. Sie versucht, dagegen anzukämpfen.

»Hilfe«, will sie schreien, heraus kommt jedoch nur ein krächzendes Flüstern. »Hilfe.«

Wie aus weiter Ferne dringen Geräusche an ihr Ohr. Ein gedämpftes Klappern, dann ein Scheppern. Während ihr Verstand noch versucht, die Laute einzuordnen, gleitet sie bereits wieder in die Bewusstlosigkeit.

Als kurze Zeit später die Fruchtblase platzt, spürt sie das schon nicht mehr.

50

Das Flattern in deinem Magen verstärkt sich. Stell dich nicht so an, sagst du dir zum wiederholten Mal. Du hast unzählige Male bei einem Kaiserschnitt assistiert. Kennst jeden Handgriff. Bist bestens mit der Misgav-Ladach-Methode vertraut. Das Problem ist: Du bist allein. Auf dich gestellt. Und du brauchtest mindestens sechs Hände, um die Operation für alle Beteiligten zu einem guten Ende zu bringen.
Willst du etwa kneifen? Jetzt? So kurz vor dem Ziel. Du drückst deinen Rücken gerade durch, straffst deine Schultern.
NEIN!
Um nichts auf der Welt.
Sie ist lediglich die Hülle, die das Kind in sich trägt. Allein das Kind ist wichtig. Nur das zählt. Sonst nichts! Und eins ist dir von Anfang an klar gewesen: Sie wird den Eingriff mit großer Wahrscheinlichkeit nicht überleben.
Es ist dir egal, hämmerst du dir ein. Immer wieder, während du die Instrumente für die Operation auf dem Tisch vor dir ausbreitest.
Ein Geräusch aus dem Nebenzimmer lässt dich aufhorchen. Lässt das Narkosemittel bereits nach? Du eilst zu ihr. Als du die Tür zum Zimmer öffnest, schlägt dir die warme, stickige Luft entgegen. Du öffnest das Fenster.
Sie liegt regungslos auf der Matratze, ihr nackter Körper glänzt feucht. Von ihren schweren Brüsten perlt der Schweiß. Sie stöhnt leise. Du gehst auf Zehenspitzen näher heran. Betrachtest sie. Entdeckst den feuchten Fleck auf der Matratze. Die Fruchtblase ist geplatzt. Dein Herzschlag beschleunigt sich. Es kann losgehen. Ein Prickeln schießt durch deinen Körper. Eine Mischung aus Freude und Angst. Du machst

kehrt und hastest in die Küche zurück. Deine Hände zittern. Nicht die beste Voraussetzung für einen sauberen Schnitt. Beruhige dich! Du atmest einige Mal tief und gleichmäßig durch. Dann konzentrierst du dich wieder auf die Vorbereitungen für die Operation. Aus dem Zimmer nebenan dringen gedämpfte Laute an dein Ohr. Sie wird wach. Du musst dich beeilen.

51

Beim Anblick von Mariannes verheultem Gesicht fährt Rick der Schreck wie ein Faustschlag in die Magengrube. Er setzt sich ihr gegenüber. Marianne sieht ihn an und bricht in Tränen aus. Daniel nimmt den Arm von ihren Schultern und wühlt in seinen Manteltaschen. Er fördert eine Packung Tempotaschentücher zutage, fummelt eins davon heraus und reicht es Marianne. Sie nimmt es mit einem leise gemurmelten »Danke« entgegen und schneuzt sich umständlich die Nase.

»Entschuldige«, sagt sie und lächelt Rick unter Tränen an. »Ich bin normalerweise nicht so nah am Wasser gebaut, aber das war jetzt doch einfach zu viel für mich.«

Rick schluckt, wagt kaum die Frage zu stellen, die ihm auf der Zunge liegt. »Wie geht es Konrad?«

Marianne verzieht den Mund und knetet das Taschentuch in ihren Händen. Mit einer Hand wischt sie sich eine Träne von der Wange. »Nicht gut«, sagt sie schließlich. »Er liegt immer noch im Koma.«

»Scheiße«, sagt Rick. »Was ist denn überhaupt passiert?«

Marianne wischt sich mit dem Handrücken über die Nase und holt tief Luft. »Konrad ist gestern Nacht brutal zusammengeschlagen und ausgeraubt worden.« Sie presst die Lippen aufeinander und schluchzt. Daniel greift nach ihrer Hand. »Er war schon bewusstlos, als er eingeliefert worden ist. Diagnose Schädelbasisbruch. Sie haben ihn sofort operiert. Jetzt kann man nur noch abwarten, sagt der Arzt.« Marianne stößt die Sätze so abgehackt hervor, als würde ihr jedes einzelne Wort quälende Schmerzen bereiten.

Rick weiß nicht, was er sagen soll. Er kratzt sich am Kopf und murmelt noch mal: »Scheiße.«

Marianne nickt und sagt kläglich: »Das kannst du gerne laut sagen.«

»Wieso hat man dich denn so spät informiert? Der Überfall war doch schon gestern Nacht«, fragt Daniel.

»Konrads Portemonnaie, seine Papiere, das Handy, alles weg.« Marianne greift in ihre Manteltasche und holt einen zerknüllten Zettel hervor. »Das hat eine Krankenschwester in seiner Hosentasche entdeckt.« Sie legt das Papier vor sich auf den Tisch und streicht es glatt. »Judiths Handynummer. Sie haben bei ihr angerufen und so erst erfahren, wie sie mich erreichen können.«

»Judith? Wer ist Judith?«, fragt Rick.

»Eine ehemalige Freundin von Konrad. Sie ist seit einiger Zeit wieder in Berlin. Wahrscheinlich hat Konrad sie getroffen, und sie hat ihm ihre Handynummer aufgeschrieben. Glück im Unglück nennt man so was wohl.« Sie schnüffelt und wendet sich Rick zu. »Weißt du, was ich nicht verstehe?«

Rick hebt fragend die Augenbrauen.

»Ich habe heute Morgen noch versucht, ihn zu erreichen, und daraufhin mit Paula telefoniert. Sie hat mit keinem Wort erwähnt, dass Konrad in der Nacht nicht nach Hause gekommen war.«

Rick räuspert sich. »Die beiden haben sich gestern Abend ziemlich heftig gestritten. Aber mehr weiß ich auch nicht. Ich habe in Frohnau bei meinen Eltern übernachtet. Meine Mutter –« Rick unterbricht sich. Marianne hat jetzt weiß Gott andere Sorgen, als sich einen Bericht über Ruths nächtliche Odyssee anzuhören.

»Was ist mit deiner Mutter?«, fragt Marianne nach.

»Ach, nichts weiter«, antwortet Rick. »Vergiss es einfach.«

Marianne nickt fahrig und nimmt ihre Handtasche von der Stuhllehne. »Ich habe Paula auch immer noch nicht erreichen können. Sie weiß das mit Konrad wahrscheinlich noch gar nicht.« Sie kramt in ihrer Handtasche und holt das Handy hervor.

»Warte, Marianne.« Rick beugt sich über den Tisch und umfasst ihre Hände. Marianne sieht ihn erstaunt an.

Rick holt tief Luft. »Paula ist verschwunden«, stößt er schließlich hervor.

Marianne starrt ihn sekundenlang entsetzt an. Dann schlägt sie beide Hände vor den Mund. Sie bringt keinen Ton heraus.

»Seit wann wird Paula denn vermisst?«, meldet sich schließlich Daniel zu Wort.

»Seit heute. Sie ist nicht aus der Mittagspause zurückgekommen.« Rick wendet sich dem Mann an Mariannes Seite zu. »Deshalb muss ich jetzt auch schnell weg. Ich habe schon viel zu viel Zeit verloren. Ich muss zur Polizei.« Er macht Anstalten aufzustehen.

Daniel wiegt den Kopf hin und her. »Sie ist erst ein paar Stunden verschwunden. Ich fürchte, eine Vermisstenanzeige bringt zum jetzigen Zeitpunkt nicht wirklich viel.«

»Woher willst du das denn wissen?«, braust Rick auf.

»Daniel arbeitet für die Polizei«, sagt Marianne mit tonloser Stimme.

Rick runzelt die Stirn. »Ich denke, du bist Psychologe?«

»Bin ich auch«, sagt Daniel. »Polizeipsychologe.«

»Verstehe«, sagt Rick. »Aber ich kann nicht einfach rumsitzen und Däumchen drehen. Irgendwas ist hier faul. Konrad wird ins Koma geprügelt, am nächsten Tag verschwindet Paula spurlos.« Rick springt vom Stuhl hoch. »Ich gehe jetzt zur Polizei und mache denen Feuer unterm Arsch.«

»Jetzt warte doch mal!« Daniel erhebt sich ebenfalls und hält ihn am Arm fest. »Warum erzählst du nicht einfach mir, was passiert ist? Dann können wir immer noch entscheiden, ob es tatsächlich ein Fall für die Polizei ist.«

Rick sieht ihn zweifelnd an.

»Was hast du zu verlieren?« Daniel setzt sich wieder hin. »Ich bin quasi die Polizei. Und in blinden Aktionismus auszubrechen, fruchtet in den seltensten Fällen.«

»Okay«, sagt Rick gedehnt und setzt sich zögernd wieder hin. »Ich werde versuchen, mich möglichst kurzzufassen. Angefangen hat es vor drei Tagen. Mit dem mysteriösen Anruf einer Frau.«

52

Also, noch mal ganz von vorne. Paula ist mit dieser Rachel hier aufgekreuzt?« Chris sitzt halb auf Nastis Schreibtisch und blickt auf sie herunter.

Nasti beißt sich auf die Lippen und nickt. »So wie ich das verstanden habe, wollte sie mal bei uns reinschnuppern. Von wegen, ob der Job was für sie wäre und so.«

Nikki schält geräuschvoll einen Schokoriegel aus dem Stanniolpapier und beißt ein Stück ab. »Ich fand die gleich irgendwie merkwürdig«, sagt sie kauend.

Chris ignoriert den Einwand. »Und dann? Was war dann?«

»Nix weiter«, schmatzt Nikki. »Das heißt, Rachel wurde schlecht, und Paula wollte sie nach Hause bringen.«

»Meinst du, Paula ist etwas zugestoßen?« Nasti sieht Chris fragend an.

»Ich habe keine Ahnung. Es passt nicht zu Paula, einfach wegzubleiben. Und dass Konrad auch nicht auftaucht ...« Chris lässt den Satz unvollständig.

»Vielleicht sind die beiden im Krankenhaus. Babyalarm. Und haben vor Aufregung vergessen, Bescheid zu geben.« Nasti zuckt mit den Schultern.

»Möglich wär's«, sagt Chris.

»Kann ich jetzt vielleicht endlich nach Hause gehen?«, nörgelt Nikki und zerknüllt das Stanniolpapier zu einer kleinen Kugel.

»Ich mach jetzt Folgendes.« Chris rutscht vom Schreibtisch. »Ich fahre in die Wiener Straße zu dem Haus, in das ich Rachel vorhin habe reingehen sehen.« Er wendet sich Nikki zu. »Du bist dir sicher, dass sie gesagt hat, sie wohnt in der Wiener Straße?«

»Hundertpro«, bestätigt sie mit einem eifrigen Nicken.
»Gut, dann dürfte es ja kein Problem sein, sie zu finden.«
»Hoffentlich«, sagt Nasti. Sie klingt besorgt.
»Dauert nicht lange.« Chris wendet sich Nikki zu. »Kannst du die halbe Stunde noch warten? Ja?«
Nikki verzieht das Gesicht zu einer genervten Grimasse und stöhnt. »Na gut, wenn's denn sein muss.«
»Ich danke dir«, sagt Chris betont freundlich. »Spätestens in einer halben Stunde bin ich wieder da.«
»Chris!« Kurz vor der Tür holt ihn Nasti ein.
»Ja?« Er dreht sich überrascht zu ihr um.
»Hast du vielleicht Bock auf ein Bier heute Abend nach Feierabend?« Sie grinst ihn mit schief gelegtem Kopf an.
»Ich dachte schon, du fragst mich nie«, sagt Chris und kann gar nicht mehr aufhören zu lächeln.
»Na, dann«, sagt Nasti. »Bis später!«
»Ich freu mich«, sagt Chris.
»Ich mich auch«, sagt Nasti mit glänzenden Augen und macht kehrt. Chris sieht ihr nach und kann sein Glück kaum fassen.

53

Marianne und Daniel haben Rick reden lassen, ohne ihn zu unterbrechen. Erst ganz zum Schluss, als Rick den zusammengeknüllten Zettel mit der Friedhofs-Botschaft aus seiner Hosentasche fummelt, sagt Daniel: »Lass mal sehen.«
Rick streicht das Papier glatt und reicht es Daniel. Mit gefurchter Stirn liest dieser halblaut vor: »Judas reute seine Tat, als der sah, dass Jesus zum Tod verurteilt war. Und er ging weg und erhängte sich. Nun ist die Zeit der Sühne für dich gekommen. Nichts wird bleiben von dir. Außer der Erinnerung an mich.«
Rick trinkt den letzten Rest des mittlerweile kalt gewordenen Kaffees und wartet gespannt auf Daniels Reaktion. Doch der lässt sich Zeit, fährt mit den Fingern der rechten Hand über seinen Bart und scheint angestrengt nachzudenken.
»Und?«, fragt Rick nach einer Weile. In seiner Stimme schwingt deutlich ein ungeduldiger Ton mit. »Was meinst du?«
»Schwer zu sagen.« Daniel sieht Rick ernst an. »Judas steht für Verrat. Das legt die Vermutung nahe, dass die Frau sich hintergangen fühlt. Von jemandem, dem sie vertraut, den sie womöglich geliebt hat. Mehr lässt sich anhand dieser Nachricht nicht sagen.«
Rick fährt sich mit beiden Händen durchs Haar. »Hier rumsitzen und abwarten, was als Nächstes passieren wird, bringt aber auch nichts. Ich gehe jetzt zur Polizei.«
Daniel nickt bedächtig. »Vielleicht ist das tatsächlich das Beste.«
»Wartet mal«, sagt Marianne, die die ganze Zeit über sehr schweigsam gewesen ist. Sie legt die Botschaft neben den Zet-

tel, auf dem Judith ihre Handynummer notiert hat. Ihre Augen wandern zwischen den beiden Papieren hin und her.
»Das darf nicht wahr sein«, murmelt sie schließlich.
»Hast du was entdeckt?« Daniel rückt mit dem Stuhl näher an sie heran.
»Was?« Rick stützt sich mit den Armen auf den Tisch und reckt den Hals. »Was meinst du?«
»Hier!« Marianne deutet aufgeregt erst auf den einen, dann auf den anderen Zettel. »Die Unterlänge bei dem ›J‹ ist identisch. Dann hier: die geschwungene Linie über dem ›u‹. Und seht mal diese merkwürdige Form von dem ›h‹. Das ist eindeutig dieselbe Handschrift.«
Daniel zieht die beiden Papiere zu sich und unterzieht sie einer eingehenden Prüfung. »Du hast recht«, sagt er nach einer Weile.
»Das bedeutet, diese Judith steckt hinter alldem«, sagt Rick. »Aber was will sie von uns? Und wer zum Teufel ist dann Rachel? Hilft sie ihr? Wenn ja, wobei? Ich verstehe gar nichts mehr.«
Marianne wird plötzlich kalkweiß im Gesicht. »Ich glaube, ich weiß, was Judith will«, flüstert sie. »Das Kind. Sie will Paulas und Konrads Baby.«

54

Chris steht in dem düsteren Hausflur in der Wiener Straße und inspiziert die Reihe der verbeulten Briefkästen. Die meisten sind mit Werbeprospekten derart vollgestopft, dass es den Anschein hat, sie müssten jeden Augenblick auseinanderbersten. Den Namen Rachel Soundso findet er auf keinem der ausgeblichenen Namensschilder.

Und was jetzt? Es widerstrebt Chris aus Prinzip, unverrichteter Dinge abzuziehen. Er hat es sich zu seiner persönlichen Maxime gemacht, nicht gleich aufzugeben, wenn die Lösung eines Problems sich schwieriger gestaltet als gedacht. Also geht er die drei ausgetretenen Stufen zum Hinterhaus hinunter. Die schmale Tür öffnet sich mit einem protestierenden Quietschen. Dahinter liegt ein trister Hinterhof. Unkraut wuchert in den Ritzen der brüchigen Betonplatten, mit denen der Boden gepflastert ist. In der Mitte wächst aus einer rechteckigen, mit Erde gefüllten Aussparung eine mickrige Birke. Wie dünne Skelettfinger reckt sie ihre kahlen Zweige in die Höhe.

Chris lässt seinen Blick an der Fassade hochwandern. Der nikotingelbe Vorhang im zweiten Stock bewegt sich leicht. Er formt die Hände zu einem Trichter und ruft, so laut er kann:

»Hallo? Hören Sie mich?«

Er hat wenig Hoffnung, dass jemand reagiert. Die Leute im Kiez sind misstrauisch und Fremden gegenüber nicht unbedingt aufgeschlossen. Umso erstaunter ist er, als das Fenster sich öffnet und ein rotgesichtiger Mann auf ihn herabglotzt.

»Guten Tag«, ruft Chris und legt den Kopf in den Nacken, um besser zu sehen.

Der Mann mustert ihn neugierig. »Was willstn?«
»Ich suche nach einer Frau, die hier im Haus wohnt. Sie heißt Rachel, den Nachnamen weiß ich leider nicht.«
»Suchenwanischallenachnerfrau«, nuschelt der Typ und zeigt grinsend sein unvollständiges Gebiss. Chris hat keinen Ton verstanden. Aber er fasst das Grinsen als Entgegenkommen auf und grinst zustimmend zurück.
»Die Frau ist ungefähr so groß.« Chris hebt die Hand bis zu seiner Brust. »Hat kurze schwarze Haare, recht attraktiv.«
Neben dem Mann taucht ein zweites Gesicht auf. Hager, von ebenso ungesunder Röte. Eine Frau. Sie rafft den rosafarbenen Frotteestoff vor ihrer Brust zusammen. »Was will der denn?«, fragt sie und mustert Chris mit unverhohlener Neugier.
»Suchtnefrau«, antwortet der Mann, ohne Chris aus den Augen zu lassen.
Sie kichert. »Wie wär's mit mir?«, fragt sie und zwinkert Chris zu.
»Kannstsehaben, wenndewillst.« Der Typ lacht meckernd.
Chris hat genug. Ihm schmerzt der Nacken vom Hochschauen, und er glaubt nicht, dass er aus den beiden noch etwas Vernünftiges herausbekommen wird. Er winkt ab. »Nichts für ungut. Schönen Tag noch«, und wendet sich zum Gehen.
»Watzahlstde?«, ruft ihm der Typ hinterher.
Chris bleibt stehen und dreht sich langsam um.
»Kommt drauf an«, sagt er.
»Die Kleine wohnt erst seit ein paar Tagen hier«, sagt die Frau und kratzt sich ausgiebig an der Wange.
»Und wo?«
»Erst Bares auf die Kralle«, erklärt sie mit einem durchtriebenen Grinsen. Der Typ neben ihr grient.
Chris greift in seine Jackentasche und holt das Portemonnaie

heraus. Er hält eine Zwanzigeuronote hoch. »Mehr habe ich nicht dabei.«

»Ich komm runter.« Die Frau verschwindet aus dem Fensterrahmen. Der Mann tut es ihr gleich und schließt das Fenster. Chris bleibt, wo er ist, und wartet. Es vergehen fünf Minuten, doch niemand kommt.

»Verarscht«, murmelt Chris grimmig vor sich hin. »Zwei Mal an einem Tag. Das ist zwei Mal zu viel.« Kurz flammt Ärger in ihm auf. Aber dann ist da plötzlich Nasti in seinem Kopf. Er sieht ihr Gesicht, ihr Lächeln.

Ich habe ein Date, denkt Chris und lächelt. Mit Nasti. Mir kann heute keiner mehr was.

»Dann eben nicht«, sagt er laut. Er will gerade den Geldschein wieder einstecken, da öffnet sich die Tür zum Treppenhaus.

»Ich musste mir erst was überziehen«, entschuldigt sich die spindeldürre Frau in Jeans und rosa Pulli, auf dessen Vorderseite ein Pandabär mit schwarz glitzernden Knopfaugen prangt, und verzieht den rot überschminkten Mund zu einem Lächeln. Chris riecht ihre Alkoholfahne. Die Frau kommt mit unsicheren Schritten näher, bleibt direkt vor ihm stehen. Das Rot ihrer Wangen, das Chris im ersten Moment für zu dick aufgetragenes Rouge gehalten hat, entpuppt sich aus der Nähe als ein dichtes Gespinst geplatzter Äderchen.

»Und?«, fragt Chris forscher als beabsichtigt. »Wo wohnt sie?«

Das Lächeln der Frau verändert sich, ihr Blick bekommt etwas Listiges.

»Erst die Kohle«, fordert sie und streckt die Hand aus.

Chris zögert kurz, reicht ihr dann doch den Schein. Sie schnappt danach, faltet ihn zusammen und lässt ihn in der Tasche ihrer Jeans verschwinden. Dann deutet sie mit dem Kopf nach oben. »Da«, sagt sie und sticht mit dem Zeigefin-

ger in die Luft über ihrem Kopf. »Sie wohnt zwei Stockwerke über uns.«
»Im vierten Stock?«
»Ja. Sie hat Besuch. Ich habe sie vorhin mit ’ner anderen Tusse hochgehen sehen.«
»Wie sah die Frau aus? Wissen Sie das zufällig?«
Die Frau pustet die Luft aus ihren Lungen. »Nee, so genau habe ich mir die nicht angesehen. Hab ja noch anderes zu tun, als den ganzen Tag lang am Fenster zu hängen.«
»Okay«, sagt Chris. »Dann werde ich mein Glück mal versuchen. Vielen Dank für Ihre Hilfe.«
»Die müsste da sein. Sie war kurz weg, aber sie ist wiedergekommen. Und der Besuch müsste auch noch da sein. Ich habe jedenfalls niemanden weggehen sehen.« Die Frau sieht ihn beifallheischend an.
So viel zu *Ich hab ja noch anderes zu tun,* denkt Chris und sagt: »Na, dann schönen Tag noch.« Er ist schon an der Tür, da ruft die Frau ihn noch mal zurück.
»Mir ist doch was aufgefallen«, sagt sie.
Chris hebt fragend die Augenbrauen. »Ja?«
»Erst dachte ich, Mann, ist die fett. Aber dann hab ich gesehen, dass sie schwanger ist.«

55

Du hast da gerade eine ziemlich abenteuerliche Behauptung aufgestellt.« Daniel sieht Marianne ernst an. »Wie kommst du darauf, dass Judith es auf das Baby abgesehen hat?«
Marianne holt tief Luft. »Ich muss, glaube ich, etwas ausholen, um das zu erklären.«
»Aber fass dich kurz«, bittet Rick. »Ich habe echt ein Scheißgefühl.«
Daniel legt ihm beruhigend die Hand auf seinen Arm. »Glaub mir, es ist besser, sämtliche Fakten zu kennen. Wir brauchen konkrete Anhaltspunkte, wo wir ansetzen können.«
Rick verzieht den Mund und atmet hörbar ein. »Okay, okay«, knurrt er.
»Wo soll ich anfangen?« Marianne macht eine kurze Pause und legt die Stirn in Falten. »Judith war mit knapp fünfzehn schwanger von Konrad. Sie hat ihren Zustand geheim gehalten, bis sie im sechsten Monat war. Dann hat sie es Konrad gestanden. Sie wollte das Kind, hatte aber panische Angst vor ihren Eltern, die wohl strenggläubig sind. Sex vor der Ehe wird quasi mit einem Kapitalverbrechen gleichgesetzt. Tja und Konrad …«, Marianne seufzt. »Konrad wollte das Kind auf gar keinen Fall, außerdem hatte er Angst, dass er strafrechtlich belangt werden könnte, denn Judith war ja erst fünfzehn. Na ja, der langen Rede kurzer Sinn: Konrad hat Judith zu einer Abtreibung überredet. Sie ist bei einem Pfuscher gelandet und fast verblutet. Ihre Eltern haben sie dann, kurz nachdem sie aus dem Krankenhaus entlassen wurde, zu einer Tante nach Westdeutschland verfrachtet. Ich habe von alldem leider erst im Nachhinein erfahren. Sonst hätte ich das Schlimmste vielleicht verhindern können.«

Daniel nickt nachdenklich. »Eine Abtreibung ist auch unter besseren Umständen für viele Frauen ein traumatisches Erlebnis. Der Psyche eines jungen Mädchens kann es durchaus einen dauerhaften Schaden zufügen, insbesondere, wenn die Person sehr labil ist.«

»Judith hat Konrad noch jahrelang geschrieben. In der ersten Zeit war fast täglich ein Brief von ihr bei der Post. Konrad hat ihr anfangs sogar geantwortet, aber irgendwann hat er ihre Briefe nicht mal mehr gelesen.« Marianne zuckt mit den Schultern. »Ich glaube, er war ganz froh, sie los zu sein.«

»Nehmen wir einfach mal an, Judith hat – wie auch immer – mitbekommen, dass Konrad jetzt Vater wird, sich diesmal sogar darauf freut. Genau das könnte der Auslöser gewesen sein. Der sogenannte Trigger für ihr weiteres Handeln. Was genau sie vorhat, darüber kann ich allerdings nur spekulieren.« Daniel hebt die Schultern. »Denkbar wäre, dass sie sich einbildet, das Kind würde ihr zustehen. Oder aber …« Er atmet hörbar aus, »sie gönnt Konrad kein Kind und will es daher töten. Ich fürchte, ihre Botschaft lässt auf Letzteres schließen.«

»Du hast doch Judiths Handynummer«, sagt Rick. Seine Stimme bebt vor Aufregung. »Ruf sie an!«

Marianne wirft Daniel einen fragenden Blick zu. »Was meinst du?«

»Etwas anderes fällt mir im Moment auch nicht ein. Versuch es.«

Marianne tippt die Nummer in ihr Handy und hebt es an ihr Ohr. Rick beobachtet sie ungeduldig. Marianne schüttelt den Kopf und drückt die rote Taste. »Mailbox«, sagt sie und legt das Handy vor sich auf den Tisch.

»Wir haben nichts als vage Vermutungen«, sagt Daniel nach

einer kleinen Pause. »Obwohl«, er hebt die Hand, um Rick, der etwas einwenden will, am Reden zu hindern, »mir einiges an dieser Geschichte spanisch vorkommt. Ricks Mutter verschwindet, Konrad wird zusammengeschlagen. Und dann verschwindet Paula.« Daniel streicht sich nachdenklich über den Bart.

»Egal.« Rick springt auf. Sein Stuhl fällt polternd hinter ihm zu Boden. »Wir müssen etwas unternehmen.« Ein vorbeieilender Pfleger mustert ihn kopfschüttelnd. Rick bückt sich nach dem Stuhl und stellt ihn wieder auf.

»Okay«, sagt Daniel und erhebt sich ebenfalls. »Ich werde meine Kollegen bitten, einen Antrag auf Ortung von Judiths Mobiltelefon zu stellen. Ich melde mich, sobald ich etwas weiß.«

»Ich komm mit«, sagt Rick entschlossen.

»Ich hoffe, ihr versteht, dass ich hier im Krankenhaus bei Konrad bleiben möchte«, sagt Marianne.

Daniel beugt sich zu ihr hinunter, nimmt ihr Gesicht in beide Hände und küsst sie zart auf den Mund. »Natürlich verstehen wir das, Süße.«

Marianne lächelt ihn liebevoll an. »Hinterlasst mir auf jeden Fall eine Nachricht auf dem Handy, sobald ihr irgendetwas wisst, ja?«

»Machen wir«, verspricht Daniel.

»Geht klar«, sagt Rick und umarmt Marianne kurz. »Konrad packt das. Ganz sicher.«

»Danke, Rick.« Marianne lächelt ihn mit tränenfeuchten Augen an. »Ich werde jetzt nach ihm sehen. Vielleicht gibt es ja schon positive Nachrichten. Und viel Glück euch beiden«, sagt sie und wendet sich zum Gehen.

»Augenblick noch.« Daniel hält sie am Ärmel ihres Mantels fest. Rick wird ungeduldig. Was ist denn jetzt noch?

»In diesem kleinen Fotobüchlein, das du ständig mit dir rumschleppst, ist nicht zufällig ein Foto von dieser Judith?«
Marianne runzelt die Stirn, denkt nach. »Doch«, sagt sie. »Ich habe tatsächlich eins. Augenblick.« Sie kramt in ihrer Handtasche. »Das Foto ist natürlich schon zehn Jahre alt.« Sie zieht ein dünnes, in Leder gebundenes Büchlein hervor und schlägt es auf.
Rick stellt sich neben sie und schaut ihr über die Schulter. Auf dem ersten Foto in der durchsichtigen Plastikhülle erkennt er Konrads Vater. Es ist das gleiche Foto, das in Konrads Zimmer gerahmt in einem der Regale steht. Marianne umblättert mit flinken Fingern die Plastikseiten und stockt plötzlich. »Das ist sie«, sagt sie.
»Kann ich es haben?«, fragt Daniel und fügt erklärend hinzu: »Für die Kollegen. Falls sie doch zur Fahndung ausgeschrieben wird.«
»Das ist Judith?«, fragt Rick und starrt ungläubig das Foto an.
»Ja«, sagt Marianne. »Sie trägt jetzt die Haare ganz kurz, aber ansonsten hat sie sich kaum verändert. Sie war schon damals eine richtige Schönheit.« Sie zieht das Foto aus der Plastikhülle und reicht es Daniel.
»Darf ich mal«, fragt Rick und schnappt sich das Foto, bevor Daniel es nehmen kann.
»Was ist?«, fragt Daniel irritiert.
Rick studiert das Foto einige Sekunden lang. »Diese Judith hat nicht zufällig eine Zwillingsschwester?«
Marianne schüttelt verständnislos den Kopf. »Nein, nicht dass ich wüsste.«
Daniel begreift vor ihr, worauf Rick hinauswill. »Bist du dir sicher?«
Rick nickt. »Sagen wir mal, zu 99,9 Prozent.«

»Dann hat sie das alles von langer Hand geplant«, sagt Daniel.
»Sieht ganz danach aus«, antwortet Rick.
Marianne blickt verständnislos von einem zum anderen. »Kann mich mal jemand aufklären?«, fragt sie.
»Rachel ist Judith«, erklärt Rick.

56

Chris sprintet die ausgetretenen Stufen bis zum vierten Stock hoch. Zwei Wohnungen liegen auf der Etage. Er inspiziert die Klingelschilder: A. Müller steht auf dem einen. Die Wohnung rechts hat offenbar keine Klingel. Jedenfalls kann Chris keine entdecken. Dafür steht die Tür einen Spaltbreit offen. Er drückt sie mit der Handfläche auf. Abgestandene Luft schlägt ihm aus dem schmalen, düsteren Flur entgegen.

»Hallo?«, ruft er. »Ist da jemand?« Er hat das Gefühl, seine Worte kommen aus dem schmalen Schlauch wie ein dumpfes Echo zurück. »Hallo?«, ruft er noch mal. Dieses Mal lauter. »Rachel? Paula?«

Keine Antwort.

Mit zögernden Schritten betritt Chris die Wohnung. Die Stille umfängt ihn wie ein Kokon. Er holt tief Luft. Das beklemmende Gefühl will nicht weichen. Vorsichtig setzt er einen Fuß vor den anderen.

»Rachel«, ruft er mit gedämpfter Stimme. »Bist du da?«

Linker Hand scheint die Küche zu sein. Auf dem Tisch vor dem Fenster liegen auf einem grünen Tuch irgendwelche Utensilien. Im Dämmerlicht kann Chris nichts Genaues erkennen.

Das ungute Gefühl in seiner Magengrube verstärkt sich immer mehr. Die Stimme in seinem Hinterkopf sagt: Hau ab! Hier stimmt irgendwas nicht. Hier stimmt irgendwas ganz und gar nicht.

Ein leises Stöhnen lässt ihn aufhorchen. Er folgt dem Geräusch bis zum Ende des Flurs.

»Ist da jemand?«, ruft er und erschrickt über den Klang seiner eigenen Stimme.

Ein Stöhnen, dieses Mal lauter, ist die Antwort. Es kommt aus dem Zimmer auf der rechten Seite. Vorsichtig drückt Chris die Klinke runter und späht in den düsteren Raum. Mit der rechten Hand tastet er an der Wand nach dem Lichtschalter. Ein leises Klicken, aber kein Licht flammt auf.

Wieder hört Chris das Stöhnen. Er verharrt, lauscht in die Dunkelheit.

»Wer ist da?« Ein Flüstern, kaum hörbar. »Wer ist da?«

Allmählich gewöhnen sich Chris' Augen an das dämmerige Licht. Er kann die schemenhaften Umrisse eines Bettes ausmachen, das in der Mitte des Zimmers steht. Mit zwei schnellen Schritten ist er dort. In Sekundenschnelle erfasst sein Verstand die Situation. Auf dem Bett liegt Paula, nackt, die Augen verbunden. Mit Handschellen ist sie an die Metallpfosten des Bettes gekettet. Sie zittert am ganzen Körper.

»Oh, mein Gott«, flüstert er.

»Konrad?« Paulas Stimme ist kaum mehr als ein Wispern. »Bist du das, Konrad?«

»Nein. Ich bin's. Chris.« Er beugt sich über sie, stützt ihren Kopf mit einer Hand und entknotet die Augenbinde. Paula blinzelt ihn aus roten Augen an.

»Weißt du, wo die Schlüssel für die Handschellen sind?«, fragt er.

Sie schüttelt den Kopf. Ihr Blick irrt an ihm vorbei, ihre Augen weiten sich vor Schreck. Sie öffnet den Mund, stößt ein heiseres »Vorsicht, Chris! Hinter dir!« aus.

Chris schafft eine halbe Umdrehung. Aus den Augenwinkeln nimmt er ein metallisches Aufblitzen wahr. Bevor er reagieren kann, wird sein Kopf mit einem schmerzhaften Ruck nach hinten gerissen. Er spürt den Schnitt in seinen Hals, hört ein gurgelndes Geräusch. Instinktiv schlägt er um sich, doch plötzlich geben seine Beine nach. Ein gleißender Schmerz schießt ihm durch den Körper, brennt sich in seine Eingeweide. In seinem Kopf formt sich ein einziges Wort: Weg! Auf allen vieren kriecht er auf die Tür zu. Das Blut fließt aus der Wunde an seinem Hals, läuft auf den Boden. Er drückt eine Hand auf die Wunde, spürt, wie seine Kräfte schwinden. Seine Lunge rasselt, als er die Luft einzieht. Er schafft es, auf die Beine zu kommen, torkelt aus der Wohnung. Eine Hand am Treppengeländer, stolpert er über Stufen, schleppt sich weiter, bis alles vor seinen Augen zu konturlosen Schemen verschwimmt und er mit dem Kopf gegen ein Hindernis stößt. Er muss sich ausruhen. Er geht in die Knie, kippt nach vorne. Den Aufprall auf den Boden spürt er schon nicht mehr.

57

Noch benommen von dem Schlag gegen deine Schläfe, richtest du dich vom Boden auf. Deine Hand umklammert noch immer das blutige Skalpell. Du lässt es fallen. Dir ist schwindelig. Alles um dich herum verschwimmt zu einer konturenlosen Masse. Du schließt die Augen, zwingst dich, tief und gleichmäßig zu atmen, bis das Schwindelgefühl nachlässt, deine Umgebung sich Stück für Stück wieder zu einem Ganzen zusammenfügt.

Erst jetzt hörst du ihr Wimmern. Ihre Augen sind weit aufgerissen vor Entsetzen. Sie zittert am ganzen Körper.

»Warum tust du das, Rachel«, fragt sie mit brüchiger Stimme. »Was haben wir dir getan?«

Du antwortest ihr nicht. Sie würde es sowieso nicht begreifen. Mit fahrigen Bewegungen verschließt du ihr den Mund mit einem Klebestreifen. Sie lässt es sich ohne Gegenwehr gefallen. Dann drehst du dich zur Tür um. Wo ist er hin?

Du folgst der Blutspur aus der Wohnung, findest ihn vor der Tür zum Dachboden. Er liegt in einer Blutlache am Boden. Sein Puls ist kaum noch fühlbar. Es sieht nicht gut für ihn aus.

Du zögerst, dann eilst du zurück in die Wohnung, drehst den Schlüssel von innen zwei Mal um.

Dein Atem geht schwer.

Du zitterst am ganzen Körper.

Um ein Haar wäre alles umsonst gewesen.

Jetzt muss es schnell gehen.

Sie liegt auf dem Bett und starrt an die Decke. Ihr Brustkorb hebt und senkt sich.

Als sie deine Schritte hört, dreht sie den Kopf in deine Richtung. Du siehst das Flehen in ihren Augen, die stumme Bitte um Erbarmen.

Das Mitleid mit ihr schießt so plötzlich in dir hoch, dass du für den Bruchteil einer Sekunde schwankend wirst. Du schluckst, schüttelst heftig den Kopf.

Nein.

Du bist dir nicht sicher, ob du das Nein laut ausgesprochen oder nur gedacht hast. Ohne sie noch einmal anzusehen, verlässt du das Zimmer.

58

Als Rick und Daniel das Krankenhaus mit eiligen Schritten verlassen, ist das fahle Licht der Dämmerung bereits dem Dunkel der beginnenden Nacht gewichen.

»Ich ruf noch mal im Büro an«, sagt Rick und zückt sein Handy. »Nicht dass Paula mittlerweile wieder aufgetaucht ist und wir den ganzen Zirkus hier umsonst veranstalten.«

»Okay«, sagt Daniel. »Sicher ist sicher.«

Schon nach dem zweiten Klingeln ist Nasti am Apparat. Sie klingt etwas atemlos.

»Rick, gut, dass du anrufst«, legt sie los, kaum dass Rick seinen Namen genannt hat. »Ich mache mir Sorgen um Chris.«

»Um Chris? Wieso das denn?«

»Ich kann ihn nicht auf dem Handy erreichen.« Nasti, die sich normalerweise durch nichts aus der Ruhe bringen lässt, klingt schrill vor Aufregung. »Ich habe ein Scheißgefühl dabei.«

»Jetzt beruhig dich erst mal«, sagt Rick. »Was ist los mit Chris?«

»Er hat diese Rachel zufällig in der Wiener Straße in ein Haus gehen sehen, und da Paula immer noch verschollen ist, ist er zu ihr, um sie zu fra–«

»Augenblick«, unterbricht Rick sie. »Rachel wohnt in der Wiener Straße. Weißt du, wo?«

»Nein«, stöhnt Nasti. »Das weiß ich eben nicht. Das Haus muss, wenn ich Chris richtig verstanden habe, direkt gegenüber vom Marena sein. Ich meine, vielleicht wohnt sie da ja auch gar nicht, sondern Freunde von ihr. Oder –«

Wieder unterbricht Rick ihren Redeschwall. »Wie lange ist Chris denn schon weg?«

»Über eine Stunde«, antwortet Nasti. »Dabei wollte er in spätestens einer halben Stunde wieder hier sein. Du solltest dir das Gesicht von Nikki ansehen. Das wird immer länger. Er wollte sie ablösen.«

»Ich bin ganz in der Nähe. In fünf Minuten kann ich in der Wiener Straße sein. Ich werde Chris suchen.«

»Gut.« Nasti klingt erleichtert. »Sag mir bitte sofort Bescheid, wenn du ihn gefunden hast.«

»Mach ich«, verspricht Rick. »Und du mir, falls er in der Zwischenzeit wieder auftauchen sollte.«

»Geht klar«, sagt Nasti und legt auf.

Rick steckt sein Handy weg. »Wir müssen in die Wiener Straße«, sagt er zu Daniel, der neben seinem Auto auf ihn wartet, und steigt auf der Beifahrerseite ein. »Ich erklär's dir unterwegs. Kennst du die Marena Bar in Kreuzberg?«

Daniel nickt und fährt mit quietschenden Reifen vom Parkplatz.

59

Du säuberst das Skalpell unter fließendem Wasser und sterilisierst es sorgfältig. Obwohl du davon ausgehst, dass sie den Eingriff nicht überleben wird, hältst du dich streng an die Vorschriften.

Gelernt ist gelernt.

Du schiebst den Rolltisch mit dem Operationsbesteck in das Zimmer, in dem sie liegt. Ihr Körper krümmt sich vor Schmerz. Die Wehen haben eingesetzt. Du legst ihr beruhigend die Hand auf den Arm. Sie zuckt zurück, stößt schmerzerfüllte Laute aus.

»Die Wirkung des Narkotikums wird gleich einsetzen«, sagst du. »Du wirst nichts von der Operation spüren.«

Ihre Augen sind dunkel vor Angst. Sie begreift nicht, was ihr geschieht. Du erklärst es ihr.

»Mein Name ist Judith. Konrad und ich, wir waren zusammen. Ich war fünfzehn, und schwanger. Ich wollte das Baby, er wollte die Abtreibung. Ich habe es für ihn getan, bin dabei fast gestorben.« Du redest in schnellen, abgehackten Sätzen, willst es hinter dich bringen. »Danach dachte ich lange, ich könne nie mehr einen Mann so lieben, wie ich Konrad geliebt hatte. Doch dann traf ich Stefan. Er war etwas ganz Besonderes. Mit ihm wollte ich neu beginnen. Vergangenes begraben. Heiraten, eine Familie haben. Doch dann haben sie mir gesagt, dass ich keine Kinder mehr bekommen kann. Die Abtreibung damals –« Deine Stimme bricht. Du räusperst dich, drehst dich von ihr weg. Sie soll deine Tränen nicht sehen. »Stefan hat mich verlassen.«

Die Erinnerung an die letzte, verhängnisvolle Begegnung mit

ihm überfällt dich mit solcher Macht, dass ein Beben durch deinen Körper geht.
Du hast vor seiner Wohnungstür auf ihn gewartet. Es war wie ein innerer Zwang. Mit jeder Faser deines Körpers zog es dich in seine Nähe. Auch wenn er dich immer wieder von sich stieß. Und jedes Mal fiel seine Abwehr heftiger aus. Dabei wolltest du nur eins: Er sollte endlich ehrlich zu dir sein. Dir ins Gesicht sagen, dass er dich verlassen hat, weil du ihm keine Kinder gebären kannst. Aber er hat dir die Wahrheit verweigert. An das, was in jener Nacht im Treppenhaus geschah, hast du nur bruchstückhafte Erinnerungen. Du hast ihn von dir gestoßen, er stürzte die Stufen hinunter, und dann war plötzlich alles voller Blut. Auch deine Hände waren über und über mit Blut besudelt.
Noch in derselben Nacht bist du in den Zug gestiegen und nach Berlin zurückgekehrt. Du fühltest dich erlöst, wie befreit von einer schweren Last. Als hätte Stefan diesen Teil von dir mit in den Tod genommen.
Mit dem Handrücken wischst du dir über die Stirn, verscheuchst die Erinnerungen.
»Und jetzt hole ich mir, was mir zusteht«, flüsterst du. »Das Kind.«
Die Frau auf der Liege ist still geworden. Aus einem Grund, den du nicht benennen kannst, schaffst du es nicht, sie bei ihrem Namen zu nennen. Du drehst dich wieder zu ihr um. Ihre Augenlider flattern. Sie kämpft gegen die Bewusstlosigkeit. Du könntest ihr sagen, dass es ein vergeblicher Kampf ist und sie sich ihre Kräfte lieber aufsparen soll, aber du tust es nicht. Du siehst wortlos zu, wie ihr Körper erschlafft, ihre Augen sich schließen.
Dann streifst du die Latexhandschuhe über, bindest den Mundschutz um und nimmst das Skalpell zur Hand.

Du holst mehrere Male tief Luft. Eine tiefe Ruhe erfüllt dich. Es ist richtig, was du tust.

Ohne ein Zögern setzt du den Schnitt knapp oberhalb der Schamhaare an. Die Klinge des Skalpells taucht tief in das weiche Fleisch.

60

»Wie ist deine Handynummer?«
Daniel hält in der Wiener Straße in zweiter Reihe. Sofort geht hinter ihm ein Hupkonzert los. Rick diktiert, und Daniel tippt die Zahlenfolge ein. Kurz darauf klingelt das Handy in Ricks Hosentasche ein Mal und verstummt dann.
»Jetzt hast du meine Nummer für alle Fälle. Ruf an, wenn irgendetwas ist.«
»Mach ich«, sagt Rick.
»Ich parke in einer Seitenstraße und komme in wenigen Minuten nach. Die Kollegen müssten auch jede Sekunde aufkreuzen.«
Während der kurzen Fahrt vom Urban-Krankenhaus hat Daniel einen befreundeten Kommissar des Morddezernates informiert und ihm das Versprechen aus den Rippen geleiert, wenigstens eine Streife vorbeizuschicken.
»Mach nichts Unüberlegtes«, mahnt ihn Daniel, während Rick die Wagentür öffnet und das schmutzig braune Haus mustert, vor dem sie gehalten haben. Trotz der zahlreichen farbenfrohen Graffiti, die den unteren Teil der Fassade einen guten Meter breit bedecken, wirkt es trostlos und abweisend auf ihn.
»Das muss es sein«, sagt Rick. »Ich geh da jetzt rein.«
»Okay«, erwidert Daniel. »Bis gleich.«
Rick steigt aus und schlägt die Tür hinter sich zu. Daniel fährt davon. Rick geht mit schnellen Schritten auf das Haus zu. Der heruntergekommene Eindruck verstärkt sich, je näher er kommt. Überall blättert der Putz in großen Stücken ab. An der Hauswand, direkt neben der Eingangstür, lehnt ein Fahrrad. Der quietschrote Ledersattel glänzt wie frisch poliert.

Rechts am Lenker prangt die schwarze Ballhupe, die Rick auf dem Flohmarkt am Fehrbelliner Platz entdeckt und Chris geschenkt hat.

Rick stößt die Tür auf und betritt den dunklen Hausflur. Er drückt auf den rot leuchtenden Lichtschalter an der Wand. Eine funzelige Lampe über dem Eingang springt an, beleuchtet den Treppenflur aber nur spärlich. Ein paar ausgetretene Betonstufen führen zum Hochparterre. In dem schmalen Durchgang zum Hinterhof entdeckt er eine Reihe verbeulter Briefkästen. Rick braucht nur wenige Sekunden, um sich zu vergewissern, dass ihm die Namensschilder nicht weiterhelfen. Er macht kehrt und läuft die Stufen zum ersten Stock hoch, klingelt an beiden Wohnungstüren. Niemand öffnet. Erst ganz oben im vierten Stock hat er Glück. Eine verschlafene Frau mit einem wilden Dreadlock-Schopf, in den bunte Bänder eingeflochten sind, öffnet ihm. Sie gähnt ihn ungeniert an.

Rick kommt ohne Umschweife zur Sache. »Kennst du eine Rachel? Oder Judith? Die soll hier in dem Haus wohnen. Klein, zierlich, schwarze kurze Haare. Sieht ein bisschen aus wie Nena.«

»Nena?«, gähnt die Dreadlock-Frau und entblößt ein erstaunlich weißes Gebiss. »Nee«, sagt sie. »Aber frag doch mal beim Saufmeister nach.«

Sie lacht laut auf, als sie Ricks erstaunten Blick bemerkt. »So nenne ich unseren Hausmeister«, erklärt sie, formt die Hand zu einem Becher und deutet eine Trinkbewegung an. »Der und seine Püppi registrieren jeden, der hier einen Fuß über die Türschwelle setzt.« Sie zwinkert Rick zu. »Rechter Seitenflügel, zweiter Stock.«

»Danke«, sagt Rick und eilt, zwei Stufen auf einmal nehmend, die Treppen wieder hinunter. Er hastet durch den Hinterhof.

Im Eingang zum Seitenflügel stößt er fast mit einer vermummten Türkin zusammen. Er murmelt eine Entschuldigung und lässt der Frau den Vortritt. Sie senkt den Blick und drängt sich an ihm vorbei. Der Koffer in ihrer Hand schlägt gegen Ricks Bein. Er bemerkt es kaum. Seine Gedanken kreisen unaufhörlich um Paula.
Rick sprintet die Stufen zum zweiten Stock hoch. Drückt auf die Klingel. Ein Mann in einem schmuddelig grauen Arbeitsoverall öffnet. Die Alkoholfahne, die Rick entgegenweht, könnte glatt eine ganze Herde Elefanten umhauen. Der Mann, der Pfeiffer heißt, wenn Rick dem Namen auf dem Klingelschild glauben darf, hält sich bedenklich schwankend am Türrahmen fest und stiert ihn aus leeren, blutunterlaufenen Augen an.
Rick hat wenig Hoffnung, eine verwertbare Information aus ihm herauszuholen, leiert sein Sprüchlein aber dennoch herunter.
Der Mann bleckt nikotingelbe Zähne. »Dubisschodazweidederfragt«, nuschelt er. Rick braucht ein paar Sekunden, bis er geschnallt hat, was der Mann ihm sagen will.
Er ist heute schon der Zweite, der fragt.
Das kann nur Chris gewesen sein. »Ja, und? Wohnt sie hier?«, fragt er.
Ein listiges Lächeln huscht über das Gesicht des Mannes. Er hält die Hand auf. »Wazahlsse?«, fragt er und rülpst mit weit offenem Mund.
Rick reißt endgültig der Geduldsfaden. »Entweder Sie sagen es mir oder …« Er ballt die Faust und hält sie seinem Gegenüber drohend unter die Nase. »Ich werde so was von ungemütlich.«
Die Augen des Mannes weiten sich vor Schreck. Er schluckt. Rick sieht, wie der Kehlkopf hektisch auf und ab hüpft.

Schließlich weist er mit dem Daumen nach oben. »Vierderschtock«, bringt er hervor, macht einen torkelnden Schritt zurück in die Wohnung und knallt die Tür zu.
In wenigen Sätzen ist Rick zwei Stockwerke höher. Die Tür zur Wohnung auf der rechten Seite steht offen. Der Flur ein schmaler, düsterer Schlauch. Rick zögert. Etwas in ihm sperrt sich, will ihn daran hindern, einzutreten. Eine diffuse Angst vor dem, was ihn in dieser Wohnung erwarten wird. Er holt tief Luft und überschreitet die Schwelle. Auf dem Boden liegt ein Zettel. Rick bückt sich danach. Ein Zeitungsartikel. *Die innovativste Geschäftsidee des Jahres: die Beicht-Hotline,* liest er. Das Foto darüber zeigt ihn und die anderen Gründungsmitglieder. Paulas Gesicht ist durch einen braunen Fleck, der aussieht wie getrocknetes Blut, unkenntlich gemacht. Quer durch Konrads Gesicht zieht sich ein Riss. Das ungute Gefühl in Ricks Magen verstärkt sich.
Auf leisen Sohlen schleicht Rick sich an der Küche vorbei und überzeugt sich mit einem raschen Seitenblick, dass sie leer ist. Die Dielen knarzen leise unter seinen Schritten.
Eine feucht schimmernde Spur zieht sich quer über den Boden. Was ist das? Blut? Ricks Herzschlag beschleunigt sich.
Jetzt erst bemerkt er den merkwürdigen Geruch, der in der Luft hängt und sich wie ein Film auf seine Schleimhäute legt. Schwer, süßlich, Übelkeit erregend. Rick atmet flacher.
Lärm aus dem Treppenhaus dringt plötzlich an sein Ohr, seltsam gedämpft, als trenne ihn eine unsichtbare Wand von allem, was um ihn herum geschieht.
Bitte, fleht er stumm, lass Paula nichts passiert sein. Er fühlt sich zurückkatapultiert in die furchtbare Zeit nach Maries Verschwinden. An all die Wochen, in denen ihn nur die Hoff-

nung, dass sich alles noch zum Guten wenden und Marie lebend wieder auftauchen würde, aufrecht gehalten hat.
Die trampelnden Schritte sickern nur langsam in Ricks Bewusstsein. Eine Stimme brüllt »Rick? Wo steckst du?« und reißt ihn zurück in die Gegenwart.
Daniel! Rick dreht sich halb zur Wohnungstür um und ruft. »Hier bin ich, Daniel. Im vierten Stock. Rechts«, fügt er hinzu.
Schnell bewegt er sich auf die Tür am Ende des Flurs zu, drückt die Klinke herunter und tritt ein. Grelles Licht blendet ihn. Rick hebt eine Hand vor die Augen, blinzelt durch die gespreizten Finger. Eine nackte Birne baumelt von der Decke, direkt darunter, im Zentrum des Lichtkegels, steht ein schmales Bett. Hinter sich hört er eine männliche Stimme Anweisungen geben. Offensichtlich ist die Polizei zusammen mit Daniel eingetroffen.
Ricks Herz pocht mit einem Mal so heftig, dass er das Gefühl hat, es müsse jeden Moment seinen Brustkorb sprengen. Er spürt seinen Puls bis in die Haarwurzeln, muss sich zwingen, näher heranzugehen. Das grüne Tuch bedeckt den Körper, der auf dem Bett liegt, nur unvollständig. Rick sieht zwei Beine, die schmalen Waden einer Frau, lackierte Zehennägel. An der Seite baumelt ein Arm herunter.
Rick holt tief Luft, tritt neben das Bett, will das Tuch zurückschlagen. Seine Hand zittert.
»Warte!« Jemand reißt ihn an der Schulter zurück. »Nichts anfassen.«
Mit einer abrupten Bewegung schüttelt Rick die Hand ab und reißt das Tuch vom Körper der Frau.
Es ist Paula. Aus ihrem Gesicht ist jede Farbe gewichen. Sogar ihre Lippen sind farblos. Die Augen geschlossen, als würde sie schlafen. Die dunklen Haare liegen ausgebreitet wie ein

Fächer auf dem weißen Laken. Ihr nackter Körper ist über und über mit Blut besudelt. Rick starrt, ohne zu verstehen, auf den klaffenden Schnitt knapp über dem dunklen Dreieck ihrer Scham.
»Oh, nein … Was …« Seine Stimme bebt. Er schwankt, seine Beine geben nach, als er mit Verzögerung begreift. Er sinkt neben dem Bett auf die Knie, sein Entsetzen ist so groß, dass er kein Wort herausbringt. Mit einem lauten Schluchzer vergräbt er sein Gesicht in den Händen.
Daniel tritt neben ihn, legt zwei Finger seitlich an Paulas Hals. »Ein Arzt«, schreit er plötzlich. »Die Frau lebt noch.«
»Der Krankenwagen ist schon unterwegs«, hört Rick jemanden sagen. Er schaut hoch zu Daniel. »Sie lebt?«, stammelt er.
»Ja«, sagt Daniel und reicht ihm die Hand. »Ihr Puls ist kaum spürbar, aber sie lebt.«
»Gott sei Dank!« Rick stemmt sich vom Boden hoch. »Paula ist zäh«, flüstert er. »Sie schafft das. Sie muss es schaffen.« Es klingt wie eine Beschwörung.
»Rick«, sagt Daniel und legt eine Hand auf seinen Arm.
Etwas in Daniels Tonfall lässt Rick aufhorchen. »Ja?«
»Wir haben eine männliche Leiche gefunden.«
»Wo?« Rick spürt, wie alles Blut in seinen Kopf schießt. »Wo?«, wiederholt er mit rauher Stimme.
Daniel macht eine vage Kopfbewegung. »Rechts. Im Badezimmer.«
Rick schluckt trocken und bewegt sich wie eine Marionette in die Richtung. Auf der Schwelle zum Badezimmer verharrt er. Für den Bruchteil einer Sekunde überwiegt die Erleichterung. Dann schlägt das Gefühl in Entsetzen um. Verwesungsgeruch steigt ihm in die Nase.
Der Tote hockt zwischen Toilette und Badewanne. Unter dem Körper ein riesiger Fleck aus angetrocknetem Blut. Der

Kopf lehnt an der Wand. Das Gesicht ist bleich, wächsern, der Blick seltsam starr. Er geht an Rick vorbei, als würde er etwas weit hinter ihm fixieren. Quer über seinem Hals klafft ein Schnitt.

Rick schlägt die Hand vor den Mund, unterdrückt ein Würgen und wendet sich ab.

61

Du hast das Gefühl, es dauert eine halbe Ewigkeit, bis ein Taxifahrer auf dein Winken reagiert und anhält. Du steigst ein und lehnst dich aufatmend in den Sitz zurück. Der Mann hinterm Steuer dreht sich zu dir um und fragt, wohin es gehen soll. Du sagst es ihm, während du das kleine, noch feuchte Bündel, das du unter deinem Mantel verborgen hältst, fest an deinen Körper drückst. Deine andere Hand ruht auf dem kleinen Koffer, der neben dir auf dem Rücksitz liegt.

Du schaust aus dem Seitenfenster. Auf der anderen Straßenseite fährt ein Krankenwagen mit rotierendem Blaulicht vor, hält in zweiter Reihe. Zwei Sanitäter springen heraus.

Der Taxifahrer beobachtet im Rückspiegel den fließenden Verkehr und wartet auf eine Lücke, um sich einzureihen.

»Was ist denn da los?«, sagt er und reckt neugierig den Kopf.

Hinter dem Krankenwagen hält ein Polizeiwagen. Ein zweiter setzt sich davor.

»Keine Ahnung«, sagst du. »Ich habe es eilig«, schiebst du hinterher, da der Taxifahrer keine Anstalten macht, wegzufahren, obwohl er freie Fahrt hat.

»Nur keine Hektik«, brummt der Mann und setzt den Blinker.

Du senkst den Blick auf das Baby in deinem Arm. Es zappelt mit den Ärmchen. Die Augen fest zugekniffen. Das winzige Gesicht scheint nur aus Runzeln zu bestehen. Zahnlos und runzelig. Wie sehr das Antlitz der Geburt und das des Todes sich doch gleichen, denkst du.

Im Rückspiegel fängst du den neugierigen Blick des Taxifahrers ein. Du weichst seinen Augen aus, schaust konzentriert aus dem Fenster. Dir ist jetzt nicht danach, über alltägliche Banalitäten zu plaudern.

Die Fahrt dauert keine fünfzehn Minuten. Du steigst aus, wartest, bis das Taxi um die Ecke gebogen ist, dann schreitest du durch das Eingangstor. Es ist dunkel geworden. Die Schatten auf deinem Weg ähneln riesigen schwarzen Ungetümen. Die Birken wispern leise im aufkommenden Wind. Es klingt wie das Flüstern der verlorenen Seelen, die keine Ruhe finden können.

»Bald«, flüsterst du. »Bald.«

Das Herz in deiner Brust pocht schnell und immer schneller. Das kleine Bündel in deinem Arm ist still geworden. Es bewegt sich nicht mehr.

62

Rick?« Daniels Stimme dringt dumpf, wie durch einen Filter, an sein Ohr.

»Das ist nicht Chris«, stammelt Rick.

Zwei Sanitäter mit einer Liege betreten die Wohnung, sehen sich suchend um.

»Hier!«, ruft Daniel und weist ihnen die Richtung. Rick drückt sich gegen die Wand und lässt die beiden Männer vorbei. Mittlerweile wimmelt es in der Wohnung von Polizisten. Sie scheinen überall zu sein. Reden halblaut miteinander. Jemand bellt irgendwelche Befehle, deren Sinn Rick verschlossen bleibt.

Daniel wendet sich wieder Rick zu. »Kennst du den Mann?«

Rick nickt. Sein Mund ist trocken. Er bekommt die Worte kaum heraus. »Das ist Frederick. Der Bruder von Chris.«

Daniel runzelt die Stirn. »Was hat Chris' Bruder mit der Sache zu tun?«

»Da kann ich nur Vermutungen anstellen«, sagt Rick. »Womöglich hat er mit Judith gemeinsame Sache gemacht. Er hatte einen ziemlichen Hass auf uns. Wir haben ihn aus dem Team der Beicht-Hotline gekickt, nachdem er wiederholt mit Drogen vollgeknallt zur Arbeit erschienen war.«

»Das würde auch erklären, woher Judith all die Informationen über euch hatte«, sagt Daniel. »Aber warum hat sie ihn umgebracht?«

Rick zuckt mit den Schultern. »Vielleicht wollte er aussteigen, als er mitbekommen hat, worum es ihr tatsächlich ging.«

»Möglich.«

»Ich frage mich nur, wo Chris steckt. Er müsste doch auch hier sein.« Rick streicht sich fahrig durchs Haar.

»Hier in der Wohnung ist er jedenfalls nicht«, sagt Daniel und legt eine Hand auf Ricks Arm. »Hör mal, willst du nicht mit ins Krankenhaus fahren? Du kannst hier sowieso nichts mehr ausrichten.« Er bugsiert Rick mit sanfter Gewalt aus der Wohnung in den Hausflur.

Rick lässt es sich widerstandslos gefallen. In seinem Kopf rotiert es. »Was ist mit Judith? Und dem Kind? Sucht die Polizei schon nach ihnen?«

»Es ist bereits alles für eine Fahndung in die Wege geleitet«, versichert ihm Daniel. »Mach dir keine Sorgen. Wir finden die beiden.«

»Was, glaubst du, hat Judith vor?«

Daniel hebt in einer hilflosen Geste beide Hände. »Ich weiß zu wenig von ihr, um dazu etwas Konkretes sagen zu können. Vielleicht will sie sich mit dem Kind ins Ausland absetzen. Die Kollegen werden sicherheitshalber die Flughäfen in der Umgebung überwachen.«

Rick fährt sich über die Augen. Er schüttelt den Kopf. »Das glaube ich nicht. Sie hat etwas anderes vor. Da bin ich mir sicher. Mir schwirrt nur so viel im Kopf rum, dass ich die einzelnen Fragmente nicht zu einem Ganzen zusammensetzen kann.«

»Rick«, sagt Daniel. »Lass das die Sorge der Polizei sein.«

»Judith verfolgt einen Plan«, murmelt Rick, ohne auf Daniels Worte zu achten. »Sie ruft bei der Beicht-Hotline an und kündigt ein Verbrechen an, das sie nicht – beziehungsweise nur symbolisch – begeht.«

Daniel grüßt zwei Polizisten in Zivil, die sich an ihnen vorbei in die Wohnung drängen. »Die Kollegen von der Spurensicherung«, sagt er an Rick gewandt.

Doch der hört ihm gar nicht zu. Zwischen seinen Augenbrauen hat sich eine steile Falte gebildet. »Unter dem Namen Ra-

chel freundet Judith sich mit Paula an. Sie weiß, dass Paula schwanger ist. Hat es von Anfang an auf das Baby abgesehen. Also sorgt sie dafür, dass Paula von uns, ihren Freunden, isoliert wird.« Rick nickt grimmig vor sich hin.
Daniel runzelt die Stirn. Doch bevor er sich dazu äußern kann, spricht Rick auch schon weiter. »Sie arrangiert den Überfall auf Konrad. In derselben Nacht entführt sie meine Mutter. Logisch, dass ich in so einer Situation meinem Vater beistehe. Und zu guter Letzt lockt sie Chris unter einem Vorwand nach Köln.«
Daniel streicht sich mit einer Hand nachdenklich über den Bart. »Das würde allerdings bedeuten, dass sie das alles von langer Hand geplant hat. Das setzt eine gründliche Recherche voraus. Sie muss über jeden von euch gut informiert gewesen sein.«
»Hier kommt Frederick ins Spiel. Von ihm erfährt sie alles über uns, was sie wissen muss.«
»Okay«, sagt Daniel. »Gehen wir mal davon aus, dass deine Annahme stimmt, dann ist Judiths eigentliche Motivation, wie ich ja schon vermutet habe, Rache. Rache an Konrad. Sie gibt ihm die Schuld, dass sie ihr Kind durch die von ihm forcierte Abtreibung verloren hat. Das heißt –«
»Sie wird das Kind umbringen.« Rick vervollständigt Daniels Satz mit tonloser Stimme.
»Das ist zu befürchten«, bestätigt Daniel und holt sein klingelndes Handy aus der Hosentasche. »Entschuldige«, sagt er zu Rick und entfernt sich ein paar Schritte.
Rick lehnt sich neben der Tür an die Wand. Daniels Stimme dringt nur gedämpft an sein Ohr. Er fühlt sich wie eingesponnen in einem Kokon aus Watte. Alles, was um ihn herum geschieht, nimmt er nur schemenhaft wahr. Als wäre er selbst nicht anwesend, sondern irgendwo weit, weit weg. In seinem

Kopf kreist unaufhörlich ein einziger Gedanke: Wo ist Judith? Und dann – schlagartig – weiß er es. Er schlägt sich mit der flachen Hand vor die Stirn, stößt sich von der Wand ab und springt die Treppenstufen hinunter.
Daniels aufgeregte Rufe hinter seinem Rücken nimmt er nicht mehr wahr.

63

Rick stürzt aus dem Haus. Straßenlärm brandet ihm entgegen. Für den Bruchteil einer Sekunde fühlt er sich orientierungslos. Dann nimmt er den Rettungswagen wahr, der mit rotierendem Blaulicht direkt vor dem Haus in zweiter Reihe parkt. Auf dem Bürgersteig hat sich eine Menschentraube gebildet. Rick hört die aufgeregt durcheinanderplärrenden Stimmen. Jemand aus der Gruppe erspäht ihn, weist mit dem Finger in seine Richtung. Plötzlich sieht er sich im Fokus der Aufmerksamkeit dieser Menschen. Wie gehetzt schaut er sich um. Sein Blick fällt auf das Fahrrad mit dem roten Sattel, das immer noch an der Hauswand lehnt. Das Rad von Chris. Wo zum Teufel steckt er? Rick verdrängt die aufkeimende Sorge um seinen Freund. Er hat jetzt andere Probleme.

Aus den Augenwinkeln nimmt er wahr, wie jemand sich aus der Menschengruppe löst und auf ihn zustapft. Rick sieht die unverhohlene Neugier in den Augen des Mannes glitzern und fühlt einen unbändigen Zorn in sich auflodern. Alles in ihm verlangt danach, sich auf diesen Kerl zu stürzen und ihm die lüsterne Sensationslust aus dem Leib zu prügeln. Es kostet ihn all seine Selbstbeherrschung, sich umzudrehen, das Fahrrad zu schnappen und es mit einer gemurmelten Entschuldigung an dem Typen vorbeizuschieben.

»Hey, warten Sie«, ruft der Mann ihm hinterher. »Was is'n da drin los?«

Rick schwingt sich aufs Fahrrad, ohne die neugierigen Blicke der Schaulustigen zu beachten. Er fährt vom Bürgersteig auf die Straße und tritt in die Pedale. Innerhalb von Minuten ist er schweißgebadet. Unter Missachtung aller Verkehrsregeln schafft er es, fünfzehn Minuten später am Ziel zu sein. Er zögert, aber dann springt er kurz entschlossen aus dem Sattel und lässt das Fahrrad gegen die Friedhofsmauer fallen. Er wird zu Fuß weitergehen. Die Wege zwischen den Gräbern eignen sich nicht zum Fahrradfahren. Rick hetzt die engen Pfade entlang. Er fällt über eine Wurzel, rennt stolpernd weiter. Eine Krähe erhebt sich mit schwerem Flügelschlag von einem der zerfallenen Grabmäler und schwingt sich mit einem lauten Krächzen über die Baumwipfel in den nachtgrauen Himmel.

Dieses Mal findet Rick den Weg wie von selbst. Schon von weitem sieht er das Flackern der roten Lichter.

Bitte, lass mich nicht zu spät kommen, betet Rick stumm, während er seine Schritte beschleunigt. Gott, wenn es dich doch geben sollte, dann lass mich Paulas Kind retten. BITTE.

Es ist das erste Mal seit dem Verschwinden von Marie, dass Rick zu Gott betet.

64

Rick stoppt seinen Lauf so abrupt, dass er um ein Haar das Gleichgewicht verliert. Sein Atem geht keuchend. Rachel steht mit weit ausgebreiteten Armen, den Rücken zu ihm gekehrt, den Kopf im Nacken, inmitten der Grablichter, die einen großen Kreis bilden. Sie wirkt vollkommen entrückt. Ricks Blick irrt im roten Schein der Lichter umher. Wo ist das Kind? Er zwingt sich zur Ruhe, atmet tief durch und macht einen vorsichtigen Schritt in Rachels Richtung. In diesem Moment dreht sie sich zu ihm um.

Das zuckende Licht der Kerzen lässt ihre Gesichtszüge seltsam hart erscheinen. Ihre Augen wirken wie schwarze Löcher. Als sie Rick wahrnimmt, erhellt ein Lächeln für einen winzigen Moment ihr Gesicht. So flüchtig, dass Rick nicht sicher ist, ob er es sich nicht eingebildet hat.

»Rachel«, sagt er mit heiserer Stimme. »Wo ist –«

»Ich bin Judith«, fällt sie ihm ins Wort. Es klingt wie eine Zurechtweisung.

Rick nickt und sagt: »Judith.« Wieder huscht ein Lächeln über ihr Gesicht.

»Konrad«, flüstert sie. »Wie schön, dass du gekommen bist.«

Rick öffnet den Mund. Soll er sie auf ihren Irrtum hinweisen? Nein, er will sie auf keinen Fall verärgern.

»Komm her«, sagt sie mit sanfter Stimme und streckt ihm die Hand entgegen.

Rick macht einen großen Schritt über die brennenden Grablichter hinweg und nimmt ihre Hand. Sie ist kalt wie Eis. Er versucht, das Schaudern zu unterdrücken, das ihn durchzuckt. »Wo ist das Baby?«, fragt er leise. »Was hast du mit ihm gemacht.«

Judith sieht zu ihm auf. In ihren Augen glitzert der Wahnsinn. Rick hält ihrem Blick stand, so schwer es ihm auch fällt.
»Weißt du, dass ich nie jemanden so sehr geliebt habe wie dich?« Ihr Blick wird glasig. Plötzlich stellt sie sich auf die Zehenspitzen, presst ihre Lippen fest auf Ricks Mund. Er schreckt zurück.
»Du hast Angst vor mir.« Judith klingt gleichzeitig erstaunt und verletzt. »Liebster, wieso fürchtest du dich vor mir?«
»Wo ist das Baby?«, fragt Rick. Er betont jedes einzelne Wort. »Was hast du mit ihm gemacht?«
»Es ist tot. Das weißt du doch.« Judith deutet auf den Boden zu ihren Füßen. Rick folgt ihrer Bewegung mit den Augen. Die Erde dort sieht aufgewühlt, wie frisch ausgehoben aus. »Ich habe es hier begraben.«
Rick spürt, wie das Adrenalin durch seinen Körper schießt. Mit einer heftigen Bewegung stößt er Judith beiseite, sinkt auf die Knie und beginnt mit bloßen Händen zu graben.
»Nein!« Judiths schriller Schrei zerreißt die Stille. »Das darfst du nicht!«
Rick spürt einen heftigen Stoß im Rücken, dann umklammert sie seine Arme. Er schüttelt sie ab, gräbt weiter. Sein Herz hämmert schmerzhaft gegen die Rippen.
»Hör auf!«, kreischt Judith und wirft sich wieder auf ihn.
Etwas sticht in Ricks Schulter. Er schreit auf, schüttelt sich und gräbt unbeirrt weiter. Spürt nichts außer der weichen, bröckeligen Erde unter seinen Händen. Als der gleißende Schmerz anfängt, in Wellen durch seinen Körper zu toben, stoßen seine tastenden Finger endlich auf Widerstand. Er fühlt etwas Festes. Wie besessen gräbt er weiter. Legt einen rechteckigen Gegenstand frei. Ein Koffer. Er zerrt ihn heraus. Ohne zu zögern, öffnet er den Deckel.
Der Koffer ist mit weißem Stoff ausgelegt, darauf gebettet

liegt das Kind. Das kleine Gesicht ist durchscheinend blass, die Lider über den geschlossenen Augen schimmern bläulich. Es ist tot.

Es war alles umsonst.

Rick stößt einen heiseren Schrei aus. Aus seinen Augen stürzen Tränen. Er fühlt nichts als Schmerz. Es ist, als würde sein Körper in einzelne Stücke zerrissen. Vorsichtig nimmt er das Kind hoch. Der kleine Körper ist starr, kalt. Rick heult laut und verzweifelt auf.

»Paula, es tut mir so leid.« Er lässt sich auf seine Fersen zurücksinken, hält das Köpfchen des Kindes und wiegt sich mit dem kleinen Körper in den Armen vor und zurück.

»Es tut mir so schrecklich leid.«

Er spürt, wie seine Sinne schwinden. Der Schmerz in seiner rechten Schulter ist unerträglich geworden. Er tastet danach, spürt den tiefen Schnitt. Seine Hand ist rot von Blut. Aus der Ferne dringt das monotone Heulen von Martinshörnern an sein Ohr. Dann hört er Schreie. Jemand ruft seinen Namen. Er öffnet den Mund, aber seine Stimme ist weg. Er hat keine Kraft mehr, zu antworten.

65

Später

»Ich wäre so gerne auch bei der Beerdigung dabei gewesen«, sagt Paula. Ihre Stimme klingt, als würde sie jeden Moment versagen. Konrad legt wortlos den Arm um ihre Schultern, sie lehnt sich an ihn. »Ich kann es immer noch nicht richtig fassen.«

»Ich glaube, das kann keiner von uns«, sagt Konrad. Es klingt merkwürdig gepresst.

Paula nickt und schaut zu ihm hoch. »Du weinst ja«, stellt sie erstaunt fest. »Ich habe dich, glaube ich, noch nie weinen sehen.«

Konrad grinst sie unter Tränen schief an. »Seit ich dich kenne, habe ich auch wenig Grund dazu.« Mit der Hand wischt er sich über die feuchten Wangen.

Paula löst sich sanft von ihm, beugt sich nach vorne und legt eine weiße Rose auf das Grab. »Du fehlst uns so sehr«, sagt sie und bricht endgültig in Tränen aus.

Konrad nimmt Paulas Hand und drückt sie. Sie verharren eine Weile schweigend vor dem Grab und treten dann zur Seite, um den anderen Platz zu machen.

Bei der Beerdigung lagen Paula und Konrad noch im Krankenhaus. Konrad hatte dann die Idee, nach ihrer Entlassung alle zusammenzutrommeln, um in der Runde der Freunde und Kollegen noch mal gemeinsam Abschied zu nehmen. Nur Nasti ist nicht gekommen. Sie war schon bei der offiziellen Beerdigung nicht dabei. Das sei nicht ihre Art, Abschied zu nehmen, hat sie Paula anvertraut. In der Nacht nach seinem Tod ist sie zum Teufelsberg geradelt, hat in den mit Ster-

nen übersäten Nachthimmel geschaut und sich vorgestellt, er sei nun auf einem dieser Sterne zu Hause, schaue von dort auf sie herunter und begleite sie von jetzt an auf ihrem Weg.
Durch den Tränenschleier vor ihren Augen sieht Paula alle nacheinander an die Grabstätte treten. Jeder mit einer weißen Rose in der Hand. Nach und nach verschwindet der Grabhügel unter einem weißen Blütenmeer.
Als der letzte der Trauernden nach vorne tritt, nimmt Konrad Paulas Hand. »Komm«, sagt er leise. »Lassen wir ihn allein.«
Paula nickt und erwidert Konrads sanften Händedruck. In einigem Abstand folgen sie den anderen über den Friedhof zum Ausgang. Wie kann ausgerechnet heute die Sonne scheinen, denkt Paula zornig und legt den Kopf in den Nacken. Das passt nicht. Es müsste regnen, stürmen. Aber hoch über ihr spannt sich ein wolkenloser Himmel von einem so intensiven Blau, dass Paula geblendet die Augen schließt. In der Luft liegt der Duft nach frisch gemähtem Gras. Paula atmet tief ein, saugt den Geruch bis in ihre Lungenspitzen hinein.
Ich lebe.
Die zwei Worte sind ganz plötzlich in ihrem Kopf, und für einen winzigen Moment durchströmt sie ein geradezu irrsinniges Glücksgefühl.
Wir leben.
Sie umfasst das kleine Bündel, das sie in einem Tuch vor ihrem Bauch trägt, mit beiden Händen und ist so voller Liebe, dass es ihr die Kehle zuschnürt. Mit einem Lächeln betrachtet sie das winzige Gesicht des schlafenden Babys.
»Mein kleiner Chris«, flüstert sie zärtlich. Der Name geht ihr etwas schwer über die Lippen. Zu eng ist er noch mit dem Freund verknüpft. Aber dennoch fühlt es sich richtig an. Richtig und gut.
Sie bleibt auf dem staubigen Weg stehen und dreht sich zum

Grab um. Eine einsame Gestalt verharrt noch immer regungslos davor. Sie würde ihm so gerne wenigstens einen Teil seines Schmerzes abnehmen, aber sie weiß, das kann sie nicht. Das kann niemand.
Vielleicht, denkt sie, heilt die Zeit ja wirklich alle Wunden. Glauben tut sie es nicht.

66

Rick dreht die Rose in seinen Händen. Alle sind gegangen, haben ihn am Grab der beiden Brüder allein gelassen. Wie er es gewollt hatte.

Frederick & Christian Stein, steht in tiefschwarzen Lettern auf dem schlichten Holzkreuz. Rick spürt, wie ihm die Tränen in die Augen schießen.

»Es ist nicht fair«, flüstert er.

Es gibt keine Fairness. Nicht im Leben und schon gar nicht im Tod, glaubt er, den Freund mit einem leisen Lachen in der Stimme sagen zu hören. *Ich habe bis in alle Ewigkeit Frederick an meiner Seite. Ist das fair? Denk nicht über die Toten nach. Du lebst. Nur das zählt.*

Rick schnaubt. Einfacher gesagt als getan. Ein Einwand, den Chris nie hätte gelten lassen. Mit einem Lächeln und einer passenden Bemerkung hätte er ihn weggewischt.

Rick erfuhr es erst einen Tag später. Als die Ärzte seinen Zustand nicht mehr als lebensbedrohlich einstuften. Das Skalpell, mit dem Judith ihn auf dem Friedhof attackiert hatte, hatte seine Lunge nur um einige Millimeter verfehlt. Rick hat Glück gehabt. Chris leider nicht. Für ihn kam jede Hilfe zu spät. Ein Polizist entdeckte ihn vor der Tür zum Dachboden. Verblutet. Frederick war zu dem Zeitpunkt schon drei Tage tot. Warum Judith ihn getötet hatte, würde wohl für immer ihr Geheimnis bleiben.

Die Mutter erlitt einen schweren Nervenzusammenbruch, als sie vom Tod ihrer Söhne erfuhr. Die Beerdigung musste ohne sie stattfinden.

Typisch meine Mutter, hätte Chris wohl gesagt und mit der Schulter gezuckt. *Wenn's schwierig wird, flüchtet sie sich in irgendwelche Krankheiten. Vermeidungsstrategie nennt man das.*

Auch Rick hat Chris' Tod den Boden unter den Füßen weggerissen. Er fühlte sich so elend, dass er nur eins wollte: sterben. Wie ein wucherndes Krebsgeschwür nistete sich der Gedanke in seinem Kopf ein. Er fühlte dieselbe schwarze Leere in sich wie damals, als Marie verschwand, und niemand wusste, ob sie je wieder lebend auftauchen würde. Selbst Paula lässt er nicht an sich heran. Ihre überschwengliche Dankbarkeit, dass er ihr Kind gerettet hat, ist ihm unangenehm, geradezu peinlich.

Er liebt Paula noch immer, wird wohl auch nie aufhören, sie zu lieben. Aber seine Gefühle zu ihr haben sich verändert. Sie sind reifer, stiller. Es tut ihm nicht mehr weh, sie zusammen mit Konrad glücklich zu sehen. Paulas Glück steht für ihn an erster Stelle. Vielleicht muss wahre Liebe so sein, denkt er. Bedingungslos, ohne Forderungen zu stellen.

Daniel hat, nachdem Rick aus der Wohnung in der Wiener Straße gerannt war, zwei und zwei zusammengezählt und ist mit seinen Kollegen zum Friedhof am Friedrichshain gerast. Letztendlich ist es ihm zu verdanken, dass Rick und das Kind überlebt haben. Von Judith fehlt allerdings jede Spur. Sie war schon verschwunden, als die Polizei auf dem Friedhof anrückte. Seitdem ist Rick wachsam. Er beobachtet seine Umgebung genau. Er will nicht noch einen seiner Freunde verlieren.

Manchmal fühlt Rick sie immer noch in sich: die Todessehnsucht. An Tagen wie heute ist sie besonders präsent. Aber da sind Ruth und Leo, die gerade wieder anfangen, nach vorne zu schauen. Zusammen, nicht getrennt, wollen sie mit der Vergangenheit abschließen. *Wir wollen sie nicht vergessen,* hat Leo ihm versichert. *Das nicht. Aber wir wollen ein neues Ka-*

pitel aufschlagen. Marie darf darin ruhig auch eine Rolle spielen. Aber nicht mehr die alles dominierende.
Das ist ein Grund, warum er den Wunsch zu sterben, so gut es geht, verdrängt. Das kann er seinen Eltern nicht antun. Wenn sie jetzt auch noch ihn verlieren, würden sie daran endgültig zerbrechen.
Du hast es erfasst, sagt Chris in Ricks Kopf. *Sterben ist eine beknackte Idee. Außerdem muss sich ja auch jemand um die Hotline kümmern.*
Es gab einige Diskussionen, ob sie ihr Unternehmen zusammen mit Chris sterben lassen sollten. Konrad war dafür, Paula dagegen. Rick hat mit sich gerungen und sich dann fürs Weitermachen entschieden. Er weiß, wie viel Chris die Idee, die dahintersteckt, bedeutet hat. Er hätte gewollt, dass sie weitermachen. Auch ohne ihn.
Rick wischt sich mit einer Hand eine Träne von der Wange. Er beugt sich vor und legt seine Rose zu den anderen auf das Grab.
»See you in heaven«, sagt er leise und richtet sich auf. Nach einem letzten Blick auf den Grabstein wendet er sich um und geht den anderen hinterher.

67

Du nimmst die Sonnenbrille ab, schaust ihm über die Gräber hinweg nach. Er stapft mit schweren Schritten den schmalen Pfad entlang. Seine Haltung ist gebeugt, als würde eine schwere Last seine Schultern niederdrücken. Er ist gealtert in den letzten Wochen. Sein Gesicht ist schmal geworden. Es steht ihm gut, findest du. Das Weiche, das seine Gesichtszüge so kindlich erscheinen ließ, ist einer gewissen Härte gewichen. Es macht ihn männlicher.

Du lächelst still vor dich hin. Er hat dich nicht erkannt, obwohl du keine fünfzig Meter von ihm entfernt die Zeremonie verfolgt hast. Zum Greifen nah und doch so fern, denkst du.

Deinen ursprünglichen Plan, dich in die Reihe der Trauernden einzuordnen, hast du wieder fallenlassen. Auch wenn du dein Outfit verändert hast, deine Haare jetzt länger und blond gefärbt sind, wolltest du das Risiko der Entdeckung nicht eingehen.

Konrad mit ihr und dem Baby zu sehen, hat den Hass, von dem du befürchtet hast, er würde nur noch glimmen, wieder neu entfacht. Du spürst die Flammen in deinem Innern. Sie erhitzen deinen Körper, geben dir neue Kraft.

Es ist noch nicht zu Ende.

In gebührendem Abstand folgst du ihm. Er geht schneller, schließt zu den anderen auf.

Du hast Zeit. Du wirst warten. In der Nähe bleiben, sie beobachten. Unbemerkt. So lange, bis einer von ihnen einen Fehler macht und du dir endlich nehmen kannst, was dir gehört.

Das Kind.

PETRA BUSCH

ZEIG MIR DEN TOD

KRIMINALROMAN

Der Schauspieler Günther Assmann ist glücklich: Er glaubt sich vor dem internationalen Durchbruch. Hinter den Kulissen hat er viel dafür getan: intrigiert, gelogen, betrogen. Als kurz vor der entscheidenden Premiere seine Kinder Marius und Rebecca verschwinden, zerbricht die schöne Welt von Schein und Sein – und ein perfides Spiel beginnt: Ein Entführer stellt mit Hilfe kleiner Nachrichten Rätselaufgaben. Die Lösung soll Assmann jeweils öffentlich darbieten – sonst sterben die Kinder. Viel Zeit bleibt ihm nicht. Zumal Rebecca lebenswichtige Medikamente benötigt. Und was er da aufführen soll, wird seine Karriere zerstören. Um sie zu retten, muss Kriminalhauptkommissar Ehrlinspiel den Fall so schnell wie möglich lösen …

»In jeder Hinsicht eine ›ausgezeichnete‹ Autorin.
Ein Muss für Fans intelligenter, psychologischer Krimi-Spannung.«
Sebastian Fitzek

»Buschs skurrile Ideen und die ungemein feine Zeichnung der Figuren machen den Psychokrimi zum Leseerlebnis der Extraklasse.«
Petra

KNAUR

DORIS BEZLER

DAS VERSCHWUNDENE KIND

KRIMINALROMAN

In einer teuer eingerichteten Eigentumswohnung in Offenbachs Innenstadt wird Hauptkommissar Lars Stephan zur Leiche einer jungen Frau gerufen, die mit einem Seidentuch erdrosselt worden ist. Die Ermittlungen ergeben, dass sie kurz zuvor ein Kind zur Welt gebracht haben muss. Von dem Säugling fehlt allerdings jede Spur ...

»Doris Bezler webt aus ihren Handlungssträngen
ein sehr feinmaschiges Spannungsnetz,
aus dem es kein Entrinnen gibt.«
literaturmarkt-info.de